盛华 壹

闲听落花 著

目录

001 第一章 一场回魂

014 第二章 伯府助力

031 第三章 巧遇贵人

052 第四章 高人指点

068 第五章 钟老太太

091 第六章 解九连环

107 第七章 怪人郭胜

130 第八章 送走瘟神

145 第九章 两个师爷

目录 二

158　第十章　吃糖吃糖

178　第十一章　在下郭胜

190　第十二章　古六生日

210　第十三章　五神淫祀

224　第十四章　哥儿大了

246　第十五章　再现圈套

259　第十六章　官场凶险

280　第十七章　有心结好

297　第十八章　下察民情

第一章 一场回魂

李太后站在萱宁宫前,仰头看着匾额上"萱宁宫"三个龙飞凤舞的镏金大字。一眨眼,这宫门已经封闭十年了。

两个内侍用力推开宫门,一股陈腐的味道扑面而来,李太后心里不由得一酸。

宫门封闭了十年,太皇太后大行,已经十年了。

都说她睿智慈悲,她不过是处处学着太皇太后罢了……

宫门里,到处都积着厚厚一层尘土,这是整整十年的光阴。

李太后踩着尘土,一步一个脚印。

十年前的宫里,处处腥风血雨,只有这里,不管什么时候,都是那么安宁温暖……

这间宫殿,是最温暖、最令她依赖的地方,可太皇太后大行前,却留下遗言:封闭这处宫室,十年内不许任何人靠近……

太皇太后走得突然,那时候皇帝刚刚即位,朝局动荡不安,太皇太后走时,她惶恐不安到几乎崩溃。

之后的十年里,她代子监国,支撑得极其艰难,每当她累极了,快要撑不下去的时候,她就到这宫门外,靠着宫门,一个人坐一会儿,或者坐到半夜,是太皇太后撑着她走到现在……

好在熬过来了,皇帝长大了,朝局稳定,太皇太后大行也满十年了,她想搬到这里来,以后的日子,就像太皇太后那样,每天诵经莳花,安稳平和地做这宫里的定海神针。

李太后走到正殿前,仰头看了眼紧闭的正殿大门,转身直奔旁边的小佛堂。

太皇太后几乎时时都在这间小佛堂里,安宁从容地抄经,或是诵经,她陪在旁边,沏茶、研墨、裁纸……

这间小佛堂,是她最思念的地方。

李太后进了小佛堂,愕然呆住。

小佛堂四面墙上,刺目的、仿佛正滴着血的鬼符张牙舞爪,如同从地狱中拼命挣出的魔鬼的手,向着她伸过来,迎门供着的一人多高的羊脂玉观音像碎成一堆,原本高高堆着手抄经文的长案上空空如也……

四周静得可怕,仿佛整个世界都静止了。

李太后像被勾了魂一般,瞪着那张干净到发亮的长案,一步一步走过去,不由自主地伸手抚了下,纤尘不染!

这怎么可能!

平地突然卷起一股猛烈的阴风,惊恐的李太后脚下一绊,直直地往后仰倒,头正巧砸在屋子正中的生铁木鱼上,一股鲜血涌出,李太后耳边嗡鸣如雷,一片尖叫声越来越近,却又越来越远……

李夏趴在舷窗上,呆呆地看着碧清的河水出神。

她被人算计了,她死了,可她竟然回到了小时候,回到了阿爹往横山小县赴任的路上,回到了他们一家人悲剧开始前一年的春天,这是意外,还是算计的一部分?

初春的河风夹杂着残冬的寒意,吹在李夏脸上,丝丝地痛,李夏低头看着自己那双胖胖的、小小的手,胸口堵得透不过气,她被人算计了,却无计可施。

李夏下巴抵在窗框上,情绪低落。

他们一家悲剧开始前的一切,在她印象中,已经极其模糊了,她只知道,隔年夏天,阿爹收受贿赂枉断人命,被锁拿押往京城。

阿爹被押走后,阿娘带着他们兄妹四人,急如星火往京城赶,走上了破家灭门的不归之路……

吹在脸上的河风好像比刚才更冷厉了。李夏心里堵闷而焦躁。

她对她的死和死而复回,一无所知,太皇太后说过,一无所知是最可怕的情况。太皇太后还说过,一无所知时,着眼当下。

好吧,想想眼下,她该怎么办?

李夏再一次看着自己那双小胖手,明年夏天,破家灭门开始时,她只有六岁……

"怎么又哭了?头又痛了?"五哥李文山挪过来,带着几分小意关切道。

"没哭。"李夏闷闷答了句,哭这种没用的事,她才不做呢。

"你看这风多大,再吹要着凉了,咱们把窗户关了好不好?五哥讲故事给你听?"五哥继续赔着小意讨好妹妹。

大前天傍晚,妹妹落水,呛死过去好半天才活回来,好了之后,妹妹就像是变了一个人,特别消沉……说消沉不全对……他也说不清楚。总之,现在的妹妹,让他有一种是妹妹又不是妹妹的感觉。

妹妹一定是被吓狠了,肯定是魂魄还没完全归位。

"五哥前几天得了本好书!里头的故事太精彩了……"不等李夏点头,李文山就开始手舞足蹈地讲故事。

"一点也不好听!"一手托腮、咬着笔头听故事的六哥李文岚听完,嘟着嘴,"我要告诉阿爹,五哥又讲鬼故事吓人!"

李夏歪头看向六哥,六哥唇红齿白,眼珠乌黑晶亮,嘟着嘴、漂亮可爱的样子让她很想冲上去亲一口。

李夏有些失神。六哥死得早,她早就忘记六哥的样子了,原来六哥这么好看,这么可爱,像极了皇上小时候。

"都歇一歇,喝点汤水吃块点心吧。"姐姐李冬温柔的声音传来。

李夏转头,姐姐从后舱掀帘进来,姐姐是她印象中的样子,脸上一直带着暖暖的笑容,永远是那么温柔可亲。

"姐姐!抱!"李夏扬着手往姐姐怀里扑。

这是最疼爱她,她最想念的姐姐。

阿娘死时,她才七岁,在伯府后宅,姐姐像个护雏的母鸡一般疼爱她保护她,直到她十一岁那年,和亲远嫁,病死在路上。

李冬身后,丫头苏叶捧着个托盘,托盘里放着一只银壶、几个杯子和一碟点心。

"九娘子都多大了?还要姐姐抱!羞羞哦!"苏叶放下托盘,手指头划着脸颊打趣李夏。

李夏窝在姐姐怀里,冲苏叶皱了皱鼻子表示不在乎她的打趣。

姐姐病死在甘南时,苏叶在墓旁尼庵落发为尼,替姐姐守墓,十年后,她派人迁葬姐姐时,苏叶扶棺回到京城,她修了座庵堂给苏叶,以前爱说爱笑的苏叶,常常三五天不说一句话……

"妹妹先吃!"六哥垂涎地看着碟子里的点心,却托起碟子先送到李夏面前,"姐姐做的点心最最最好吃了!"

李夏掂了块点心往李冬嘴里送:"姐姐吃,姐姐最疼我,我也最疼姐姐。"

"九娘子落了一回水,像变了个人,从来没这么乖巧过!"苏叶一边倒汤水,一边笑道。

"还有我!你五哥!五哥也最疼你!"李文山脑袋伸过来,冲李夏夸张地大张着嘴巴。

"你刚才说最疼我!"李文岚嘟起了嘴。李文山咬着李夏塞到他嘴里的点心含糊道:"弟弟中最疼你,妹妹中最疼阿夏。"

李夏窝在姐姐怀里,捏着点心一点点啃着,看着苏叶笑着说着收拾着六哥一边吃一边掉的点心渣,看着五哥揉着六哥的头,看着像极了皇上的六哥一边吃点心,一边往外推着五哥的手,心里有多温暖,就有多酸楚。

从前的惨剧……再看一遍吗?这一回,她怎么看得下去?

半夜,李夏睡在姐姐身边,听着外面的水流声,睁着眼睛想得出神。

他们一家子的悲剧,源于阿爹枉断的那场人命官司。

那场官司在她做了太后之后,派人仔细核查过。那是桩杀妻案:继母报案,说继子杀妻,有人证没物证,阿爹判了继子流放,定了案当天夜里,继子在狱中自缢而死。

继子有个同母姐姐,抱着一包物证闯到宪司衙门喊冤,宪司接了案子,查下来竟是继母虐死媳妇,栽赃继子,提审继母,刚上刑继母就招认了,供出往县衙送过五百两现银,阿爹就下了狱。

李夏细细回想着那些卷宗。阿爹确实是断错了案,可抄家单子上不但没有那五百两现银,整张抄家单子加一起,也不值五百两银子。五哥坚信阿爹不会做这样的事,就算贪墨,也决不会做出为了银子枉断人命的事。她不记得阿爹了,但她相信五哥。

那继母的供状上说,她递进状子当天晚上,有个叫连贵的找到她,几句话就点明了案子的真相,又说他和李县令的心腹小厮梧桐是兄弟,能帮她把案子做成继子杀妻,让她拿五百两现银,她说怕受骗,亲眼看到那个梧桐指着她和阿爹说话,阿爹点了头,她才交的银子,银子是现银,一大箱带霜起丝的银饼子,亲手交给了连贵……

梧桐在阿爹入狱前后失踪了，杳无音信，她找了很多年都没能找到。那个连贵到底是谁？事隔多年再去查找，早就无从查起了。

阿爹当时的刑名师爷卜怀义和钱粮师爷陆有德是郎舅，又有前科，这桩案子，他们两个无论如何脱不开干系，可这两个师爷，在阿爹入狱后，一前一后返乡，一前一后翻船淹死了……

她调了阿爹在任一年多的所有卷宗、账册，让人盘查了好几遍，自己也看了很多遍，除了这一桩案子，别的钱粮赋税、劳役公案，件件干净得好像水洗过一般……

阿爹入狱后，代阿爹做了县令的，是县尉吴有光，吴有光就此踏出了由吏入官的第一步，两年后，吴有光调任定海县，这一任之后就升了知府，再之后……苏贵妃死了，吴有光被查出贪墨，死在狱中。

她没能查出阿爹收受贿赂枉断人命的真相。现在，她该怎么办？

李夏看着自己的小手，她现在才五岁，要是她去跟阿爹说，梧桐和他那两个师爷以后会害死他，阿爹肯定会觉得她中邪了……

她太小了，太小了！

太皇太后说过，自己力量不足时，就去找有共同利益的人结盟。

她得有个盟友，五哥是不二人选！五哥爱读侠义故事，更爱那些神仙鬼怪，《山海经》几乎被他翻烂了，这还魂的事，大约他能接受，而且他天生的心大心宽……

第二天吃了早饭，李夏拉着李文山，仰头看着他："五哥，我有话跟你说。"

"好啊！有什么话？说吧！"李文山一屁股坐在李夏面前，笑容灿烂。

李夏转头四顾，这只船非常小，前舱挤着他们兄妹四个，白天做起居之处，晚上在中间拉道帘子，她和姐姐一边，五哥和六哥一边，要是在这儿和五哥说，再怎么小声，姐姐、六哥，还有苏叶都能听得清清楚楚，姐姐已经歪头在看他们了。

"很重要的事！"李夏神情郑重，"咱们到甲板上去说。"

李文山为难地挠着头，上次她落水，就是他带她到甲板上玩，一眼没看住，她就掉河里了。

"我保证不乱跑，要不你抱着我也行。"李夏建议，"非常非常重要的事，一定得到甲板上说！"

"那……好吧!"李文山勉强答应,小妹一向爱玩爱动,在这狭小的船舱里连关了三四天,肯定闷坏了,这是想方设法让他带她出去放放风,他实在忍不下心说不字,他就抱着她站在甲板中间,牢牢看住她,不往船边去就是了。

"把斗篷穿上。"李冬站起来,拿了棉斗篷给李夏裹好,又叮嘱道,"就站在甲板中间,让五哥抱着你,别淘气。"

李冬交代一句,李夏点一下头答一句好,端的是乖巧无比。

"自从落了回水,九娘子像是一下子长大了,懂事得不得了!"苏叶看着李文山怀里的李夏啧啧赞叹。

到了船头甲板上,李夏拍了拍哥哥的脸:"五哥,你把我放下来说话。"

"不行!"

"那你蹲下,我是怕你听了我的话,大惊失色,把我扔河里去。"李夏搂着五哥的脖子,极其认真地说道。

李文山被她这句话呛着了:"咳咳……咳!好好!我蹲下。蹲下了,说吧!"李文山蹲下,将李夏圈在怀里,一脸无奈地看着她。

"五哥,我活过一回了。"李夏用短胖的胳膊搂着五哥的脖子,嘴巴贴到他耳朵边耳语。

"嗯!嗯?什么?什么叫……"李文山话没说完,李夏的胖手就塞进了他嘴里:"别叫!不能让别人听到!"

"五哥没听懂。"李文山拔出李夏的手,诚恳承认。

"我是说,我活过一回,死了,又还魂回来了。"李夏一只手揪着五哥的耳朵,嘴贴上去,一字一顿。

"咳!咳咳!咳!"李文山呆了好一会儿,更加猛烈地咳起来,一边咳,一边抬手去按李夏的额头,"阿夏没发热吧?"

李夏拍开五哥的手,再次贴到他耳边:"大学之道,在明明德,在亲民,在止于至善。知止而后有定,定而后能静,静而后能安,安而后能虑,虑而后能得。物有本末,事有终始。知所先后,则近道矣。"

李文山目瞪口呆,这是他正在学的书,她才五岁!五岁!她字还没认全呢!她怎么会背这些?这怎么可能?这不可能!

"我为什么会背是吧?我会的东西可多了,因为我已经活过一回,学过一回了。你没觉得我跟从前不一样了吗?"李夏甩了下衣袖,拿出君临天下十数年的太后气势看着李文山。

李文山愣愣地看着怀里的妹妹。李夏直视着他，那份骤然放出的磅礴气势，像是君王在俯瞰万民！他竟然生出一种跪倒在地、山呼万岁的冲动！

李文山喉结一阵滚动，重重咽了口口水，张了张嘴却没能说出话，又咽了口口水，猛咳了一声，这才说出话来："妹妹这样子……这样子……这事得告诉阿爹……"

"不行！"李夏一把揪住李文山，"五哥是不是吓着了？"李文山带着几分恐惧，急忙点头，眼前的妹妹实在太诡异、太吓人了！

"五哥这会儿是不是正在想，我一定是被什么邪物附身了？"

李文山犹豫了下，老实地点了点头。

"我没有被任何东西附身，就是活过了一遍，又穿魂回来了，我还是阿夏，你的小妹妹！"李夏踮起脚尖，两只胖胳膊圈着李文山脖子，附在他耳边，一字一顿说得慢而清晰。

"五哥肯定能感觉出来，我还是我！五哥肯定信得过我，可别人……特别是大人，他们凡事都想得太多，你要是告诉阿爹……阿爹能相信这事吗？还有阿娘，他们肯定觉得我被邪物缠上了，肯定会找人给我驱邪，我肯定会被他们折磨死，或者烧死！"

这些话让李文山想起了去年他病了半个来月没好，老太太找神婆给他驱邪的恐怖经历，忍不住连打了几个寒噤，一把搂住李夏："阿夏放心！别怕！五哥不会让任何人折磨你！可是，阿夏你？"李文山看着李夏，这是他妹妹，可是……

"五哥别担心，我已经回来好几天了，本来不想告诉任何人的，可是，"李夏咬着嘴唇，"咱们家就要大难临头，我不能眼睁睁看着咱们一家再……挨个死一回。"

"啊？死一回？什么大难？"李文山一屁股坐甲板上了，又受了一回惊吓是一个原因，另一个原因是他的腿蹲麻了。

"阿爹请的那两个师爷，不是好东西，到横山县后他们瞒着阿爹，收受贿赂，骗阿爹错断了一桩人命案，被宪司查出来，阿爹被锁拿入狱，还抄了咱们的家。"

李文山圆瞪着双眼，直愣愣盯着李夏，这回惊吓得太厉害，直接傻了。

"我去跟阿爹说……"李文山站了一下没站起来，腿太麻了。

"事情还没发生，你跟阿爹怎么说？"李夏用力揪住李文山。

李文山挠头了："对啊。不对！发生了就不用说了……咱们不能……阿夏，真的假的？你这个样子太吓人了，你真是活了一遍又回来了？书里记的那些事……真有？对了，那你跟我说说，我中进士没有？哪一年中的？一甲二甲？岚哥儿呢？中没中？他比我聪明！他说不定能中个状元！"

李文山那根漫长无比的反射弧总算弹回来了，这才品出李夏说的还魂是什么意思，顿时兴奋得两眼放光，连抄家大事都忘了。

"抄家之后六哥病了，没多久就死了，阿爹死在六哥前头，阿娘死在六哥后面。"李夏沉默了片刻，抱着五哥，这句耳语低沉至极。

李文山吓得浑身寒毛全部竖起来了，身上、脸上起了一层鸡皮疙瘩，这不是大难，这是破家灭门！

"到底……是什么案子？"李文山喉咙紧得声音都有些哑。

李夏趴在五哥肩上，将那桩案子说了一遍："……这些，都是五哥查出来的。"末了，李夏又补充了一句。她活过的那一世，有些能说，可大部分都不能说，就是跟五哥也不能说。而且，她无论如何也不愿意告诉五哥他后来净身做了内侍，这件事太悲伤，悲伤到她说不出口。

"梧桐！"李文山咬牙切齿，"阿爹那么信任他！"

"嘘！"李夏一只胖手捂在李文山嘴唇上。

"怎么办？"李文山是个急性子，连气带急，额头青筋时隐时现。

"五哥，我隐隐约约记得，咱们经过两浙路时，大伯派人来过。还有，大伯现在应该已经升任江南东路转运使了。"

"啊？真的？江南东路转运使？正一品呢！"

"嗯！正是意气风发的时候。大伯派人来……应该是派人来过的，可为什么派人来，又说了什么话，我一点也不记得了。"李夏满肚皮懊恼，她当年浑浑噩噩，只知道玩，知道的事、记得的事实在太少了！

"可大伯……还有伯府跟咱们……"一想到自家和伯府的关系，李文山升起的希望瞬间又破灭了。

"咱们跟大伯、跟伯府关系再怎么不好，阿爹也是永宁伯的儿子，是大伯的亲弟弟！阿爹要是有什么事，大伯不可能不受牵连，而且，大伯确实因为阿爹的事丢了转运使的差使，被贬到了陕南。"

李夏顿了顿，又补充道："而且，后来咱们回到伯府，虽然大伯受了阿爹的牵连，大伯娘还是很照顾咱们的。"

"那咱们就……跟大伯求助？"

"嗯！"李夏忙重重点头，"咱们得好好想想，怎么求助才能求来助力！"

"大妹，就是你姐姐……那个……还好吧？"李文山一边手掌撑地起身，一边问李夏。李夏垂下眼帘："死了。"

李文山胳膊一软，屁股起到一半又重重摔回甲板上。

"五哥，咱们俩一定要救回大家！咱们俩！你和我！要救回大家！还要保守秘密！"李夏搂着李文山的脖子，神情郑重。

"好！"李文山声音有些颤抖。

"拉钩！"李夏伸出小手指，李文山极其郑重地伸手钩住妹妹的手，用力摇了摇，无论有多少困难，无论要做出什么样的牺牲，他都要保护好家人、护住弟弟妹妹！

细心的李冬发现，自从和妹妹在甲板上说了一会儿话之后，五哥就神情恍惚、魂不守舍，李冬忍不住问两人说了什么，李文山和李夏一齐摇头："什么也没说！"

傍晚，新任横山知县李学明访友回来，先到隔壁船上看望晕船晕得比李夏阿娘徐太太还要厉害的钟老太太，侍候好汤药，又陪着说了好一会儿话，才回到自己船上。

几个孩子围着阿爹，聚在后舱徐太太床前。徐太太晕船晕得厉害，一上船就躺倒爬不起来了。

今天徐太太精神却不错，歪在床上，满脸笑容地看着大家，不时说上几句话。

"这两天你又瘦了。"李老爷心疼地看着徐太太，"早知道你晕船晕得这么厉害，咱们就该从陆路走。"

"我很好，没事，走陆路那车子多颠，山哥儿和冬姐儿还好，岚哥儿和阿夏怎么办？看着孩子难受还不如我自己难受呢。"徐太太声气虽弱，语调却透着希望和高兴，"看着四个孩子好好的，我就觉得什么都好。"

"我也是这么想。"李老爷的笑容从眼底一路往外溢，挨个儿看着或坐或站挤在身边的四个孩子，越看越高兴，"这趟我带了山哥儿几篇文章给姜老先生看，姜老先生一个劲儿地赞叹，说是十五岁的孩子就能把文章写到这样，他还是头一回见，他也是太夸张了。"

李老爷捻着胡须，嘴里谦虚，脸上焕发的神采却是一点谦虚的意思也没有。李夏无语地看着老爹，原来阿爹以五哥为骄傲都到这份儿上了……

"你也知道，若论读书，岚哥儿倒比山哥儿还要多几分灵气！山哥儿胜在大气磅礴，岚哥儿长在灵动飘逸……"李老爷一会儿看看大儿子，一会儿看看小儿子，越夸越有精神，躺在床上的阿娘听得都不晕船了！

李夏白眼都要翻出来了，阿爹这癫痫头儿子自家好的毛病可不轻啊！

"你就知道疼儿子！"徐太太嗔怪，"我倒看着冬姐儿最好，这些年多亏有冬姐儿帮我，哪家姑娘有咱们冬姐儿懂事体贴？"

"那我呢？"李夏坐在床前脚踏上，胳膊架在阿娘床上，下巴抵在手背上，看着阿娘嘟嘴问道。

"咱们阿夏最最好！"李老爷大笑，"连算命的都说了，咱们阿夏是龙凤呈祥，贵重得说不得的命格！嗯，除了淘气，什么都好！"

李文山神情一僵，定定地看着李夏，龙凤呈祥，贵重得说不得……

这趟回来，李老爷没再出去，天天守着两儿两女读书写字，这天刚吃了午饭没多大会儿，就听到岸上传来高声问询："请问是永宁伯府李三老爷的船吗？"

李文山一下子蹿到窗前，推开窗户探身往外看，隔船的梧桐已经接上了话："正是！"

"请三老爷安！小的赵大，大老爷打发小的过来给三老爷请安。"

听到赵大的话，李文山浑身都僵了，半晌，才把脖子扭得咯咯吱吱地回头看向李夏。李夏咬着笔头，淡定地看着他。

"冬姐儿带弟弟妹妹去后舱。"李老爷吩咐，船很小，这前舱还得兼着待客见人的功能。

"我在这里陪阿爹，学学待人接物。"李文山急忙请求，李老爷点着头，脸上已经浮起一层阴沉，那府里但凡有人来，都是夜猫子进宅没好事！

"给三老爷请安，给五爷请安！"赵大进了船舱，利落地磕头请安。

"大哥打发你这么大老远过来，有什么大事？"李老爷语气疏离冷淡，赵大却一副浑然不觉的样子："回三老爷，不算远。小的一早起程，多迎了十几里又折回来，要不然早半个时辰就到了。大老爷升了江南东路转运使，月初就到任了，知道三老爷赴任横山县必定路过江宁府，特地算着日子，打发小的过来迎候三老爷。"

李文山更加震惊，拼命绷着脸不让自己露出异常，直绷得脸皮都要抽搐了。

这几天他翻来覆去地想阿夏那些话，越想越觉得不可能，人死了再魂穿回来，天底下哪能真有这样的事？可现在，他一点也不怀疑了，大伯真升了江南东路转运使！大伯真打发人来了！

"大老爷打发小的来，是想请三老爷的船在江宁府码头停一天，这会儿江宁府的春色正好，大老爷想请三老爷上岸赏赏景，说说话疏散疏散。大老爷还请了几位旧友，一起小酌几杯。"顿了顿，赵大仰头看着李老爷笑道，"大老爷说了，江宁府虽说和横山县离得很近，可等三老爷到任接了印，就得各守职责，再近也不好离土相见，只有趁这会儿才好和三老爷见一面，说说话，大老爷有十来年没见到三老爷了，甚是思念。"

李老爷板着张脸，面无表情，老大思念他？笑话！

"你家大老爷的好意我心领了，只是任期紧急……"李老爷硬邦邦地就要回绝，李文山急了，他和阿夏正挖空心思想着怎么能从大伯那里求到援助，现在机会送上门了，阿爹却要拒绝，这可不行！

"阿爹！再急也不急在这一天两天，听说江宁府风景佳天下，儿子早就想去看看了，阿爹就带儿子去一趟吧？"李文山打断李老爷的话央求道。

赵大惊讶地看向李文山，赶紧欠身赔笑道："五爷说得极是，江宁府有句俗话：春牛首秋栖霞。春天的牛首山风景绝佳，就是江宁城里，也处处是景。当地人都说，今年这么好的春色，他们也有小十年没看到了。"

"阿爹！"李文山提着颗心，满眼祈求地看着李老爷，李老爷这个儿子控哪受得了儿子这样的眼神，顿时犹豫了。

"阿爹！阿爹！我也要去江宁城看风景！您不是说江宁城是古都吗？我长这么大，还没见过都城呢！新的古的都没见过，您一定要带我去！"躲在帘子后面偷听的李夏跑进来，拉着李老爷的衣袖撒娇卖痴。

"这是九娘子？老奴给九娘子磕头！"赵大忙跪倒给李夏磕头。李夏下意识地往旁边闪了半步："我年纪小，当不得。"

这个赵大她记得的，是大伯身边极得力的管事，跟着大伯贬谪陕南，忠心耿耿，大伯在自己手里贬为庶民永不录用时，他到处托人要见自己，说是有话要说，她没见他。

李夏这一闪身被赵大看在眼里，脸上的笑容更浓，态度也比刚才恭敬了不少。

这笑容和恭敬落进李夏眼里，李夏的心轻轻跳了跳，看样子这是个极明理通透的人，上一世，也许她应该见见他的。

"好！好！"李老爷本来就犹豫了，哪儿再经得住李夏揪着衣袖撒娇央求，一口就答应了。

送走赵大，船重新离岸起航，李文山找到机会，蹲在李夏面前，带着满脸震惊、茫然和一层薄薄的恐惧，声音压得低得不能再低："阿夏，你听到没有！大伯真升了江南东路转运使！大伯真打发人来了！都是真的！"

"醒醒啦！"李夏的胖手啪啪拍在李文山脸上，"好好想想到时候怎么说话，怎么做才能让大伯愿意帮咱们一把。"

李文山连连点头:"阿夏你放心!嗯?怎么说?你有法子没有……"

听说他们要去江宁府玩儿,六哥李文岚两眼放光,也要跟着去江宁府。

李夏却不愿意带他,她担心他小孩子家口无遮拦,坏了她和五哥的大事。

李文山两根手指捏着下巴,摆出一副老气横秋的大人模样:"放心!有我呢!岚哥儿最听我的话。我来交代岚哥儿,他要是敢不听话,咱们就不带他去!"

半夜里,船泊进江宁码头,一大早,赵大身后停着两辆车,早早等在码头上。

李老爷却慢条斯理地吃了早饭,细细查了李文山的课业,又仔细无比地一个字一个字地评说了李文岚的描红,直磨蹭到日上三竿还多一竿,这才吩咐换衣服准备下船。

李文山、李文岚和李夏三个人早就急坏了,急忙跳起来换衣服。

为了今天去江宁城的衣服,李冬和徐太太愁了一整夜,李老爷倒还好,赴任前赶着做了两套新衣服。李文山到横山县后就要到县学附学,得有几套好衣服撑脸面,徐太太就将李老爷早年的衣服找出来,挑了几件几乎没上过身的,让李冬给李文山改了改,这也算是崭新的衣服。

到李文岚和李夏就没办法了,春装倒是有几件现做的,可李文岚的衣服是用李文山的旧衣服改小的,李夏则是用的李冬的旧衣服,只能算个干净合身。

李夏的心思不在这上头,没留意身上衣服的新旧,李文岚却满眼羡慕地看着一身宝蓝贡缎,看起来朝气蓬勃、英气十足的五哥,不停地揪着自己身上的旧衣服,他也想穿像五哥那样漂亮的新衣服。

李老爷上了一辆车,兄妹三人一定要坐一起,就一起挤上了另一辆车。

"五哥的交代记好了没有?"上了车,李文山板着脸问李文岚。

现在他比李夏更紧张更害怕,阿夏没乱说,那他们家就真的要大难临头了,像阿夏说的那种大祸……要是不能从大伯那里求来援手……

这种可能他想过不知道多少遍了,若是大伯不肯援手,他真不知道还能从哪儿寻得帮助!没人帮助,就凭他和阿夏,要保护家人,他半分把握也没有!

"记住了!"李文岚嘟着嘴很不高兴,"我宁可不说话!反正我不说谎话!"

"谁让你说谎话了?我是说……那不叫谎话……算了算了,你就别说话好了!"看样子李文山没能拿下弟弟嘛。

"要是人家问你对不对?是不是?是这样吗?这样的话,你看着我,我点头你就点头,我摇头你就摇头!"李夏只好亲自出马。

李文岚惊讶而又困惑地看着李夏,他七岁了,已经不那么懵懂,妹妹跟从前很不一样,很怪,非常怪!可到底哪儿怪,他又说不上来。

"咱们到别人家里吃饭赏花,要讲礼貌,不能说让大家不高兴的话,六哥你说是不是?"李夏看出他眼里的困惑奇怪,可也只能硬着头皮往下说,五哥不会哄人,小时候不会哄,长大后还是不会哄。

"是。"李文岚点头。

"那咱们要说话,就得说让大家高兴的话,对吧?怎么能算谎话呢?比如阿娘其实晕船晕得很难受,可阿娘每次都说她很好,一点都不难受,难道阿娘这是说谎话?"

"是……不是……"李文岚眉头蹙得很好看,妹妹这话好有道理,他竟没法反驳!

"那就是啦!咱们今天也要讲礼貌,要让大家都高高兴兴的,要不然,人家会说咱们没家教,说咱们阿爹阿娘没把咱们教好。要是那样,阿爹阿娘的脸面就得被咱们丢光了。五哥,我说的对不对?"

"对对对!就是这样!"李文山拼命点头,阿夏太会哄人了!

李文岚看看妹妹,再看看大哥,突然有一种他们俩早有默契、自己被排除在外的感觉,这让李文岚生出一点点委屈。

车子绕过转运使衙门正门,又走了半条街,进了偏门。

李老爷下车,四下打量,心里十分酸涩。江南东路是天下数得着的富庶要紧的地方,大哥升了江南东路转运使兼江宁知府,做了这江南东路第一人,自己这辈子也难望其项背了。

想着从他刚生下来还没睁开眼睛起,老太太就在他耳边不停念叨的那些话:要出人头地要扬眉吐气,要好好儿打他们的脸……替母亲出气,替母亲请个一品诰封回来……

唉,都是笑话!

自己三十多快四十的人了,变卖媳妇嫁妆,搜光家底,才求了个横山小县县令这么个从八品的芝麻官位,可大哥已经是权倾一方。

第二章 伯府助力

"三老爷可算来了!"一个面容清俊讨喜的青年管事一溜小跑迎上来,利落地屈一膝见了礼起来,连说带笑,"老爷望眼欲穿,打发小的过来看了好几趟了!罗帅司和古先生已经到了,也是刚刚到。这是五爷、六爷和九娘子吧?小的给两位爷、给九娘子请安!两位爷和姑娘真真是……哎哟!小的嘴拙,都不知道怎么夸了……"

李夏听到"罗帅司"三个字,心头一阵狂跳,罗帅司?阿爹做横山县令时的上峰、两浙路安抚使兼杭州知府就姓罗,罗仲生!

李夏用力拉了拉李文山的衣袖,李文山急忙蹲下,李夏一把搂住五哥,贴到他耳边耳语:"五哥,阿爹的上峰就姓罗,罗仲生!是大伯的同年好友!古先生,应该是古老相公幼子,江南第一名门古氏家族现任族长。"

"我知道了。"李文山下意识地答了一句,呆了片刻才反应过来,脸色顿时有些泛白,要是这样,这一趟相见,大伯是用心良苦!

"阿夏没事吧?山哥儿脸色怎么有点白?不舒服?"李老爷是儿子控外加小女儿控,一见李文山脸色不对,顿时紧张万分,脸也跟着有点儿泛白。

李文岚嘟嘴看着五哥和妹妹,那股子被排斥在外的感觉更强烈了,这让他有些不高兴。

"我从来没见过这么大的房子,有点儿害怕。"李夏细声细气地开了口,李老爷神情一滞,又是心疼又是痛苦地看着小女儿,李文山移开了目光,盯着屋脊上的仙人指路仔细看。他现在一点儿也不怀疑这个妹妹是还魂回来的了,这份胡说八道瞬间变脸的功夫,实在是太厉害了!

赵大满眼怜惜地看着李夏,三老爷一家确实太可怜了。

"妹妹别怕!六哥保护你!"李文岚冲上前,一把抓住妹妹的手,他感觉被排斥在外很不舒服,混沌中下意识地想挤回去。

赵大和青年管事顿时有些尴尬,李夏冲李文岚重重点头:"嗯!有六哥,我现在不害怕了。"李文岚又是得意又是兴奋,激动得小脸都有点红了。

"快去跟夫人禀报,小三房两位爷和姑娘都到了!"赵大叫过个使唤婆子正要去催促,月亮门内传来一阵急促的脚步声。

"来了来了!"一个管事婆子随声而到,利落地给李老爷等人屈膝见礼,"婢子给三老爷请安,给五爷、六爷、九娘子请安,我带九娘子进去吧,夫人正盼着呢。"

李老爷有几分踌躇,岚哥儿今年七岁了,这个年纪有些尴尬,跟他一起往前厅也行,可……

"六哥一起!"李夏紧紧揪着李文岚的手,她可不放心六哥跟五哥在一起!

"嗯!我要保护妹妹!"李文岚挺起胸膛,一脸严肃。

"五哥你要照顾好阿爹,我和六哥去给大伯娘请安!"李夏一脸严肃的小大人相,冲李文山挥手。

"大嫂过来了?侄儿侄女们呢?跟过来没有?"李老爷突然问了句。

"回三老爷,就只四爷和四娘子、七娘子跟过来了。"赵大欠身答话。

李老爷神情一黯,他带着孩子过来,大哥大嫂是不该出来迎他,可四哥儿这个晚辈侄儿难道不应该出来迎一迎自己这个叔叔吗?只有几个下人仆妇招呼他们,那府里果然是不把他们一家放在眼里的!

李文山跟着阿爹,随着青年管事往前厅去,一边走,一边心里来回翻腾。

阿夏在他耳边说的那两句话太让他震惊了,若真是阿夏说的那两个人……上一世阿爹肯定没来!李文山心里五味杂陈,突然想起那一句话:可怜之人必有可恨之处……

李文岚牵着李夏的手,往后堂去。

李文岚昂着头,一副勇敢的样子。李夏微微垂头,乖巧中带着几分胆怯,心里却在盘算罗帅司和古先生。古先生也就算了,闲散之人,跑到哪儿赏个花看个草什么的,都是风雅常事,可要是这个罗帅司就是那个罗帅司,他怎么到这江宁府来了?

地方官须守其土,没有旨意或是上峰的命令,擅自离开任职的地域,那可是要杀头的大罪！

这府里一点也不忌讳罗帅司的到来，大伯心思缜密，勉强算得上老奸巨猾，大伯娘治家严谨，这府里不忌讳绝对不是管理不善，而是……不用忌讳！

罗帅司到江宁府做什么？出什么事了？

漕司后衙不算大，一会儿，两人就进了后堂，后堂布置得大方清雅，高高低低、错落有致地摆了十几盆珍品牡丹，大伯娘最爱牡丹，也极会养牡丹。

坐在上首榻上的大伯娘神采奕奕，比李夏记忆中年轻漂亮许多。

是了，上一世她见到大伯娘时，是大伯贬谪陕南、吉凶难料，大伯娘刚从这江宁府回到京城的时候。彼时跌在低谷，前途灰暗，生死难料，自然不能跟现在前程光明、意气风发的时候比。

"两个最小的也都长这么大了！岚哥儿、夏姐儿，到这里来，让大伯娘瞧瞧。"不等李文岚和李夏肃身磕头，严夫人就起身一手一个挽过两人。

"大伯娘，我和六哥还没磕头呢。"李夏看着眼前的大伯娘，郑重认真，大伯娘最重规矩，这一条她印象深刻。这一次，他们是来刷大伯和大伯娘的好感的，大伯娘重规矩，她就要表现出规矩。

果然，大伯娘脸上的笑容进了眼里："这孩子真是知礼懂事！"

李夏和六哥李文岚认真磕头见了礼，起来重新一左一右坐到大伯娘身边。

"来，先认一认姐妹。"大伯娘指着站在右手边，十三四岁、打扮华丽的小姑娘，"这是你们四姐姐文芳，今年十四了。"接着又示意站在左手边，和李文岚差不多高矮、眼神活泼灵动的小姑娘介绍道："这是你们七姐姐文楠，比六哥儿大一岁。"

严夫人刚说了认姐妹，李夏就已经站了起来，严夫人满意的目光从李夏身上移到同样站起来的李文岚身上："岚哥儿和七姐儿一个年头，一个年尾，九姐儿生在六月初一，这个我记得清。"

眼前这些人李夏都认识，这位四姑娘李文芳是庶出，爱逞口舌之利，喜欢强出头，就连说话也一定要比别人多说一句，却是个色厉内荏的。从前，她们争吵最多。

七姑娘李文楠是严夫人嫡出，严夫人连生了三个儿子，隔了好些年又有了这个女儿，表面上不显，其实心里对这位七姑娘疼进了骨子里，大伯也最疼这个幺女。

李夏看着七姑娘，心里打着小算盘，上一世她和这位娇女几乎没有交集，这一回，她一定要好好交好她，或者叫讨好她。要是前厅来的真是那位罗帅司和那个古先生，那大伯绝对是个可以争取到的强大外援，交好这位七姑娘，就打开了一条通往大伯后宅的通天路!

"姐姐真好看!"李夏仰头看着七姑娘,一脸赞叹。

这位七姑娘生得相当不错,李家从永宁伯夫妻到三子一女,个个俊美非常,可严夫人长相一般,这位七姑娘是个有福泽的,长得不怎么像严夫人,几乎完全随了李家这边。

"我觉得妹妹好看!"七姑娘抓住李夏的手,捏了捏,惊讶地拉起来,咦了一声,连笑带叹,"阿娘快看!看妹妹这手,这么胖的手哦,真好玩儿!"七姑娘一边说一边笑一边在李夏手上揉来捏去。

"九妹妹这是大福大贵的手!岂止好看?"严夫人又气又笑地虚拍了女儿一下。四姑娘瞥了一眼:"小猪蹄嘛!我怎么没看出来哪里好玩儿?"

"六哥也这么说我!"李夏一眼瞥见李文岚抿紧了嘴唇,知道他恼了,忙接了一句。

"我没说猪蹄,我说的是猪手!"李文岚急忙纠正,其实他想表达的意思是他是好意,而这位四姐姐的话明显不怀好意,猪手是手,猪蹄是蹄,能一样吗?

严夫人噗地笑出了声,旁边的丫头婆子也跟着笑成一片。李文岚涨红了脸。

"芳姐儿,你是姐姐,怎么能这么说九姐儿?还不快给你九妹妹赔礼!"严夫人笑声未落,就薄责四姑娘道。四姑娘顿时肩膀一缩,立即屈膝给李夏赔礼:"是我不好,九妹妹别跟我计较。"

"嗯,那四姐姐还得再夸我一句,不,两句!"李夏装傻扮痴化解尴尬,她是一心一意要和大伯一家交好的,最好谁都不要得罪。

严夫人刚端起杯子要喝茶,笑得手一软,茶都泼出去了。

七姑娘笑得一只手不停地捶胸口:"哎哟!九妹妹……九妹妹……太逗了!你太可爱了!笑死我了!"

四姑娘也笑得肩膀耸动。

李文岚没觉得李夏的话好笑,他已经习惯了李夏时常要求夸一句这件事,嘟着嘴莫名其妙地环视众人,严夫人看着他那副呆萌的样子,更是笑个不停,老三那样的愚偃可恶,养的孩子竟都这样好!看样子老三媳妇是个真正内秀的。

"九妹妹又漂亮又可爱!九妹妹又聪明又大度!"四姑娘笑得几乎说不出话,可对着一直眼巴巴看着她等夸奖的李夏,赶紧夸奖,这小丫头憨憨的倒是蛮可爱!

"给六哥儿和九丫头的新衣服呢?拿来看看合不合适,光顾着说笑,连这个都混忘了。"严夫人吩咐。大丫头樱桃忙示意小丫头托了两只大红填漆托盘上前,话里有话地笑道："咱们的东西还没理清爽，找玉佩禁步费了点工夫，夫人先看看我配得好不好，若是不好，我这就换去。"

原本严夫人只命备下一人一身新衣服，樱桃见两人知礼懂事，很得严夫人欢心，这会儿，见面礼一人只有一身新衣服只怕有点寒素了，匆忙之下，取了一块玉佩一块禁步添在两套衣服上。

严夫人看了眼杂色玉佩和赤金禁步笑道："果然没挑好，先把衣服拿给他们两个试一试，你去把那只黄花梨富贵花开小箱子找出来，拿四只赤金长命百岁项圈，带回去给他们兄弟姐妹一人一个，再去那只喜燕闹春的箱子里挑一块上好的羊脂玉佩给六哥儿，再把那只红宝石镯子和那只蝴蝶禁步拿来。"

樱桃忙答应去了，丫头婆子侍候着李夏和李文岚换了新衣服，李文岚低头看着自己身上崭新的浅宝蓝织锦缎长衫，笑得合不拢嘴，这衣服比五哥的还好看！

李夏身上是一件大红石榴裙，配一件浅灰绣花短衫，活泼大方，李夏开心得旋了一圈，屈膝致谢："多谢大伯娘！大伯娘真好！我喜欢这衣服！好漂亮！这是我穿过的最漂亮的裙子！"

"我也很喜欢！谢谢大伯娘！"李文岚长揖道谢。

"阿娘，九妹妹太可爱了！"七娘子捏了下李夏的脸，她真是太喜欢这个小妹妹了。四姑娘忍不住拉了拉李夏，这个小九也真是的，谢就谢了，还说什么穿过的最漂亮的衣服！这话说得多丢人啊！再说，一件衣服就高兴成这样，也太小家子气了！

严夫人的目光在四姑娘拉李夏的那几根手指上停了停，才移开笑道："难得这么合身！"

说话间，樱桃已经取了东西过来，严夫人接过玉佩先给李文岚戴上，又取了红宝石镯子给李夏往手上套，樱桃忙蹲下，给李夏系那只玲珑活泼的红宝石蝴蝶禁步。

"谢谢大伯娘，谢谢樱桃姐姐。"李夏开心地谢道。

"咦？你怎么知道我叫樱桃？"樱桃惊讶，大伯娘也疑惑地看向李夏。李夏心里一紧，她疏忽了！"刚才我听到有人叫你樱桃呀！"李夏憨憨答道。

严夫人心里微微一动，将李夏牵到自己怀里笑道："这丫头真细心！来，大伯娘告诉你，这是丹荔，这是冬葵，这是……"严夫人说得很快，几乎一口气将屋里侍立的丫头婆子介绍了一遍，说完，笑盈盈看着李夏。

李夏从丹荔点起："这是丹荔姐姐，这是冬葵姐姐。"丹荔和冬葵忙冲李夏屈膝见礼，冬葵一边见礼一边笑道："不敢当，九娘子叫我冬葵就好。"

李夏点着紫茄，扭头看向李文岚，李文岚会意："这是紫茄姐姐。"

"蔓青姐姐。"

"小红。"

"小翠。"

……

"沈嬷嬷！"

李夏手指挨个点着，和李文岚将刚才严夫人介绍的下人一个不错一个不漏地说了一遍。

严夫人惊讶得两根眉毛一起挑了起来，这两个孩子，竟都是过耳不忘！老三竟养出这样难得的一双儿女，真让人羡慕！

"九妹妹真聪明！"七姑娘巴掌都快拍红了，四姑娘歪头看看李夏，再看看李文岚，撇了撇嘴。

前厅，罗帅司果然就是那位罗帅司，古先生自然也是那位古先生。

永宁伯府大老爷李学璋李漕司今年四十四岁了，因为保养得好，看起来跟弟弟李学明差不多年纪，可李老爷今年实足才只有三十五岁！

李漕司原本就以谦和温厚著称，这会儿官运亨通、春风得意，更是不动时如山，说话行动如春风拂面。

李文山垂手侍立在父亲身后，看看斜靠在西边榻上、一副风流名士做派的古先生，以及并排坐在父亲对面，随意从容的大伯和罗帅司，再看看浑身拘谨不自在的阿爹，心里说不出什么滋味。

听说京城的二伯也是出了名的好风仪，阿爹若也是伯府嫡子，必定不会像现在这般拘束吧……

"你们兄弟有好些年没见了吧？难得一见，竟被我们扰了。"罗帅司打量着李老爷，和李漕司笑道。

"不瞒你说，就是因为你要来，我这才特意嘱咐老三今天过来一趟。"李漕司指着弟弟李学明笑道。

"我就喜欢子明这样！有话直说，不拐弯抹角！"古先生用折扇指着李漕司笑道，子明是李漕司的字。

"我这个幼弟自小聪明难得，偏偏是个天生的牛脾气。中了举人后突然立志要教书育人，连进士也不考了，到太原府做了个教谕，一做就是十几年，这十来年，还真让他教出不少好学生。这些年我不知道劝了他多少回，如今总算悟过来，肯出来做点事了，我是又庆幸又担心。担心他这书生脾气，在地方上不知变通，幸之又幸的是，这横山县在罗年兄治下！"

李漕司说完就大笑起来，罗帅司用手指点着他，跟着哈哈笑道："好你个李子明！算计上我了！"

李老爷犹豫了下，起身冲罗帅司长揖到底："在下必定恪尽职守、竭尽全力。"

"好好好！"罗帅司捻着胡须，看向李老爷的目光里却带着说不清的意味。古先生斜视着李老爷，打了个哈哈道："子明，你这位幼弟和你可是大相径庭。"

没等李漕司答话，外面一阵急促有力的脚步声传来，或坐或躺的三人忽地全站起来了，下意识地理了理衣服，一起迎了出去。

还没坐回去的李老爷莫名其妙，好在他也不算太笨，知道必定是有极尊贵的人来了，急忙跟在后面往外迎，走了两步才想起儿子，一回头，李文山已经紧跟在他身后了。

十几个行动举止敏捷得出奇的精壮长随最先进来，依次钉子般钉在各个要紧之处，长随之后，是十来个青衣小帽的清俊小厮，从正厅台阶下依次侍立到正厅门口。

众人已经迎下台阶。在十来个穿着不一的锦衣小厮的团团拱卫下，四五个清贵少年说笑着进来。

最前面的少年，浑身恭谨、斜着身子走在甬路最边上，十六七岁年纪，俊秀温雅，和李漕司有六七分像，这应该是李漕司的儿子，四少爷李文松。

跟在李文松后面，虽然也走在路侧，可神态举止却十分随意自在的少年比李文松还要好看几分，衣服华贵，装饰考究，面容看起来和古先生有四五分相像。

两人后面，被所有人拱卫在中间的少年只有十二三岁，一件淡青寺绫长衫，腰间系着羊脂玉带，头发用一根白玉簪绾住。少年唇红齿白，目若点漆，说不出他哪里特别，可一眼看去，就能让人心生敬畏之意，围在他周围的几个极出众的英俊少年，被他一比，竟个个落在了下乘。

少年正微微侧头，和左手边落后他半只脚的靛蓝衣少年说话，靛蓝衣少年神情专注冷峻，偶尔目光一转，一股子睥睨杀伐之气溢出，令人微微心悸。

最后面的青年十八九岁年纪，一张脸漂亮到妖孽，白衣胜雪，背着手一边走一边四下张望，意态闲适不羁，腰间系了只不知道什么材质的黑布袋，布袋不时鼓起落下，仿佛装了什么活物。

李文山半张着嘴，直接看傻了，这一群人，实在是太好看了！

"公子回来了，牛首山的春色可还有几分意思？"罗帅司迎在最前，冲少年恭恭敬敬长揖到底。

"好什么呀！"长相很像古先生的少年抢先接了一句，"虚名在外！还不如漕司府后园那些花啊草啊好看！"

"小古不要乱说，景色不错，不愧是春牛首。"居中的少年公子手中的折扇在小古肩上敲了下，笑容如菡萏初绽。

众人让到两边，少年公子进了正厅，直趋上首坐了，小厮丫头们流水一般进进出出，送进温热的帕子、清水、香茗以及各色点心。

偌大的正厅里，除了少年公子居上首坐着，其余人全都垂手侍立，李文山不时瞄一眼少年公子，心里骇然至极，这是谁？连罗帅司和大伯这样的一品大员在他面前都得垂手站着。

"都坐吧，不必拘礼。"少年净了手，摆手笑道。

罗帅司和李漕司依旧坐了原来的位置，古先生坐回西边榻上，靛蓝衣少年却坐到了古先生上首，小古侍立在古先生身后，那白衣胜雪的青年男子，背着手站到了少年公子侧后。

李老爷依旧坐回原位，他那个位置，本来就是最下首，李文山垂手侍立在父亲身后。

"这两位……"少年公子手里的折扇指向李老爷和李文山。

"这是下官幼弟李学明，这是其子李文山，下官幼弟从太原教谕调任横山县令，路过江宁府，下官和幼弟十数年没见，实在是……"李漕司就要跪倒请罪。

"无妨。"少年公子浑不在意地挥了挥手，看看李文山，又看看李文松，"李家儿郎果然个个俊美，风仪都这么好。"

李老爷已经被这满堂的威严压得头昏脑涨，额角渗汗，耳朵边嗡嗡作响，连替儿子客气几句都忘了。李文山年少无知，听少年公子夸他俊美好风仪，脸一红，抬手挠起头来。

少年公子看得抿嘴笑。小古几步跨到李文山身边，伸手捻了捻李文山身上那件新长衫，一脸夸张地惊讶道："你这件新衣，这纹样……是二十年前江南织坊进上的贡品吧？太原府流行用二十年前的旧料子做衣服？"

李文山听傻了，他竟然能从料子纹样上认出这料子是二十年前的贡品！这太神奇了！"是！对！你说得对，太对了！我是说，这确实是二十年前的料子，这是用我阿爹的旧衣服改的！你怎么认出这是二十年前的料子？我是说……那个……我的意思是……我怎么看不出我这块料子跟他那块料子有什么分别？这个……这哪儿有分别?"李文山拎着自己的衣服,指着靛蓝衣少年。

少年公子的眉梢挑了起来,像发现活宝一般上上下下打量着李文山。

靛蓝衣少年嘴角勾出一丝似有似无的笑意,满眼促狭地看着脸都青了的小古,话却是对李文山说的:"你自然分不出,这里头有大学问呢!只有小古才懂得的大学问。"

侍立在少年公子身后的白衣青年笑着摇了摇头。

罗帅司用折扇半掩着脸,强忍着笑,李漕司这个侄儿竟是个妙人儿,古六郎取笑他衣服过时陈旧,没想到竟挨了他一记王八拳!

李漕司看似随意,其实全部注意力都在少年公子身上,见他明显是对李文山有兴趣而不是不高兴,暗暗松了口气,一副愁眉苦脸的样子冲少年公子道:"下官这个侄儿,是个……憨厚性子,六哥儿多担待些个。"最后一句,李漕司转向了古六郎。

"他们小孩子的事,你理他们作甚?"古先生浑不在意地冲李漕司摆手,"随他们闹去!咱们都别管!出不了大事。"

"我们去后花园喝茶赏花,不打扰你们说正事。"少年公子收了折扇,站起来道。众人齐齐起来往外送,少年公子走到李文山面前,步子微顿,冲他颔首笑道:"你也来,咱们一处玩儿,跟他们这帮老头子在一起有什么趣儿。"

李漕司忙推了把一脸傻呆的李文山,又顺手拉住儿子李文松低低咬耳朵交代:"照看好弟弟!"

"漕司放心,你这个侄儿如此厚重,何须照看?"走在最后的白衣青年经过李漕司面前时,说不清是玩笑还是正经地说了一句。

后堂,李夏紧挨严夫人坐着,你来我往地说家常,正说得一片欢声笑语。外面一个锦衣丫头急如流星般冲进来,一直冲到严夫人面前,附耳说了两句,严夫人立刻站起来往外走:"四姐儿好好看着弟弟妹妹玩儿,我去厨房看看。"

李夏心里一跳一跳又一跳,出什么事了?能把大伯娘紧张成这样?大伯娘这紧张里透的是喜气,那就是……有什么好事临门了?

大伯娘去了足有两刻来钟才回来,李夏悄悄打量着她的神色,虽然掩着,可那盈腮的喜气还是看得很清楚,看样子这好事还很顺利。

严夫人再坐回去,就有些心不在焉,看向李夏和李文岚的目光里透着些许说不清的味儿。没多大会儿,严夫人笑道:"大伯娘也是糊涂了,这么好的天,园子里那么好的牡丹,怎么能一直拘着你们在屋里待着。七姐儿,你带六哥儿和九妹妹去园子里逛逛去。四姐儿,你跟我去库房挑几匹料子,回头给九妹妹带回去做衣服。"

众人出了正堂,李夏悄悄瞄了眼左右,心头升起一朵接一朵大大小小的疑云。让七姑娘这个跟六哥差不多大的小妮子带他们逛园子,还只跟了几个不大不小的小丫头,连个嬷嬷都没有,大伯娘什么时候这么粗心大意了?

出了正堂,李文岚先长长松了口气。刚才妹妹跟大伯娘说话,什么阿娘说大伯娘待他们最好啦,什么阿爹说京城伯府怎么好怎么有意思啦……阿爹阿娘什么时候说过这些话?明明是胡说八道,可妹妹点头,他不能不点头,他答应过的!总算不用听妹妹胡说八道了,妹妹今天说了好多谎话这事,回去要不要告诉阿爹呢?

"六哥往这边来!"李夏的叫声把李文岚从出神中拽回来,他信步走上另一条道上了,李文岚急忙转身跑回来。三个小孩子边走边看,没走多远,就听到有人叫他们:"七妹妹?你们怎么走到这儿来了!快回去!快点!快回去!"

"四哥!"七姑娘可不怕她四哥,李文松一句"快回去"连耳旁风都不算。七姑娘提着裙子往前跑了两步,一个转身又往回跑:"九妹妹快来!让四哥带咱们放纸鸢!"

李文松身后的亭子里,少年公子等人兴致勃勃地看着急得乱跺脚乱挥手往外赶人的李文松,以及完全无视他的驱赶,奔着他连蹦带跳跑过来的三个粉妆玉砌的小孩子。

三个人一口气跑到李文松面前,李夏正要喘口气,一抬眼正看到笑眯眯看着她的少年公子,震惊到无以复加,脚一软直直往前扑去。

没等李文山叫出声,离李夏最近的靛蓝衣少年一步上前,伸手抄住了她,李夏抬头正要谢,靛蓝衣少年的脸映入眼帘,李夏倒抽一口凉气,一屁股坐到了靛蓝衣少年的脚上,这回不光脚软,连腿都软了。

"阿夏!阿夏你没事吧?"李文山冲上前抱起妹妹,吓得脸都白了。

"没……没……没事!"李夏惊吓过度,这口气提不上来了。

"像是吓着了。"靛蓝衣少年仔细看着李夏,李夏一颗心顿时提到了嗓子眼。眼前这个人,心狠手辣、老奸巨猾、诡计多端……他简直不是人!

"是……你太好看了。"李夏急中生智。

靛蓝衣少年脸上的表情顿时精彩得无法形容,少年公子看着靛蓝衣少年,噗一声哈哈大笑,一个箭步凑到李夏面前,一双眼睛莹莹放光:"你跌倒了两回,后一回是看到他惊艳了,头一回呢?你看到谁了?"

"你!"李夏避开少年公子的目光,有气无力地答了一个字。少年公子顿时两根眉毛一起飞起,满脸得意,靛蓝衣少年斜视着他,满眼鄙夷。古六少爷踱过来,幽幽怨怨道:"要惊艳也该是怀慈兄,你是不是没看到怀慈兄?"

李夏却没工夫理会他,眼前的两人太让她震惊了。

这位集万千宠爱于一身的秦王虽然比她上一世看到时小了很多,可这容貌举止和二十岁时的他一般无二,也就是稚嫩了点,二十岁的他比现在气势更盛,更加夺人心魂……

李夏下意识地抬手拍在自己额头上,他怎么会在这里?她记得非常清楚,太皇太后从没离开京城超过百里,他从没离开过太皇太后,可现在,他竟然出现在这里!活生生的!

"喂!小丫头,眼珠转一转!"秦王伸手在李夏眼前挥了挥。

李夏没理秦王,眼珠一格一格移动,扫了靛蓝衣少年一眼,立刻飞快移开。她最不愿意跟他对视,上一世虽然他是她的盟友,可天知道她是多么不愿意跟他结盟,就是她做了太后,手握天下,她还是忌惮他,不到万不得已绝不招惹他……

"小丫头好像很怕你!"秦王看看李夏,再看看靛蓝衣少年,兴奋地转着折扇,一副看热闹不怕台子高的模样,"小丫头,你叫什么?阿夏?夏天的夏?阿夏别怕,鹦哥就是看着像块冰,其实他的心很软很温柔。以后,你就叫他鹦哥哥哥,他最喜欢人家叫他鹦哥哥哥了。"

鹦哥错着牙怒目秦王,李夏搂着五哥的脖子斜瞥了秦王一眼,没理他。

他可真够坏的!这位……鹦哥,长沙王世子金默然最恨人家叫他小名,他做丞相的时候,中书省有个书办因为买了只鹦哥拎到了中书省,被他贬到冰天雪地的大西北,差点儿冻死在那边!

秦王竟然让她叫他鹦哥哥哥!太皇太后那么厚道的人,怎么养出这么个儿子?!

"他跟你玩笑呢,他姓金,你称他大郎就行。"白衣青年过来,温和地笑道。

李夏定定看着他,点了点头,这是她的禁卫军都指挥使、九门提督陆仪陆怀慈,上一世,她最信任的人之一。

"阿凤最无趣!"秦王打了个呵呵,一脸嫌弃地斜了眼陆仪,李夏知道他说的是陆仪,陆仪的小名叫凤哥儿。

这位秦王,可真喜欢叫人家小名儿!

"大哥哥你真好!你最好看!"李夏冲陆仪伸出胳膊,她想让他抱抱她。上一世,那些她以为熬不过去的时候,都是他沉默地守护在她身边。每次她都非常渴望扑进他怀里，他怀里一定无比安全、无比温暖！

陆仪被李夏张开的双手惊呆了，愣了片刻才伸出手，笨拙地抱过李夏。李夏搂着他的脖子，把脸贴在他胸口，满足地叹了口气，果然很温暖、很安全。

"小丫头过来！让我抱抱！"秦王的兴致又上来了，胡乱将折扇塞到金默然手里，冲李夏拍着手，李夏装没看见，转身扑回五哥怀里。

秦王在她入宫那年得急病死了，还没成亲，刚下了小定礼没几天。

"让我来，我来！小丫头，让我抱抱！"古六少爷一头冲上来。

"我要回去找大伯娘！"眼前的情况太诡异，李夏心惊之下，决定暂时回避。

"我妹妹胆子小！"李文山赔笑跟大家解释了一句。他抱着李夏就往外走，边走边贴在李夏耳边道："那事我还没跟大伯说，别急着走。"

"嗯。"李夏低低应了一声，这才是眼下最重要的事！

午饭后，秦王和罗帅司等人就起程离开了。

古先生无酒不欢，可秦王在，罗帅司和李漕司自然是一滴酒不敢喝，古先生就拉着李老爷陪酒，李老爷量浅，两三杯就倒了。李文山听说阿爹醉倒了，暗暗庆幸不已，他正愁着怎么才能甩开阿爹，偷偷和大伯说上几句话呢！

没等李文山去寻李漕司，李漕司先让人叫了李文山和李文松过去。

李漕司细细问了两人陪秦王的事，谁说了什么话，谁是什么表情，问得细得不能再细了，李文山和李文松相互补充，李漕司很是满意，捻着胡须笑道："松哥儿这回做得不错，山哥儿憨直淳朴，却心思细致，这两条极其难得！你们兄弟同心同德，互相提点，这一点更好！你们记着，独木难成林，兄弟之间一定要互相扶助、互相帮衬，才能走得远、走得高！记住没有？"

"记下了！"两人一齐长揖答应。

"好了，你们也累坏了，回去歇着吧。山哥儿，你阿爹醉了，我已经打发人去船上和你阿娘说了，今天若赶不回去，就在这里歇一晚上，明天再起程也不迟。"

"是！"李文山答应一声，抬头看着李漕司道，"大伯，我想和您单独说几句话。"

"哦？好！"李漕司爽快答应。

李文松冲李文山眨了眨眼，先退了下去，对于这位长到十几岁才头一次见面的堂弟，他印象非常好，真像阿爹说的，憨直淳朴。

听着李文松的脚步声远了，李文山扑通一声跪在了李漕司面前。

李漕司是极精明的人，一个愣神，抬手屏退了众小厮："什么事？说吧。"

"大伯，您肯定知道，阿爹这十几年做教谕做得专心，他又是那样的脾气。"李文山顿了顿，该怎么和大伯说，他和阿夏商量了好多遍，也暗暗练习过好几遍，可这会儿对着大伯，李文山发现他这口齿并不如他预想的那么利落，"侄儿是想说……"

"大伯明白了，你担心你父亲。"李漕司是什么人，李文山这么两句话，他就明白了李文山的意思，他这是担心他父亲根本就不会做官！

"是！阿爹请了两个师爷，钱粮师爷叫陆有德，刑名师爷叫卜怀义，都是台州人。有一天夜里，我睡不着，见两条船靠在一起，就跳到两个师爷的船上，正巧听到两个师爷喝酒说话。卜师爷说，横山虽是小县，却很富庶，进项肯定少不了；陆师爷说，他们这回一定要放开手，挣够了钱就收山回去养老了。"

这些都是他和阿夏商量好的谎话，李文山心虚，低着头说得飞快，李漕司听得两眼直直地瞪着李文山。

"你没惊动他们？"

"没有，侄儿吓坏了，几乎是爬回去的。"李文山头垂得更低了，他心虚得厉害，不过看在李漕司眼里，就想成了他因为自己的胆小而羞愧。

"好好好！做得好！就该这样，不能惊动。"李漕司连声夸奖，这孩子谨慎不冲动，实在是太难得了。

"你告诉你阿爹了？"

"没有，侄儿探过几次话，阿爹非常推崇两个师爷，阿爹那样的直性子，侄儿……想来想去，没敢。"

"你做得很好！非常好！好孩子，起来，快起来。"李漕司稍稍多想了一点点，就惊出了一身冷汗。他使尽全部力气才夺到江南东路转运使这份差使，中间不知道得罪了多少人，背后不知道有多少人正虎视眈眈，要找机会掀翻他，真要是老三在任上出了贪腐之事……后果真是不堪设想！

老三十几年不和家里往来，府里几乎把他们一家忘记了，可那些政敌不会忘！

老天保佑！

"你放心，有我！"李漕司拉过李文山坐到自己旁边，"是你阿娘让你来找我的？"

"不是。"大伯可能问到的问题，阿夏和他都准备了答案，"阿娘常说大伯待我们好，可这事我没敢告诉阿娘，阿娘胆子小，也……阿娘跟大伯娘、二伯娘不能比。"

"能比！比你大伯娘不差！你阿娘极其难得！很好！"李漕司拍着李文山的手，连声称赞，几句称赞之间，转了好些念头。

"山哥儿，你今年十五了，大伯像你这么大时，已经开始撑家了。往后，你阿爹的公事，你要多留心，嗯……大伯挑几个妥当人……这个先不提，你阿爹的性子，只怕不方便，你说的这件事，先不要打草惊蛇，大伯这就让人去查，先查清楚再说。横山县离江宁府快马不过一天，你放心，大伯护得住你们。"

"好！"李文山鼻子猛地一酸，这种有靠山的感觉，真是太好了！

李老爷酒劲稍稍缓过来一点，就紧着要回去，李漕司也不多留，依旧命赵大送父子四人回去。

漕司府总算客尽主安，下人们忙着收拾东西，李漕司背着手，步子闲适地往后堂进去。

"阿爹！"一看到李漕司，七娘子开心地迎出来，拉着李漕司将他按在上首榻上，趴在他背上兴奋道，"阿爹！你猜我见到谁了？我一直想看看风仪佳天下的秦王到底是个什么样儿，在京城没看到，没想到在江宁府看到了！真是名不虚传！好看极了！像画上画的神仙！太好看了！"

七娘子一脸的惊叹外加满足，李漕司看向严夫人，严夫人扫了眼一脸茫然的四娘子，点着七娘子的额头嗔怪道："你也不小了，还这么疯疯癫癫的，你阿爹累了，不能再闹腾你阿爹！你下来，让你阿爹歇一歇。"

"唉！好吧！"七娘子不情不愿地从阿爹背上滑下来，"那阿爹好好歇着，我和四姐姐先回去了！"七娘子和四娘子出去后，严夫人屏退了众丫头婆子，看着李漕司关切道："可还好？"

"嗯！"李漕司嘴角露出丝丝笑意，严夫人顿时长舒了口气，"从得了信儿，我这颗心就一直提着，这下可算放心了！"

"老三家那两个小的，你看着怎么样？"李漕司问道。

"好得让人想不到！"严夫人一脸的感慨，将李夏和李文岚进来后怎么做怎么说一字不漏细细说了一遍。

"……四姐儿说猪蹄的时候，我以为她必定恼了，就算不恼，也必定觉得难堪，谁知道这两个孩子竟是这样天生忠厚的性子，偏偏又天性聪明、过耳不忘。我记得老爷说过，本性忠厚、天资过人的孩子，前途无量，老三倒是福气。"

严夫人的话里透着酸味儿，她三子一女都是中人之姿，看到别人家孩子出色，心里不酸是不可能的。

李漕司不知道看着哪里，轻轻嗯了一声，过了一会儿才接着问道："怎么想起来打发七姐儿他们去后园？"

"我这不是存了点念想嘛。"严夫人有几分赧然，却没有丝毫隐瞒，她和他几十年的夫妻，这些年不管大事小事，他都和她商量，她对他也几乎没有隐瞒，"这几家是我做梦都想结的亲家，要是能把七姐儿嫁进……嫁进哪一家我都能做梦笑醒！七姐儿这个年纪，外男还能见一见，有枣没枣打一竿子，万一打到了呢。"

李漕司呛着了："你也不想想这年纪上差了多少！不过这事你做得不算错，让咱们家孩子和那几位多多往来，只有好处！"

"我也是这么想。"严夫人脸上那几分失望一闪就没了，毕竟年纪差得大不说，那几位的身份在那儿呢，她是个很实际的人。

"古六郎在族里行六，却是古先生长子，他还有两个弟弟，小的只有四五岁，大弟弟今年十一岁。"李漕司捋着胡须，笑眯眯道。

严夫人一个怔神就反应过来了，大喜过望："你这是？"

"还用说？"李漕司今天的心情相当不错，"咱们小长房就楠姐儿这一个嫡出闺女，我比你还疼她呢！她这亲事，你操心，我就不操心了？"

严夫人听得心里舒畅极了，抿着嘴儿笑。

"楠姐儿的亲事，从前年年底你让人采买黄花梨，我就挂在心上了。咱们小长房三个儿子，唉！"一提到儿子，李漕司高兴的心情不免蒙上一层灰暗，"都是好孩子，可惜资质平平。"严夫人脸上也蒙了层灰色，生了三个儿子却没有一个出色的，这是最让她难过的事。

"楠姐儿是个好孩子，生得好，性格好，人又宽厚，她若能结门好亲，往后提携提携娘家，就像我这样……"

"老爷！"严夫人温柔地打断了李漕司的话。

李漕司拿过她的手拍了拍："这些年，先是岳父拿我当亲生儿子一样提点扶持，后来是大哥接着照应我。我也是个资质平平的，要是没有岳父和大哥的照顾，现在不知道落魄成什么样儿。京城那些伯府，就数咱们家有气象，不都是因为我有个得力的岳家。"

"老爷。"严夫人声音微微有些抖，李漕司头一回和她这样直白地说这些话，这让她心里热辣辣的，连眼眶都热了。

"松哥儿他们是咱们的心头肉，楠姐儿也一样是心头肉，这亲事既要能提携娘家,又要楠姐儿过得好,天底下再没有比古家更合适的了!"

"老爷可比我敢想多了!"严夫人又气又笑,"那是古家!能满天下挑媳妇的人家!您可是净想好事!"

"古家怎么了?咱们是下里镇李家三嫡支之一!李家的姑娘,那也是能满天下挑婆家的!再说,没有李家的姑娘,哪来的他们古家?"李漕司几句话说得很是傲然,他们李家姑娘的抢手程度,也就比古家男儿稍稍差了那么一线!

"这倒是!"严夫人重重一拍巴掌,眉开眼笑。

"照你说,这两个小的是不错,可老三家山哥儿更是难得!"李漕司话锋一转,将李文山如何得了秦王青眼,被秦王邀请,以及找他私下说的那些话,都细细告诉了严夫人。

"这真真是……真真是……"严夫人又惊又叹,一时不知道说什么才好。

"我真是没想到,老三那样的人,几个孩子竟然……这么好!"李漕司更加感叹。

"这孩子都是大人言传身教带出来的,"严夫人先下了个断语,"山哥儿且不说,那两个小的,一个才五岁,一个也不过七岁,要是平时常听到些不好的话,临急教能教成这样?我看老三在外面这些年,经得看得多了,至少知道好歹,明白是非了。"

"嗯,"听严夫人这么说,李漕司忍不住叹了口气,"这些年,老三一直是我的心病。兄弟成仇,我这齐家先没齐好,一直被人诟病,如今……这不是老三的福气,这是咱们的福气!"

"可不是!"严夫人笑起来,因为老三和家里翻脸不来往的事,她在京城时不知道听过多少没意思的闲话,兄弟不和,就是门风不好,连老二的亲事都受了影响……

"说起来,这事还要好好谢谢你,要不是你提醒,让我打发人请老三过来聚聚……唉!我是越想越后怕,若山哥儿说的不假,老三到任不过半年一年,非得出大事不可!这是你带给我的福气,老天保佑咱们李家。"

李漕司看向严夫人的目光柔情脉脉。严夫人脸上泛起了一层浓重的红晕,有些不自在地抬手抚了抚光滑的发髻,抚到一半觉得不妥,忙又放下来,努力想显得自然些:"这都是老爷的福分,是孩子们的福分。"

"咱们到江宁府这一两个月,你天天辛苦操劳……你一直想看看这春牛首是怎么个好法,我一直没空……是我不对,咱们明天就去!明儿起个大早,咱们一家到牛首山赏赏景，再到弘觉寺拜拜佛，吃一顿素斋，好好疏散一天！"

李漕司立刻拿定了主意。严夫人眼泪汪在眼眶里，忙用帕子按住，点了点头。

李漕司又和严夫人说了一会儿话，出来，叫了赵大过来，低低吩咐道："让人去查三老爷身边那两个师爷，越仔细越好，要快！再挑两个妥当人去横山县，等三老爷一家到了，悄悄盯着。"

赵大惊讶地抬头看向李漕司，李漕司顿了顿，接着道："人挑好带过来我看看。还有，让人去太原府打听打听老三一家，特别是那几个孩子，山哥儿、岚哥儿和那两位姑娘在太原府时的一举一动、一言一行，都仔细打听，越细越好。"

赵大忙垂头答应。

第二章 巧遇贵人

李老爷醉得厉害,李文山只好和他一辆车照顾,回到船上,又被阿娘和李冬拉住问个没完,直到第二天早饭后,才找到机会和李夏单独说几句话。

"那几个贵人,你认识?都是谁啊?"这个巨大疑问在李文山心里憋了半天一夜,差点把他憋出毛病来。

"你跟大伯说了没有?大伯怎么说?都问了什么问题?你怎么答的?"李夏更关心的是这件大事。

"你先说……好吧好吧,我先说!"李文山将怎么和大伯说,大伯问了什么,他怎么答的,大伯答应得如何干脆,一口气说完,长长叹了口气,"阿夏,你不知道,这种有靠山的感觉真好!"

"嗯,以后你就是我们的靠山。"李夏随口道。李文山听得后背一挺,是的,阿爹……不管阿爹怎么样,他是一定要给弟弟妹妹当靠山的,一座强有力的靠山,像大伯那样。

"大伯满口答应不是因为要给咱们当靠山,这是一荣俱荣、一损俱损的事。说句刻薄的话,他心里说不定感谢你给他提了醒、送了机会过去呢。"李夏怕五哥脑子一热真把大伯一家当靠山了,赶紧提点他。

"我知道,这事我还能想不明白?那几个贵人到底是谁?你认识?你怎么会认识他们?"

"我认识他们,是因为你认识他们。"李夏往五哥身上推。

前一世她主政十来年，战战兢兢，勤勉无比，七品以上的官员她都认识。稍稍知名一点的大族世家，她都极其了解。可这些经历，她已经打定了主意要烂在心里，跟任何人都不吐露半个字。

"我？原来我认识他们？"李文山满脸喜色。李夏心虚不忍地移开目光，从前，他认识他们的时候，已经净了身。

"那是秦王程曦。"

李文山倒抽了口凉气，他自然听说过秦王。

当今太后姓金，出自长沙王金家，是先帝的原配发妻。太后只生了两个儿子，一个是皇上，另一个就是秦王。秦王是遗腹子，一生下来就是太后的眼珠子，皇上最疼爱的幼弟，六岁那年就封了秦王。偏偏这位秦王不光尊贵无比，还聪明早慧，礼贤下士，谦和大度……总之哪儿都好，连长相都好看得不得了！早几年就号称"风仪佳天下"，是神仙一样的人物。

"那个凶神是长沙王世子金默然，字拙言，小名鹦哥儿。"李夏想着金拙言那双几乎看透一切的眼睛，一阵心悸。

"凶神？哪个是凶神？你是说金大郎？他就是不怎么爱笑爱说话，其实……啊？他就是长沙王世子？太后的亲侄儿？"没有风，李文山也凌乱了，竟然全是贵得不能再贵的贵人！

"五哥，你记着，以后一定要小心他！他心狠手辣！辣到……简直就是屠夫！秦王……他曾经一人一枪，一口气杀了两百多人！"

李夏想着秦王死那天，金拙言倒提着流着血线的长枪从江府缓步出来的样子，激灵灵打了个寒噤，那不是人，那是地狱出来的罗刹！

"谁？秦王？金大……谁杀人？为什么杀那么多人？带兵打仗？"李文山震惊而混乱，一口气杀两百多人！这太吓人了！怪不得阿夏吓成那样！

"是金拙言，不是带兵打仗，他没带过兵，怎么杀的你不用管，总之你记好，他心狠手辣！而且老奸巨猾！"李夏不打算告诉五哥秦王早死这件事，五哥心实，万一流露出来，那就是滔天的大祸！保守秘密最好的办法，就是让秘密烂在自己心里。

"长得最好看的那个叫陆仪，字怀慈，小名凤哥儿。"

"大家都叫他陆将军。"

"嗯，他领着京卫上将军的虚职，所以大家称他陆将军。他是安南陆家家主嫡幼子，是陆家这几十年来最有天赋的武学奇才。年纪虽轻，一身功夫却已经出神入化，而且他擅长使毒解毒，他腰间那个黑布袋子你看到了吗？里面装的是他们陆家的家传宝贝白花蛇，只有半根筷子长，却是天底下最毒的蛇，而且他那蛇不怕冷，大冬天的也能活蹦乱跳。"李夏一口气将陆怀慈介绍得详细无比，她对他极其了解。

李文山听呆了："阿夏，你怎么什么都知道？你？"

"是你告诉我的。"李夏眼皮微垂，"还有一个，叫古玉衍，字守明，小名欢哥儿。他是古先生的大儿子，和金拙言两人，都是秦王自小的伴当，一起长大的。还有件事你记好，陆怀慈和古守明也就算了，偶尔被人叫小名儿，也不怎么计较，就是金拙言，他最厌恶别人叫他的小名儿，除了太后和秦王，谁叫他小名儿他就跟谁过不去。别说叫鹦哥儿，就是当着他的面说句八哥、鹦鹉什么的，他都得怀恨在心，非报复回去不可！"

"那秦王还让你叫他鹦哥哥哥？难道秦王不知道他这毛病？还是他现在没这毛病，以后才有的？"李文山想不通了，秦王那么好的人，不可能坑阿夏吧？

"我也不知道。"李夏摊手，心里却在想着秦王那兴奋到乱闪的目光，明显没怀好意。她印象中的秦王宽厚温和、仁慈大度，不过这个印象完全是从太后身上推及出来的，到底秦王是不是她想的这样，她并不知道。毕竟，上一世，她只远远看过秦王几眼，连话都没说过。

"秦王怎么会在江宁府？他到江宁府干什么？你听出点什么没有？"对于秦王出现在江宁府这件事，李夏心里除了困惑，还有无数不安和隐隐的恐惧。秦王从没离开过京城方圆百里，这件事她非常肯定，可现在，秦王确确实实出现在江宁府，怎么会这样？这一世，难道除了自己的回魂，还有其他变数？

"他们没提过这个！"李文山仔细想了想才回答，"他们说的几乎都是哪家牡丹好、谁家芍药盛这样的事，后来又问我太原府有什么好吃的、好玩的，就没说过正事。"

"对他们来说，这些就是正事。"李夏希冀的也不过万一之望，听李文山这么说，倒没觉得太失望，随口接了句。

对于秦王这样的先皇幼子、现皇幼弟，吃好喝好玩好，就是最大的正事。

"唉！"李文山长长叹了口气，一脸羡慕，这是神仙过的日子啊！那几位长得也跟神仙一样好看！

几天后，李夏一家进了横山县。

到横山县时已经是傍晚，李老爷忙着和迎接的县尉县丞书办等人寒暄应酬，李夏阿娘徐太太是被人抬进县衙后宅的。外面，李文山看着人搬运大件行李。内宅，李冬统总一切。先打发洪嬷嬷去请大夫，唐婆子打扫厨房生火烧水做饭，自己带着苏叶等两三个人，忙着打扫收拾，接进行李，只忙得团团转，如同陀螺。

李文岚紧紧拉着妹妹李夏的手，乖巧地跟在姐姐李冬身边，既让她能看得到，又不打扰她。

李老爷忙好进来时，厨房里冒着烟，各间屋里已经收拾得至少能睡觉了，解决了吃喝和睡觉这两件最紧急的事，其他的都不用太急。李老爷看着基本妥当的后宅和忙得一头一身汗的儿子女儿，又是心疼又是欣慰，有子有女如此，夫复何求！

第二天一大早，李夏是被一个嘹亮的大嗓门吵醒的。

李夏翻了个身，没睁眼，在船上窝了一个多月，总算能睡到床上，可一直到半夜，都还觉得床摇来摇去很不舒服，这会儿总算不摇了，她想多睡一会儿。

"……怎么笨成这样？要你们有什么用？那个箱子得两个人抬，哎哟！那一箱子都是老爷的笔砚！那个是书箱子，书架子还没摆好，你搬它干什么？哎哟！真气死我了！这人怎么能笨成这样！那个柜子不能拖！不能拖！看把柜子脚磨歪了！哎！你！你叫什么？你那手往哪儿放呢……"

这声音像钻头一样不停地往李夏耳朵里钻，刺得李夏心烦得一阵阵火起，算了，还是起来吧。李夏坐起来，看向窗外，窗户上是新糊的淡青细纱，纱窗外浓绿晃动，像是芭蕉。

"九姑娘醒了？"小丫头九儿探头看了眼，"我去端水。"

李夏怔怔地看着九儿，并不认得她，这是谁？看她那样子，好像跟自己很熟稔……李夏一言不发，九儿端了水来，李夏自己洗了脸出来，沿着抄手游廊，穿过一道宝瓶门进了正院。

正院上房门口，堵在正当中，一张扶手椅，一个锦衣华服的老太太坐在椅子上，挥着胳膊，不停地呵骂，正指挥着一众仆妇下人搬箱笼收拾东西，在老太太的怒骂厉呵下，满院的人个个脚不连地全程小跑状态。

李夏呆呆地看着气势如虹的老太太。

怪不得从回来到现在，她总觉得哪儿不对，是了，她一直没看到这位姨婆！

这位姨婆是阿爹生母的姐姐，是她把阿爹照顾大的，阿爹敬她如母，是他们家里说一不二的老太太老祖宗。可是，阿爹判错案子，他们一家仓皇进京之后，她去哪儿了？李夏想得头痛，她实在想不起来这位老太太去哪儿了，但能肯定的是：从阿爹出事后，就再也没有看到过她。

李夏沿着墙角进了上房，徐太太斜靠在南窗下的榻上，看起来精神好多了，一看到李夏，露出笑容，直起上身招手叫她："阿夏醒了，昨晚上睡得好不好？过来让阿娘看看。"离阿娘最近的六哥忙挪了挪，将最靠近阿娘的位置让给妹妹，李冬上前替李夏脱了鞋，将她抱上榻。

"阿娘，你好了没有？你今天气色真好！"李夏仰头看着阿娘。

"阿娘好了。"徐太太抚着李夏的头，爱怜无比，"阿夏，这两天家里乱，你别乱跑，要么跟着姐姐，要么就到我这儿和六哥一起写字，听说我们阿夏最近也喜欢写字了？"

"嗯，阿娘……"李夏话没说完，就听到外面老太太本来就不低的声音猛然往上提了整整一个八度："站住！这是哪儿来的箱子？抬过来！打开我瞧瞧！"

徐太太抚着李夏的手一僵，脸色泛白，急忙冲自己的陪房洪嬷嬷使了个眼色。洪嬷嬷正站在上房门口斜看着外面动静，看到徐太太的眼色，掀帘出屋，赔笑道："这箱子里就装了几件旧衣料，是太太亲手装好封起来的，抬到这屋里来吧。"

"这箱笼都是我亲眼看着一箱箱收拾的，我年纪大了，记性可好得很！断没有这样的箱子！这么大一个箱子，得装多少衣服料子？家里有什么东西还能有我不知道的？就是太太的嫁妆，我也一清二楚！好端端的，哪儿冒出来这么一大箱子衣服料子？你说！"老太太凶悍无比。

李夏有些纳闷地看着脸色泛白的阿娘和浑身惧意的姐姐，她们都怕她？她已经不记得这位姨婆的事情了。

这一箱子衣服料子，是上次去江宁府时，大伯娘给的，除了衣料，还有几方好砚，两匣子上等徽墨，一匣子湖笔。好像没有别的，阿娘和姐姐为什么不敢让这位老太太知道？

"我去看看。"李冬看着脸色灰白的徐太太，紧咬着嘴唇，强撑着站起来往外走。李夏急忙挪了挪，从窗户缝往外看。

"老太太，这只箱子确实是阿娘亲手收拾的，我在旁边看着呢，就抬到屋里……先抬进屋，我和阿娘陪老太太一起看。"李冬塌肩缩头，低声下气，站在气势如虹嗓门惊人的老太太面前，仿佛最下等的奴儿。

李夏心里一阵刺痛。

"难道这箱子里，是什么见不得人的东西？"老太太双手叉腰，先喷了李冬一脸口水，再伸手指点在李冬脸上，"去！你给我打开！敢在我面前弄鬼，我呸，你还嫩点！"老太太骂最后一句话时，手指点着屋里。

箱子打开，老太太一把捏住李冬削薄的肩膀，将她一把接一把往箱子里按："这是几件旧衣料？你瞎了？还是你觉得我瞎了？你说，你给我说清楚，这是哪儿来的？偷的还是抢的？我看你再敢跟我扯谎，你说啊？你倒是再给我说一声啊！"

李冬被她连摇带按，头发都散了。

洪嬷嬷站在旁边袖手看着，神情淡然，一副司空见惯的样子。

李夏绷着脸，心里的痛如洪水泛滥，猛回头看向阿娘，阿娘脸色青白，微微闭着眼，嘴唇在轻轻地抖。

"去请老爷，把老爷叫过来！我活不了了！老爷刚升了官，这就要逼死我啊！我活不了了！我就知道，升了官了，不得了了！我不活了！"老太太猛一把推开李冬，一屁股坐在椅子上，拍着大腿号啕大哭。

李老爷正在签押房熟悉公务，听说后宅出事了，急忙三步并作两步冲进来。

老太太看到李老爷，眼泪哗地涌出来，原本的干嚎，立刻配齐了鼻涕眼泪，由刚才的凶悍，瞬间变得凄惨无比。

"……我把你拉扯大……吃了多少苦！那一家……那一家门啊！除了你爹，哪有一个好人？个个都盼着你死！个个都恨不能一把掐死你啊，都不是人啊……啊呵呵呵……几十年啊，我睡觉都不敢合眼，才把你带大……啊呵呵……可怜我……啊呵呵……我不活了……我活不成了……"

"老太太您这是怎么了？谁敢……"李老爷话没说完，一眼看到了敞开在老太太面前的衣料箱子，顿时舌头打结，声气低落到地面之下不知道哪里去了，"老太太，您当时晕船，难受得厉害，我就没敢打扰您，这是那府里老大……也就是几件衣服料子，我想着五哥儿要进学，总得……"

"天啊！"老太太听明白是李家大老爷送来的，猛一提气，这一声"天啊"响彻云天，"那一家门坏种啊！他们日日夜夜盼着你死啊！你还没被他们害够？他们这是看你好了，这又找由头要来害死你了！你怎么这么傻啊……啊呵呵……我这心得操到什么时候啊……我不活了！啊呵呵，我活不下去了……"老太太哭声震天，大腿拍得啪啪响。

李老爷耷拉着肩膀，垂着头一声不吭。徐太太脸色灰白，靠在已经进来的李冬身上，不停地咳嗽。李冬低着头，眼泪一滴一滴往下掉。

"明哥儿啊，从小到大，我怎么教你的？这做人，什么都没有，也得有骨气！咱做人，这骨头就是得硬！那帮坏种……他有钱那是他的，咱不要！这东西……你如今是堂堂县太爷，你更得有骨气啊！这东西，你说！你说！你说话啊！"

李老爷勉强抬头，看了眼老太太，嘴唇动了动，却没能说出话来。山哥儿穿他的旧衣服，被人取笑时，他的心像被刀捅了又捅……

"我那可怜的妹妹啊……"老太太一拍大腿，哭声更加凄惨了，"我的……妹妹……唉唉……你怎么就一伸腿走了啊……老天爷啊……怎么不让我替她死啊……"

"姨母……我……我没……没打算……没……不要了，这两天忙，没顾上，我知道，我都知道，哪儿能要他们的东西，我这就……"李老爷听她这么一哭，顿时眼圈红了，一句话没说完，眼泪就掉下来了。

"叫梧桐进来，把这些阿物儿扛出去，扔了！一把火烧了！全扔了！全给我烧成灰！咱穷归穷，可咱有骨气！咱有骨气！"老太太顿时不哭了，气势震天地拍着李老爷的肩膀。

李夏目瞪口呆，眼看梧桐应声而进，关了箱子，叫了两个粗使婆子抬箱子就走。李夏一跃而起，跑出两步才想起鞋子没穿，急忙回身拖上鞋，拖几步提上，飞奔出去。

"阿夏！阿夏！快去看看你妹妹！"徐太太被李夏吓着了。

李夏盯着梧桐，跑得飞快，刚追出二门，一头撞在五哥李文山身上，李文山一把抓住李夏："怎么了？出什么事了？你……"

"那一箱子东西，大伯给的，那个老太太让梧桐抬出去烧了。你赶紧跟出去看着，悄悄儿的，别让梧桐发现，看看他烧没烧，要是没烧，看看东西去哪儿了。"李夏脸色难看至极，却条理分明。

李文山叹了口气："又是……我知道了，你放心，我现在就去，你赶紧回去。"李文山推了一把李夏，一路小跑而去。

李冬追上来，也不知道是因为刚才的事，还是追李夏太急，脸色灰白："阿夏，你……"

"姐姐我没事。"李夏回身扑到姐姐怀里，难过地嘟囔了一句，"阿夏心疼姐姐。"

李冬喘着粗气，没听到李夏那句嘟囔，抱起李夏："阿夏舍不得那些好东西？阿夏，那不是咱们的东西，不是咱们的东西，咱们就不能要……"

"姐姐，我懂。"李夏抱着姐姐的脖子，脸在姐姐肩膀上蹭了蹭，她不在乎东西，她只心疼姐姐，这一辈子，她一定一定要拼尽全力保护好姐姐。

没多大会儿，李文山就回来了，脸色很不好看。他悄悄叫过李夏，两人蹲在院子里的石榴树下咬着耳朵："出了县衙，梧桐就自己扛着箱子，我一直跟着……"

"真烧了?"李夏屏着气问道。

"烧个屁!"李文山错着牙,粗话都出来了,"他扛着箱子进了八字街最头头那家当铺,我没敢跟进去,在外面守了不到一刻钟,他就出来了,箱子没了,换了个重得不得了的褡裢!王八东西!"

"出来之后呢?去哪儿了?银子给谁了?"

"呃,"李文山呆了,"还能给谁……你是说?老太太?他是她干儿子!"李文山这一回反应极快。

"干儿子?"李夏眯缝起了眼睛。

"都怪我!这点事都办不周全……"李文山懊恼地拍着额头。

"五哥,老太太真是阿爹生母的姐姐?亲姐姐?"关于这位老太太,李夏能想起来的实在太少太少了,对她几乎没什么印象。

"说是堂姐,你不知道?姨婆后来也……那个了?"一个"死"字,李文山没说出口。李夏摇了摇头:"我不记得了,阿爹出了事之后,我印象中就再也没有她了。后来,咱们俩谁都没想起来她,也没去查过她后来怎么样了。"

"阿爹坏了事就没有她了?"李文山拧起眉头,"阿夏,这话我不敢跟别人说,我总觉得,老太太不怎么像个好人,对阿爹和咱们……那不是真的好。"

"就看今天这件事,肯定不是个好东西。"李夏目光阴沉,看这样子,他们这个家,是被这位老太太捏在手心里的。就看刚才的事,这老太太是个贪婪恶毒没有下限的,那阿爹出事,以及抄家时家里穷成那样,会不会跟她有关系?

"这样的事不是一回两回了,每次京城送东西来,老太太都要大哭大骂,然后让人烧了砸了什么的……照这么看,那以前那些,其实也都进了当铺?"李文山一边回想,一边不停地拍着额头,以前那么些回,他怎么就从来没想起来跟着看看呢?

"……要是从前在伯府,老太太也是这样……"李文山越想越远,"阿夏,伯府对阿爹不好,只怕也跟这位老太太有关……"

"先别想那么远。"李夏冷声打断了李文山越来越远的回想,"阿爹生母是带着身契进府的奴儿,她必定也一样,也是带身契进伯府的奴儿。这样的奴儿,伯府若不放纵,她敢这样?她能这样?各有因果,没有谁是干净的。"李夏声调冷酷。

"五哥,咱们得盯紧这个老太太,阿爹那事,说不定她也有份儿。"李夏紧拧着眉,越想越有可能。

"好!老太太好盯,你盯内宅,我盯外面。"李文山摩拳擦掌。

"五哥,这一回,无论如何,咱们俩都得护住全家,护住姐姐、阿娘、六哥,还有阿爹。"李夏站累了，按着五哥脖子坐到他腿上。

李文山被李夏坐得一屁股坐在地上，不停地点头。

上房，徐太太的目光越过窗户，落在蹲在石榴树下说话的大儿子和小女儿身上，好半天，慢慢吐了口浊气："看着你们好，就好，别的，也没什么好计较的。"

她心疼那满满一大箱子衣料，疼得难受。五哥儿穿旧衣服被人笑话的事，她听老爷说到一半，眼泪就下来了，她不是贪人家东西，实在是……唉！

"五哥真是的，越长越回去了，妹妹才多大，看他俩一递一句地说话，好像真能说上什么话一样。"李冬努力往轻松愉快的方向说话，她知道阿娘心疼那些料子，她也心疼，"妹妹也是，现在黏五哥黏得不行，一会儿看不到五哥，就到处找。"

"阿夏越来越懂事了。"徐太太看着小女儿，越看越好。

"可不是，不管吃什么，先给我。我不吃，她就说，姐姐不吃我也不吃，真是。"李冬看着妹妹，也是越看越好。

趁着还没进县学上课，李文山打着跟阿爹习学的幌子，没事就待在前衙盯着两个师爷。盯了半天，就发现这衙门里头的学问比书本难多了。两个师爷当着他的面说什么春赋并秋赋以账抵粮，他听得云中雾里，唉，看来一时半会儿他盯也是盯不住的，要不要催催大伯？大伯那么忙，会不会忘了这事？

"请问李五爷可在？"李文山正胡思乱想、忧心忡忡，小院门口传进来一声客气的询问。李文山忙探头出来，见问话的是一个锦衣锦帽的清秀小厮，没等他答话，小厮已经看到他了，脚步极快地绕过几个书吏，眨眼就到了他面前，拱手揖了一礼笑道："小的眼拙，刚才竟没看到五爷。"

"你是……"李文山觉得自己才是真眼拙，这小厮认得他，可自己怎么看他都应该不认识，好像压根儿就没见过他。

"小的主子前儿和五爷在江宁府一起赏过花，"小厮看着李文山，"今天正巧路过横山县，想起五爷必定已经随李县令到任了，就打发小的过来请五爷过去说说话。"

李文山一听就明白了，在江宁府一起赏过花的，只有秦王他们！

"走吧。"李文山和两个师爷打了个招呼，和小厮一起出了衙门。

"小的承影，是陆爷陆将军身边小厮，方才失礼了。"承影这会儿才回答刚才李文山那句"你是谁"，顺便诚恳道歉。

"陆将军？噢！你叫承影？承影剑？你会功夫？"李文山性子爽直粗率，他压根儿没留意承影刚才没答他的问话这么个不礼貌的小细节，听说是陆仪的小厮，又以名剑为名，想到李夏介绍陆仪的那一大段话，头一个反应就是功夫。

承影笑起来，一边笑一边点头："爷给小的起名字时，确实说过承影剑。至于功夫，说不上会功夫，不过跟在我们爷身边侍候，手脚总要利落点。"

承影在前面引路，左转右拐，没走多大会儿，两人就到了一处清雅非常的深深庭院前，李文山惊讶了："这是哪里？"

承影比李文山还惊讶，他居然不知道这是哪里！"这是凭栏院，五爷不知道这儿？小的是说，五爷刚到横山县，初来乍到……"

"凭栏院是什么地方？不会是……青楼吧？"李文山一听凭栏院这么个名字，就想多了，脚下一顿，立刻问出了声。承影被他问呛着了："当然不是！咳！这凭栏院是间酒肆，虽说有唱小曲儿的……就是个正经吃饭的地方。"

李文山松了口气，这才放心往里走。承影郁闷地看着他，这位爷怎么有点愣呵呵的。青楼！亏他想得出！

凭栏院从外面看着，就清幽非常。进了里面，四下景色极佳，鸟雀跳上跳下，鸣声婉转，颇有几分鸟鸣山更幽的味道。

承影引着李文山进到后园山包上的一间暖阁里。

暖阁非常宽敞，正中放着张宽大长案，案子上摆得满满的，边上却没有人。秦王半躺在临窗的矮榻上，半眯着眼睛，和着不知道从哪儿传来的丝竹声，手指轻轻敲着桌面。金拙言和陆仪手里捏着杯子，站在矮榻对面的窗户旁低低说着话。古玉衍则站在花架前，微微蹙着眉，认真地研究花架上那盆寒兰。

"李五郎来了。"李文山刚抬脚踏上台阶，陆仪就出声示意众人。

"五郎过来说话。"李文山一进暖阁，就看到秦王笑盈盈地冲他招手。

古玉衍上上下下打量着李文山身上洗得发白的银灰绸长衫和腰间系的半旧布带，金拙言捏着杯子，目光清冷地看着李文山。

"王爷！"李文山跪下磕头。秦王急忙摆手："我最厌这些俗礼！"

陆仪却是等李文山磕好了头，才上前拉起他："王爷确实最厌这些俗礼，可礼不可废。给李五爷设个座。"陆仪示意。

李文山在凳子上坐了，左右转头打量着四周："承影说这是家酒肆，这酒肆一点也不像酒肆，倒像大户人家的宅院。"

"那什么样才像酒肆？"秦王目光闪闪地看着李文山，这傻小子愣呵呵的，非常有意思！

"总得热热闹闹的吧。客人进进出出，茶酒博士忙来忙去，有厮波、闲汉、撒暂，什么都有，一看就是酒肆，这里……"李文山扭头四顾，"连个茶酒博士都没有。"

秦王抖开折扇，不动声色地掩着半边脸偷笑，陆仪同情地看着李文山，金拙言有些出神，不知道在想什么，古玉衍笑出了声："你说的……那确实是酒肆！可那种下等地方怎么去得？又脏又乱，根本没法待嘛！"

"那倒也是。"李文山拍了拍自己的额头。他虽然心性阔大，神经又粗到令人发指，却是个聪明人，立刻明白眼前这些人都是站在云端里的，他觉得热闹可喜，在他们眼里就是杂乱肮脏无法忍受了。

"可是，像这样开酒肆，得亏成什么样？刚才我一路进来，除了你们，别的客人一个也没看到，这不得亏死了？"这话他知道不该说，可要是不说，实在憋得难受。

这下，古玉衍瞪着他不知道说什么好了。秦王的扇子虽然挡住了脸，可笑得一动一动的肩膀却挡不住。金拙言高挑着一根眉毛，斜看着李文山，他若是真憨也就罢了，若是装疯卖傻讨王爷欢喜……这份心计可就该杀了！

陆仪猛咳了几声，掩饰住笑声："咳，咳，那个，五郎忧国忧民……"

话没说完，秦王再也忍不住，放声大笑，直笑得手里的扇子都捏不住了，滑到地上。古玉衍也失声大笑："忧国忧民！老陆，没想到你这么……这么……促狭，忧国忧民！"

"这家凭栏院生意极好，多数时候得提前三五天才能订到地方，今天你之所以没看到其他客人，是因为我把凭栏院包下来了。"金拙言看着李文山，慢吞吞地解释道。

李文山一只手按在后脑勺儿上，总算是露出了几分尴尬："我见识少，让大家笑话了，怪不得都说江南富庶清雅，连酒肆也能做成这样。"

"难道太原府没有像凭栏院这样的酒肆？我听说太原留芳阁就以清雅著称，比这里应该不差。"古玉衍奇怪道。李文山冲古玉衍伸出五根指头，来回翻了好几翻："那个留芳阁一顿饭最少最少，二十两银子起价！二十两！我哪去过那种地方。"

古玉衍被李文山的理直气壮噎得一口气上不来下不去。

"永宁伯府在京城伯府里算是数得着的富贵，你父亲是永宁伯幼子，怎么竟拮据成这样？"金拙言过来，捻了捻李文山身上已经发白磨毛的长衫。

"这个……"李文山一下下抚着自己的长衫，迟疑了片刻，才抬头看了眼众人低声道,"翁翁没成亲之前,永宁伯府已经很穷了,没多少家底,如今的富贵,都是因为太婆的嫁妆。我阿爹是庶出,当年到太原府时,已经把该从伯府分得的银钱全部带上了。太婆的嫁妆是大伯和二伯的,跟阿爹没关系。"

这些都是李夏告诉他的,之前,老太太总是不停地说:永宁伯夫人毒若蛇蝎,大伯、二伯毒若蛇蝎,大伯娘、二伯娘毒若蛇蝎,整个永宁伯府除了永宁伯是好人,其他全部是蛇蝎,人人都恨他们一家不死。对这些话,阿爹沉默不言,阿娘沉默不言……

这些话的真假,他现在已经很怀疑了。像阿夏说的那样,永宁伯府如今吃的用的都是太婆的嫁妆,那大伯、二伯富贵,他们家穷,难道不是理所当然的事吗?

秦王神情微凛,仿佛刚刚认识李文山一般上下打量着他。金拙言一脸意外地看着李文山,这份坦率完全出乎他的意料。永宁伯府的那段往事不是秘闻,稍稍一打听就清清楚楚,他说的都是实话,既没替永宁伯府掩饰,也没替自己着粉,这倒难得。

陆仪脸上看不出什么表情,古玉衍却是一脸惊叹连连击掌:"这是明白话!你是明白人!钱算什么东西!做人不愧于心才最要紧!"

李文山横了他一眼,钱是不算什么东西,可没钱就什么东西也没有!

"不说这些,好没意思。"秦王打着哈哈,"你上回说去县学读书?去了没有?县学的先生怎么样?"

"县学还没去,先生倒是见着了。"一提这个,李文山顿时苦恼起来,"这先生实在是……唉!提不起。阿爹说了,下个月初他去杭州府拜见罗帅司,看能不能求一求罗帅司,让我到府学附学。"

"府学……"秦王折扇轻摇,"不错倒是不错,不过……"秦王一句一顿,"你既然要去杭州府,不如去万松书院,至少比府学强一点。"

"万松书院?"李文山一怔,"文正公读过书的那个书院?"

"嗯嗯嗯!"古玉衍点头如捣蒜,"正是先祖读过书的那个万松书院,如今我们都在那里读书,你也来吧,咱们一起!"李文山这个土老帽儿还知道文正公在万松书院读过书,这让古玉衍对李文山的印象大大好转。

"我竟然没想起来万松书院就在杭州城外!我真笨!怎么忘了杭州有个万松书院!我该去万松书院,去什么府学啊!"李文山最仰慕的就是文正公,顿时两眼放光手舞足蹈。

"万松书院好是好,就怕不容易进。"陆仪在旁边提醒了一句。秦王却紧接道:

"不就是考考诗文策论什么的,别人想考进不大容易,五郎必定轻而易举。"

"考试咱不怕!这回考不上,下回再考!大不了多考几回!"李文山是个乐观无比的乐天派,摩拳擦掌、跃跃欲试。

陆仪往后退了半步不说话了。金拙言无语地看着李文山,他知道秦王的身份,古六又说了秦王如今就在万松书院读书,他难道真想不到万松书院根本不可能再招任何人吗?现在的万松书院,没有太后发话,文曲星也考不进去!

只有古玉衍啪啪啪鼓掌叫好:"说得好!"他跟李文山一样,心眼不够使算不上,可就是想不到。

秦王等人还要赶回杭州城,不敢多耽搁,没多大会儿就起程往回返,李文山一直目送他们到看不见了,才转身往回走。

回到杭州城,陆仪和秦王一起进了明涛山庄二门,陆仪紧前半步,低声问秦王道:"李文山进万松书院的事,明天我去和山长打个招呼?"

"不用。"秦王手里的折扇抵着下巴,微微眯缝着眼睛,"让他自己想办法,我总觉得……"秦王拖长尾音,"他不像看起来那么憨,先看看吧。"

"嗯。"陆仪应了,没再跟进去,目送秦王进去,转身回自己住处。

秦王径直往里,去给金太后请安。

吃了晚饭,秦王回去,金太后端起茶杯,韩尚宫掀帘进来,屈膝笑道:"陆将军已经候了一会儿了。"

"叫进来吧。"金太后抿着茶吩咐。

陆仪垂手进来,磕头见了礼,金太后放下杯子,声音轻缓随和:"岩哥儿又淘气了?"

"那倒没有。"陆仪笑道,"是一件小事,臣觉得还是跟您禀一声更好些。"

"嗯。"金太后微笑点头。

陆仪从江宁府之行说起:"臣随王爷去江宁府游历那天,在漕司衙门见到了江南东路转运使李学璋的庶弟、新任两浙路横山县县令李学明,以及其长子李文山、次子李文岚和幼女李夏……"陆仪简洁清晰地将在江宁府碰到李家兄妹的事细说了一遍。

金太后听得很专注,陆仪抬头看了眼,垂下头接着道:"今天早上,王爷突然说想吃横山县凭栏院的龙井虾仁。到了横山县,王爷记起李文山,让人把他叫到凭栏院说话,又让他去考万松书院。"

"哦?"听陆仪说到秦王让李文山去考万松书院,金太后神情里露出了几丝郑重。

"刚刚回到别庄,王爷吩咐臣不必和山长说起这事,说要借机看一看李文山这个人。"陆仪一番禀报到此为止。

金太后眉头微蹙:"照你这么说,这个李文山倒像是个憨厚本分的?"

可是,岩哥儿什么时候开始喜欢憨厚本分的性子了?

"王爷说,也许李文山不像看起来那么憨。"陆仪垂着眉眼。

金太后微蹙的眉头松了松,露出丝笑意:"不让你和山长说入学的事,他是要看看这李文山会不会使出什么手段,真是小孩子脾气。这事你做得很好!我知道了。辛苦了一天,回去好好歇下吧。"

"是!"陆仪躬身告退。

陆仪走了好大一会儿,金太后还目无焦距地看着远处想得出神。

"老黄。"

"老奴在。"百宝格前,那幅银灰纱帘动了动,一个身形干瘦、面容谦卑得几乎没有存在感的老内侍往前走了两步。

"你都听到了,你说说。"金太后的话有点没头没脑,老黄微笑:"王爷的心思越来越难猜了。"

"一转眼岩哥儿都十三了,从前我总觉得日子漫长,一天天看着岩哥儿,总不见他长大,如今又觉得这日子快得就是一晃眼的工夫。"金太后的感慨里透着浓浓的伤痛。

"王爷长大了,万事就都好了。"老黄这一句低低的劝说中透着说不出的滋味。

"说是长大了,哪里真长大了,才十三呢。这件事你盯一盯,把李学明一家查清楚,还有永宁伯府,都细细查一查。"金太后敛了伤痛吩咐道。

万松书院是天下数得着的好书院,要考进必定不容易,李文山集中精力准备,就没办法再天天到前面盯着梧桐和那两个师爷。李文山和李夏商量了半天,事情分主次,考进万松书院读书这事更重要也更紧迫,梧桐和两个师爷的事暂时不急,可以先放一放。

李文山专心读书备考,李夏坐在廊下发呆。她和五哥手里没有一个能用的人!五哥连个小厮都没有,她倒是有个丫头小九儿,可小九儿……李夏扭头看了眼拿着针线哈欠连天的小九儿,这个小九儿,说是她的丫头,却是听老太太使唤……

"九娘子,太阳都这么高了,您早饭吃得早,该饿了吧?我让唐嬷嬷煮碗蛋酒给您吃？"见李夏看她，小九儿忙放下针线，垂涎欲滴地建议道。

"我不饿！"李夏嘴角往下扯了扯，一口拒绝。

小九儿被这个钉子碰得愣住了，从太原府到横山县，她一直在老太太船上侍候，这一路过来，九娘子好像变了个人，从前她和九娘子商量着吃商量着玩，多好！现在的九娘子，吃也不吃，玩也不玩，整天不是写字看书就是坐着发呆，真没意思。

"九娘子，你这是怎么啦？吃也不吃，玩也不玩，九娘子一点也不像九娘子了！"小九儿一向心里想什么嘴里就说什么。

这句话听在李夏耳朵里，像一道亮光划破云层。她竟然忘了自己只有五岁！正是任事不懂只知道嘴馋、可以到处乱跑乱走乱听乱问乱翻乱动的时候！前面衙门自己是去得了的，不但能去，还能随便去！自己去可比五哥去有用多了！

"咱们去前面找阿爹，看看阿爹怎么做县令，快走！"李夏跳起来，拉着小九儿就往前面跑。

两个师爷，卜师爷理刑名，陆师爷理钱粮。自从进了横山县，两个师爷天天都是天不亮就起来，直忙到半夜灯还亮着。每天早上，李县令一进县衙，两个师爷就捧着册子，一件件一桩桩，仔仔细细跟他禀报解说。

这份勤勉认真、仔细周到，以及绝对的专业，让李县令感动之余，只觉得自己的天时地利也就算了，这人和真是太难得了，看来他真是要时来运转了。

李夏带着小九儿溜进前衙时，正赶上卜师爷拿着厚厚的刑案文书，紧盯着吴县尉一句紧一句，问得吴县尉一头冷汗。

李夏看向阿爹，从他那一脸严肃中看到的都是满意。李夏心头微微一动，是了，这两个师爷得先站稳脚跟，要站稳脚跟，就要先得到阿爹的信任，更要先摸清这横山县，以及县衙的底细。也就是说，他们先得把活干好！

想通这些，李夏顿时轻松下来。先前自己太着急犯了糊涂，大伯要查清两个师爷底细需要时间，这两个师爷要做好干坏事前的准备，更需要时间！

她和五哥不用太着急，大可以从容些。

大伯的行动比李夏预想的快得多，没几天，赵大就到了横山县衙，送了几篓子枇杷、无花果等时令鲜果，出来悄悄寻了李文山，低低说了两个师爷的底细。

卜怀义和陆有德不光是同乡，卜怀义的妻子，还是陆有德嫡亲的姐姐。

卜怀义出身师爷世家，是积年老师爷，做过钱粮，也做过刑名。陆有德却是初入行，他自小聪慧，十七八岁就中了秀才，之后却是屡考屡败，三年前再赴秋闱时，拿钱买题走门路没走通，反倒落了个革了秀才、永不许再考的下场。陆有德无奈，只好投奔姐夫，半路改行做了师爷。

跟李县令这个东家前，卜怀义带着陆有德在河东路定平府闪知府门下做事，因买陈粮调换定平府粮库新粮，赚新旧粮差价这事败露，被闪知府打了几十板子，剥得只剩一身衣服赶了出来。闪知府之前，这个卜怀义还跟过几任东家，大伯还在托人打听。

"我这就去告诉阿爹！"李文山和李夏说完这些，气得捶着桌子叫。

"我觉得吧，你说了也没用。"李夏趴在桌沿上，下巴抵着手背，想着这两天看到的两个师爷的表现，若不是重活一遍，知道后来的事，她也会觉得这两个师爷好到无可挑剔。

"怎么会没用？这两个人劣迹斑斑！阿爹最讨厌行为不端的人！我去找阿爹！对了，还有件事，回来我再跟你说！"李文山站起来就往外走，李夏忙甩着小胖胳膊跟在后面看热闹。

"阿爹，我有非常非常要紧的话要跟您说！"进了书房，李文山一脸的严肃郑重。

李县令笑起来："什么要紧的事？脸都绷成这样了？"李县令原本就是个极疼孩子的慈父，如今升了县令又顺风顺水，对几个孩子更是脾气好耐心足。

"阿爹，卜师爷和陆师爷不能再用了！"李文山看着阿爹。

李县令一愣："嗯？不能再用？出什么事了？你好好说说。"

"卜师爷的妻子是陆师爷嫡亲的姐姐，这事阿爹知道吗？"

"这个倒没听卜师爷说起过。"李县令看起来并不怎么在意。

"阿爹！这是欺瞒！"李文山见阿爹根本不在意，忍不住声音都高上去了。

"这算不上欺瞒。"李县令抬手拍了拍儿子的肩膀，一边说一边笑，"譬如咱们和你大伯这关系，若罗帅司不知道，他不问我也不会说，说了反倒不好。"

"这怎么能一样？卜师爷和陆师爷都是您的师爷，他俩是亲戚，若是联起手……"

"好啦好啦。"李县令又是无奈又是好笑，"卜师爷和陆师爷都是什么样的人，阿爹心里有数，你放心！怎么连阿爹都信不过了？好了，回去好好读书，万松书院可不好考。"

"阿爹，那卜师爷在河东路定平府闪知府门下时，买旧粮换走新粮，从中渔利的事，您也知道了？"李文山以为这一记指定能震惊到阿爹了。李县令确实愣了下："这事你怎么知道的？听谁说的？"

"阿爹先别问我怎么知道的,那卜怀义不敢再做钱粮师爷,就把小舅子陆有德推出来做幌子,自己又做刑名又做钱粮,这明摆着是要借阿爹的手大大捞一笔,阿爹,这两个人不能再用!"李文山一口气说完,自觉论据翔实,论证有力,这下肯定能说服阿爹了。

李老爷站起来,用力按了按李文山的肩膀:"长大了,都快比我高了,也知道关心阿爹,替阿爹分忧了。"

"阿爹!"李文山以为说动了阿爹,满脸兴奋。李老爷却笑道:"定平府那事,卜师爷来时就跟我说过,这事不像你听到的那么简单,卜师爷是无辜池鱼,代人受过罢了。你是个好孩子,不过不用担心阿爹,阿爹好歹做过十来年教谕,虽说没做过地方官,可这看人的眼光还是有的,你只管安心读书,阿爹哪是那么好欺好骗的?"

"阿爹!"李文山的心从半山腰直落崖底,"您就听……"

"定平府的事,你听谁说的?"李县令打断儿子的话问道,"是谁把闲话传到你这儿来了?赵大?"李县令有的地方笨,有的地方反应又快又准。

"不是!"李文山下意识一口否定。

李县令顿时神情一松。"那就是在衙门里听到的闲话?嗯!"李县令很是不悦地重重嗯了一声,"一定是吴县尉那厮,被卜师爷查出许多错处,故意放出这样的话来诋毁卜师爷。山哥儿,你记着,闲话不可不听,可也不能多听,别中了人家的离间计,自毁长城,听到没有?"

李文山郁闷极了,原本觉得过来一说,阿爹指定震惊大怒,然后赶走卜怀义和陆有德,看来自己想得太简单了。贪墨粮款的事,卜怀义这厮竟然已经在阿爹这里诡言备过案了!果然是个狡猾的家伙!

李文山垂头丧气出来,出了门,李夏拉了拉他,李文山弯腰,李夏踮着脚尖附到他耳边低声道:"去问阿爹,吴县尉怎么知道定平府的事。"

"嗯?问这个……好。"李文山转身又进了屋,"阿爹,您刚才为什么说是吴县尉放的话?定平府与横山县远隔千里,吴县尉怎么会知道定平府的事?"

"哦。"李县令笑起来,捻着胡须,看着儿子,那份吾家有子初长成的骄傲溢于言表,"吴县尉的妻子姓谢,和吏部苏尚书的夫人谢氏出自同族,听说是没出五服的堂姐妹。"

"苏尚书?苏贵妃的哥哥?"李文山一脸惊讶。李县令点了点头,烦恼地叹了口气,有这么位背景强硬的副手,而且听卜师爷说,这位吴县尉想一步上去,由吏晋官当县令的心旺炭儿一般，真是让人头痛。

要不是有卜师爷，自己还不知道被姓吴的这厮欺瞒成什么样儿！

"怎么办？"回到自己的小屋，李文山一头扎在床上，仰面朝天，唉声叹气。

"这算什么！"李夏爬到椅子上坐下，晃着脚看着哥哥，"这事要是你说一句话，阿爹就能听进去，然后就把那两个祸害赶跑了，那倒奇怪了。"

"那怎么办？怪不得卜怀义这厮能把阿爹害成那样，他太会哄阿爹了！"李文山坐起来，气得一下下捶着床。

"哥哥啊！你把床捶坏了，手捶肿了也没有用啊！"李夏双手撑在椅子上，悠悠哉哉晃着脚。

"现在怎么办？你……"李文山跳起来，蹲到李夏面前，眼神莹亮，"你有办法？你肯定有办法！"

"办法多得很，可咱们没人用！"李夏不晃脚了，"咱们的难处，不光这两个师爷呢。"外头有师爷祸害，家里还有位老太太，两处都得有人手才行！

"赵大还没走是吧？五哥，你去找一趟赵大，告诉他，阿爹很信任两个师爷，你需要人手，让他和大伯说一声，找几个可靠的人来给你用，要悄悄儿的。"李夏看着五哥道。

"大伯……能肯？"李文山一脸迟疑，他毕竟是个孩子，大伯怎么可能给他人手。

"试一试不就知道了。对了，把秦王叫你到万松书院读书的事也告诉赵大，嗯……就跟他说，你不了解万松书院，请大伯拿个主意，指导一二。"李夏又交代了一句。

"跟大伯说这个……"李文山眉毛高挑起又落下，"你这意思，是要告诉大伯我跟秦王有来有往？让他更看重咱们？"

"对啊！"李夏开心地看着五哥，五哥果然还跟从前一样，该聪明的时候，绝大多数时候都是聪明的。

"好！我这就去找赵大，咱们要几个人？"也就颓唐了片刻工夫，李文山又精神抖擞、斗志昂扬了。

"就说需要人手，别的不多说，先看看大伯能给几个人、给的都是什么样的人，要不……"李夏拖着尾音，弯眼笑看着五哥，"反正开口了，再让赵大问问大伯，能不能帮阿爹寻个靠谱的师爷，先让他过来，等阿爹那两个师爷走的时候，好能立刻接手干活，不至于手忙脚乱。"

李文山两根手指捏着下巴，一脸赞同："嗯，嗯！是个好主意！我这就去！噢噢噢！对了！"李文山又倒退回来，"还有一件大事，差点忘了跟你说。"李文山一脸严肃，李夏仰脸看着他。

"就是老太太的事，我问了赵大，赵大一味地干笑，一句话不肯说。瞧他那样子，这中间肯定有鬼！"李夏皱起了眉头，李文山接着道，"回头我再打听打听，你别担心。"

"嗯。"李夏点了点头，看着李文山脚步轻快地出了门，出来往后院回去。

刚转了个弯，就看到小九儿站在垂花门前伸长脖子东张西望，一眼看到李夏，忙提着裙子奔过来："九娘子！九娘子！看，枇杷！江宁府大老爷送来了好多枇杷，还有无花果，还有好多点心！可甜了，老太太不让吃，太太就让人送到前衙了，都送去了！我偷偷拿了这些枇杷，九娘子尝尝，可甜了……"话没说完，小九儿已经咕咚咕咚咽了好几口口水了。

"咱们一人一半，坐这儿吃完再进去。"李夏和小九儿坐在门槛上，吃完了枇杷，这才回内院去。

赵大缀在李文山后面，看着他进了县衙后门，一刻没敢耽误，立即起程，快马加鞭赶回江宁府。

回到江宁府，也是巧了，李漕司与人宴饮应酬得晚了，刚刚洗漱还没歇下，听说赵大求见，忙把他叫了进来。

赵大赶得衣服都汗透了，李漕司惊讶问道："出什么事了？怎么赶成这样？"

"回老爷，没出什么事。五爷说了件大事，小的觉得，得赶紧回来告诉老爷，一着急，路上就赶得急了些。"赵大磕头见了礼，笑道。

"大事？"李漕司坐下，示意赵大快说。

"五爷说，前儿王爷、金世子、古六爷和陆将军到横山县游玩，把他叫过去一起吃了顿饭。"

李漕司忽地站了起来："王爷叫他一起吃饭？他知道王爷是王爷了？"

"是！那几位的身份，五爷都知道了。五爷说，王爷叫他到万松书院去读书，说他们如今都在万松书院，让他也过去和大家一起读书。五爷让我问问老爷，他进万松书院合不合适。"赵大一口气说完，抬头看向李漕司。

李漕司呆了片刻，缓缓坐回去，一下接一下拍着椅子扶手，好一会儿才说出话来："当然合适，自然合适。五爷还说了什么？"

"五爷让小的转告老爷，说两个师爷狡猾，早就将定平府的事告诉过三老爷，推脱说他们是无辜池鱼，代人受过，三老爷非常信任两个师爷。五爷说，如今他只好暗中留意，可他连个小厮都没有，无人可用，想请老爷借几个人给他用用。另外，五爷还想请老爷帮忙，先寻个师爷过去，说是一来方便他早晚请教，二来等那两个师爷走时，也好立即接上，免得三老爷手忙脚乱。"

李漕司听完，神情微微有些凝重，沉吟片刻，吩咐赵大："我知道了，你做得很好，去账房领十两赏银，赶紧回去歇着吧。"赵大忙谢了赏，迟疑了下，看着李漕司又回道："还有件小事，五爷盯着我问了半天钟婆子的来历。"

李漕司一个愣神，急忙问道："怎么问的？你仔细说！"

"五爷说，三老爷和钟婆子都说三老爷长得像生母，论血缘，钟婆子是三老爷嫡亲的姨母，怎么竟和三老爷一点儿也不像呢？问我钟婆子究竟是不是三老爷嫡亲的姨母。"

"你怎么答的？"

"小的不敢乱说，没敢答话，支吾过去了。"

"嗯！"李漕司背着手来来回回踱了几趟，长长叹了口气，"老三好福气，我李家果然福泽深厚！"感叹完，回身吩咐赵大，"下次，把钟婆子的身份透给他，委婉着些。"

"是！"赵大这才垂手退下。

李漕司背着手站在窗前，出了半天神，吩咐道："去看看秦先生歇下了没有。"

没多大会儿，秦先生就到了，李漕司起身让秦先生坐："先生请坐，知道先生一向歇得晚，这才让人过去看看先生歇下没有。"

"我是只夜猫子，出什么事了？"秦先生边落座边笑问道。

"赵大从横山县回来，带回两件事。一件是王爷去横山县游玩，把五哥儿叫过去一起吃了顿饭，邀五哥儿到万松书院和他们几个一起读书。"李漕司语速很慢。

秦先生大为惊讶："王爷竟如此青睐五爷！实在出人意料！五爷知道王爷是王爷了？"

"是，王爷主动表明身份，实在是没料到。"李漕司感慨地摸着脑门儿，五哥儿这份福缘真让人又喜又妒。

"这是李家的福分，更是老爷的福分。"秦先生看着表情复杂的李漕司笑道。

李漕司苦笑点头："确是如此，我懂。唉！我这一代，兄弟三人，老二成事不足、败事有余。老三……从前一直是有他没他一个样，没想到他竟然养了这样一个好儿子!"李漕司抬头看向秦先生,将李文山向他借人并托他找师爷的事说了。

"……你看看,才十五六岁的孩子,就已经知道要迂回、借力,未雨绸缪,何其难得!秦王邀他一起读书是他的福缘,若只有福缘,不过尔尔,我也不会太看在眼里。可难得的是,他还如此能干有心计,有心计才能抓住福缘,有福缘才能一展才干,这是个有才有运的!"

"恭喜老爷!"秦先生一脸笑,"李家代代有人,不愧是下里镇李家!祖上福德之深厚,令人感叹!"

"不怕先生笑话,这要是杉哥儿他们几个,我不知道多高兴!可偏偏是老三家的山哥儿!我们府上那点子污糟事,先生也都知道,唉!"李漕司连声叹气。

"老爷多虑了,我倒是觉得,五爷来寻老爷求助这一条,最值得看重。"秦先生笑道。李漕司稍一愣神就反应过来:"你说得极是,老三……如此长大,五哥儿竟如此明理,知道什么叫家什么叫族,这一条确实极其难得。"

"五爷既然知道家族兄弟,老爷还叹什么气?说句不怕老爷生气的话,永安伯府从老太爷起,这些年都是老爷一个人在支撑,这些年老爷最大的心事,不就是老爷之后,文字辈无人能够支撑李家吗?如今有了五爷这个希望,老爷该高兴才是。"

"你说得极是。"李漕司打起精神,"永宁伯的爵位到父亲是最后一代,我原来一心想着建功立业,至少让这爵位再续一代,如今看……"

李漕司长叹了口气,到现在,他早就息了这份妄心了。

"没有爵位,再没有能支撑大局的人,李家败落指日可待……你说得对,不管是老三家的,还是杉哥儿他们,都是永宁伯府李家子弟!那往横山县去的师爷,照先生看,谁去合适?"

"我想去看看。"秦先生微笑道。

李漕司露出会心笑容:"我也是这么想。五哥儿是不是可造之才,先生去看看最好,若真是块璞玉,必得先生这样的大才在旁边指点照应才最好,就有劳先生走一趟了。"

李漕司安排得极其快速爽利,第二天一早,秦先生就带着几名长随、两个小厮,启程往横山县去了。午后,李漕司亲自挑了两个小厮、四名精干长随,交赵大带到横山县,并吩咐他也暂时留在横山县听五爷使唤。

第四章 高人指点

李文山又是激动又是忐忑,和李夏细细介绍了秦先生长什么样,如何风采出众、谈吐不凡,赵大又是怎么说的,小厮怎么机灵,长随怎么精干……

李夏盘膝坐在扶手椅上,食指对着食指顶在下巴下,她没想到大伯竟然这么看重秦王,可就算秦王没有早死,他一个闲散王爷,犯得着吗?

嗯,犯得着!秦王背后还有太皇太后……哦不!是太后!

如今朝里应该正是乱象一片的时候,虽说江皇后嫡长子总算立了太子,江家也算势旺,可苏贵妃深得皇帝宠爱,又生了一对玉人儿一般的双胞胎儿子,苏家在朝中的势力并不亚于江家。除了这两位,还有位姚贤妃……

想到姚贤妃,李夏眼睛微眯,姚贤妃真真正正是应了那句"咬人的狗从来不叫"的话,认真说起来,江皇后和苏贵妃都是死在她手里……不过,姚贤妃对自己倒是有大恩……想远了!李夏忙把思绪扯回来,朝中这么乱,大伯这么精明的人,肯定也打上了太后的主意,确实,紧跟太后才是最后的赢家……

"大伯看重的是秦王对你的看重。"李夏不准备跟五哥说太多。

李文山连连点头:"我也是这么想!这万松书院,我一定得考进去!对了,阿爹后天要去杭州府拜见罗帅司。我跟阿爹说过了,跟他一起过去杭州看看,最好能去万松书院走一趟,好好看看。"

"我跟你一起去!你一会儿去见见秦先生,问问他知不知道罗帅司衙门里都有些什么人,哪些人能交好,哪些人得罪不得,到时候好给阿爹提个醒。"

"阿爹要是问我怎么知道的……就说从王爷那儿听说的,反正他肯定不敢找王爷对质!"李文山话没说完,就自己找到了答案,一边说一边嘿嘿笑个不停。

罗帅司和罗帅司的衙门里有哪些要注意的事,以及有哪些要紧的人物,根本不用打听,秦先生张口就介绍:"罗帅司去年秋天就到任期了,原本是要调回京城,可去年从入夏起,王爷就病连着病,一直缠绵不见好,太后着了急,请高人看了,说是犯了灾星太岁,最好离开京城避一避,太后就决定带着王爷到杭州住几年,避过灾星太岁再回京城。罗帅司是官家和太后都信得过的人,太后钦点,让他在杭州再留一任。"

"王爷到杭州后病就好了?"李文山毕竟还是个半大孩子,最有兴趣的先是这灾星避过没有。

"离开京城就渐渐好了。"秦先生脸上眼底都是笑意,他很喜欢这位五爷,淳朴清澈,生就一份赤子之心,实在难得。

"先生,真有灾星太岁这一说吗?真有鬼神仙怪?人真有魂魄吗?"李文山一口气问了一连串儿的问题,阿夏的事让他困惑,更让他心生敬惧。

"我也不知道。"秦先生答得诚实,"圣人说敬鬼神而远之,既然要敬要远,那应该是有的吧。"

"那,那些神通广大的和尚道士,真能像书里写的那样,夺人魂魄、起死回生吗?"

"这是出世的学问,我不懂。咱们不说这个。"秦先生笑着截断了这个话题,这可不是李文山现在该学该研究的东西。

李文山噢了一声,想着阿夏,盘算着要是有机会见到让王爷避灾星的那位高人,一定要好好问一问。

"都说罗帅司这一任之后,皇上必定要大用他的。"秦先生扯回正题,"太后到杭城前,两浙路官员调换了不少,新添了一位安抚副使关铨,关铨是……"秦先生犹豫了下,话到嘴边又换了句,"刑部出身,打过几年仗,是一员悍将。师从陆家,论辈分是陆将军的师兄,不过关铨虽师从陆家,却没正式拜师入门。他到两浙路做副使,听说除了太后和王爷安全,余事不管。"

"陆将军的师兄?腰里也挂着蛇?"李文山下意识地问了句,随身带条蛇这件事对他来说太有意思了。

"没有。"秦先生惊讶非常地看着李文山,这蛇的事,他们也告诉他了?这就是所谓的倾盖如故?"那蛇是陆家的宝贝,就是嫡支也不是谁都能有的。蛇的事,五爷要慎言，陆将军信任你，你也要受得起这份信任。"

李文山脸红了，支吾答应。他刚才这嘴，也太快了！以后要切记切记！

"咱们接着说，王同知原是苏州知府，他是商家出身，二十几岁就中了进士，少年得志，如今才不过三十多一点，已经做到了四品同知，前程无量。他家资豪富，最爱美人儿，家里姬妾众多。除了这两位，罗帅司身边还有三位要紧的参议，朱参议、闪参议，还有一位姚参议。"

"闪参议？和定平府闪知府是一家的？"闪这个姓不多见，李文山敏感地问了句。

秦先生赞赏地看着李文山，点了点头："同族，五服内。闪参议三十出头，举人出身，文采出众，大约不会甘于杂途出身，肯定想考个进士，有了出身再正式入仕途。朱参议五十多岁，师爷出身，刑名钱粮都极通。姚参议原是贱籍，才华出众，因脱籍不足两代，不能科举，很早就入罗帅司帐下，极得罗帅司信任。这几位都是杭州府，或者说是两浙路的要紧人物，旁的，别得罪也就是了。"

李文山一一记下，又问了几句，正要别过秦先生回去，秦先生看着他笑道："令尊去参见罗帅司的时候，不妨让他和罗帅司提一提王爷邀你入读万松书院的事。"

"嗯？"李文山疑惑地看向秦先生。

秦先生微笑看着他，停了片刻才慢吞吞道："太后和王爷在杭城的安危，是罗帅司，也是整个两浙路最最重要的事。你进了万松书院，就能时时见到王爷，这事最好事先和罗帅司打个招呼，才算妥当。"

秦先生这一番话没能说散李文山脸上的疑惑，这事还用得着他给罗帅司打招呼？王爷的事，用得着他跟罗帅司打招呼？就算要打招呼，王爷身边的人多了去了，早就该打过招呼了。

秦先生看着李文山那一脸憨相，笑起来，这么精明的人偏顶着副憨厚面相，真是难得至极！"别人是别人，你是你，不相干，你只管和你父亲说。"秦先生没多解释，只笑着交代。

李夏听五哥李文山转述了秦先生的话，这才知道秦王怎么会到了杭城。明白之外又纳闷了，秦王小病缠绵不断和高人指点避灾星太岁这事，她不清楚上一世有没有，真要是上一世也有，那一回，太后肯定没听这高人的话。

只怕也不是什么高人，秦王一直到死都顺风顺水顺得不能再顺，哪有什么灾？这位高人说的这灾，也许是秦王暴病而亡这事吧……可现在离秦王暴死还有七八年呢，难道太后和秦王要在这杭城住上七八年？

还有关铨，陆仪做了禁卫军都指挥使之后，头一份折子就是调关铨做了副手。在这之前，关铨一直在河套马场养马……

关铨，也是个和上一世不一样的变数！

"喂！"李文山伸手在李夏眼前晃了晃，"想什么呢？眼都直了。"

"没想什么。"李夏飞快答道，"你接着说。"

"说完了！"李文山脸凑过去仔细看着李夏，"我刚才说的，你光出神没听到是吧？"

"听到了！"李夏伸手推开五哥的脸，"关家和陆家渊源深厚。你说过，关铨是刚正之人。"

"关铨我也认识？阿夏，我到底当了多大的官？怎么净认识大人物？你别告诉我我当了丞相？"李文山满眼期待地看着李夏，肩膀都要抖起来了。

李夏调转目光往房梁上看："就是个小京官而已，你想得太多了！那个姓闪的，可以用一用，也许管用！"

"姓闪的？对付那两个师爷？这……能对上？"

"嗯！阿爹那天不是说，卜师爷说陈粮换新粮的事不是他们做的，他们只是个背黑锅的。"

"是！原话是：卜师爷是无辜池鱼，代人受过罢了！"李文山拧着眉，两根手指捏着下巴苦思冥想，用闪参议对付两个师爷，怎么用？阿夏都有主意了，他怎么一点想法也没有？他上一世明明那么厉害！

"这事得找赵大帮忙。"李夏学着五哥，也用两根胖手指捏着下巴，"让他把这话送到闪参议耳朵里！"

"这有什么用？嗯……"李文山话没说完，一拍大腿，就明白了，同时他又想到了另一个可能，"阿夏，你说，这事会不会……卜师爷真是池鱼？"

"卜师爷要真是池鱼，那闪参议听到这话就更不能置之不理了。除非他跟闪知府有仇，这仇大到他宁可搭上自己！"

李夏想着那些卷宗，就算不是真正的幕后黑手，这两个师爷也是帮凶之一，无论如何都要从阿爹身边挪走！

"在闪知府那里，他是不是池鱼咱们不管，可在阿爹这里，他们两个害死了阿爹！"李夏仰头看着李文山。李文山听得头皮一紧，连连点头："我知道我知道！先把他们掀走再说！我去找赵大！要不要跟秦先生打个招呼？"李文山抬起了一只脚又看着李夏问道。虽说刚认识秦先生没几天，可李文山却觉得认识他好多年一样，对他又尊敬又信任。

"那你跟秦先生说一声就行了，不用再找赵大。"李夏笑道。

秦先生送走李文山，心里说不出什么滋味，只觉得热辣辣的，竟有要痛饮几杯的冲动。

用卜怀义狡辩的鬼话来整治他，这一招四两拨千斤不说，狠辣却又不伤己德，说起来简直算得上堂堂正正！明明是阴谋，却是一派阳谋风尚，真真是难得！这位五爷以后的成就必在李漕司之上，值得教导、值得辅助！

秦先生将这件事又细细过了一遍，叫了赵大进来吩咐道："明天三老爷要去杭州府参见罗帅司，你带几个人悄悄跟过去，一来暗中保护五爷他们，二来还有件事……"

秦先生示意赵大附耳过来，低低吩咐了几句，接着笑道："不光闪参议，姚参议和朱参议那里也放一放风，别多说，透点风就行。"

"先生放心。"赵大长揖答应。

李夏坐在上房南窗下的榻上，和六哥李文岚面对面坐着写字，李文岚写得专心，李夏手里机械地描着，心却想远了。

她家这位老太太，怎么样才能让阿爹看清楚她？怎么样才能把她从老太太这个位置上拉下来，让阿爹阿娘不再听她的话，让她不敢再欺负姐姐呢？

那个爱好美人儿的王同知……要是让那位老太太以为王同知想纳姐姐，能给很多银子，她会怎么办？

好像……可以试一试……就这样，去找五哥商量商量！

李夏扔下笔，穿了鞋就往外跑，李文岚在她身后大叫："你还没写完！你没写完……姐姐，姐姐！妹妹又跑了……"

刚跑到门口，李夏一头撞到了掀帘进来的钟老太太身上，幸亏钟老太太一把抓住了门帘，才没被李夏撞倒在地上。

"你这死妮子乱跑什么！你看看你！哪有一点官家小娘子的样子？"钟老太太的训斥里远没有平时的尖刻。

李夏转头扑进急忙奔过来的姐姐李冬怀里，扭头看向钟老太太，这满脸的舒畅愉快……可是很不多见，有什么好事让她高兴成这样了？

李夏不着急出去了，挨在阿娘徐太太身边坐下，不时瞄一眼钟老太太。

"刚才厨房炖了些糖水，趁热吃最好，让小九儿给老太太送了一碗过去，小九儿说老太太不在。"徐太太恭敬地欠着身子，满脸赔笑，小意地和钟老太太说话。这位老太太不是婆婆胜似婆婆，这么些年她早就习惯了，宁可自己委屈些，也不能得罪了她。

"我出去了。"钟老太太大咧咧道。她在这个家里当老祖宗早就当得太习惯了，并不觉得徐太太和她这样说话有什么不对。

"老太太去哪儿了？好玩吗？也带我去一趟吧！"李夏扑闪着长长的眼睫，看着钟老太太扮天真。

"不是玩的地方！这死妮子，净惦记着玩！你今年都六岁了，针线厨艺早该学起来了！"钟老太太板着脸训斥了李夏一句。转头看着徐太太说话："才刚出去，没想到碰到个老乡，在老家就隔了一条巷子，说了好一会儿话！"钟老太太脸上的激动兴奋还没褪尽。

老乡？隔了一条巷子？李夏眨了眨眼又问道："老太太的老乡？那是京城来的？"

"老太太是扬州人。"徐太太轻轻拍了李夏一下，温声解释了一句。李夏轻轻噢了一声，她知道是扬州啊，出瘦马的扬州……

"我去看看五哥！"李夏听明白了原委，交代了一句就跑了出去。

李文山正摇头晃脑背一篇文章，李夏等他背完了才跳进屋："五哥，我有个主意，你听听行不行。"

"什么主意？"李文山放下书，从窗户里探出头，往四下看了看，四下无人。

"五哥，你说，要是把姐姐送给别人做妾，就能有好多好多银子，那个老太太会不会怂恿阿爹把姐姐送出去？"李夏紧挨着五哥耳语。

李文山顿时变了脸色："她敢？阿爹肯定不会，就算……"

"我知道阿爹不肯，就是因为阿爹不肯……"李夏伸手堵住李文山的嘴，心里却有一丝丝的不确定，阿爹真的不肯吗？她对阿爹和阿娘，知之真不多。

"我是说，你觉得老太太会不会怂恿阿爹这么做？又不是说阿爹会这么做！"

"不至于吧？"李文山迟疑不定了，"阿冬是正经的官家嫡女，再怎么也是伯府出身，给人家做妾？那不成了大笑话了？再说，谁敢纳？不想活了？除非是王爷，长沙王世子也说得过去，陆将军……"

"谁都不行！皇帝都不行！姐姐决不给人做妾！"李夏一巴掌打在李文山头上。

"那是！那是！我就是说说，那老太太……阿夏，这个，还真是不敢说！"李文山虽然觉得这是个极其荒唐的想法，可钟老太太会怎么想、怎么做，他还真想不出。

"要不，咱们，那个……试试？"李夏仰头看着李文山，笑眯眯捻着手指。李文山拧着眉："嗯！这不好吧？也是……嗯，可以试试！怎么试？"

"这件事你别管。我去找姐姐，让她明天跟咱们一起去杭城！"李夏跳起来就要往外跑。李文山一把拉回她："你打算把阿冬送给谁？咳咳！我是说……你知道我的意思。"

"就是那个姓王的同知，只有他最有钱，又最爱美人儿。"

"噢！"李文山长长舒了一大口气，又一口气抽进去，"阿夏，不会弄假成真吧？万一……"

"放心，想送也送不进去，除非那个王同知不想活了，连带搭上他们王家满门。"李夏甩开李文山，连蹦带跳地跑了。

片刻，李夏又折回来了："对了，老太太出去了一下午，说是碰到了个同乡，你让赵大查查是谁。还有，五哥知道吧？老太太是扬州人。"

"哦？啊？好！"李文山忙放下刚刚捧起的书，一脚迈出门，才反应过来，"扬州人？知道啊，扬州人怎么了？哎！"

李冬当然也很想到天下闻名的杭州城看看，李县令和徐太太都是极疼孩子的，没用李夏多纠缠，就把李冬明天也去杭州的事定下来了。

第二天一大早，李县令、李文山、梧桐以及洪嬷嬷的丈夫赵胜骑马，李冬带着李文岚和李夏坐一辆车，洪嬷嬷带着苏叶和小九儿坐另一辆车，起程赶往杭州城。

横山县到杭城不过小半天，也就隔中时分，一行人就进了杭州城。

李冬搂着李夏，隔着纱窗，眼睛亮亮地看着热闹非凡的杭城街道，李文岚一个人趴在另一面车窗前，不时惊叫赞叹几声，李夏却心不在焉、目无焦距地看着窗外想心事。

昨天那个主意有点仓促，她到现在也没想周全，她有点大意了。

太皇太后说过：不要轻视任何人，搏兔亦须搏虎力。

要让钟老太太踩套，光凭一句两句闲话估计不行。李夏的目光聚焦，看向头转来转去看个不停的梧桐，最好能让梧桐做个旁证，可怎么样才能让梧桐做这个旁证呢？那个王同知，她摸不到够不着，这会儿他怎么样，她一无所知！

唉，这事太仓促了，先放一放吧，等阿爹见了罗帅司出来再说，所谓谋事在人，成事在天……

这会儿虽说不晚，可也不算早。李县令带着梧桐直接赶往安抚使衙门，赵胜和洪嬷嬷则侍候李文山兄妹在城里逛一逛。

果然不算早，李县令到安抚使衙门时，门房里已经坐满了等候主人的长随小厮。梧桐留下等候，李县令脚步匆匆往正堂而去。

正堂里已经坐了不少官员，侍立在门口的长随在江宁府见过李县令，忙上前见礼："有一阵子没见李县令了，像是清减了，李县令这边请。"

长随一边客套，一边将李县令引进正堂，把他往里面靠近上首的位置让，李县令度着座次笑道："这里……"

"帅司吩咐了，横山县紫溪盐场的事要问一问，请李县令和紧邻杭城的几位县令一起。都坐得近些，方便问话。"长随灵动至极，不等李县令说完，就忙笑着解释。李县令松了口气，谢了长随，又冲众人团团拱了拱手，这才坐到长随指给他的座位上。

从他被长随引进来，原本嗡嗡响个不停的大堂内就安静了，一直到李县令落了座，嗡嗡声才又重新响起，各式各样的目光从四面八方扫向李县令。

都说这位新来的横山县令是伯府弃子，看来这传言不怎么对嘛。如果传言不实的话，那如何对待这位新来的横山县令，就得重新掂量，好好地想一想了……

大堂里的人越坐越多，除了紧挨着上首的几个位置还空着，其余都已经坐满了。

大堂通往后院的侧门帘子掀起，罗帅司背着手走在最前，紧跟在他后面的是一位四十多岁、骨骼粗大，看起来像个农夫的武官。武官后面，是一位三十来岁、衣饰考究、笑容可掬、风仪极佳的四品文官。

武官应该就是安抚副使关铨关副使，四品文官肯定就是王同知了。李县令一边跟着众人起立迎接，一边判断着来人的身份。

罗帅司等人落了座，介绍了李县令和另外两位新到任的县令，说了几件事，就示意众人可以告退了。

"横山县李县令，还有附郭杭城的四县请留一留。"

李县令正犹豫着，是这会儿上前和罗帅司说话呢，还是先随众人出去，转个圈再来求见，却听见罗帅司又吩咐了一句。

李县令忙停步，等众人退出，和另外四县的县令重又落了座。

"诸位也知道，如今太后驻跸杭城，咱们整个两浙路都得太太平平。诸位所治各县紧邻杭城，政务治安上更要加倍小心。境内若有什么事，不拘大事小事，只要你们觉得不怎么妥帖，就立刻禀告给我，万万不能大意。要知道，千里之堤溃于蚁穴，小处最容易出大事……"罗帅司细细叮嘱了半天，末了，示意众人道，"几位先回吧，李县令且慢一慢，你刚刚到任，还有紫溪盐场的事，还须再交代交代。"

大堂里只余了李县令和罗帅司、关副使、王同知四人，罗帅司指着李县令，先和关副使笑道："这就是李漕司的幼弟，永宁伯府三郎李学明。关副使是山东关家嫡支，听说你补了横山县令，问了我好几回了。"

李县令听得糊涂，关副使为什么要问他？这份关切由何而来？山东关家倒是听说过，可跟他有什么关系？

"横山县虽小，却是藏龙卧虎之地，你须多用心在政务上。"关副使声音低沉，和人一样，淳朴厚道，短短的几句话里透着浓浓的关切。李县令听他话里有话，更是糊涂，这会儿却又不好细问，忙欠身连声答应。

"关副使什么都好，就是凡事太认真！咱们杭城有太后坐镇，就算有几条小泥鳅，也早吓得跑远了！"罗帅司抖开折扇，开起了玩笑。

"横山县虽不足千户，可离杭城近，景色又极佳，杭城大家富户都爱到横山建别院别庄。虽是小县，治理起来却比中等县还要繁难，李县令以后要辛苦些，多多用心才行。"王同知几句话指出了横山小县治理难点所在，顺手激励了李县令一番，又及时缓解了李县令不知道说什么才好的尴尬局面。

他眼看着罗帅司和关副使待李县令的态度，便知那些什么庶出弃子的传言就是个笑话，这又是位要照应一二的主儿。王同知迅速给李县令定了位。

商家出身，能在三十来岁就跻身四品之列，王同知之精明之敏感之八面玲珑，都是一般人望尘莫及的。

"多谢三位上官教导，下官牢记在心。"李县令起身长揖致谢。

"这会儿没什么外人，不必如此拘礼。家里都安顿好了？山哥儿已经进县学读书了？"上次听李县令说过一回，罗帅司顺口问了一句。

"山哥儿读书的事，正要跟帅司禀报一声。"李县令正愁怎么提起山哥儿进万松书院的事，见罗帅司问起，急忙答道。

"哦？"罗帅司这一声"哦"里透着说不清的味儿，最近求到他这里要进万松书院的一个接一个，他有点后悔刚才不该问起这读书的事。

"……就是山哥儿想考万松书院的事。"

罗帅司听李县令果然说到了万松书院，不由得皱起眉头。

王同知眼里满是笑意地看着李县令，怪不得出身世家，三十多岁才做到横山小县的县令，确实太不知轻重进退了。

关副使皱着眉，不等罗帅司说话，先开口道："万松书院早就不招人了。再说，令郎必定要走科举的路子，如今的万松书院不合适。"

"关副使说得极是。"罗帅司急忙紧接上，"若是县学不合适，就让山哥儿到府学附读吧。"

"下官原来也是打算让山哥儿到府学附读，可前几天王爷发了话，让山哥儿去考万松书院，说是要带着山哥儿一块儿读书。王爷和世子爷他们都是不准备科举的，读的书做的文章和山哥儿两样，我也觉得山哥儿跟他们一起读书不合适，要不跟王爷说一声……"李县令拧着眉一脸愁容，他真是这么想的，也是真发愁跟王爷读书会耽误他宝贝儿子的科举大业。

罗帅司听得眼睛都瞪圆了，瞪着李县令不知道说什么才好，关副使噗地笑出了声，他也说不清为什么要笑。

"李县令你可真是……真是！说你什么好？"王同知站起来，用折扇点着李县令的肩膀，语气神态随意又亲昵，"王爷点了你家哥儿陪读，你竟敢嫌弃王爷耽误了你家哥儿科考？怎么着，你这是要让罗帅司做恶人，去跟王爷说，让他别耽误了你家哥儿？"

秦王竟如此看重他儿子！看来对他，光照顾一二是不够的……只是，这位看着木讷拘谨，怎么这么促狭？

"王爷身边都是博学大家，能跟在王爷身边读书，那是令郎的福运，怎么会耽误？"像是担心李县令再说出什么不合适的话，关副使抢先点了句。

"你大哥说你性子迂，还真没说错你！"罗帅司点着李县令，一副又生气又无奈的样子，仿佛长兄训斥弟弟一般，"王爷发了话，就是耽误那也得去！再说也耽误不了，你且放宽心，晚些我和山长打个招呼，制艺解经这些，让他给山哥儿额外加上就是。"

李县令听罗帅司如此说，一颗心放回肚子里，连声道谢。

罗帅司眼风扫过李县令的靴子，李县令这一身官服崭新，靴子却是旧的。罗帅司在京城长大，和李漕司又是自小的交情，对永宁伯府那些陈年污糟事知道不少，自然晓得这位永宁伯府三老爷日子过得相当拮据。稍稍犹豫了下，罗帅司看着关副使和王同知笑道："山哥儿进万松书院陪读，这事亦私亦公，一应费用也不好全由李县令私人支出。我看，就从公使钱里拨一些给横山县，两位看呢？"

"我觉得好！"关副使一口答应。

"正该如此！"王同知拍手赞同。

"咱们两浙路的公使钱还算富裕。"罗帅司转向李县令，"回头我让人核算一下，从这个月起，每月往横山县拨一笔公使钱。孩子还小，银钱上头不可放纵，可也不能拘得太紧了。"

李县令听得一阵眼晕，这公使钱他是知道的。当初在太原府，因为公使钱谁用得多了、谁用得少了，三司衙门没少闹事，他看的热闹听的闲话多得很。至少在太原府，这公使钱从来没有拨到县令头上的道理，没想到两浙路竟富庶至此！

"咱们两浙路富庶是富庶，可用钱的地方也多。别的不说，太后在杭城住着，那北上南下的官员世族，如今几乎个个都要绕道杭城，给太后请了安再走，一年到头，光招待这些贵人，咱们的公使钱就用去了十之八九！各府各县的公使钱，一向是给个虚数字，要用银子时写条呈上来现支，如今横山县实领银子，李县令可得好好谢谢帅司才是！"

见李县令只知唯唯诺诺，王同知顿时想到这么个老实木讷人，只怕领会不到罗帅司这是给了他多大的一个恩情，忙仔仔细细给李县令解释了一通。

李县令这才明白，就是富庶的两浙路，这公使钱也轮不着他们这些从八品的小县令用。特别拨银子给他，一是因为他儿子陪王爷读书得花不少钱，二来就是看在大哥脸面上了⋯⋯

李县令心里一时五味杂陈，急忙起身长揖到底郑重致谢。

随后，罗帅司和关副使出偏门走了，王同知却和李县令一起往外走。

"李县令这就赶回去？"

"要晚一晚，下官两子两女慕杭城繁华，下官就带他们一起过来了，总要让他们逛一逛再回去。"李县令态度极其恭敬。

"原来如此，原本还想请李县令到舍下吃顿便饭，如此就不打扰了。"几句话间，已经到了衙门口，王同知和李县令拱手作别。

门房里就梧桐一个人了，正等得脖子长，见李县令出来，急忙迎上前，出衙门上了马，往约定的茶楼去寻李文山兄妹四人。

茶楼里只有李冬，李文山和李文岚、李夏三个都不在。

和李县令分开后，李文山想去万松书院看看。自从听说哥哥要进万松书院读书，六哥儿李文岚就对万松书院无比敬仰向往，听李文山提了"万松书院"四个字，他就两眼放光一定要跟着去。李夏也想去万松书院看看，一来那是五哥要读书的地方，二来上一世她对古家那位神一样的文正公极为向往，能亲眼看一看万松书院，也算是圆了上一世的念想。

李冬一向以弟妹的愿望为愿望，一行两匹马两辆车，直奔万松书院。

刚走到一半，迎面竟遇上了秦王等人。

"是李五爷？"骑马迎上来的，是陆仪的小厮承影，老远就扬手招呼李文山。

隔着车窗纱帘，李夏紧蹙眉看着秦王等人，可真是巧！这个时候，他们不正该在书院里读书写字吗？怎么跑出来了？她一点也不想见到他们！

李冬胆怯又惊讶地看着鲜衣怒马的一群人，李文岚认出了人群中的陆仪，兴奋地叫起来："是大伯家那位哥哥！"

"那不是什么大伯家的哥哥！"李夏一把揪回李文岚，"我听五哥说过，那是秦王！"

"秦王？"李冬吓得掩着嘴一声惊呼。

"哪个是秦王？是哪个？我要看！你放开。"李文岚挣扎着往前扑，想看得清楚些。

"那个，正中间那个是秦王，那个穿靛蓝衣服的是长沙王世子，另一个是古家六少爷，最前面最好看的那个是陆将军。"李夏一一介绍。她和姐姐也就算了，能见到这几位的机会少而又少，六哥却要认清楚。

"是将军……这么年轻的将军。"李冬声音极低而含糊，李夏正盯着和秦王说话的五哥，没听到李冬这一句极含糊的话。

李文山很快拨马过来，隔着车帘和三人——其实是和李夏商量："王爷说既然遇到了，咱们又到了杭城，他无论如何要尽一尽地主之谊，要请咱们吃顿饭。我说要等阿爹，王爷说礼不可废，不吃饭也得找个清静的地方喝杯茶吃几块点心，你们看呢？"

李冬的脸一下子涨红了，扭头看向弟弟，六哥儿李文岚却下意识地看向李夏。李夏也不问两人的意思，隔窗答道："五哥自己去，我们才不去呢。"

"我要去！"李文岚叫起来，他非常非常喜欢秦王这一群人，他喜欢一切优雅漂亮的东西！

"你不能去！"李夏一把揪回了李文岚。

"我就要和五哥一起去！"李文岚两只手拉着车窗大叫，这一回谁说话都不管用。

"让他去吧。"李冬恋恋不舍地收回目光，低声道。

李夏一口气噎得胸口痛，她最小，谁也管不了。

"那我也去！"她得看着六哥，五哥可管不了他。

"你……"李冬犹豫了。

"我和六哥一起！不让我去，六哥也不能去！"李夏一把揪住李文岚。李文岚被妹妹这么一拉一叫，当哥哥的荣誉感立刻爆棚，小胸膛一挺："姐姐放心，我会保护好妹妹的。"

李冬只好点头，反正妹妹还小，不用顾忌什么男女大防。

李夏和李文岚下了车，远远地，秦王看到李夏，嘴角露出丝似有似无的笑意。

陆仪示意承影，承影催马上前，跳下马笑道："我带六爷一同骑马。"

"那我带阿夏！"李文山大喜，忙将弟弟递给承影，他正发愁一匹马怎么带两个孩子。

两人一人带一个重新上了马，众护卫勒马将李文山让进队伍，一行几十人整齐得如同一个人，纵马径直往北。

洪嬷嬷换到了李冬车上，李冬不知怎么的，一丁点儿要逛逛的心情也没有了，吩咐赵胜引路，两辆车直奔约定的茶楼，去等李县令。

李文山骑术相当不错，搂着李夏，稳稳地跟在陆仪后面，一行几十匹马走得极快，不过两刻钟的工夫，就进了一座绿树掩映、花木葱茏的园子。下了马，走了没多大会儿，就看到一座荷花摇曳的大湖，临湖一间轩堂外，垂手侍立着十几个锦衣小厮。

秦王和金拙言说着话，走在最前面，李文山牵着李夏，李夏拉着李文岚，落在古玉衍古六少爷后面。古六少爷时不时回头看一眼牵成一串儿的三个人，一边看一边笑，这个李五，这个李家，真是有意思！

陆仪落在最后，偶尔瞟一眼李夏，不知道在想什么。

轩堂里布置得清雅别致，三三两两放着矮几宽椅，矮几上摆着一碟碟点心，屋角几个小厮正在烧水研茶。

从进了园子，李文岚就神色拘谨，时不时拉一拉身上的旧衣服。可等进了这间轩堂，奇花异草，古鼎玉树，看得李文岚目瞪口呆，就把旧衣服和拘谨都忘记了。

李夏是做过十来年太后的人，没什么场合能让她拘谨不安，天底下也没什么东西能晃着她的眼了。

陆仪看着两个小的，再瞟一眼看到好东西就凑上去盯着仔细看，好奇喜欢却看不到贪欲的李文山。这兄妹三个，一大一小这份天性都极其难得，只有中间这个，稍稍落了点下乘。

"五郎随意。"秦王笑着让李文山，又指着李夏和李文岚："你叫阿夏是吧？阿夏想吃什么玩什么只管和小厮说，这位小哥也是，随意就是，不要拘束。"

金拙言侧头斜睨了两个小的一眼，王爷看上李文山这个憨厚却不笨、时不时让人发笑的人也就罢了，怎么对这两个小不点儿也有这么好的耐心？爱屋及乌？金拙言失笑，就李文山这样的，能让王爷爱屋及乌？

不时小心翼翼瞟一眼金拙言的李夏，正好看到金拙言嘴角勾起的一抹笑意，看得一呆，他笑起来竟然这么温暖！

谢了秦王，李夏环顾四周，挑中了对着荷塘的一个小角落，说："六哥，我要去那里。"

李文岚正盯着一盆开得极好的龙字宋梅看得入了迷，李夏见他看痴了，自己甩着胳膊过去了。

"嗯，确实是看荷花的好地方。"秦王跟在李夏后面，站过去随口赞了一句，目光往下瞄着李夏。

李夏只当没听见，她想好了，只要他不点明了和她说话，她就不理他。至于金拙言，他就是点明了，她也装傻，反正她还小。

秦王见李夏站在栏杆前，两只胖胳膊伸过头抓着栏杆，脸贴着栏杆挪过来、挪过去，却找不到合适的地方。从栏杆缝里往外看，肯定是怎么看怎么不舒服。

李夏松开栏杆，转身跑几步，去搬扶手椅，侍立在旁的小厮急忙上前要帮忙，却被秦王一个眼风止住。

秦王不动声色地挪了挪，挡住李文山的目光，抖开折扇，好整以暇地看着抱着紫檀木椅子，使出吃奶的劲儿，也没能挪动半分的李夏。

陆仪站在两人斜后，无语地看着看热闹的秦王，这位爷，越来越"出息"了。

李夏累得脸都红了，椅子纹丝不动，她搬椅子的动作都这么明显了，怎么还没有人来帮忙？李夏转到椅子旁边，眼角余光瞟过去，瞄到秦王的鞋子和衣角，急忙缩回目光，怪不得没人来帮忙，他要看她的笑话！

李夏一肚皮闷气，算了？不甘心啊……李夏围着椅子又转了半圈，一眼看到靠墙放着的紫檀木万字花架，比椅子略高，上面放了盆兰草，这个花架，她肯定能挪得动。

李夏爬上椅子，站起来，抱起兰草，刚放到椅子上，古六少爷一眼瞄见，惊奇地咦了一声："这小丫头要干什么？那盆草怎么碍着你了？人呢？怎么侍候的？"

秦王一脸扫兴，回手一折扇敲在古六头上，转身坐回榻上去了。古六少爷摸了摸头，莫名其妙。

秦王斜靠在榻上，瞄一眼已经挪了椅子到栏杆旁、踩着椅子、趴在栏杆上看上了荷花的李夏，指了指榻前的扶手椅笑道："五郎坐这里，你书温得怎么样了？什么时候去书院考试？"

李文山坐到秦王指定的扶手椅上和他说话。陆仪闲闲地站到屋子另一角，捏着杯茶，欣赏着湖里的荷花。金拙言盘膝坐在秦王对面，示意小厮把茶具拿过来，挽起袖子分茶。

古六少爷在陆仪旁边的窗户前站站，又站到李夏旁边前看后看左看右看，李夏看着他笑道："古家哥哥到这里来，这里看荷花最好。"

"好是好，就是这边香味儿太浓。"古六少爷站在李夏身后，一脸挑剔。

李夏下巴抵在栏杆上看着古六，她要尽量少说话，她才五岁，万一说出不合年纪的话就糟了。

"这儿景色好，就是太香！"古玉衍又转了一圈，又回到李夏身后，认真地看来看去、闻来闻去，蹙眉纠结。

"要不……用合香的法子，冲一冲这味儿……嗯，龙井最佳，来人！"古六少爷叫人取来龙井和熏炉，熏上茶叶，站到李夏旁边，闭着眼睛细细品了品，满意地点着头，"花香粉腻而略甜，茶香清透而微苦，合在一起，这香味香而不腻、苦中带甜，不错不错！"

李夏抽抽鼻子，果然比刚才好多了，这香味儿让她想起刚进宫时吃过的荷叶小粽子，馋虫上来，转头问古六："荷叶能裹粽子吗？"

"当然能。新鲜荷叶最宜裹一口粽，通体碧透，清新可喜。"古六少爷想着荷叶一口粽，也有点馋。

"再浇上一大勺桂花蜜！"李夏口水都要出来了。

"浇桂花蜜就是暴殄天物。"古六少爷反驳。

"就要浇桂花蜜！一大勺！"李夏坚持。

"上回眼睛只看人家穿什么衣服，这回长进了，跟一个小丫头争吃的，你今年几岁了？你怎么好意思？"金拙言不知道什么时候踱过来，突然来了这么一句。

李夏吓得一个激灵，脚下一滑，金拙言忙伸手拎住李夏的衣领，提着她放好。

"你看你把人家小姑娘吓的。"古六少爷没金拙言动作快，在金拙言把李夏拎直之后，手才伸到李夏身后："阿夏别理他，他这个人向来以泼人冷水为乐，咱们不理他！去问问厨房，有一口粽没有，再拿罐桂花蜜。"古六少爷吩咐小厮。

李夏往后靠在古六少爷怀里，拧过半边身子，抱着古六少爷的胳膊，半边脸靠在古六怀里,避开金拙言,她不想看到他,也不想让他看到她。

秦王一只手支着头,心情郁郁地看着胖胳膊抱在古六胳膊上,和古六一递一句的李夏。他这么个人见人爱、花见花开的翩翩浊世佳公子,怎么这小丫头就是不正眼看他,不让他抱呢?

小粽子送上来,李夏盘坐在扶手椅子里,古六少爷往李夏碟子里的小粽子上浇了厚厚一层桂花蜜,李夏扎起一块,送到古六少爷嘴边:"哥哥尝尝,可好吃了。"

古六少爷张嘴吃了,连连点头:"咦!真不错。你站稳,我去给他们也浇点桂花蜜。"

古六少爷举着桂花蜜,挨个浇了一遍。到秦王这里,秦王斜看着他浇好了桂花蜜,将手里的银叉扔到碟子里:"拙言真没说错,你今年几岁了?被个小丫头几句话一忽悠,连桂花蜜也成好东西了。"金拙言一怔,王爷这股子闲气来得奇怪。古六少爷更是莫名其妙:"是……味儿真不错,不信你尝尝。"

陆仪若有所思地斜了眼专心吃粽子的李夏,再看向秦王。

李文山站了起来,连正吃粽子吃得香甜无比的李文岚,也不敢再吃了,胆怯地看向五哥李文山,李文山却瞄着李夏。

"五哥,我吃饱了。咱们走吧,我想回去了。"秦王突如其来的脾气,让李夏的心提了起来,这位秦王,和她印象中的宽厚仁慈大相径庭,还是赶紧走吧。

"对啊,阿夏不提醒,我都忘了时辰了,见了王爷和世子,还有将军和六郎,太高兴了!多谢款待,我和弟弟妹妹谢过各位。"李文山立刻接话告辞,挨个长揖到底致谢。

秦王意兴阑珊中带着几分恼意,沉着脸,挥了挥手,看样子一句话也不想多说。

金拙言想着秦王这莫名的脾气,抬手拱了下,也没说话。古六少爷手里拿着桂花蜜,一脸茫然,他感觉他好像做错事了?可是,哪儿错了?

"五郎、六郎、九娘子慢走,我让承影送三位回去。"陆仪笑意融融,客气周到地将三人送出轩堂,叫过承影吩咐了几句。

李夏趴在五哥怀里,看着一路送出来的陆仪,心里暖暖酸酸的。她的禁卫军都指挥使,她最信任的人,前生今世,对她都是这么好。

第五章 钟老太太

每逢各县县令被召进杭城这天,罗帅司身边几位得用的参议就特别忙。罗帅司也有意放几个参议出去应酬诸属官,属官通过他的参议打听关说,他同样能反过来打听,同时递一些明面上不能说的话。

和闪参议交好的几位县令换了便服,几个人包了紧邻西湖的望月楼上一间雅间,赏着西湖上的碧叶粉荷,饮酒说话。

饭后出来,富阳县黄县令悄悄拉了拉闪参议,两人落后几步,黄县令低低道:"有几句闲话。今天巧了,我的车马和横山县李县令家的停在了一起。我有个长随,是个本分人,听李县令的车夫和长随坐着闲磕牙,竟然提到了闪知府。"

说到这里,黄县令停下话,左右看了看:"说是李县令如今用的两个师爷,有一个好像是姓卜,原在闪知府门下当差,因为替闪知府背了黑锅,才不得不另寻东家,到了李县令身边。"

"真是胡说八道!"闪参议听得心里一惊,面上却是丝毫不露,"这些下人就是爱嚼舌头根子!李县令初来乍到,只怕是还没腾出手来收拾他们。多谢黄兄!"

"哪里哪里!"黄县令哈哈笑着,两人又闲话了几句,长揖作别。

闪参议回到衙门,一进屋脸就沉下来了。他堂兄在知府位置上熬了十年了,这一任格外努力外加费力打点,得了两个卓异,如今正想方设法要调进六部,为此他还求过罗帅司两回,如今正是节骨眼上,竟传出这种闲话!

堂兄那么谨慎的人,能有什么黑锅?

"闪参议在不在?"门外,朱参议慢腾腾问一句。

"在!朱兄请进!"闪参议立刻春风满面,亲自打起帘子,微微躬身让进朱参议,"朱兄今天回来得早。"

"我没跟老陶他们出去。"朱参议一身半旧棉袍,微微佝偻着背,看起来活像私塾里的老学究,"有个京城的旧友,就是江南东路李漕司府上的管事赵大,从前在京城时,我闲的时候多,那时他也闲,我俩常凑一起,温一壶老酒,能闲唠半夜。"

朱参议在闪参议对面坐下,闪参议沏一杯茶,双手捧给他。

"赵大这趟来,特意和我说了件事。"朱参议交代了和赵大的关系,直入正题,"李漕司的幼弟,如今是咱们两浙路横山县县令,这你是知道的。李县令请的两个师爷,一个叫卜怀义,一个叫陆有德,说是从前在令兄闪知府门下做过师爷。"

闪参议听朱参议说到这里,想起刚刚黄县令那番话,脸色就有些变了。

"你也听说了?"朱参议一向极擅长察言观色,闪参议点了点头:"说是替家兄背了黑锅被迫另谋生路。"

"就是这话,如今横山县衙不少人都听说过这话,你既然知道了,那就好!"朱参议站起来,又交代了一句,"横山县也是个手眼通天的地方,可别大意了。"

"多谢朱兄!"闪参议长揖到底。

李夏和两个哥哥赶到和阿爹约定的茶楼不远,就看到梧桐满脸红光,正和一名锦衣华服的管事拱手客套,一眼看到李文山,急忙示意管事:"我们五爷来了!五爷,这是王同知府上管事,来给咱们送礼的!"

"这是什么话!"李文山顿时脸一沉,发火了,他看到梧桐就没好气,"王同知是上官……"后面的话,李文山还没想好怎么说,梧桐比他更恼,当场撂了脸子:"当真是……五哥儿大了,不比从前,如今这脾气,可见长得厉害!算我多事!"

梧桐是钟老太太的干儿子,一向觉得,整个李家,除了老太太和老爷,就数他最有脸面,这会儿当着王同知府上管事的面,被李文山这一沉脸一呵斥,只觉得大跌面子,不翻脸不足以挽回颜面。

"请五爷安!给六爷请安,给九姑娘请安!"王同知府上的管事灵动至极,急忙上前,高声见礼,打断了梧桐的翻脸,"五爷真是风采出众,都怪小的,是小的没说清楚。我们太太听说两位爷和两位姑娘都到杭城来了,就说要请五爷六爷和两位姑娘们过府洗尘。可我们老爷说,五爷、六爷和姑娘们这趟来事情多,只怕没空,我们太太就打发小的送几匣子点心,另有几样玩意儿过来。我们太太说了,人虽没见到，礼数可不能短了。"

"多谢你家老爷太太，这趟确实匆忙，下趟再来，一定专程登门给你们老爷太太请安，只是，这些礼物……"李文山正要推辞，李夏从后面悄悄拉了拉他，李文山的话顿住，阿夏拉他，这意思是……收？

"……实在不敢当。"李文山这话到嘴边，就变了。

"一点小玩意儿而已。五爷天资出众，他日必定青出于蓝……"管事见李文山这么爽快，意外之下，赶紧奉承客套。

李夏紧拉着六哥李文岚的手，目光越过管事，看向已经开始往他们车上搬东西的几个长随，这些礼物，可不是几匣子点心和几样小玩意儿那么简单。

王富年家资巨富，是个长袖善舞、八面玲珑、极擅理财的，她把他压在户部侍郎的位置上好些年，为的是留给儿子提拔重用……

又想远了，嗯……这真是送上门的好机会，王同知是上官，却给他们送礼，嘿嘿……李夏眼珠慢慢转过去，再转过来，看看客气恭敬的管事，再看看一脸恼怒不自在的梧桐，心情愉快，这个王富年，总是这么善解人意！

去杭州时，李县令心情忐忑，回去时却是意气风发。

回去路上，李县令看着朝气蓬勃的儿子，越看越满意，忍不住催马和儿子并行，将公使钱的事说了。"……钱不钱的都是小事，"李县令虽穷却是个有骨气有格调的，一向不怎么把钱放眼里，"关键是这份爱重，没想到你竟然投了王爷的脾气。王爷是出了名的贤王，他身边也都是些少年俊才、博学之士，你跟在他身边，肯定能有不少长进，这是你的……福分所致。"

李县令是想说这都是因为儿子才气出众，话到嘴边又觉得这么说未免显得太轻狂，就又改成了福分。

李文山想着和李夏商定的大策略：要随时找机会进言，把阿爹拉回来。这会儿正是好机会！

"确实是儿子的福分，也多亏了大伯，若没有大伯提携，咱们哪儿有机会认识王爷？那一趟去江宁府，肯定是大伯特意安排的，就是今天这份公使钱，一半是看在儿子要陪王爷读书的分上，另一半，肯定也是看在大伯的脸面上呢，阿爹你说是不是？"

李文山边说边观察着阿爹的神色，李县令脸上的喜气凝滞了，好一会儿才勉强笑道："他不过是为了兄友弟恭的虚名……当年阿爹吃了多少苦，好不容易熬出条命，也是多亏了你姨婆日夜不合眼的照看，你太婆就惨死在他们手里……我不是要提当年的事，他不是真对咱们好，不过是顺水的人情。"

李县令虽然这么说，却没什么底气，他不是完全不辨是非的人。江宁府之行，老大确实是用心替他安排了的，要他完全视而不见否认掉，他做不出来，可要他承认这是老大对他们好，他又决不愿意承认，只能扯出从前，含含糊糊扯得很没有底气。

"阿爹，老太太常说的那些话，其实经不起推敲。真要像她说的那样，伯府人人都想害死阿爹，我觉得阿爹肯定活不下来。不说伯府，就说咱们家好了，像岚哥儿，还有阿夏，这么大的小人儿，要是阿娘，不说阿娘，就算我好了，想害死岚哥儿，谁能防得住？还有老太太总说，日夜不合眼，人又不是铁打的，日夜不合眼能撑几天？我……"

"你这是怎么说话呢？"李县令恼了，"那都是你姨婆亲身经历过的，老太太还能说假话？我看你是得了点儿便宜，就忘本了！"

"这不是话赶话说到这里了，您恼什么？算了，不说了。"李文山也有点恼了，作为他爹最大的骄傲，他以前就不怎么怕他爹，现在就更不怕了。

李县令被儿子这一句话噎住，看着纵马直往前冲的儿子，颇有几分后悔，刚才那几句话，是有点重了……

回到横山县后衙的家里，李文山兄妹四人都累坏了，连晚饭都没吃就歇下了。

李县令却没觉得累，和钟老太太面对面坐在上房榻上，两人抿着小酒，一边看着徐太太和洪嬷嬷、琼花三人一件件拆着王同知送来的礼物，一边说着闲话。

"这王同知不是老爷的上峰吗？怎么反倒给老爷送了这么多东西？"徐太太拆出一堆贵重衣料，以及其他贵重东西，困惑而担忧。

钟老太太想说句什么，张了张嘴又咽回去了，老爷后头有个一品大员……

李县令眯眼笑着，王同知这礼是因为山哥儿要陪王爷读书，他这是先行交好！不过这话，在路上他就已经拿定了主意：山哥儿陪王爷读书这事，一句话也不能多说。

山哥儿在王爷身边侍候，这名声好不好极其重要，最好是不亢不卑，视权贵如浮云，要淡定再淡定。家里更是万万不能轻狂了，确保家里不轻狂最好的法子，就是什么也别跟她们说，她们不知道，自然也就淡定从容不轻狂了。

"能有什么，王同知家资巨富，人又大方，在他手里，这些都不算东西。"李县令含糊了一句。

"他是老爷的上峰！这不是钱不钱的事，没有这个理儿。"徐太太眉头拧得更紧了，忧心忡忡。自从老爷当了这个县令，跟从前比，可张狂了不少。这样下去，要招大祸的。

李县令得意地嘿嘿笑了几声："你只管放心收着，我心里有数。"

"老爷多稳妥的人，都说了让你放心，你还有什么不放心的？"钟老太太心里，一半跟徐太太一样疑惑，另一半却又觉得自己是明白的，不管明不明白，照惯例，板起脸先训斥徐太太。徐太太赔着笑，不敢再多话。

明涛山庄，陆仪跟着小厮进了秦王书房，带着一股子分不清是要笑还是要恼的神情禀报道："是万松书院的古山长，说是罗帅司今天请他过去，嘱咐说李文山是要科举入仕的，制艺解经的学问不能丢。"

"嗯？"秦王两根眉毛一起抬起来了，惊讶地看着陆仪。陆仪一脸苦笑："刚刚，关副使也遣人过来和我说，他已经让人去查李家京城和下里镇两处了，很快就能查个清清楚楚。看来，你邀请李文山入读万松书院这事，这杭州城大概没人不知道了。这真是……是我没想周全，王爷身边，就是多只苍蝇，这苍蝇也得查清楚三代。"陆仪欠身认错。

秦王一脸恼怒，将手里的书摔到了桌子上。

"要不，我去澄清下？"陆仪瞄着被摔在桌子上的那本书。

"不用，让他进。"秦王一肚皮的恼怒，可到底恼什么，他又不怎么说得上来。本来，就是一件小事，小到不能再小了，连事都算不上……可再小，也没有半途而废的道理。

第二天，李夏早早就起来了，吃了早饭，写了几篇字，又帮姐姐绕了几卷线，这才一溜烟出来，跑去找五哥。

"秦先生给你回话没有？昨天递话递得怎么样？"这是李夏最关心的事。李文山点头，说："刚刚来人回了话，说都办妥了。"

"那就好，我回去了。"李夏松了一大口气，转身要走。李文山叫住了她："有件事。"

"嗯？"李夏一个旋身。

李文山把妹妹抱到桌子边上坐着，自己拖了把椅子坐到她对面："阿爹说，我进了万松书院，虽说罗帅司打了招呼，可跟着王爷，这制艺解经肯定不是主业。现在有了公使钱，阿爹说想请个先生给我看文章，要不，把秦先生推到明处？先跟阿爹说大伯那儿有个不错的先生闲着，看看阿爹什么意思。"

"嗯！"李夏连连点头，"我赞成！"

从五哥书房出来，李夏往后厨去找小九儿，她那件大事，也要动手了。

钟老太太从角门进了县衙后宅，看起来神清气爽，心情舒畅，穿过菜园，直奔正院。

刚进了正院，就听到茶水房传出一声惊呼："真的？"钟老太太吓了一跳，脚下打个弯，直往茶水房就要训斥，这个家里，真是越来越没有规矩了。

没等她走近，茶水房里又传出一声惊呼："啊？真的吗？那些东西是因为……啊？真的？四品官呢！才三十岁！嗯！你真看到了？像神仙一样！真的啊！那么有钱，四品官，长得又好看……我知道我知道！我肯定不乱说……"

小孩子的声音，有点儿像小九儿，另一个人是谁，听不清楚。窗户关得严严实实，钟老太太两步迈过去，猛推了几下没推开，却惊动了屋里的人。

"快跑！"侧门咣的一声，一阵脚步声从侧门跑远了。

钟老太太赶紧绕过去，可是人早看不见了。钟老太太叉腰站在屋角，想着听到的这几句话，略想一想，就心头一阵接一阵乱跳。三十岁的四品官，长得好看，有钱……只有议亲才会说这些，这是谁要议亲？还能有谁！

这事她怎么不知道？这事她竟然不知道！钟老太太被这几句话勾得心里跟猫爪子挠一样，略一多想又恼怒无比，这个家里，竟敢有事瞒着她！

钟老太太直奔后厨，小九儿没在后厨，钟老太太抓着个婆子问了，直奔后园，转了大半圈，捉住小九儿，拎着耳朵将她拖到一处僻静地。

"死丫头！你老实跟我说！刚才你跟谁在茶水房闲磨牙？快说！"钟老太太拧着小九儿的耳朵往上提，直提得小九儿只有脚尖连着地。

"老祖宗饶了我！我没有……没在茶水房，我跟九娘子在一起，不信你问九娘子，我一直跟九娘子在一起，刚刚九娘子让我过来摘几朵花……"小九儿疼得哭得没人腔。

钟老太太甩开小九儿，拍了拍手，九娘子，那就全合上了，那个死妮子，人小鬼大。钟老太太不理小九儿了，转身往前衙去找梧桐。

钟老太太一路风火找到梧桐，劈头问道："王同知送的那一车东西，到底是怎么回事？你老实跟我说！"

"什么怎么回事？"梧桐丈二金刚摸不到头脑。

"你是真糊涂，还是跟老娘我装糊涂？"钟老太太火气往上蹿，这个家里，一个两个的，都敢欺瞒她了！

"我的亲娘哟，您老到底问的什么事？我哪敢跟您装糊涂？"梧桐是真糊涂。

"那一车东西，送来的时候，怎么说的？"钟老太太打量着梧桐，看样子真不知道，也是，他一直跟在老爷身边……

"是王同知府上一个管事送来的，说是他们老爷太太给两位爷和两位姑娘的见面礼，刚说到这里，五哥儿就到了，没说啥，就收下了，就这些！能有什么？干娘怎么想起来问这个？"梧桐被钟老太太问得莫名其妙。

"你真不知道？"钟老太太疑惑了。

"知道什么？干娘有话明说，您又不是不知道，儿子最不会猜哑谜。"

"我听说……"钟老太太把梧桐揪到角落里，叽叽咕咕将从小九儿那儿听到的几句话说了，"……这么大的事，你不知道？"

"哎哟，我的干娘哟！从进了城，老爷和两位爷两位姑娘就分成两路，我一直跟着老爷，蹲在帅司衙门口一步不敢动，我哪知道爷们和姑娘那边的事？我也奇怪呢！王同知那么大的一个官，跟咱们老爷差……至少这么远！"梧桐尽力把两只胳膊往两边伸，"怎么反倒给咱们老爷送上礼了？干娘你不知道，那管事那客气的，啧啧！怪不得，怪不得！"梧桐拍着巴掌，恍然大悟，怪不得五爷一句客气话都没说完，就把东西收下了。

"那王同知你见过没有？听说才三十岁？"

"亲眼见！他跟老爷一起出来，长得是好！哪像三十岁，看着最多二十出头。我在门房里跟人说话，听他们说，这位王同知在咱们两浙路，除了罗帅司就是他了！那位关副使虽说比他品级高，可关副使不管事，听说罗帅司最信任这位王同知，王同知在罗帅司面前说一句是一句。他们还说，王同知这样的人，是当丞相的大才，早晚位极人臣。"梧桐眉飞色舞，越说越兴奋，好像就这么说一说，和这未来的丞相就能沾上边了。

"他府上有几房小妾？太太脾气性格怎么样？大度不大度？"钟老太太问的都是关键问题。

"王同知家里豪富。"梧桐说到"豪富"两个字，羡慕得啧啧不已，"听说他最爱美人儿，家里……得有好几房小妾吧。听说王同知和太太是自小定的亲，太太娘家虽说也是豪富，却到现在都还是商户，听说贤惠得很，也不敢不贤惠不是！"梧桐一脸的意味深长。

钟老太太满意地舒了口气，忍不住笑起来："就是这样的人家最好！商户出身的太太，这正妻的位置她坐着也心虚！这是姐儿的福气。哎哟哟！这真是运道来了，挡都挡不住！这事你任谁也不能提，别露了风。这年头，嫉人有笑人无的人多，下绊子使坏的人更多！要是让人知道了，指不定就坏了事！"

梧桐连声答应："干娘您就放心吧！我这嘴巴你还不知道，撬都撬不开！"看着钟老太太转过身，梧桐忍不住又叫住她："干娘，您不是想……姐儿可是官家娘子，再怎么……"

"闭嘴，你懂个屁！"钟老太太训斥了梧桐一句，甩开他的手，转身进去内宅了。

钟老太太回到后宅，兴奋得坐立不安，没能忍耐到李县令下衙回去，就叫小九儿去前衙把老爷叫过来，她有要紧的事。她原本还是有点耐性的，可这十几年在这个家里说一不二，原本不算太多的耐性早就张扬得一点也没有了。

李县令进了屋，钟老太太坐在榻上，笑得眼睛眯成一条缝，示意李县令坐下："这趟去杭州城，有件大喜的事你没跟我说？"

"哪有什么大喜的事。"李县令以为她说的是山哥儿到王爷身边伴读的事，努力要显得泰然自若，可喜气却无论如何屏不住，四溢而出。

"你是我一把屎一把尿拉扯大的，我还不知道你？你看看你这高兴样儿，这么大的喜事，你怎么不跟我说？"一看李县令的样子，钟老太太立刻就笃定了，高兴中掺着不少恼怒。

他竟然也敢欺瞒她了！先是那一箱子绸缎，再是这件大事，说不定还有别的……钟老太太越想越恼，在太原府时他可不敢这样！当初她就该咬紧牙，不让他谋这什么县令，果然这官当大了，人就变了……还有，她没想到那府里老大竟然在江宁府……

"老太太，其实这事……不算什么喜事……"李县令压着喜气，含含糊糊想着怎么解释过去。

不等李县令想出来怎么含糊过去，钟老太太阴沉着脸开始训斥："这事你告诉你媳妇了？连九妮子都知道，这事就单单瞒着我了？这是你的意思？还是你媳妇的意思？我就知道，从那箱子衣服料子起，我就觉出来了，如今你发达了，当了官了，不得了了，这是嫌弃我了？嫌弃我老了？是个奴儿？"钟老太太一边说，一边哭起来。

李县令急了："太太也不……老太太这是哪里话？没有老太太就没有我，没有这一家子……老太太……"

"从你非要当什么官，我就知道……"钟老太太一把一把抹眼泪，"我就害怕，你是个傻子，你还没被人家祸害够啊这是！啊？人家当了大官，你以为你觍着脸，舍着媳妇孩子就能巴结上去了？人家看得上你？看得上你这个奴儿生的庶孽？你怎么就不掂量掂量？你怎么能做出这种没脸的事？你说！你不是冲着那个坏种当了大官才来的？啊？你的骨头呢？你怎么这么没出息……"

"老太太，没有……我不是……真不知道，是到了江宁府那天，才知道的，他让人请我……"李县令急得都有点口吃了，他真没有。

"他让人叫你？他叫你就去了？你是狗啊？你在他眼里连狗都不如！叫你去你就去了，你连狗都不如！"钟老太太喷了李县令一脸接一脸的口水。

"是我错了，老太太您消消气，是我错了，我……"李县令扑通跪在地上认错，像以往每次一样，解释是解释不清的，就是他错了。

"你知道错了。"钟老太太长长抽了口气，好像缓过来些了，"那好，这门亲事，你没瞒住，现在我知道了，这事我做主！这是门好亲，这是冬妮子的福气！"

"亲事？"李县令愕然，"什么亲……"

"你这装模作样的本事真是见长，我知道得一清二楚。"钟老太太居高临下斜视着李县令，"王同知那聘礼你都收了……"

"老太太，王同知早就有妻有子……"李县令哭笑不得。

"有妻有子？你可真敢妄想。"钟老太太一脸冷笑，"你先想想你自己，什么出身！但凡讲究一点的人家，谁肯跟咱们这种庶孽结亲？冬妮子这亲事，要是被你媳妇怂恿，非得什么明媒正娶，我告诉你，那就得往下九流去找！冬妮子被你们养得娇惯成这样，你让她怎么活？"

"老太太，不是……"

"不是？你当你做了个芝麻官，不得了了？你就是官身了？那冬妮子就是官家小娘子了？你可真敢想！哪家结亲不得论三代，不用论三代，论到你娘头上，就是个奴儿，奴！"钟老太太接着往李县令脸上喷唾沫星子。

"我打听过，那王同知家资巨富，阔绰得不得了，年纪轻轻就是四品官了，往后多大的前程呢？人生得又好看，姐儿爱俏，冬妮儿肯定喜欢。太太又是商户出身，我跟你说，冬妮子过了府，一年两年生了儿子，什么妻不妻妾不妾的……"

"老太太您别说了！"李老爷忽地站起来，这一会儿他是真急眼了，没有老太太就没有他，老太太让他怎么样都行，可要是让他的女儿给人家做妾，他宁死也不能答应!"

"老太太,您要怎么样都行,可冬姐儿,还有阿夏,无论如何不能给人家做妾,我就是死了……"

"你这是跟我说话呢?你竟敢跟我说这样的话?当年我没日没夜地护着你……我舍了命……"钟老太太顿时泪如雨下。

"老太太,是我的错,刚才有点儿急了,不该跟您这样说话……"李县令立刻软下来,低声下气了几句,就说不下去了,只垂头丧气站在钟老太太面前。

"……宁做富家妾,不做穷人妻!我活了这么大年纪,我什么没经过没见过?在伯府那个恶人窝,我舍了命护着你长大,我经过见过的多了,我告诉你……"

"老太太!无论如何,哪怕我死了,也不能让冬姐儿和阿夏与人为妾!无论如何都不行!"李县令声音虽低,却极其坚定,这是他的底线。他的孩子,是他的底线。

钟老太太不哭了,瞪着李县令,李县令低垂着头,不响不动。钟老太太瞪了一会儿,双手一拍大腿,放声哭起来。

李夏听到这里,踮着脚尖屏着气跑出十几丈,回头看了眼那间这座后宅最居中的上房,愉快地转了几个圈,连蹦带跳走了。

她知道怎么对付阿爹和这位老太太了。

李县令回到前衙没多大会儿,钟老太太就病倒了,徐太太急忙让人去请大夫,带着李冬赶紧过去,问疾侍候。

晚饭时,李县令闷闷不乐,李夏不时瞄他一眼,李文山瞄一眼李夏,再看一眼阿爹,阿爹这不高兴,跟阿夏有关?

李冬托了只炖盅送到李县令面前:"这是人参老鸡汤,隔水炖了三四个时辰,阿爹这些天太辛苦了。"

"阿爹不辛苦。"李县令接过参鸡汤,爱怜地看着大女儿,"你赶紧坐下吃饭,让琼花她们侍候就行。山哥儿,把那碟子酸菜笋丁端过来,我记得大妹最喜欢吃这个。"

李冬受宠若惊,作为四个孩子中的老二,又是女儿,加上她那闷声不响的性子,在四个孩子中,她是最不受重视的一个。

"姐姐最喜欢吃这个!"李夏站起来,托起那碟子红烧肉送到姐姐面前,"姐姐才不喜欢吃酸菜咸菜呢,大家都喜欢吃红烧肉,姐姐也喜欢吃红烧肉,我说得对吧姐姐?"

"哪有！我是喜欢……"李冬的脸一下子涨红了。

"每次你都把盘子里的肉汁刮出来拌饭吃，吃得可香了。"李夏进一步戳穿姐姐。

"噢！"李文岚一声惊呼，"怪不得一吃红烧肉你就先拨过去好些，你不吃还不让别人吃，你是给姐姐留的啊！"

徐太太怜惜地抚着李夏的头："我们阿夏最细心体贴。"

李县令的脸红了："冬姐儿，阿爹太不关心你了。你放心，以后……阿爹绝不会让人委屈你，更不能让人欺负你、作践你！谁都不行！"

李夏眼睛瞪大，又慢慢弯下去，弯出一眼的笑意，看向五哥，冲他眨了眨眼。

李文山没看到她的眨眼，他正一脸惊愕意外地瞪着他爹。阿爹最疼他们，这他知道，可对儿女说出这样的话，还是头一回！阿夏使了什么手段？

徐太太眼圈一红，眼泪忍不住往下掉："老爷说的……老爷这是怎么了？"

李冬的眼泪一串串儿往下掉，一个劲儿地点头，却说不出话，她太感动了。

吃了饭，一家人又喝着茶说了好一会儿话，才各自散开。

李文山和李夏悄悄溜进李文山的小书房里，两人头抵着头说悄悄话。

"我找到阿爹的命门了！"李夏十分得意，"就是咱们，嘿嘿。"

李文山一脸纳闷："怎么找到的？……这还用找？我早就知道，你不知道？你先说说，到底怎么回事？阿爹刚才不对劲儿得很。"

李夏趴到李文山耳朵边，嘀嘀咕咕从她装小九儿的声音说话说起："……我就紧盯着她，五哥，她太坏了，坏得……唉，又蠢又坏又没耐心。现在，我跟你说，咱们一点也不用怕她了，最多半年……不行，半年太长，我要在……三个月吧，最多三个月，我一定要把她赶走！"

"阿夏，我觉得上一辈子……就算上一辈子吧，你肯定比我厉害，你……"李文山敬佩不已。

李夏伸手堵住他的嘴："才不是呢，五哥最厉害。五哥，以后咱们别提这样的话了，我不想提，而且，万一让人家听到……太可怕了。"

"五哥记住了，你放心！"李文山赶紧点头，"对了，你不是让我找人盯着她出衙门都去哪儿吗，盯到了一个地方。赵大来找我，说今天一早她出去，去了衙东巷从北头起第三家。那家姓杨，一家八口人，杨大夫妻，五个孩子，还有个老太太，说是杨大的姑姑。她是去找杨婆子的，两个人在院子里，喝酒说话，酒菜都是她带过去的。"

"赵大说，他打听过了，她今天是第三趟去，你说的那天，她也是去了杨婆子家。还有，那杨婆子不是扬州人，而是地地道道的横山本地人，据说挺小的时候就去了扬州，去年孤身一人回到横山县，依附侄儿一家过活。据说杨婆子带了不少银钱回来，那座两进的宅子，就是杨婆子拿钱买下来的。"

顿了顿，李文山又接了一句："我已经让赵大去打听这杨婆子在扬州的事了。还有，你上次特意说她是扬州人……"

"你问赵大了？"李夏歪头看着五哥。

"没，我问先生了，先生说，扬州出瘦马。"李文山看着李夏，心里有一股说不出的难受。

"她不像良家，阿爹的生母，只怕也不是。"李夏看着五哥，神情漠然。

李文山垂下头，看起来十分低落难过，好一会儿，才低低地嗯了一声。

"秦先生的事，你跟阿爹说过了没有？"李夏用手指捅着五哥的肩膀。

"还没！"李文山边说边站起来，将妹妹从桌子上抱下来，"我现在就去，现在正是大好时机！"李夏仰头看着哥哥，笑着不停地点头，哥哥果然还是那个哥哥，对时机的感觉还是那么敏锐。

李夏回到后罩房，推门进屋，姐姐李冬已经回来了，正坐在榻上做针线活。

"又闹腾五哥去了？"见李夏进来，李冬忙放下手里的针线，站起来拉着她坐下，接过苏叶递上的湿帕子给她擦手。

"没闹腾，我看着五哥写字。"李夏转个身，后背靠在姐姐怀里。

"可不是，没你看着，五哥写不好字。"李冬失笑，在李夏额头温柔点了下，"晚饭的时候，阿爹都说了姐姐喜欢吃酸菜笋丁，你怎么又要说那些话？这样不好，幸好是阿爹，要是别人，人家岂不恼你？"李冬柔声细语地教导李夏。李夏歪头看着她："那姐姐喜欢吃酸菜笋丁吗？"

"以前喜欢过的，阿爹一直记着。"李冬有几分不自在。

"可是你现在不喜欢。还有，昨天挑衣服料子，洪嬷嬷说你喜欢红色，你就说是，我记得你明明不喜欢红色的。还有今天晚饭前，阿娘说裹粽子，大家都说甜粽子好吃，咸粽子难吃，你也说甜粽子好吃，可是我记得你明明最喜欢吃咸粽子的。"

"这些都是小事，何必因为这点小事，让大家不高兴。"李冬被妹妹一件件说得脸色红涨。

"才不是小事呢。"李夏犹豫了下，这些话相对于她的年龄，懂事得有点妖孽了。可是，姐姐今年已经十三了，自己再不赶紧把她这样的性子扭过来，以后她的日子，再怎么样都过不好。"姐姐，你明明喜欢那个，不喜欢这个，人家问你，你偏说喜欢这个，这是说谎。"她尽可能地迂回。

李冬哭笑不得，苏叶却很赞成："我觉得九娘子说得对，这就是说谎。"

"阿娘那么疼姐姐，要是知道姐姐没吃上最喜欢吃的咸粽子，肯定难过得要哭的，我现在就难过得快死了。"李夏接着道。

"六娘子，我觉得九娘子说得对。六娘子这样，这不是体谅别人，这是给老爷太太添堵呢。"苏叶侧身坐到两人旁边。

李夏不停地点头，她真是太喜欢苏叶了！

"还有我，我也很难受，难受得要死！还有五哥，五哥更难受，还有六哥，六哥最难受，大家都心疼姐姐，大家都难受，苏叶也难受，是吧，苏叶？"

"九娘子说得对。六娘子，你这脾气得改一改，替别人着想，就站在别人的地步想一想，要是九娘子像六娘子这样，六娘子难受不难受？"

李夏简直要替苏叶鼓掌了，她知道苏叶明理懂事，没想到她现在就这么明白事理了。

李冬脸色有些发白，强笑道："看你们两个……我知道了。"

李文山敲门进到李县令书房时，李县令一脸的抑郁还没散去。

"今天衙门里不大顺当？"李文山看着阿爹，一脸关切。李县令勉强打点起精神，摇头笑道："衙门里有两个师爷，能有什么事？是……昨天夜里没睡好。"

李县令胡乱找了个借口搪塞，又赶紧岔开话："万松书院的古山长和那些先生都是博学之人，离考试也没几天了，你不专心读书，怎么又跑出来了？"

"我就是因为读书的事才来找阿爹的。"李文山笑道，"儿子这几天读书习文，困惑的地方多得很，越看越多，有些地方简直就读不下去了。儿子想，还是得找位先生指导指导。"

"怎么不来问我？"

"去寻过几趟阿爹。"李文山一脸苦恼，"哪能和阿爹说得上话？阿爹不是和县尉说话，就是和两个师爷说公事，或是出门查看农务什么的，还有审案子，都是不能打扰的，阿爹实在太忙了。"

李县令点头，确实是这样，他在衙门里一忙就是一整天，经常连安安生生喝杯茶的空都没有。可能指点儿子的先生到哪儿去寻呢？横山这个小县，连个举人都没有，到杭州城去寻？杭州城肯定有，可他不熟……

"阿爹，那回在江宁府，我听大伯家的松哥儿说，他们府上有位秦先生，学问品行都极好，连翁翁都赞不绝口。松哥儿还说，秦先生很向往杭城的绝佳景色，说要到杭城住一阵子，松哥儿还托我照应秦先生呢。要不，我问问松哥儿，看看这位秦先生来杭城没有，要是在杭城了，就请他到横山县暂住几日请教一二，等我考进万松书院，他要是还在杭城，就接着请教，您看呢？"

这番话李文山斟酌了再斟酌，李县令紧拧着眉头没说话。这位秦先生他是知道的，二十年前就和老大交好，是老大身边极得用的几个幕僚之一，不光学问极好，心计手段也好……

"这位秦先生是伯府旧人，极得你大伯倚重，他是做大事的人，哪儿有空教导你？"李县令摇头。

"肯不肯试一试不就知道了。"李文山一听有话缝，立刻打蛇随棍上，"我看这样，这事阿爹只当不知道，我写信给松哥儿，肯就肯，不肯就不肯嘛！反正阿爹不知道，阿爹看怎么样？"

李县令眉头蹙起又松开，松开又蹙起，儿子的课业学问，科举前程，这是最大的事……犹豫了片刻，李县令点头道："别说太多，就随口问一问，他既然托你照应，你问一问也是尽了礼节。"

"阿爹放心！"李文山笑逐颜开。

钟老太太病了两天，见李知县就是不松口，就自己好了。傍晚，出了县衙门宅，往衙东巷找杨婆子说话。

杨婆子侄子杨大和媳妇支着个小食摊儿养家糊口，这会儿刚收了摊回来。见钟老太太来了，杨大忙丢下手里的活，出去买了酒菜，杨大媳妇捅开火，现炒了几个菜，摆进厢房杨婆子屋里。

钟老太太和杨婆子酒量都极好，一坛子酒很快就见了底。杨婆子拿了钱出来，让杨大又去买了一大坛子。

"……这个家，要不是我操碎了心，能有今天？我这还不是为了这个家！为了他们姓李的……狼心狗肺的东西！一窝子狼心狗肺！"钟老太太心情不好，酒喝得猛，没多大会儿就已经大半醉，不诉苦情了，开始骂个不停。

杨婆子又给她斟上酒，顺着她的话意劝道："再怎么也不是自己生的，人心隔肚皮，你还是得替自己多打算打算。要靠，可不能全靠。"

"我拿他当亲生儿子看！"钟老太太牢骚满腹接着骂，"我这都是为了他好！他一家子好！什么东西，要是没有我……呃……什么东西……我告诉你！这样的好事，我说什么也不能由着他。这个家，我说了算！这么好的机会……能由得了他?"

钟老太太拍着桌子，杨婆子急忙将杯子往里挪了挪，免得掉下去摔碎了："老姐姐，我说一句你别恼。照我看，这门亲事……都不算亲事，可不怎么样，你家冬姐儿，正正经经的官家小娘子，后头又有伯府，还有个一品大员的大伯，不是寻不着好亲……"

"你懂个屁！"钟老太太往地上猛啐了一口，"那伯府早就跟他们断了往来！这往后……"钟老太太挪了挪，靠近杨婆子，"我就说你是个傻子，我跟你说过没有？我那身契，还在那个老不死的恶婆子手里，我这老太太……呃！是个奴儿！"

钟老太太打了个酒嗝，杨婆子忙又给她添上酒。

"上不得台面！我跟你说，这贵人家的规矩，你不懂！头一条，上下有别大过天！当年我在那侯府……一窝子王八东西，连吃顿饭都一层一层吃下来，王八东西！你一辈子在下九流混，你不懂！"

钟老太太一脸傲然地鄙夷着杨婆子，杨婆子干笑几声，接着给她添酒。

"这一家子，到今天这地步，够了！"钟老太太再一拍桌子，一句话说得斩钉截铁。

杨婆子一怔，钟老太太仰头喝了酒，将杯子拍在桌子上，说："大妹子，我跟你说，你心眼少！你不懂！这一家子，那俩妮子，就是这样的人家最好！进府做了妾，富贵一文不少，可……"钟老太太一阵接一阵干笑，"老姐姐跟你说，这富贵用在自己身上，才叫富贵！"

这话杨婆子不好接，打着哈哈应酬过去，再给她添上酒。

又两三杯下去，钟老太太醉得坐不住了。杨婆子叫了杨大媳妇进来，扶钟老太太半躺下，打发杨大往县衙后宅递信儿。

杨大媳妇拉了拉杨婆子，示意她出来："老姑，她那几句话，我听到了，这不是个好人，这哪能……"

"嘘。"杨婆子示意她噤声，"这也是一门营生，以后我再跟你说。你听到的，就当没听到，咱们得罪不起她，这样的人，可惹不起。"

杨大媳妇不停地点头，不敢再多说。

一大早，李夏刚从自己屋里出来，还没来得及对着朝阳再多打几个哈欠，就被钟老太太一把揪住:"你这死妮子!太阳都照到屁股上了,这会儿才起来!快跟我来,有好吃的!"

李夏觉得自己简直就是被一股妖风撮着的,再有个飞沙走石就全活了。

钟老太太将李夏扯到离后厨不远的假山旁,从怀里摸出个油纸包,打开捏了块芝麻糖递给李夏,放柔声音一脸笑容:"咱们九姐儿最乖,先吃块糖。姨婆有几句话问你,你只要好好告诉姨婆,看到没有,这一大包芝麻糖都给你吃,九姐儿说好不好?"

娘的!拿她当小娃儿哄!

"好!"李夏长睫毛扑闪扑闪,一脸天真。

"前天去杭城,九姐儿一直跟在你姐姐身边的?"

李夏咬着芝麻糖,用力点头。

"那你有没有看到一个好看的男人跟你姐姐说话?都说什么了?你学给姨婆听听!"钟老太太屏气看着李夏。李夏咬着糖,眼珠慢慢转过去看着钟老太太,突然从嘴里拉出咬得黏糊糊的半块糖,一把拍到钟老太太衣服上,转身就跑,一边跑一边叫:"才没有呢!我才没看见呢!你乱说!"

钟老太太恶心无比地看着衣服上黏糊糊的糖块,气没升上来就笑起来。这死丫头,人小鬼大,这一跑可不是此地无银三百两!

秦先生来得很快,隔天就到了横山县衙。

李县令再怎么和伯府有仇,和兄长有恨,也不至于摆在外人面前,何况人家秦先生是来给他的宝贝儿子当先生的。李县令客气地请秦先生吃了顿饭,再热情地邀请秦先生住进县衙。秦先生推辞说爱个自由自在,已经在离县衙不远的地方寻好住处了,李县令客气了几句,就不坚持了。

饭后茶毕,李文山送秦先生去住处,梧桐立刻悄悄溜出去,到后宅寻钟老太太。说不上来为什么,梧桐总觉得这位秦先生的到来像灾星降临,秦先生看他时,他有种被当众剥光的感觉,得赶紧让干娘出手,把这个灾星赶走。

钟老太太没等梧桐说完就炸了,一件两件,当她是摆设吗?

"那群坏种!又想来害咱们!杂种!坏种!狗娘养的东西!"钟老太太怒极了,不等梧桐说完,就破口大骂。

"干娘,您在这儿骂有什么用?也就是累坏您自己个儿,您得到……"梧桐努着嘴往前衙示意,"跟老爷好好说说,唉,老爷也真是,最近这是怎么了?一阵接一阵地犯糊涂！"

钟老太太被怒气冲晕了头，这十几年，这个家，谁敢逆着她？谁敢？

梧桐的话提醒了她，钟老太太直冲前衙，在内院门口，正撞上送秦先生回来的李文山。

"你干什么去了？你们瞒着我，跟那帮坏种穿一条裤子！你这个混账行子！"钟老太太揪住李文山，劈头盖脸就骂上了。

李文山由着她揪着，一脸唯唯诺诺："姨婆这是怎么了？我没干什么，阿爹替我请了个先生……"

"从哪儿请的？从江宁府？从那个坏种手里？你当我不知道？你爹是疯了还是中邪了？当了个小小芝麻官，他以为他就能入了人家的眼了？也不撒泡尿照照自己，净做美梦……"钟老太太破口大骂，嗓门儿亮得整个衙门都能听到。

李文山更加怯懦害怕，连声喊着阿爹。

前衙各屋，书办衙役们探头探脑，一脸兴奋地看着热闹。

李县令三步并作两步，从签押房冲出来，推着钟老太太和被钟老太太死死揪着的儿子往里走："这里是衙门，老太太这是干什么？有话进去说，先进去。"

"有什么见不得人的事非得进去说？"钟老太太松开李文山，一把揪住李县令，"你这是疯了还是鬼上身了？啊？你竟然让那个坏种来给山哥儿当先生？你就不怕他害死了山哥儿？那一家子坏种只恨咱们不死，成天想着害死咱们，你是疯了还是傻了……"

"老太太，这是衙门，不能说这样的话，阿爹的官声！这要害死阿爹的，还有咱们一家，求求您了老太太，我给您跪下了！"李文山扑通一声跪在钟老太太面前，"老祖宗，求您了。"

李县令脸都青了，猛一把甩开钟老太太，伸手去扯跪在地上的儿子，一个错眼看到从院门里伸头伸脑的梧桐，一声暴喝："还不把她拖进去！真是反了！太太这是怎么齐家的？一个……一个……奴儿……反了天了！"

李县令这一急怒交加的暴喝，喝得钟老太太的哭声骂声戛然而止。梧桐吓得赶紧上前去拖钟老太太，钟老太太不敢相信地瞪着李县令，他敢跟她吼？他怎么敢跟她吼？

李文山被阿爹这一声大吼，吼得大喜过望，急忙嗷的一声哭，掩饰住笑意，一只手抹着两只眼，膝行到李县令面前："阿爹，老祖宗是长辈，您这是不孝……"

"胡说八道！"李县令正在暴怒头上，抬脚要踢儿子，抬到一半又硬生生放下去，那是他儿子！

"一个奴儿，什么长辈？谁跟你说的这种混账话？晚上我再教训你！"

李县令转身就走，李文山用力抽泣了几下，站起来，低头垂手进去了。

李县令再回到签押房，哪还能坐得住，勉强坐了一会儿，就起身回到了后宅。

后宅，钟老太太正坐在上房门口台阶上，拍着大腿抹着鼻涕眼泪，一边哭一边诉，正哭诉得凄惨无比。

"……可怜我操了一辈子心……老天啊……你长长眼吧……啊呵呵我这都是为了谁啊……可怜我那早死的妹妹啊……妹子啊你命苦……啊呵呵……我是个命苦的……"

李县令垂头站在钟老太太身边，李夏眼珠转了半转，怯怯上前，拉住阿爹的手："阿爹，我怕。"李县令想说话，却没能说出来，只拍了拍女儿的头。

"阿爹，是您把老祖宗气哭了？老祖宗是长辈，阿爹您这是不孝。阿爹，您给老祖宗磕个头吧，要不，我和六哥替您给老祖宗磕头赔罪好不好？"李夏拉着李县令的手，仰头问道。

李县令被李夏这几句话说得刺心无比。

她是对他有大恩，他敬她，从来没拿她当下人看待过，他打心眼里把她当成自己的亲人，当成自己的长辈尊敬。可如今看来，他敬她敬得有点儿太过了，这个家里，现在已经乱了纲常，也让孩子们潜移默化，混淆了主仆尊卑。

从前还好，如今和以后，他们家和从前不一样了。他如今要讲官声，这个小小的横山县，藏龙卧虎，手眼通天，一个不慎，他这个县令就别想做了，他不做县令……他无所谓，只要老太太高兴，可山哥儿怎么办？山哥儿的前程怎么办？这不是他一个人的事……

这是他的错！早该想到这些，己不正不能正人。

想到这些，李县令慢慢直起后背，环顾四周，这院子里，除了凄惨号哭的钟老太太，只有傻乎乎看着热闹的小九儿，李县令指着小九儿，厉声厉色道："还不快扶她进去！这是能哭闹的地方？成什么体统？太太呢？这个家，越来越没有规矩了！"

站在上房帘子后，从帘子缝里往外看动静的洪嬷嬷惊呆了，老爷这回……这简直是失心疯了！

一直凝神听着外面动静的徐太太也惊呆了，李文山急忙示意洪嬷嬷："你去，快把她拖回去，快。"

洪嬷嬷哎了一声，掀帘子出来，拉上吓得快要哭了的小九儿，一左一右去拖钟老太太起来。

徐太太和李冬也紧跟出来，弯腰去扶钟老太太："老太太上了年纪，要爱惜自己，我扶您回去，有什么话，等您好一点再跟老爷说，老爷最……"徐太太硬生生咽住那个"孝"字，这个字以后不能说了，"……老爷是您带大的，您还不知道他……"

所有人中，最震惊的是钟老太太。这个她一把屎一把尿带大的名义主子实际儿子，竟然这样对她！这天，这日头，打西边出来了吗？

徐太太带着李冬安顿好钟老太太，再回到上房时，李县令正抱着李夏，坐在炕上发呆。两个儿子却不在。

徐太太心里的忐忑可比惊喜浓重多了，掀起帘子，刚要进屋，却又收住脚，推了把李冬暗示道："看看你哥……"李冬一听就明白了，急忙转身去寻五哥。如今在阿爹面前，她五哥那可是说一句算一句。这会儿，得五哥过来镇场子。

县衙内宅小有小的好处，徐太太进屋，刚净了手开始沏茶，李文山牵着弟弟李文岚，李冬跟在后面，一起进了上房。

徐太太看到三个人……特别是大儿子进来了，顿时心里一松，舒了口气。

"阿爹没事吧？"李文山牵着脸上还带着泪痕的弟弟，坐到李县令旁边，"刚才岚哥儿吓得大哭，我就把他带出去了，老祖宗没事吧？"

"什么老祖宗？"李县令正一肚皮邪火，"小时候不懂事叫一叫也就算了，一个奴儿，能担得了老祖宗这三个字？你也是，怎么能容她这样？这个家，你是怎么打理的？"李县令有火没地方发，责备上了徐太太。

"是我的错。"徐太太立刻认错。

"不怪阿娘，老太太刚才指到阿娘脸上骂，说阿娘是狐媚子。阿爹，什么是狐媚子？"李夏立刻接话，这是阿娘的错？笑话！不带这样迁怒的。

李文山紧跟妹妹说："是阿爹让阿娘把老太太……把钟嬷嬷当婆婆侍候的，阿爹说过不止一回，阿爹还说，钟嬷嬷就跟我们的太婆一样。这些话都是阿爹交代的，这怎么能怪阿娘？"

"过年要给老太太磕头的。"李文岚有些云里雾里，不过这话接得倒是十分恰当。

"阿爹还让阿娘在钟嬷嬷面前自称媳妇儿，您说这是咱们家的家礼。"李冬也鼓起勇气，怯怯地替阿娘说话，"家里上上下下都称老太太、老祖宗，也是阿爹发的话。"

李县令呆看着一致怼他的儿子女儿，张着嘴说不出一个字，这一瞬间，他体会到了什么叫众叛亲离。

"看看你们，怎么能这么跟阿爹说话。"徐太太声调哽咽，挨个看着她的孩子们，恨不能一把都搂在怀里，挨个亲一遍。

"是我……错了。"李县令口齿粘连，是他的错，他这个上梁不正。

"瞧老爷说的。"徐太太再也忍不住，眼泪扑簌簌往下掉，"我和老爷夫妻同体，老爷的错，也是我的错。老爷放心，我以后……"后面的话，徐太太没敢说，那位老太太的事，全在老爷身上，她能有什么办法？

"五哥也有错。"李夏指着李文山。

"我？"李文山指着自己鼻尖，阿夏这话什么意思？他没反应过来。

"五哥你自己说的，你要修身，还有齐家，我问你什么是齐家，你说就是咱们家什么都要好。六哥，五哥是这么说的吗？"李夏顺手将六哥拉进战团。

李文山有点儿明白了。

李文岚只知道妹妹在向他求援，急忙挺起小胸膛站出来说："五哥说他要名留青史，要修身齐家治国平天下。妹妹叫五哥……不时陪她玩，我说阿爹让五哥好好读书，五哥就说他将来要治国平天下，现在就得先齐家，他去齐家去了。阿爹，五哥明明是跟妹妹出去玩了。"说到最后，李文岚嘟着嘴告上了状。

李县令却听得心惊肉跳。他疏忽了，他竟然没想到这些，山哥儿是要跟在王爷身边伴读的，家里却尊着这么位老祖宗，这是尊卑上下不分，这是乱了纲常，这是贵人们最忌讳的事！

"你说得对。"李县令神情凝重，看着徐太太，"你我夫妻同体，这件事，我有错，你也有错，往后我再犯糊涂，你该劝就要劝。"

徐太太张了张嘴，话没说出来，眼泪出来了，她不是没劝过，可是……

"老太太……钟嬷嬷这事，是我没想周全，只想着报答嬷嬷的养育大恩，做得过了，反倒陷嬷嬷于不义。现在不比从前，一来我毕竟入了仕途，二来就是山哥儿，山哥儿……伴读，这上下尊卑，纲常伦理，是最最要紧的事，要是因为这个惹了王爷厌弃，山哥儿这一辈子的前程就全完了。"

李县令说得严重，徐太太听得脸色发白。李文山虽然知道这话对极了，还是下意识地看向李夏，李夏垂着眼皮，似有似无地点着头。

"一会儿你把家里人都召集过来，我说几句，以后……该怎么样就怎么样，这都是内宅的事，你得刚强些，矫枉得过正，过正几天，把这事矫过来就好了。"李县令接着道，只是声音低落了许多。

徐太太连连点头，事关她儿子的前程，这一次，她一定要真正刚强起来。

李夏歪头看着阿爹，这事太容易了，阿爹变得太快了……

李县令训完了话，将钟老太太由老太太一步降到了钟嬷嬷，散了众人，徐太太带着女儿冬姐儿，激动得乱忙却不知道忙什么才好，李夏瞄着机会，贴着墙根一溜烟跑进了李文山的小书房。

"一击而中！"见李夏进来，李文山抛下手里的书，一把抱起李夏放到桌子上，"怎么样？五哥这把牛刀，小试一回，锐不可当！"

"五哥，我觉得你高兴得太早了。"李夏坐在桌子边上，甩着两条胖短腿，"钟嬷嬷要是这么不堪一击，那这几十年，特别是在伯府的时候，她是怎么所向披靡的？运气好？"

"也是哈。"李文山的兴奋得意被李夏几句话吹散了一大半，皱起眉，拉开椅子骑坐到李夏对面，"照你这意思，钟嬷嬷这是暂时撤退，以图后计？"

李夏不停地点头："钟嬷嬷这样的人，肯定不会一击即溃，今天这事，我们只是暂时赢了一个回合而已。而且，五哥你很快就要去杭州城读书了，你一走，要是有什么事，我只能干着急。"

"横山离杭州这么近……也是，那怎么办？要不，把你这事跟冬姐儿说一说？"李文山一听，眉头一下子拧紧了。

"不行，姐姐不像你，她要是知道肯定害怕，肯定会告诉阿娘，阿娘要是知道了，阿爹也就知道了，阿爹要是知道了……我会被钟嬷嬷当妖怪烧死的，这是其一。其二，姐姐不是你，她在阿爹面前说不上话，就是在阿娘面前，也不能说一句算一句。"李夏摇头反对。李文山一听也是，说："那怎么办？"

"不光是你去杭州读书的事，还有你考童子试的事，阿爹说过好几回了。也就是明后年，你肯定就得去京城考童子试，这一考，肯定是童子连着秀才，最快最快也得两三年。我今年才五岁啊五哥，过三年才八岁！"李夏长叹了口气，对于她才五岁这件事，她是真真正正地束手无任何策！

"那……你有主意了？你肯定有主意，快说说！"李文山愁眉刚皱起又舒开。

"五哥，你是哥哥，我是妹妹！"李夏踢了李文山一下。

"那当然，这我知道，我是说，从前……我的意思是，长大后有雄才大略的你五哥我，是怎么做的？"

"上回哪有这样的事？五哥，我觉得，阿娘得立起来。我想过了，阿娘能带着咱们赶进京城救阿爹，那就是说，阿娘不是没有本事，阿娘肯定能立起来的。"

上一回，阿爹出事后，阿娘带着他们兄妹四个，几乎赤手空拳从横山县回到京城，就冲这一件事，阿娘就不是个没本事的。

"那怎么让阿娘立起来？"见李夏顿住了话，李文山挪了挪，催促了句。

"阿娘的死穴跟阿爹一样，得让阿娘知道，她要是不立起来，她的孩子们……主要是你，就得被钟嬷嬷祸害死了，为母则强。"李夏说得极其笃定，她从前就是因为有了儿子，对着那张看着她就咿咿呀呀、笑得手舞足蹈的婴孩脸，她才有了勇气，做出了那样的事。

想到儿子，李夏心里一阵揪痛，她的儿子，现在怎么样了？

"我去跟阿娘说？光说肯定不行，得让阿娘看到，最好让阿爹也看到……"李文山一边说一边想。

"这事我有点儿眉目了，这个不急，眼下得先看紧钟嬷嬷，不能让她有翻身的机会。"李夏下意识地摇了下头，抛开这一瞬间的揪痛。

"你去找一趟洪嬷嬷，就说这些年委屈她了，你知道她是真心实意对阿娘，对咱们好，请她看在咱们都是她一手带大的情分，最主要是你的面子上，好好辅助阿娘，管好这个家，不要再让小人祸害大家。"

上一回，阿爹出事后，钟嬷嬷不知所终，洪嬷嬷一直陪着他们。她自请入宫时，洪嬷嬷气得大哭，指着她骂，说她作践自己，就是最大的不孝。等她手握权势时，洪嬷嬷已经过世了，这是她前一世未能报答的恩情之一。

"好！我这就去。"李文山跳起来，先将李夏从桌子上抱下来。

"等等！"李夏拍着哥哥的头，"你先去找一趟秦先生，跟他借十两银子，把银子拿给洪嬷嬷，让她打点人用，有钱好办事。"

洪嬷嬷送走李文山，紧紧捏着那包散碎银子，心里一阵接一阵热得发烫，眼泪淌成两行。

这些年，对这个家，对太太，她已经死了心了。

钟婆子不是个好东西，她是拖着老爷，拖着这一家子给她当孝子贤孙，她早晚得害死老爷，害死这一大家子。可太太三从四德，只听老爷的话，老爷眼里，全天下对他最好的人，就是钟婆子，太太眼里，全天下最好的人，也就成了钟婆子。老爷眼瞎，太太自己不长眼，她多说一句，太太反倒说她心里恶念多……

她原本都看开了……

太太福命好,大少爷这么点大,就这样眼明心亮,这样能干……

洪嬷嬷再次掂了掂那一包碎银子,大少爷才这么大,就这么明白通透,这样知道人情世故……这真是太太的大福气。洪嬷嬷打开荷包,挑了两小块碎银子出来,藏好银包,出门往后厨找唐婆子说话去了。

第六章 解九连环

当天下午,钟嬷嬷就病倒了。

徐太太带着四分高兴三分愧疚三分不安,以及对那四分高兴的十分自责,亲自看着人请了大夫,一遍遍看了脉案,亲手熬上药,吩咐李冬看着。

又让人拿了一把大钱去寺里给钟嬷嬷上了一炷平安香,一会儿一趟往钟嬷嬷屋里问安,简直不知道怎么做才能安抚下自己那颗纷乱愧疚的心。

李夏和六哥李文岚对坐,手里描着字,心思却都在来来回回禀报钟嬷嬷怎么样了的小九儿身上。

李县令从前衙回来,徐太太先说钟嬷嬷的病,请的哪位大夫,怎么说的,脉案如何,她和冬姐儿怎么亲手煎的药,钟嬷嬷只喝了小半碗等等,事无巨细都说了一遍,一边说,一边瞄着李县令的神情。

李县令板着脸听到一半,就有些按捺不住,直起上身想过去看看,抬眼看到对面正紧盯着他看的大儿子,抬起的脚又落了回去。不能去,他一去,这上下尊卑就又乱了,为了山哥儿的前程,也为了全家的前程……

唉,这事都怪他,光想着低调,没跟嬷嬷说山哥儿伴读这事,嬷嬷要是知道这是为了山哥儿好……哪还会计较这些?嬷嬷为了他,为了这个家,什么都肯,连命都能舍得的……

徐太太见李县令只是嗯了一声就吩咐摆饭,竟然没像从前那样,一听说钟嬷嬷病了,就要立刻过去,饭不吃茶不喝,像孝子一样亲自在床前侍候,心里又惊又喜又忐忑，压着满腔复杂到完全理不清的情绪，努力摆出一脸平和。

李夏瞄着一脸担忧焦急却以为自己板住了脸的阿爹，再看看六分高兴四分忐忑却也觉得自己一脸平和的阿娘，心里一声长叹，她爹她娘这一对老实人！

李县令耐着性子吃了饭，又教训了李文山几句，再点评了几张李文岚的字，这才说要出去走走。

看着她爹背着手，严肃着脸出了门，李夏冲李文山悄悄使了个眼色，李文山忙站起，借口要回去念书，出了门。

李夏悄悄滑下榻，贴着灯影溜出门，刚跑了几步，就被李文山一把揪住。

"阿爹往那边……"李文山眼里闪着兴奋的八卦，往旁边钟嬷嬷居住的上房指了指。阿夏一使眼色，他就知道她什么意思了，肯定是要跟着阿爹，看他干什么去。

李夏连连点头，示意自己走前面，两人猫着腰，一前一后，鬼鬼祟祟溜到钟嬷嬷的正房廊下，溜到窗下竖耳听动静。

"……我知道，我老了，不中用了，你们一家子都嫌我碍眼了，我知道……"是钟嬷嬷压着悲伤、带着哭腔的声音，"等好了，我就离家去，我这辈子有什么求的？只要你好，你们爷几个好，我有什么求的？你也不用这样，等好了，我就离家去……"

"姨母，您别这么说，是我……这事都怪我，我没跟姨母说清楚。"李县令的声音又急又痛，"姨母，我是您一手养大的，我是什么样人，您最知道，姨母怎么能这么想？姨母又不是不知道，我心里，是拿您当亲生母亲一样看的，生身不如养身，您就是我阿娘，我哪敢……"

钟嬷嬷哭出了声："明哥儿，要不是你，当年你娘死的时候，我就一头碰死了，都是为了你，那些年为了护着你长大成人，我吃了多少苦，九死一生……你娘命苦，我这命，比你娘苦百倍千倍啊，那些年我成天背着人哭，我要是替你娘死了多好，一死百了，活着苦啊……都是我命苦……你放心，好了我就离家去，我活着，就为了你好，你如今……你觉得好，我碍着你了，我走……你也大了，有媳妇有儿子，一家子亲亲热热，不是早年孤苦一人……我这就离家去……"

钟嬷嬷一边念叨，一边高一声低一声，哭得十分凄惨。

"姨母，您这样，儿子怎么受得住？"李县令也哭起来，哭声话声中夹着膝盖撞地的闷沉声。

李夏急忙示意李文山往里看看，李文山探头看了一眼，冲李夏示意：他俩的爹跪下了！

"都是儿子的错，没跟姨母说清楚。"李县令带着哭腔道。

"姨母，你听儿子说，儿子对姨母没有半分嫌弃，要是有，就让儿子天打雷劈！今天这事是儿子的错，儿子该先跟姨母说，姨母，这都是为了山哥儿……"

李县令将李文山如何得了秦王青眼，如何被秦王邀请到万松书院读书，罗帅司如何因为山哥儿被秦王邀请伴读这事，特别拨了公使钱，山哥儿未来如何不可限量等等，详详细细说了一遍。

"……姨母，皇上最疼爱王爷这个幼弟，太后以贤德闻名。姨母，山哥儿得了王爷的青眼，以后这前程，不可限量，绝不会像儿子这样，蹉跎半生……都是儿子没本事，才……这些年一直委屈姨母。"

李县令声音更加哽咽："姨母，咱们起步低，又全无助力，山哥儿头一回见秦王，就被人嘲笑衣料老旧……山哥儿是个好孩子，这些就算了，清贫不是坏事，可若是家里……我当时没跟姨母说，连山哥儿阿娘也没说，就是怕家里人知道这些，张狂起来，让人家笑话不说，传到王爷或是太后耳朵里，会连累了山哥儿，说不定山哥儿就会被王爷厌弃。姨母不知道，吴县尉跟苏尚书是亲戚，一直盯着这县令的位置……"

李县令顿了顿，声音落低了些："姨母，儿子心里拿您当亲生母亲看，可是……您也知道，您的身契……当年想尽了办法，也没能拿到。这些年我也不是没想过办法，可是……有身契在，姨母这身份……是儿子不孝，可是……家中上下尊卑不分，是为官者大忌，儿子没出息，可山哥儿……姨母，咱们不能让山哥儿因为这些小事，耽误了前程，您说是不是？"

"原来是这样，这我懂。"过了好一会儿，钟嬷嬷才开口，声音沉而缓，透着阴霾，"你放心，我懂了。"

这阴阴的声调让李夏的心猛地往下沉了沉。

"山哥儿有个好前程，也能好好孝敬姨母。等山哥儿出息了，咱们再到那府里讨要身契，到那时候，给不给就由不得她了，等拿到身契……姨母放心，我一定让人知道姨母对我的大恩。以后山哥儿还能给姨母请个诰封，让姨母也能风光风光……"

李县令殷勤地讨好不已，李夏拉了拉李文山，两人悄悄退了出来。

"怎么不听了？说不定……"

"不用听了。"李夏打断哥哥的话，"该听的都听完了，阿爹也快出来了。咱们赶紧走。"

李文山一个怔神,正要再多问,李夏拉了拉他,李文山回头,一眼看到正拉开房门的李县令。李文山一把抱起李夏,一步躲到树影里,往后退了十来步,转身赶紧跑了。

几天后,钟嬷嬷的病就好了。

病好之后的钟嬷嬷,像是换了一个人似的。头一件事就是搬出了那间整个后衙最居中最好的上房,搬到了洪嬷嬷隔壁,老太太的派头一点也不见了,还找了洪嬷嬷,和她商量怎么轮流排班当差,里里外外,进进出出,下人的本分守得规矩无比。

李县令又是感动又是骄傲,徐太太也愧疚不已,她以往那些疑心,真让人羞愧。连李文山也被感动了:"阿夏,我觉得你有点错怪嬷嬷了,嬷嬷是真心拿我们当家人看的,你看……"

"有人说过一句话:除了生身父母,谁会粉身碎骨,粉饰别人的太平盛世呢?"这是太皇太后的话,李夏坐在桌子边上,甩着腿,神情微微有些沉郁。这话虽然是太皇太后说的,可不能算全对,生身父母,也不是个个都肯替孩子粉身碎骨的。

"别说嬷嬷就是生身父母这话,她不是。洪嬷嬷怎么跟你说的?她就是拘着咱们一家当孝子贤孙使唤,看人看事,从下往上,永远都比从上往下看得清楚真切。"

李文山拧着眉不说话了,阿夏这话,也对。

"你去找一趟秦先生,跟他说,这间宅子以外,以及衙门里,请他看紧钟嬷嬷,不许她替人通关节说项,不管大事小事,哪怕是比芝麻还小的事,也不能让她做成。总之,不让她有一丝半点施恩于人的机会。"

李夏语调阴狠,李文山听得后背一片凉意。这一瞬间,他再一次觉得,妹妹说那一世他如何厉害这话,有那么点儿靠不住。

"再找机会交代一声洪嬷嬷,让她盯紧钟嬷嬷,别的不用多说,有些事,她比咱们明白多了。"李夏接着交代。

李文山连连点头:"我这就去,阿夏,那一回,你究竟……"

"五哥!"李夏提高声音。

李文山急忙缩回话头:"当我没说。我错了,我这就去。"

李文山考进了万松书院的喜信,是秦王"顺道儿"送过来的。

除了这个喜信,还有两件礼物,以及小厮传来的几句话:"……上回在杭城过于匆忙,没能让六哥儿和九姐儿尽兴,实在失礼得很。这一趟特意备了礼物,一是略表失礼之歉意,二来也想借此机会,弥补上次失礼之过……"

说是带了礼物,小厮却空着手:"……王爷说,不知道六哥儿和九姐儿喜不喜欢……"这意思是得当面给,眼瞧着喜欢还是不喜欢才行。

李文山感动之余,十分纳闷。上一回,岚哥儿和阿夏有什么不尽兴的?他怎么不知道?不过这是小事,王爷这份谦虚仁爱,真是太令人心折了,给两个孩子送个礼物,还关心人家喜不喜欢,这真是举世少有。

李夏一万个不想见,秦王她懒得见,金拙言她怕,陆怀慈也不能多见,那是个极其精明的,见得多漏洞就多,怕他生疑。可她又实在不放心六哥,唉,好在还有古六,是个能说话的。

凭栏院里,秦王一行人没在上次的暖阁里,而是在临湖的水阁里,轻风习习,满湖荷叶荷花,十分宜人。

李文山一只手拉着李文岚,一只手拉着李夏,李文岚两眼放光地看着水阁四周飘拂的轻纱,廊下挂着的重重叠叠垂下三四尺长、青翠逼人的吊兰,和水阁里穿戴雅致人品俊逸的秦王等人,两只眼睛都看直了。

李夏睨着六哥,气儿不打一处来,慢下半步,换个手,从五哥身后猛拍了六哥一巴掌。

捏着杯茶,站在水阁一角的陆仪,忍不住笑起来。

"怎么了?"秦王没看到李夏那一巴掌,看见陆仪笑,有些莫名。

"你看那丫头气的,刚才打了她六哥一巴掌。"陆仪一边笑一边示意秦王看气得鼓着嘴的李夏和一脸委屈的李文岚。

"六岁的丫头,太鬼灵精了点。"金拙言一脸挑剔嫌弃地睨着越走越近的李夏等人。

"五岁。"陆仪慢吞吞纠正了句。

"聪明是聪明了点,也就是聪明了一点。"秦王一副居高临下、不以为然的样子。

"就是!"古六凑在旁边,只听到了金拙言那句"太鬼灵精"之后的话,这会儿觉得听明白能接上话了,"也就是聪明一点点,这样的聪明,在我们古家根本排不上号。"

金拙言嘴角撇成个"八"字,睨着古六,就差呸他一口了。

李文山一手牵一个进来,古六少爷看得笑个不停,手里折扇挨个点着三人:"五郎,你这一边一个……再换身衣服,能唱一出千里寻夫。"

李文岚仰头看着古六少爷，浑身上下的崇拜一抖落就得一地，听到了古六少爷的话，当然一点没听懂。李文山一脸无奈，下巴往李文岚这边努一努："这是我弟弟，亲的。"又往李夏那边努努："这是我妹妹，亲的。"

　　古六少爷高抬着眉毛，瞪着李文山，他这话什么意思？自己还能不认识他弟弟妹妹？不对……

　　秦王看着大眼瞪大眼的古六和李文山，折扇点着两人，哈哈大笑。金拙言也忍不住笑，上前一折扇拍在古六肩膀上："就你……老老实实的吧，还老想着打趣别人，你这鼻子上的灰，都多厚了？"

　　李夏一脸乖巧地挨着五哥李文山站着，斜睨着什么也没听懂却跟着傻笑得十分响亮的李文岚，得想个什么办法，把这个傻六赶紧弄回去……

　　"生气了？"陆仪蹲到李夏身边，仔细看着她的表情，问话里透着深意。

　　"嗯。"李夏慢慢点了下头，他既然这么问，那她脸上，肯定是能看出来了，作为一个五岁的孩子……

　　"六哥不给我糖。"李夏指着李文岚的小荷包。

　　"你吃过了！"李文岚急忙捂住荷包，"你两块，我两块，我给过你一块了，就这一块了，我还没吃！"李文岚眼泪都快下来了，按照以往的经验，这块糖也保不住了。

　　"一人两块，你的两块吃完了，你六哥又给了你一块，你也吃完了，现在你还想要你六哥这最后一块糖？"金拙言也蹲到李夏面前，一脸严厉。

　　李夏的心不由自主地缩紧了，伸手想去抓五哥的衣服往他身后躲。

　　秦王急忙扔了折扇，伸手拎开李文山，一个箭步站到李文山的位置，弯腰张开胳膊，等李夏扑进来。

　　李夏伸手拉了个空，抬头看到秦王夸张的笑脸，扭头扑到了陆仪怀里。

　　古六少爷跺着脚，哈哈大笑。

　　李文岚纠结无比地看看扑在陆仪怀里的妹妹，再看看一脸严肃的金拙言，又仰头看了眼半张着嘴看秦王看傻了的哥哥，再回头看埋在陆仪怀里的妹妹，千分纠结万分不舍地从荷包里捏出那块糖，递到李夏面前，带着哭腔："给你，别哭了，我没说……呜呜呜，我还没吃……"

　　"你府上穷到这份儿上了？"秦王张着胳膊迎了个空，古六不笑他已经够尴尬了，古六再一狂笑，秦王恼羞成怒，"就算从前穷到这份儿上了，可现在呢？罗帅司拨的公使钱不少吧……"

陆仪和金拙言一起狂咳。

李夏看着比刚才更加尴尬的秦王，简直想狂笑，原来他是这样的二货，太皇太后那样睿智的人，怎么生了这么个儿子！

"来人！"金拙言掰开李文岚紧握成拳头伸过来的小手，一脸嫌弃地捻起那块糖，"拿给厨房，照样做……两大筐！给他们一人一筐。"

笑声刚刚落下去的古六，再次哈哈大笑起来。

两大筐！

秦王冷着脸坐回水阁边，拎着根竿子，背对着众人钓鱼。

金拙言踱到他旁边，也拿了根竿子钓鱼。

陆仪示意小厮把带来的礼物拿过来，给李夏的是一个一尺多高、精致非常的漂亮人偶，给李文岚的是一盒子大大小小的九连环。古六凑过来拿起九连环教李文岚怎么玩。

李文山心大得没法说，想着这事他跟弟弟妹妹都没错，谁生气谁高兴，他就不管了。先看了会儿古六教解九连环，又凑过去看了一会儿钓鱼，再挪过去和陆仪看着荷花说闲话。

李夏趴在桌子上，对着满满一匣子或金或玉、大大小小的九连环发呆。

太皇太后最喜欢解九连环，她能得太皇太后青眼，也是因为这九连环。

那时候她刚进宫两个来月，没名没分，小心翼翼地尴尬在那里。有一回她跟几个下等宫人在园子里解九连环，太后在不远处的亭子里看她解。太皇太后常说：九连环好解，难就难在耐心仔细，世间事也是这样，没什么难的，只看耐心。

李夏想着太皇太后，想着从前，想得心酸，伸手拿过只最小的九连环，解下头一环，再解下第二个环，再套上去……这九连环，她解了几十年，熟得已经刻进了骨子里。

"咦！"古六看直了眼，"你妹妹比你聪明多了！"

"嗯嗯嗯！"李文岚一脸荣光，"我妹妹最最最聪明了！"

陆仪微微欠身看着李夏解九连环："令妹在家常玩这个？"

"嗯。"李文山似是而非地嗯了一声，九连环家里有，可他根本没见阿夏玩过，可这话不能说。

"你能再套上吗？"眼看着李夏很快就解开了那只白玉九连环，古六有几分不服气地说道。他解个九连环，小半天算快的。

李夏抬头看了眼古六，趴在桌子上，连手带九连环伸到他面前，开始往上套。

第六章

"这有什么？手快而已！"秦王不知道什么时候踱过来，看着李夏翻飞的小胖手，一脸嫌弃地说了句。

李夏只管埋头套环，当没听见。

"就是手快，可阿夏才几岁？我们府上解这个最快的，解了快二十年了，也就阿夏这样。要不你试试，给你一个时辰，你能解下来算你厉害。"古六毫不客气地怼了回去。

"这有什么难的？"秦王嘴上说得强硬，却没敢伸手，万一解不出来……还是回去先试试再说。

李夏重新套好九连环，递给古六。古六拎着晃了晃，一脸兴奋："你真聪明，你还喜欢玩什么？华容道？孔明锁？围棋？"

"还围棋，你也不看看她多大！"秦王立刻挑毛病。

李夏不停地摇着头，她就会解九连环，因为太皇太后只喜欢这个。

"你试试这个。"古六这一阵子对九连环兴趣正浓，拿了匣子里最大的一只九连环递给李夏。

李夏挪了挪坐好，接过开始解。

金拙言也踱了过来，和秦王并肩站着，看了一会儿，伸手拿了只九连环，笨拙地解下再套，套上再解下，解出头一个环，举到秦王面前："难倒不难，这么快真不容易，你试试？"

"这有什么不容易？"秦王堵了金拙言一句，立刻转话题，"你让人做的糖呢？这都多少时候了？怎么不让人去催催？越来越不经心了！"

秦王转脸看向陆仪："还有你，也不看看，这都什么时候了？这是横山县，不是杭州城，难道要我摸黑回去？你这差使怎么当的？这种事现在都得我自己操心了？"

陆仪欠身认错。

古六看李夏解九连环看得太专心，听到了秦王的话，却没听进去。

金拙言扫了眼不知道怎么掉到了桌子底下的华丽人偶，再看看头抵头解九连环的古六、李夏和李文山三个，再瞄一眼秦王，若有所悟。

九连环是古六的主意，人偶，可是王爷亲手挑的……

小厮飞奔去催，片刻工夫，几个茶酒博士还真抬了两只大筐过来。

李文岚高兴得脸都红了，伸手去拉李夏："阿夏阿夏！你看你看！"

秦王斜看着盯着糖筐流口水的李文岚和李夏，闷哼一声，抬脚就走："天儿不早了!"走出几步,猛一个转身,拿折扇指着李文山:"后天到书院,最晚卯初,不能晚了,要上晨课的!"

不等李文山答话,秦王呼呼带风地走了。

陆仪走在最后,看着掉在桌子下没人理会的人偶,左右看了看,弯腰捡起来,背到身后,疾步跟了出去。

回到县衙,李文山先往前衙跟李县令说了后天卯初就要到书院上晨课的事,李县令忙将手里的公事交代给两个师爷,带着李文山匆匆进了后衙。

后天卯初就要上课,那明天就得走。

万松书院的学生都住在书院内,住处不用找,可行李总要打点,还有跟去的人,李文山到现在也没有小厮什么的,得再从家里挑人,还有给先生的礼物……

说起来,他应该亲自送儿子过去,拜会师长,嘱托一番,可他守土有责,不经许可不得擅离……

都是大事!

李县令带着李文山进了上房,刚跟徐太太说了一半,猛然顿住,懊恼地拍了拍额头:"冬姐儿,你去一趟,请嬷嬷过来,就让她听听。"

李县令交代了冬姐儿几句,又带着一股子说不清的心虚,跟徐太太解释了句:"嬷嬷毕竟经得多见得多。"

钟嬷嬷跟着李冬进来,李县令急忙站起来,躬身将她往上首让。

"老爷,上下有别,虽然没外人,可也不能不讲究。"钟嬷嬷规规矩矩给李县令和徐太太,甚至李文山见了礼,一脸正色和李县令道。

李县令又是感动又是愧疚:"嬷嬷教训得是,是我……嬷嬷知道我这一片心……"

"我都知道,老爷,太太,请上座。"钟嬷嬷带着得体的笑欠身应了,示意站着的李县令和徐太太坐下。

李县令浑身不自在地坐下,欠身对着钟嬷嬷,徐太太瞄着李县令那样子,没敢坐实,半靠半坐在炕沿上。

"嬷嬷,请您来,是商量山哥儿后天到万松书院读书的事。行李衣服,这是小事,有两件大事,得听听嬷嬷的意思。一是挑谁过去侍候山哥儿,这人得稳重知礼,分得了轻重;二是我是不是得跟去一趟?不去吧,于师礼上有失,去吧,我又不能擅离本土,这会儿再打发人往杭城请罗帅司示下,只怕来不及……"

钟嬷嬷专注地听李县令说完，扫了眼徐太太，欠身笑道："老爷，挑人这事，咱们家哪有什么人能挑？就这几个人，都是我看着长大的。照我看，梧桐最合适，只是要委屈老爷了。"

"不委屈不委屈……我也觉得梧桐好，我也是这么想的。"李县令片刻犹豫之后，立刻答应。梧桐性子过于跳脱，又爱酒爱逛……好在他知道轻重。

"别的，老爷也知道，我是个内宅妇人，这事还得老爷自己拿主意。"钟嬷嬷见李县令应了，仿佛舒了口气。

李夏坐在炕上，两根胳膊支在炕桌上，托腮看着钟嬷嬷。

让梧桐跟五哥去，她怎么舍得梧桐这个左膀右臂？她早就知道了五哥要去杭城读书的事，让梧桐跟过去，只怕是她早就打算好的……嗯，也好……

李县令掂量来衡量去，最后决定写一封信让李文山带给山长，他还是不去了。

定了大事，徐太太和李冬忙着给李文山收拾东西，李县令叫了梧桐进来千叮咛万嘱咐。

李文山回到自己书房，收拾要带的书本笔墨。李夏悄悄溜出来，去找五哥李文山。

"我正要找你。"李文山看到李夏进来，放下手里的书，将李夏抱到桌子上坐下，"我明天就得走，我想过了，得找秦先生借个人，让他来回往家里送信，就是还没想好，这信怎么交到你手里，又不让阿爹阿娘知道……"

"这是小事。"李夏甩着腿，打断了五哥的话，"钟嬷嬷让梧桐跟你过去，我觉得，她是要下手了。"

"下手？让梧桐跟过去怎么下手？总不能……害了我？"李文山一脸茫然。

"梧桐能做的事太多了，让梧桐把你带坏，让梧桐在秦王，或者是山长啊同窗啊面前败坏你。"李夏慢吞吞道。

"这怎么可能？这……她有什么好处？"李文山一脸的不可思议。

"五哥，你想想，她从咱们家高高在上、尊贵无比的老祖宗位置上，跌到现在，至少明面上跟洪嬷嬷她们一样了，就是个奴婢，是从谁身上起的？是为了什么事？阿爹铁了心要明上下尊卑，又是为了什么？阿爹说什么讨身契要诰封的话，你觉得可能吗？伯府那位真正的老祖宗，会把身契放出来？朝廷能让你放着嫡祖母不请诰封，给一个奴婢请封？"

李夏一连串儿的话问出来，问得李文山不停地眨着眼，不敢相信。可想想，还真是这么回事……

"那……怎么办?"李文山再一多想,只觉得后背一阵接一阵发凉,真要像阿夏说的,梧桐要祸害他,那可真是防不胜防。

"我去跟阿爹说,不能让梧桐跟过去!"

"你能说服阿爹?"李夏瞥着李文山。

李文山仔细想了想,一脸苦相地摇了摇头。

"这事咱们不好料理,你去找一趟秦先生,把梧桐要跟你去杭城读书的事告诉他。再告诉他,梧桐是钟嬷嬷的干儿子,在这个家里,他只听钟嬷嬷的,阿爹的话,他也常常阳奉阴违。别的不用多说。"

李文山连连点头:"我这就去,由秦先生料理,肯定……"

"凡事不能全靠在别人身上,真正能靠得住的,只有自己!"李夏横了五哥一眼。

李文山被她这一眼横得心有点紧。阿夏那一回,到底是做什么的?

"梧桐这个人,是个能利诱的。五哥,明天去杭城的路上,你就跟梧桐说,你得了王爷青眼,以后会如何飞黄腾达,等你飞黄腾达了,梧桐就是你身边第一人了。俗话说,宰相门房七品官,往后,说不定二品三品大员见了他梧桐都得点头哈腰地巴结呢,就是这一类的话,往好了说,往大了说。中间再时常提一提,你觉得侍候你的下人,才能倒在其次,头一条,得死心塌地地忠诚,什么事都不能瞒着你。"

李夏眯缝着眼,话说得慢慢悠悠。李文山听着,先是有几分想笑,接着又有几分森然寒意,这样的话,别说梧桐,就是自己,只怕也得生出不少念想。

"好!你放心。"李文山深吸了一口气,点头答应。

秦王一路上沉着脸,纵马飞奔,一口气进了杭城。

人多了,才放慢马速,进到明涛山庄,跳下马,将鞭子随手一扔,大步流星直冲进去。

古六莫名其妙中带着几分惊惧。金拙言看向陆仪,陆仪冲他垂了垂眼皮,紧跟在秦王后面进了山庄。

金拙言看着陆仪紧赶几步追上了秦王,转身上马。古六哎了一声,一把抓住金拙言:"王爷这是怎么了?"

"这你都看不出来?不高兴了呗。"金拙言随口答了句,甩开古六,催马走了。

"不高兴我当然看出来了,可为什么不高兴?哎!你怎么……"古六一头雾水。

陆仪紧跟在秦王身后,进了二门,跟上秦王,装着若无其事地赔笑道:"那小丫头，她打她六哥，原来是为了一块糖，我还以为她懂事老成，是我看走了眼，原来不过是个家里娇生惯养长大的懵懂无知丫头……"

"你跟我说这个话，什么意思？"秦王猛地顿住，一个转身，手指点着陆仪质问道。

陆仪差点撞上他，急忙往后退了一步："没……"

"人偶呢？"秦王紧跟着又问了一句。陆仪一个怔神。

"你当我没看见？你还敢跟我说这种话？你什么意思？你以为我会因为这点破事，就破人家家灭人家门？敢情在你心眼里，我是这么个无德无行的人？话又说回来，人家得罪我了吗？哪儿得罪了？你哪只眼睛看到了？我怎么不知道？"

陆仪被秦王怒气冲冲质问，张口结舌没法答，赶紧跪在地上认错："是我……"

"跪着！"秦王根本不容陆仪说话，错着牙呵斥了一句，怒气冲冲，扬长而去。

秦王心平气和地给金太后请了安，又陪说了一会儿话出去了。

金太后瞄着他的背影："岩哥儿这是跟谁气成了这样？"

黄太监欠身答话："陆将军在二门里跪着呢。好像陆将军说了什么，王爷发了脾气。"

金太后侧头想了想："你去问问凤哥儿，出什么事了。"

黄太监答应了出去，片刻就回来了。

"陆将军说，这趟侍候王爷出去，他疏忽了回来的时辰，回来得晚了。"

金太后瞄了眼滴漏，失笑："晚了？"

今天回来得不但不晚，还早得很呢。

"是，还有。"黄太监顺着金太后的目光看了眼滴漏，"老奴问话的时候，春山去寻陆将军，说是爷吩咐赶紧把人偶拿进来。"顿了顿，黄太监瞄了眼金太后，接着道，"前儿个王爷跑了小半个杭城，挑了个一尺来高的美人人偶。"

"今天哥儿去了横山县？"

"是。"

金太后手指慢慢抚着只白玉香球，一点点笑出来："只怕是这美人人偶，没送出去。这孩子……也太孩子气了。"

"王爷还小呢。"

"不小了。"金太后敛了笑容，悠悠叹了口气，"孩子气也就算了，这孩子，心地过于纯良，不知道人心之恶……"

黄太监小心地瞄了眼怔怔出神的金太后，犹豫道："横山县那边……会不会？"

"那是下里镇李家，倒是还好。盯着就行了。哥儿不小了，该放放手，世事冷暖，人心险恶，让他见识见识，只有好处。"

金太后像是跟自己说话，又像是在吩咐黄太监，黄太监低低应了声"是"。

横山县，秦先生送走李文山，在屋里连转了十几个圈，吩咐备马，他要去一趟江宁府。

李漕司睡得正沉，被夫人严氏推醒："老爷，秦先生来了，说有要紧的事跟老爷说，明天一大早还要赶回到横山县。"

李漕司立刻坐起来，披了件长袍，疾步出到客厅，秦先生长衫后背一大片全是汗渍，正一杯接一杯地喝茶。

"出什么事了？"李漕司脚没落地，就急急问道。

"东翁别急。"秦先生一口喝干杯子里的茶，"没出什么事，就是出事，也是好事，极好的事。"

"那就好。"李漕司心里一松，脚下稳当了，仪态也回来了。

"山哥儿明天就要去万松书院念书了，这信儿，是王爷亲自送到横山县的。"秦先生眉眼里全是笑。

李漕司也喜色盈眉："那傻小子这么得王爷爱重？"

"这是件小事，我跑这一趟，是为了另外两件事。"秦先生又倒了一杯茶喝了，先将梧桐这件事说了，"……东翁啊，令侄福慧俱全，必定前途无量！"

"这是他跟你说的？"李漕司简直不敢相信。

秦先生点着头："老朽这心情……无以言说，这是漕司之福，李家之福。这么大点孩子，就能如此明白人心，目光犀利，不为表象所蒙蔽。说句不怕漕司着恼的话，漕司在这个年纪时，只怕都没有他见事见人的这份冷静明白。"

"先生说笑了，我像他这么大时，正糊涂着呢。祖宗保佑！反常为妖，那个钟氏，我和山哥儿看法一样，梧桐既然是钟氏的心腹……先生是怎么打算的？"

"梧桐这事，我不怎么担心，山哥儿这样的，哪能被他算计了？谁算计谁还说不定呢。我这趟来，是要和漕司商量商量眼下的两件大事：一是山哥儿现在和将来要用的人，二是银子。"

李漕司不停地点头："银子是小事，夫人在杭城有两三间铺子，都是极好的生意。明天一早我就发人过去交代一声，要用多少银子，你只打发人找掌柜支取，柜上不够，我再调银子过去，这是小事。人……先生的意思呢？"

"这人，还是得漕司操心。我觉得梧桐这事了结时，钟氏也就了结了。漕司用心挑些人……"秦先生顿了顿。

李漕司立刻接话道："这我懂，这是山哥儿的人，先生放心，李家这一代子弟……唉，都是好孩子，可惜资质平平。十年后，这个家，就得看着山哥儿了，要说有所求，我只求山哥儿能对李家少些怨愤，多些亲近。"

"东翁放心，山哥儿这样明理，东翁和李家待他的好，他哪会不知道？再说，独木不成林，至少十年内，山哥儿都是要仰仗东翁和李家的，有这十年工夫，哪还有什么不亲近？"秦先生笑道。

李漕司连连点头："我也是这么想。对了，闪参议那边？"

"漕司放心，离发动不远了。"秦先生想着两个师爷，眼皮都懒得眨，两只臭虫而已。

送走秦先生，李漕司再回到上房，全无睡意。

严夫人已经让人备了些汤水等他回来："没什么事吧？"

"几件小事，都是好事，你放心。山哥儿明天就要到万松书院读书了，是王爷亲自跑了趟横山县，传的这个信儿。先生过来，是跟我商量山哥儿今后要用人手的事。"李漕司抿着汤水，脸上都是喜色。

严夫人双手合十："阿弥陀佛，这下可算定了。人手？"

"人我亲自挑，你不用管了。有两件事，得跟你商量，一是山哥儿以后用银子的地方只怕不少，我想让秦先生暂时从杭城你那几间铺子里支银子，往后……"

"什么我的你的？都是咱们家的，老爷该怎么安排就怎么安排。"严夫人打断李漕司的话嗔怪道。

到江宁以来，他们夫妻的亲密中，渗进了越来越多的甜意。

"我知道夫人贤惠，天下少有，那也得跟夫人禀一声。"李漕司欠身拱手，开了个小玩笑。

"第二件事，山哥儿和他那个妹妹，叫李冬是吧，年纪不小了，这婚姻的事，夫人得操操心，特别是山哥儿，这媳妇一定得挑好。老三夫妻只怕连一两户像样点儿的人家都不认识，不能指着他们。"

"老爷放心。就是一样，得空我得见见冬姐儿，脾气禀性，心里得有个数，这都得当咱们自己亲生闺女一样操心，什么都得想到，老三那性子……"严夫人和丈夫前所未有地齐心。

"放心，再过一阵子，就能常来常往了。"李漕司捻着胡须，话里带笑。

第二天一大早，秦先生就带着李县令的信，先赶早往杭城去了。

到了杭城，先往万松书院拜会了古山长，递了李县令的信，转达了李漕司的致意。又在李县令那份礼物上添上李漕司连夜打发人送来的另一份厚礼，向诸位师长表达了敬意，再去看了李文山的住处。一切妥当，秦先生出来，径直去拜会闪参议这个旧友。

闪参议听说秦先生来了，急忙三言两语打发了正在见和候见的诸人，三步并作两步迎出来："昨儿听说五郎要到万松书院，我算着你今天就得过来。来人，去跟朱参议、姚参议禀一声，老秦到了。"闪参议一边和秦先生说着话，一边吩咐了一句。

"中午我做东，好好聚聚。说起来，我们可有好些年没在一起论论学问了。"

"我这学问早就撂下了，可不敢在闪兄面前班门弄斧。"秦先生笑着客气，和闪参议你谦我让进了客厅。

小厮上了茶，闪参议屏退众人，微微欠身笑道："听说昨天是王爷亲自到横山县递的信儿？"

秦先生笑着点头。

"听说古山长因为五郎入读这事，特地回了一趟上里镇。"闪参议压低了声音，秦先生凝神听着，这都是要紧的消息，"关副使昨天寻了趟姚参议，交代说五郎憨直，见识有限，请姚参议能关照时就关照一二，不要让外人闲事打扰了他。"

闪参议说到第二件事，秦先生肃然："关副使待五郎……这真是……"

"可不是，自家子侄也不过如此。"闪参议跟着感叹了句，正要再说，外面通传声和脚步声一起响起，姚朱两位参议到了。

秦先生和闪参议忙站起来迎出去，四个人寒暄了几句，重新进客厅落座。

说了一会儿话，朱参议问了句："闪兄，常平仓的事，你跟秦兄说过没有？"

"差点忘了这件大事。"闪参议轻拍了几下额头，"眼看着新粮就要下来了，这几天就要开始核查各县常平仓，以旧换新。"

照理说常平仓是钱粮上的事，不该归在帅司这里。不过如今的两浙路非同一般，钱粮诸事，都归于军务，自然就全在罗帅司这边了，罗帅司这会儿是集两浙大权于一身。

"常平仓这事，"朱参议慢条斯理地接过话，"诸府诸县，历来是有名无实，账上一百万担，库里能有六七十万担，就是上上之县了。可两浙路不一样，太后到两浙路前，户部就开始悄悄调钱粮入两浙路，以备军需。"

秦先生听到这里就全明白了，这是要拿两浙路粮比账多这样反常的常平仓给横山县那两个师爷下套了。

朱参议介绍完，闪参议看着秦先生问道："秦兄觉得怎么样？"

"什么时候发动？"

"一个月后。"

"那来得及。"秦先生浑身放松，往后靠到椅背上，"别的都容易，就是后续接手的人，让人头疼。说到这个，正好请三位帮个忙，若有合适的人，还请推荐一二，我们三老爷虽说这前程上……不瞒三位说，这人，算是替五郎备下的。"

朱参议眼睛一亮："要是这样，我这里还真有一个。"朱参议顿住话，有几分迟疑。

秦先生立刻笑道："朱兄只管说。"

"小郭？"姚参议反应极快，见朱参议点头，转向秦先生笑道，"我替朱兄说，朱兄说的是他外甥郭胜，这是个奇才。只是，经历坎坷，很有几分性子。"

秦先生恍然明白了："我知道他，是个奇才！他现在在杭城？只要他肯屈就，那是求之不得。"

朱参议这个外甥，他早有耳闻，是个极其不简单的。只要他肯帮忙，横山县和李县令身边那些小事，不值一提。

"五郎脾气好，本性忠厚，心地宽大，是个极好的东主。"秦先生看着朱参议，对李文山极口称赞。

"我看着五郎也极好。"闪参议忙接过话。

三个人你一言我一语，狠夸了一通李文山。

秦先生没敢多耽误，又说了一会儿话就出来了，到帅司府递了李漕司的拜帖。罗帅司正忙，只让人出来，嘱咐了他几句诸事经心的话。

秦先生出了帅司府，犹豫了片刻，让人赶着车，往城外请见关副使。关铨没见他，只让人传了话：用心侍候，好不好，他都知道。

秦先生纳闷之余，心里升起一股寒意。这位关副使，到底和五郎……或者说是和李县令一家，是什么渊源？

第七章 怪人郭胜

秦先生跑了一天,度着李文山快到了,往西门迎出去。没多大会儿,就看到李文山纵马在前,梧桐紧跟在后,越来越近。

秦先生下了车,李文山看到秦先生,急忙勒住马,缓行几步到秦先生面前,翻身下马:"先生是来接我的?怎么敢劳动先生?"

"万松书院管得紧,一会儿进了书院,想出来可不容易。有几句话得交代交代你。"秦先生瞄了眼紧跟在李文山后面下了马、态度神态很有几分不一样的梧桐,示意李文山上车。

"三件事。"从西门到万松书院不算远,秦先生直入正题,"从明天起,你就算正式跟在王爷身边了,一是人,二是钱,都得跟上。"秦先生顿了顿,看着李文山,"昨天夜里我去了趟江宁府。你得记着,你姓李,你的家是京城的永宁伯府,不是横山县衙。"

李文山直身肃容,这样的话,阿夏也郑重交代过他。

秦先生满意地看着李文山的神情,这一件事不用多说了:"用人首重可靠,这事我就托付给你大伯父了,你大伯父能做到一品大官,眼光见识都极好。"

秦先生这话里的意思,一重接着一重,李文山连连点头,他只听懂了头一重:大伯父挑的人,不会差。

秦先生却以为他都听懂了,笑意从嘴角漫出来。

"银子上,你大伯父指了杭州城几间铺子给你用。这会儿你用不了几两银子,也不宜多用。这两件事，你心里先有个数，不过，暂时不宜对外人道。"

李文山点头表示听懂了。

"第二件。"秦先生欠身附耳，将闪参议要用常平仓算计那一对郎舅师爷的事说了。

"……这件事，我本来打算晚些告诉你，之所以这会儿就说了，是因为朱参议荐了位师爷，姓郭名胜，是朱参议嫡亲的外甥。这个郭胜，有几分不一般，得先跟五郎说一声，才敢定下来用不用。"

"先生看中了就行……"李文山是打心眼里把秦先生当先生信任尊敬。

"五郎，我知道这是你信得过我，可你得记住，别的事都能假手于人，只用人一件，一定要亲自过眼操心。"秦先生正色教导了一句，才接着道，"你先听听这个郭胜。郭胜是朱参议大姐的儿子，两岁多不到三岁，就被人拐走了，卖到浙南一带。十二岁那年，他一路要饭，回到绍兴府。说是被人买去当独养儿子，养父母待他极好，十岁那年，养父母意外死了，嘱咐他回绍兴认祖归宗。

"郭胜聪明天成，异于常人。在浙南时，已经进了学，读过几本书。回到绍兴郭家后，读书极其刻苦，虽说晚了几年，可后来居上，二十岁那年，县试考了头名。隔年，带足了银两去考府试。郭氏一族都对他寄予厚望，他却在赴考路上失踪了。"

李文山呆了呆，仿佛想到了什么，瞪大双眼看着秦先生。

秦先生看着他点了点头，轻轻叹了口气："两年后，郭胜自己回来了，怎么失踪的，这两年在哪儿，只字不提。而且，再也不肯读书考试，说是决心已定，此生不入仕途。他父亲和郭氏族长，将他捆在祠堂里对着祖宗思过，半夜里，他逃出来，找到舅舅朱参议……

"这个郭胜，从十二岁回来，对父母兄妹，以及郭家诸人，都极其疏离冷淡，只对朱参议这个舅舅，十分亲近。就这样，郭胜跟着朱参议入了幕僚师爷这个行当，一入行就很不一般，只是，他隐在舅舅身后，声名不显。

"就这样过了五六年，他已经将近三十岁了。他爹娘，甚至朱参议，替他说了不知道多少门亲，他只是摇头，说不但绝了仕途之念，连成家这事，也是不想的了。大约是被扰得烦了，隔年，他就离开朱参议，四处游荡。

"正巧，他前些天经过杭城，这会儿正好在。朱参议拿他当儿子一样疼爱，虽说对他这任意妄为无可奈何，可还是盼着他能安稳下来，就荐了他。

"这个人，若能长远地跟着五郎，极为难得。唉，只怕不能，不过，哪怕只是暂帮一时，能渡过眼下这个难关，也是极好的事。五郎看呢？"

李文山紧拧着眉头，这事得跟妹妹商量商量，可他要见到妹妹，至少要十天后了，常平仓的事眼看就要发动，这事可拖不过十天。

"先生，毕竟是阿爹要用的人，您看……要不，我现在就赶回横山县，问问阿爹的意思，明早……"

"五郎天性纯孝。"秦先生呵呵笑起来，"令尊令堂都是极其踏实忠厚的人，郭胜有大才，可他这经历……过于不平凡了，所以我才跟五郎说。五郎觉得好，令尊那里……五郎多承当些就是了。"

"也是。"李文山挠着头，他不怎么会找借口，推诿打太极这事，更是一窍不通，用力挠了几下头，下了决心，"先生觉得好，那就先用着吧！"

秦先生笑起来："两件大事说完了，还有件不算大不算小的事。"

秦先生将关副使对他的关切，以及对自己说的那句赤裸裸的威胁说了："……你们府上和关副使，到底有什么渊源？就算不能说，五郎也要点个方向，我心里好有个数，以便拿捏轻重。"

"不敢瞒先生，从来没听说过。前儿阿爹回到家里，还和阿娘说起这事，对关副使的关切，也纳闷得很。"李文山比秦先生更莫名其妙，他既没听说过关家，也没见过关副使。

秦先生眉头皱起，随即又舒开："关副使对你一团好意，这个先不提，有几句话得交代你，你记着：进了书院，凡事不可争强，该让要让，让一让二，三就不能再让了。和王爷等人相处，不可使心机，怎么想就怎么做，对王爷，要一片赤诚，敞开心胸。当然，不该说的，还是不能说。"

李文山一边听一边点头，差不多的话，阿夏交代过，不过比先生说得明白直接多了。

"我有些啰唆了，你这样的心地，这些话不用交代。好了，就这样吧，也快到了。噢，对了，"秦先生突然想起梧桐，"我看梧桐好像有些不对劲儿，你跟他说过什么？路上发生什么事了？"

"没……我就是跟他说了说宰相门房七品官的事。"李文山话音刚落，秦先生就明白了，失笑出声："你这孩子……"话没说完就卡在了喉咙里。

这孩子看着憨厚，可这份度人心之冷静之深刻，令人……

自己又何尝不是慕着他日后的飞黄腾达，希冀着青蝇附骥，一展所长……

"我就是想着，大家辛辛苦苦，不都是奔个好？所以……"

"五郎这话说得极是，世人辛苦艰难，就是奔个"好"字。合纵连横，也是如此。投人所好，予人所需，换己所求。好了，快到了，你下车吧。"

秦先生几句感慨有些凌乱，掀帘看了眼，见已经能看到万松书院了，敲了敲车壁示意停车。

李文山跳下车，也不再上马，三步并作两步，愉快地奔着万松书院进去了。

秦王大约是要证明他的大度，当天就要给李文山接风，可李文山却没能从古山长那儿请出来假。

秦王他们几个，连古六古守明在内，都是不住在书院的，早上来晚上走，来得不晚，走得挺早。李文山就不一样了，他住在书院里，晚上要出去，那是要请假的。

连拘了四五天，古山长才吐口放了李文山出去。

李文山带着梧桐，和秦王一行人出书院上了马，直奔得月楼。

梧桐这是头一回跟在这样的队伍里出行，紧张得额头冒汗，心里却兴奋得不能自已。

那前头，是秦王爷！天底下数二数三的尊贵人物，还有金世子，古家小爷，都是天上的人物！

梧桐晕晕乎乎一路跟进得月楼，随众侍候在楼下。李文山上楼走到一半，突然想起阿夏不止一回说过，杭州城老杭家的桂花糕，天下第一。

"你们先上去，我妹妹最喜欢吃桂花糕，听说这杭州城老杭家桂花糕最好，我让梧桐去买点，再想办法送回横山县。"李文山交代一句，转身就往楼下跑。

"哎……"古六才哎出半声，李文山已经连蹦带跳下了五六级台阶了，"那是我们家铺子。"虽然李文山听不到了，古六还是挣扎着把话说完了。

"这个李五，小心眼里只有他那个妹妹。"秦王凉凉地说了句，转身上楼。

金拙言和陆仪对视了一眼，急忙跟上。

古六犹犹豫豫，要不要跟下去和李五说一声？还没想好，见三人脚步不停都上楼了，哎了一声，转了个圈，急忙紧跟在后面，也上楼了。

李文山几步下来，招手叫过梧桐，从怀里摸了块半两不到的小碎银，刚要摸出来，又放了回去。

阿夏那一世肯定不简单，她说最好吃，那价钱肯定不能便宜了，一分价钱一分货嘛……

李文山掂量了几个来回，摸了块一两只多不少的小银锞子出来，递给梧桐："你去老杭家点心铺，买……就买这些银子的桂花糕回来，能买多少是多少，让铺子里仔细包好,要送回横山县的,给阿夏和岚哥儿吃,还有冬姐儿。"

梧桐接过银子答应了,李文山转身上楼。

梧桐捏着银子出了得月楼,站在门口,想着得找个人问问老杭家在哪儿,刚转了下头,一直瞄着他的得月楼管事一个箭步过来,赔着一脸笑,恭敬问道:"爷有什么吩咐?"

梧桐被他这份恭敬吓了一下:"没……我是想找个人问问,老杭家点心铺在哪儿。"

"爷要去老杭家买东西?瞧小的这问的,刚李爷去而复返,必定是吩咐了差事。爷这边请,小的陪您过去,照理说,不该劳动爷跑这一趟,小的们该替爷代劳。可小的们知道,上头爷们的规矩重,又是入口的东西,必是得爷您亲眼看着,亲手拿着才行,爷往这边……"

锦衣华服的管事侧步躬身,一路前引,客气恭维话不断,梧桐比刚才更晕乎了。

老杭家离得月楼不远,管事侧身先进了铺子,扬声笑道:"周掌柜呢?赶紧,上头的爷们想要几包点心。"

伙计一迭声喊进去,又跑进去几个人。

几乎是眨眼工夫,五十来岁的周掌柜连走带跑,从里面出来,拱手长揖:"让您久等,是桐爷,桐爷这边请,专门侍候爷们的点心都在里头,今天要哪几样?"

梧桐这会儿,就是从人间直升天宫的感觉,红头涨脸,晕头转向,话都说不怎么清楚了:"爷没来……"话没说完,福至心灵就悟了,他名叫梧桐,这桐爷,是叫他呢!

"桂花糕!"梧桐用力咳了几声,努起胸膛,"包包好,这是银子。"梧桐舒出一直攥在手心里的银子。

"桐爷也太实在了。"周掌柜笑得亲热又恭敬,"咱们先到后面包点心,上头爷们的规矩严,小的侍候过,懂规矩,桐爷得亲眼看着,这边请……"

周掌柜和得月楼管事一左一右陪着,包了几大包桂花糕,梧桐的银子没给出去,反倒被周掌柜塞了一块四五两的银锞子在袖袋里。

回到得月楼,过了小半个时辰,梧桐才恍回神。往杭城来的路上,五爷说的那些话,他没敢全信,可这会儿……梧桐摸了摸袖袋里的六两多银子,一眨眼就是六两多银子,六两!

还有这份尊贵……关键是这份尊贵!

梧桐的心滚烫一团,热得不能再热了。

李文山到万松书院上了不到十天课，就急匆匆赶回了横山县家里，说是实在太想家了。

李县令板起脸刚训了两三句，看着李文山明显有些憔悴的脸，就训不下去了，孩子想家都想成这样了……

算了算了，山哥儿还小，又是头一回离开家，也是人之常情，以后就好了……

吃了晚饭，李文山说是带着功课回来的，回他的书房做功课去了，李县令和徐太太又是心疼又是骄傲又是感慨。

李夏瞅着机会，一溜烟进了李文山的书房。

李文山看到她进来，扔了书跳起来，一步冲到门口，探头左右看了看，咣地关了门。

李夏气得叉腰瞪着他："你这叫此地无银三百两！"

"要紧的话！不得了……"李文山脸上全是急怒，混着恐惧和一丝丝茫然。

李夏看他脸色和平时大不一样，神情也有些凝重："咱们去钟楼。"

县衙的钟楼四下不靠，墙厚无窗，一扇小门只容一个人进出，楼梯更是狭小得胖点的人都上不去，是说悄悄话的好地方。

李文山和李夏两个一前一后溜出来，李夏人小，腿脚却快，一头扎进钟楼。李文山进来时，她已经上楼看过一遍，正飞快下来。

"出什么大事了？"李夏将门关上，又拿了只她悄悄备下的粗陶罐子放到门内。门栓被她滴了油，开关悄无声息，自己进来别人听不到，别人进来她一样不容易听到，得放个东西警醒。

"好几件……别的都不要紧，就是梧桐……"李文山看起来难过极了，哽了好一会儿，"阿夏，我一夜没睡着，梧桐跟我说，钟嬷嬷让他把我带坏，让他带我去嫖，说咱们……贱货生的，没福没运，就该……现在就到顶了。梧桐还说……钟嬷嬷有一回喝醉了，跟他说，要不是她当年拦住阿爹，说是阿爹要是考中了进士，阿爹那样的贱命人，肯定活不了……"

李夏一屁股跌坐在李文山怀里。

阿爹考中秀才第二年，就中了举，之后突然放弃大好前程，求了教谕之职，远走太原，这件事她一直想不通，这太不合情理了。

她当时以为，必定是伯府的逼压，是伯府不容阿爹有前程，不许他再考……

"阿夏，你也吓着了是吧？你说，钟嬷嬷怎么能这样？她……"李文山难过得不能自已,他还无法想象竟有如此黑暗的人心。

"梧桐什么时候告诉你的?"李夏心里堵得难受,立刻转入正事,转移情绪。难过和懊恼比眼泪更加无用。

"前天晚上。我昨天一早就想赶回来,可是怕梧桐疑心,撑了一天半……撑不下去了,就赶回来了。"李文山耷拉着肩膀,十分颓唐。

"前天有什么事?"李夏追问道。

"前天?哪有什么事?前天王爷和小古他们几个替我接风,晚上在得月楼吃的饭,我还让人买了……就是让梧桐去买的。"

李夏松了口气,五哥的话先乱了梧桐的心,前天秦王接风……去老杭家买点心,那是古家的产业……一定受了不少奉承,说不定还拿到手不少银子……古家做生意,向来八面玲珑得厉害。

"五哥,你走这几天,我眼看着一切无能为力,这样不行,阿娘得立起来。现在这件事,是最好的机会,你去找阿娘,把这事告诉她。五哥,要是这样的事,还不能让阿娘不顾一切刚强起来,那咱们就得把阿娘放到一边,另想办法了。"李夏全神贯注在眼下。

"好!我去找阿娘!"李文山深吸了口气,"背着阿爹?"

"嗯,这会儿还不能让阿爹知道。还有,有两件事,你回去交代秦先生去办。第一,钟嬷嬷得有个让人放心的去处;第二,让他安排一两个外头人……和洪嬷嬷接上吧。钟嬷嬷常往外头跑,外头查出的那些事,你不在家,得有别的办法递进来,递到阿娘耳朵里。"

李文山连连点头。两人悄悄溜回去。

李文山鬼头鬼脑溜到上房门口,将帘子掀起条缝,他一眼瞄见徐太太,徐太太也看到他了,忙紧几步过来,冲他摆着手:"你阿爹没事,有我呢,你赶紧回去歇下,明天半夜就得起,快回去歇着,你阿爹就是多喝了几杯,没事。"

李文山听阿娘这么说,犹豫了下,这会儿再说那些事好像有些不合时宜,胡乱应了一声,退回自己屋里,挠了半天头。算了,还是先睡吧,明天阿娘肯定起得比他早,明早再说吧。

第二天,李文山早起了半个时辰,匆匆洗漱进了上房,徐太太忙让琼花去催早饭。

李文山看了一圈:"阿爹没事吧?还睡着呢?"

"已经去衙门了。"徐太太抱怨里带着笑,"你爹啊,自从当了这县令,官不大,却忙得脚不点地，那两个师爷真是……像是一夜没睡，本来你爹想送送你……"

李文山心里猛地一跳，忙成这样……是秦先生说的那件事发动了？先别想这个，得赶紧和阿娘说正事。

"阿娘，我有事跟您说。"李文山站起来去关门。

"怎么了？"徐太太看儿子一脸郑重，又关了门，心都提起来了。

"阿娘，我急着赶回来，就是为了跟您说这事。"李文山拉着徐太太坐到炕上，往前凑了凑，声音压得低低的。

"阿娘，这事我觉得肯定是梧桐在胡说。梧桐跟我说，钟嬷嬷让他跟着我到万松书院，是为了让他把我往烟花柳巷里带，让我去嫖，让我学坏。梧桐还说，钟嬷嬷还让他到处说我不好，败坏我的名声，好让王爷他们不理我。"

徐太太目瞪口呆。

"肯定是梧桐胡说，阿娘您说是吧？"李文山瞄着阿娘的神情，心有些凉。阿娘怎么会相信钟嬷嬷要害了他、害了他们全家呢……

"梧桐还说，钟嬷嬷说咱们一家是贱货生的贱种，住到这横山县后衙就是过分了，还敢往上想，简直不知道死……"

李文山话没说完，徐太太喉咙咯咯了几声，刚哭出了半声，就急忙用帕子紧紧捂住嘴，直噎得脸都青了。

"阿娘！阿娘！"李文山吓坏了。

徐太太另一只手痉挛般抓着儿子，说不出话，只不停地摇头，也不知道是示意自己没事，还是不让他大声。

"我的儿！"好一会儿，徐太太猛地透过口气，一声"我的儿"喊出来，泪如雨下，"我……你……阿爹……果……"

"阿娘您先喘口气，先别说话。"李文山急得团团乱转。

屋里的动静已经惊动了同样早起的李冬，在外面不停地敲门："阿娘怎么了？五哥？五哥！"

徐太太指了指门，示意手忙脚乱的李文山开门。

李冬一头冲进来，李文山赶紧张开胳膊，拦住紧跟其后的苏叶："没事没事，不用你，你去看看阿夏，快去，还有岚哥儿。"

李冬扑到徐太太面前，惊恐地看着阿娘青灰的脸，急忙给她倒了杯茶，又按在她后背，一下一下往下捋着顺气。

"我没事了，山哥儿，你坐过来。"徐太太说着没事，眼泪却淌个不停，"都怪阿娘……阿娘早就……当初……当初你阿爹中了举人，要考进士，就是她……就是她……"

徐太太想着当年，那时候她刚嫁过来，老爷刚刚中了举人，正意气风发，都说凭他的文章才情，这进士就算一次不中，考个两次三次，必定是要高中的……

他突然说不考了，要自力更生……自己气得大病一场，还在病中就启程往太原府了……

"现在，她又要祸害你！"徐太太气得浑身哆嗦。

李冬恐慌地看看阿娘，又看向兄长："五哥？"

"钟嬷嬷让梧桐把我往烟花柳巷带，让我学坏，败坏我的名声，说咱们一门贱种，不配过好日子。阿娘说，阿爹当年，也是被她拦着不让往上考，哄着阿爹跟伯府断绝关系。"李文山跟李冬的几句解释，说得更加直白。

李冬呆了呆，脸上的表情却没什么大变化："这话洪嬷嬷说过，在这县府后衙，她还能坐在老太太的位分上作威作福，要是阿爹再往上升升，或是五哥有了出息，就不可能再容她这样了。她是要拽着咱们给她当孝子贤孙养老送终。"

李文山看着李冬，眼皮眨得都快发出声音了，他这个整天闷声不响的妹妹，也很不简单嘛……

徐太太抬一只手捂在了脸上。

李文山不眨眼了，看了眼李冬，一边说一边冲她挤眼："阿娘，您别难过，我知道我这是不孝，她带大了阿爹，没有她就没有阿爹，没有阿爹就没有咱们一家，咱们家给她做牛做马那也是应该的，这是孝道。我就是跟您说，要不，我今天就不去书院了，以后也不去了，就在家给老太太尽孝。"

"五哥愿意粉身碎骨，成全阿娘和阿爹的孝道和品行，我也是，阿夏和岚哥儿肯定也愿意，阿娘别哭了。"李冬这边鼓敲得还十分生涩。

徐太太手抖得从脸上直滑下来，直直地看着儿子和女儿："你们……放心，阿娘拼个死……阿娘就算和她拼个同归于尽……阿娘……"

徐太太嘴唇哆嗦得说不下去了，儿子和女儿这几句话，如同万把尖刀齐齐扎入，将她刺成了一团血肉。

"阿娘您别急，吸口气！"李文山急忙上前，学着刚才李冬的样子给他阿娘顺气。

李冬拿着帕子在阿娘面前扇风："阿娘您放心，您想让五哥好，五哥就好好儿的，您别急。"

"山哥儿。"徐太太深吸深吐了几口气,直起后背,"你放心,你是有娘的孩子,你先回去,好好念书,有阿娘,梧桐……既然他跟你说了这些话,你还带上他,先用一阵子,这家里……你放心,阿娘拼死,拼着……"

徐太太顿住话,一脸狠厉。这一回,要么那个老瘟神走,要么她走,她带着孩子走,让他一个人给那个老瘟神当孝子贤孙!

"阿娘非把她赶走不可!"徐太太咬牙切齿,祸害老爷也就算了,还要祸害她的孩子,休想!

李文山一口气进了杭州城,勒住马,原地转了一圈,最好先去找趟秦先生,进了书院,再想出来可不容易。阿夏说的两件事,前一件还好,后一件可是越快越好!

梧桐这会儿忠心得不能再忠心了,李文山说什么就是什么。

秦先生早就起来了,李文山昨天突然赶回横山县,他正准备去书院门外守着,要是早课前没赶回来,就得赶紧打发人去横山县看看出什么事了。

李文山三言两语说了回家的事:"……有两件事,得请先生帮忙,一是钟嬷嬷在外头的那些事,得让阿娘知道。您看,能不能让吉大去寻趟洪嬷嬷,有什么事,告诉洪嬷嬷,让洪嬷嬷想办法转告阿娘,洪嬷嬷是信得过的。"

秦先生连连点头:"你放心。"

"还一件,未雨绸缪,得给钟嬷嬷找个让人放心的地方,让她安稳养老,得好好安置……"李文山话没说完,就被秦先生打断:"到这儿就可以了。"

李文山怔了,秦先生神情严肃:"五郎前途无量,往后身边属官、幕僚、管事众多,该怎么吩咐属下,从现在起,五郎就要多学着些。"顿了顿,秦先生垂下眼皮:"五郎自小成长在外,没有长辈……恕在下直说,李家底蕴深厚,可五郎成长在外,受益不得。往后,这些驭下之道,五郎要留心习学。"

李文山连连点头,却一肚皮纳闷,他要学什么?自己让他给钟嬷嬷找个稳妥养老的地方,还能怎么说?使个眼色?

"五郎一定要正大光明,五郎本来就是个正大光明的人。别的,这会儿有我呢,以后,自然有别人,五郎放心。"

李文山连连点头,这回不光一肚皮纳闷,还顶上了满头雾水,这话什么意思?

"还有件事,你昨天走得急,常平仓的事已经发动了,过几天你还要再辛苦一趟,找机会点一点你阿爹,这是后手。"

"好!"李文山这回是真听懂了,赶紧答应。

送走李文山，徐太太把洪嬷嬷叫进屋，关了门嘀咕了半天。洪嬷嬷出来，紧绷着脸，脚步却轻快得仿佛只用脚尖着地。

李夏坐在廊下小凳子上，瞄着洪嬷嬷带风的脚尖，再看了几眼跟在后面、沉着脸出来的阿娘，站起来，跟着洪嬷嬷往后院去。

阿娘要动手了，她不能闲着，帮不上忙，也得看着。

洪嬷嬷脚步生风地忙了大半天，刚从厨房出来，看门带粗使的杂役老郑头在二门外头冲她招手。

洪嬷嬷紧几步过去，老郑头往外头指了指："外头一个汉子，找你好几趟了，说是你老家来的。"

洪嬷嬷出了角门，正东张西望，靠墙角站着的吉大扬着手，一脸笑奔过来："洪大嫂子，是我。"

洪嬷嬷下意识地往后退了一步，一脸警觉地瞪着吉大，这人她不认识。

"洪嬷嬷。"吉大瞄着四周无人，垂手赔笑道，"是五爷打发小的来寻您的，小的姓吉，贱名吉旺，和弟弟吉盛，被大老爷指过来侍候五爷，半个月前就从江宁过来了。今儿早上，五爷吩咐小的过来找您，五爷说他远在杭城，诸事不便，外头有什么事，以后就给您禀报，听您吩咐。"

洪嬷嬷呆了好一会儿才反应过来，这五爷，是她家五哥儿，这大老爷，是江宁府的大老爷，敢情五哥儿早就……

"外头有什么事？"洪嬷嬷顿时有些紧张了，拿捏着问了句。她家五哥儿，好像比她想象的厉害多了……

"借一步说话。"吉大不时瞄着角门里，门两边他看不见，还是远一点说话比较稳妥。

洪嬷嬷跟着往前，站到离角门不远、四下不靠的大樟树下，吉大压低声音："是钟婆子的事，五爷早就吩咐小的们留意钟婆子……"

吉大将钟嬷嬷把在外结识的那个扬州回来养老的娼妓当知己的事说了。

"……五爷吩咐小的们盯紧，今天早饭后没多大会儿，钟婆子就从后衙出来，看样子很不高兴，转到衙门前二道街，到老白家买了一斤羊杂、半斤猪头肉，又到隔壁拎了两瓶酒，就去了杨婆子家，直到一个时辰前，才从杨家出门回来。"

洪嬷嬷听得有点傻怔，五哥儿已经做了这么多事……

吉大见洪嬷嬷一脸呆怔，只好笑着多说几句："五爷从前让盯着杨婆子那边，是说钟婆子和杨婆子都是扬州养瘦马的出身，一见如故，说的都是知己话。也许能从杨婆子那里知道钟婆子是怎么想的，能探出一句两句真心话。"

洪嬷嬷听到这里，眼睛亮了。

今天一早上，太太和她说了梧桐的事，最发愁的，就是怎么跟老爷说，才能让老爷相信这些话、这些事。这个杨婆子这里，能不能想想办法？

"我先跟太太禀报一声，看看太太是什么意思，辛苦你了。"洪嬷嬷往袖子里摸银子。

吉大是个机灵精明无比的，忙欠身笑道："嬷嬷别客气，小的们另有地方领用银子。五爷吩咐过，洪嬷嬷这里要用银子，也只管跟小的说一声。"

洪嬷嬷不摸了："那我就不客气了，银子暂时不用，五哥儿给我留下不少。我要是有事，怎么寻你？"

"嬷嬷就到黄家老店寻吉大郎。"吉大答了，退后几步，告辞走了。

洪嬷嬷进了角门，找了个避人的墙角站了半天，粗粗理了理刚才的事，平和了气息，才往里进去。

李夏站在花坛边上，看着洪嬷嬷出去，又看着洪嬷嬷回来，吉大到角门时，她就看到了，看洪嬷嬷的神情……应该很不错。

没几天就是月中，万松书院逢十五初一各休一天，十四日晚上放了学，李文山和秦王等人挥手告辞，飞马奔回横山县。

到家已经半夜了，李文山一肚皮话要跟李夏说，却也只能等明天了。

睁大着眼躺在床上，李文山觉得这一夜，他肯定睡不着，明天有那么多的事：一是常平仓，二是梧桐说的事，他告诉阿娘好几天了，怎么一点动静也没有？阿娘到底什么意思？还有秦先生那些话，好像还有别的意思……

好像就这三件事，李文山掐着手指头又算了一遍，也就三件事，他怎么觉得事多得简直理不清一样？

李文山两只手一起挠头，照阿夏的那些话，他以后位极人臣总是算得上的，那一天得理多少事？现在三件事他就乱了，他是怎么位极人臣的？

这事，有点儿想不通……

李文山没想多大会儿，就呼呼睡着了。

李夏趴在李文山旁边，拿了根鸡毛往他鼻孔上挠，李文山猛打了个喷嚏，醒了。

"太阳晒到屁股上了!"李夏跳起来躲开喷嚏。

李文山跳下床,蹲到李夏面前:"阿夏,好几件大事!常平仓……"

"阿娘让我看看你醒了没有,要是醒了,让你去吃早饭,今天的早饭摆了满满一桌子。"李夏手指竖在唇上,示意李文山先别说这些。

阿娘在等五哥吃饭,这才是最重要的事。

"这就来!"说不上来为什么,在看到阿夏后,李文山只觉得昨天晚上的焦虑一扫而空,愉快地一跃而起,奔去洗漱。

吃了早饭,李文山陪着阿娘阿爹说了一会儿在书院怎么念书、怎么吃喝诸如此类的细事,阿爹去了前衙,李文山牵着李夏到后园去玩。

"常平仓的事发动了。"四下无人,李文山先说最重要的事。

"知道了,阿爹这几天一直在忙这事。"李夏随口应了句。

"阿夏,这是大事,万一那两个坏货把锅往阿爹身上安……"这是李文山最担忧的事。

"不止那两个师爷……"李夏想着那位和苏贵妃只拐了两个弯的亲戚吴县尉,算了算了,先不提这个,事有缓急,一件一件来。

"这事有秦先生呢,秦先生跟着大伯从小县县令做到现在的江南东路第一人,要是连这点小事都做不好……何况还是以有心算无心,要是还能让阿爹湿了鞋,秦先生就不用活了。咱们不用管这个,那个叫郭胜的,到横山县了吗?"

"说是到了,先生昨天就回来了。对了,那天我赶到杭城,先去见了先生,先生的话,含含糊糊……"

李文山将秦先生那番话几乎没走样地重复了一遍:"……这话我就没听明白,我怎么不会吩咐话了?还有……"

"秦先生……"李夏话刚开个头就顿住了。

五哥让他给钟嬷嬷找个稳妥地方安养晚年,是真正的安养。秦先生话里的稳妥安养,是彻底稳妥……算了,这些还是暂时别跟五哥说了。

"认主了。"

"什么?"李文山没听懂。

"以前,秦先生是大伯的人,现在,秦先生是你的人了。"李夏想着秦先生和郭胜,秦先生她至少听说过,这个郭胜,她一无所知。唉,先放放吧。

"有秦先生,至少衙门的事,咱们能省点心了。"

吴县尉的背景,秦先生应该比她更清楚,大伯肯定没走苏贵妃的门路,秦先生对吴县尉的防范，必定十分严谨，这就好。

"衙门的事，不用咱们多管，阿娘这边，咱们得推一把。"李夏跳上一块石头，又跳下来。

"怎么推？"李文山赶紧张开胳膊护在李夏身后。

"用一用那个杨婆子……你还是先去找一趟洪嬷嬷，我觉得洪嬷嬷好像有什么想法，先听听她是怎么想的，还有阿娘。"

李夏想着这几天洪嬷嬷有些神神秘秘的样子，话到嘴边又转了主意，这件事得让阿娘来办，她和五哥袖手旁观最好。

"对了，钟嬷嬷要送姐姐给人家做妾这事，阿娘还不知道呢，你把这事告诉洪嬷嬷。再跟洪嬷嬷说，阿爹的脑袋已经长在钟嬷嬷脖子上了，咱们只能指着阿娘，阿娘要是再这么下去，从你到我，都得死在钟嬷嬷手里。这是实话。"

李文山不停地点头，不是从他到阿夏，而是从阿爹到阿夏。

洪嬷嬷从屋里出来，往上房走了几步，转身往后园去了。

她这会儿心里百感交集，心情激荡得厉害，她得先静一静心。

洪嬷嬷脚步极快，一直走到后园那块菜地旁，蹲下来，看着眼前绿油油的小青菜，心潮澎湃。

她是在徐太太定了亲之后，才到徐太太身边侍候的。

徐太太四五岁时，母亲难产，一尸两命。两年后，父亲春闱时淋了雨，放榜后也就半个月，就一命呜呼了，留下徐太太一个孤女，和一个同进士身份。

徐家虽说也算得上书香门第，可也就是个书香门第而已，既不贵，也不富。

徐太太定亲永宁伯府，虽说是庶子，又有些传闻，可跟徐家比，还是高攀得厉害。定亲之后，徐太太的祖母霍老太太，就把自己的丫头洪嬷嬷一家，给了徐太太做陪房。

洪嬷嬷对徐太太情分一般，可从山哥儿起，这四个孩子都是她手把手带大的，特别是山哥儿和冬姐儿两个，她从襁褓抱起，眼看着长到这么大，她看他们，跟自己亲生的孩子没什么分别。

钟嬷嬷要祸害山哥儿这事，她当时眼花缭乱得还没顾上生气，就得了山哥儿那一番私下交代和一包银子，浑身上下，就只有对山哥儿竟然如此出色、如此不一般的激动和欣慰了。

这会儿，她气得浑身发抖，原来那钟婆子还想着祸害冬姐儿，要把冬姐儿送给人家做妾！冬姐儿多好的孩子，她怎么下得去手？她还是个人吗?!

洪嬷嬷只气得胸口一阵接一阵地闷堵。

不能生气，太太不争气，老爷混账，不是一天两天了，她不跟他们生气。她看着山哥儿呢，看着冬姐儿呢，还有那两个小的，她不生气……她不用生气！

洪嬷嬷站起来，背着手围着菜地转了几圈。如今不是从前了，山哥儿长大了，这样明白，这么有本事，她还生什么气？她能动手了，还生什么气？

山哥儿说得对，得借着这事，让太太刚强起来，太太要是能从此刚强起来，那最好，要是这样的事，她都刚强不起来……那她就帮着山哥儿，护着哥儿姐儿，让他们自己护住自己！好在哥儿姐儿都大了，好在，哥儿姐儿后头，有座伯府……

洪嬷嬷理顺了心气，顺手拔了一把青菜，先将青菜送到厨房，打听着钟嬷嬷又出后衙说话去了，出了厨房，径直往上房走去。

上房里，徐太太正和李冬挑徐太太和李县令的旧衣服，以及王同知送的那些衣料，已经八月中了，夹衣棉衣该动手做出来了。

洪嬷嬷进来，帮着挑了几件料子，看着徐太太，心平气和地问道："我刚听说了一件事，不知道太太知不知道。"

"什么事？"徐太太随口问了句。她正发愁夹衣冬衣的事，别的都好，山哥儿的衣服不能凑合，可不凑合，全做新的，哪来的银子？唉，那一大箱子衣料……

"听说，钟嬷嬷给冬姐儿寻了桩好亲。"洪嬷嬷说到"好亲"两个字，气儿又要涌上来，赶紧吸口气压住。

"冬姐儿去厨房看看。"听洪嬷嬷说的是这事，徐太太赶紧打发李冬。

洪嬷嬷伸手拉住红着脸转身要走的李冬："这事，还是让冬姐儿听听的好。"

洪嬷嬷这句话里的愤然和讥讽，徐太太和李冬都听出来了。

徐太太疑惑中带着几分惊惧地看着洪嬷嬷。

李冬瞄了眼徐太太，见她没再发话，挪了挪靠到炕沿上，看着洪嬷嬷，心提到了嗓子眼儿，钟嬷嬷给她看中的亲事……肯定不是好事！

"什么亲事？我还不知道。"徐太太声音都不怎么稳了。

"说是，钟嬷嬷跟老爷商量着，要把冬姐儿送给杭州城那位王同知做妾。"洪嬷嬷也不卖关子，直截了当道。

"什么？"徐太太一声惊叫，头脑里嗡嗡作响。

李冬腿一软，顺着炕沿往下滑，洪嬷嬷伸手拉起她："姐儿别怕，你有阿娘，有你阿娘呢，你怕啥！别怕！"

"阿娘。"李冬看着徐太太，泪如雨下。

"真的假的？老爷……"徐太太一把抓住洪嬷嬷，浑身发抖。

"太太！"洪嬷嬷提高了声音，"你看看你！你得稳住，姐儿还指着你呢！"

洪嬷嬷一边说，一边倒了杯茶，塞到徐太太手里："你得先稳住！才刚商量，八字还没一撇呢！吸气！再吸一口，把茶喝了。"

徐太太几口咽了茶，双手紧握着杯子，跟着洪嬷嬷的话，吸一口气，再吸一口气。李冬倒比徐太太镇静多了，赶紧挪过去，一下一下用力地在徐太太后背处捋着，给她顺气。

"是这么回事。"见徐太太略略平静下来了，洪嬷嬷这才接着道，"那个王同知，送了咱们好些东西……"

"是……"徐太太刚说了一个字，就被洪嬷嬷打断："太太先听我说。钟嬷嬷就说，王同知是上官，凭什么给咱们家送东西？也不知道她从哪儿听说的，就跟老爷说，冬姐儿那趟去杭城，和王同知见过面，两下里都看中了……"

"她胡说！"李冬急得眼泪都下来了。

"当然是胡说！那趟去杭城，我从头到尾都跟姐儿在一起，哪见过什么王同知？青天白日就敢这样胡说八道的，也就是这位老太太了！这样的胡说八道，说一句还能听一句的，也就是咱们老爷了。"洪嬷嬷啐了一口，说不清是啐钟嬷嬷，还是啐李县令。

"老爷……这是冬姐儿！他闺女！他亲生的！"徐太太又急又怒又怕，一边流泪一边哆嗦。

李冬看着洪嬷嬷，眼泪倒不怎么淌了，洪嬷嬷跟往常好像有点儿不一样……

"这事我就听到这里，后头不就生了山哥儿那些事，大约这事就先放下了，冬姐儿命好，我今儿听到了这个信儿……唉，冬姐儿这命是好还是不好，谁知道呢，听到了又能怎么样？那位老太太拿定的主意，老爷什么时候驳回过？老爷点了头的事，太太什么时候说过'不'字？唉，冬姐儿可怜，老爷太太……唉，姐儿是个有爹有娘的苦命人。"洪嬷嬷抹着眼泪，她对徐太太，是真的失望伤心。

"阿娘，您得救救我，您不能……"李冬好像琢磨出什么味儿了，拉着徐太太的袖子，一边哭一边往下跪。

"她敢！他要是敢……"徐太太两只手抓着李冬，想把她拉起来，身上却一丝力气也没有。"他要是敢……我就跟他拼了！"随着一个拼字，徐太太手下力气骤生，一把扯起了李冬。

"太太别急,先顺口气。冬姐儿,你别哭,有你阿娘呢,快给你阿娘顺顺气!"

徐太太发狠发得额头青筋突起,洪嬷嬷就心平气和了,赶紧再倒杯茶递给徐太太。

"阿娘,您顺顺气,阿娘,您不能……五哥,我,还有六哥儿和阿夏,都靠阿娘……都指着阿娘,都只能指着阿娘了……"李冬一下一下给徐太太顺着气,语带哽咽。

"太太得稳住,哥儿姐儿全指着你呢,当娘的要是不刚强,那孩子可就可怜了。唉,太太三从四德,不管老爷对不对,都三从四德,太太这名声倒是有了,可怜几个孩子……我就是没想到,老爷为了孝敬那位老太太,连自己的骨肉也能不管不顾,这还不是亲娘呢,就这样要埋儿奉母了……"洪嬷嬷絮絮叨叨,也不知道是劝呢,还是拨火。

"阿娘,我宁可死……还有阿夏,以后只怕……她肯定也要把阿夏送给人家当妾……"李冬虽然不是十分明白,凭着直觉,她觉得她得跟上洪嬷嬷。

洪嬷嬷抬手一下下抚着低低哭个不停的李冬的后背,十分欣慰,太太和老爷虽然糊涂得没法说,山哥儿和冬姐儿,可真是难得!

"你放心……放心……"徐太太这回没喝茶,紧紧攥着李冬衣袖的手慢慢舒开,深吸了几口气,看起来好像平静了不少,"冬姐儿,你放心,除非阿娘死了,不然……谁也别想祸害你,还有山哥儿,谁也别想!"

"别人也就算了,都好说,要是老爷……唉,太太三从四德……唉!三从四德。"洪嬷嬷拖着个"德"字,猛叹了口气。

徐太太脸色泛白:"夫妻一体,我敬他……那是我敬他!他要是敢把冬姐儿送……送……"徐太太没能说出那个妾字,"我就跟他拼了!我就拼了这条命!"

"太太,这事不能光说狠话,这不是拼命的事,太太先稳一稳。"洪嬷嬷又倒了杯茶递上去,徐太太接过,这回仰头一口就喝光了。

"太太你先稳住心神,我只听到她跟老爷商量这事,老爷什么意思,还不知道呢。"

徐太太听到这句,心里一松,老爷肯定不能答应这样的事!

"老爷也是个疼孩子的,只怕不肯答应,不过,"洪嬷嬷顿住,长叹了口气,"这么些年,太太也知道,老爷心里眼里,那位老太太千好万好,没一丝不好。万一有一丝不好,那也是老太太一时思虑不周,绝不是老太太不好。那位老太太什么性子,太太最知道,说一不二,什么事都能干得出。她既然打定了这个主意,老爷一回不答应，二回不答应，到第三回呢？退一万步，她说不动老爷，干脆瞒着老爷和太太，使上手段，坏了冬姐儿名声，或是一顶小轿，直接把冬姐儿送到哪个男人床上呢？太太，这事，防可是防不住的。"

听到"送到哪个男人床上"这句，徐太太一张脸瞬间青灰，额头一片冷汗。

李冬一脸恐惧，洪嬷嬷说的都是实情。

"还有件事。"洪嬷嬷挪了挪，靠近徐太太，"咱们刚到县衙那天，那位老太太让扔出去烧了的那一大箱子衣服料子、头面首饰，梧桐扛出去，送进了当铺子里，换了银子，送到了那位老太太手里。梧桐说，这是从到太原府就有的旧例了。"

"这事，老爷都知道？"有送李冬为妾这事在先，这一件事，徐太太就听得很淡定了。

"梧桐说老爷不知道，就是知道又能怎么样？老爷眼里，老太太比亲娘都亲，指着老爷……冬姐儿和夏姐儿都得给人家当小妾，一个也跑不了。"洪嬷嬷极不客气地回了句。

"阿娘。"李冬挨着徐太太，惊惧地低低叫了声。

"把她赶出去！"徐太太浑身紧绷，从牙缝里一个字一个字挤出来这句话。

洪嬷嬷眼睛一下子亮了，暗暗松了口气。

"非得把她赶走不可！老爷……她不走，我走！我带着山哥儿……我带着孩子，我走！咱们……咱们……"

"咱们回京城！"见徐太太不知道往哪儿去，洪嬷嬷飞快地接了句，"正好，山哥儿也该考童子试考秀才了，太太带着他们兄妹四个就回京城去住着。山哥儿今年十五了，大老爷就是像山哥儿这么大时开始撑家的，我瞧着咱们山哥儿比大老爷还强几分呢。"

"好。"徐太太深吸了口气，神色渐渐回复，"他要是不赶她走，咱们就回京城，咱们……"

"太太，老爷是个疼孩子的，虽然糊涂是糊涂极了……"洪嬷嬷见徐太太这决心下了，心里一宽，开始认真出主意，"就是太糊涂了，那钟婆子是个什么东西，大家都看得一清二楚，就是他猪油蒙着心，太太又是个只知道三从四德，事事顺着他的，他说好，太太也跟着说好……说远了，我是说，要是老爷能看清楚那婆子是个什么东西，也许他心上蒙的那层猪油，能化了也说不定。"

"怎么让他看清楚？都这份儿上了，还不清楚？还想怎么看？"徐太太这会儿对李县令的怨愤如山似海。

"钟婆子那张嘴多会说,又不要脸,我是想着,要是能让老爷亲耳听到那钟婆子说几句心里话,老爷也许就能看明白了。"洪嬷嬷接着道。

"钟……她现在多谨慎,怎么肯说心里话?"李冬先接了句,一句疑惑没说完,立刻就转了话锋,"嬷嬷有什么好主意?"

"前儿我跟太太说过,那钟婆子跟衙东巷杨婆子经常在一起喝酒,一说就是半天一天的话,刚刚又去了,听说她们早就认识,都是扬州那种人家出身。"

"一说半天一天的话,就算有几句真心话,谁知道什么时候说?哪儿能那么巧,老爷正好听到这几句话?"徐太太一脸苦笑,这是撞大运的事,"还是带着山哥儿他们回京城……"

"阿娘,事在人为,总得试试。"李冬看着洪嬷嬷,隐隐察觉到点什么。

"冬姐儿说得对,先尽人力。咱们先好好理一理,这件事难在哪里,有没有法子解决……"洪嬷嬷接过话,一句切转,入了正题。

商量了小半个时辰,洪嬷嬷掀帘出来,站在廊下,长长透过一口气,远远看见脸颊微红、明显有了五六分酒意的钟嬷嬷,瞄着她掸了几下衣襟,从另一个方向,往后角门去了。

横山县那条对着衙门口、最热闹的大街上,立着横山县唯一的一座两层茶楼。

茶楼二层,秦先生和郭胜临窗对面而坐。郭胜三十来岁,皮肤麦色,瘦高精壮,穿着件本白细布长衫,端正坐着。

秦先生一眼又一眼地看着他,头一眼看他不起眼,可越看越觉得他出色不一般,七八眼看过去,秦先生看得心折,也有几分心凉。这样的人物,只怕李家留不住,五郎留不住。

"你见过李县令了?"秦先生看着郭胜问道。

"老实人。"郭胜点头。

"那李家五郎……"秦先生话没说完,郭胜示意楼下:"来了。"

秦先生急忙拧身回头,看向县衙方向。

大街上,李文山牵着李夏,正一路闲逛过来。

两人看着楼下的两人。

李文山牵着李夏,进了一家笔墨铺子,没多大会儿就出来了,李文山拿着一卷宣纸,两个人回去了。

"五郎十分难得。"秦先生看着郭胜,感叹了句。

郭胜眉头微蹙，反问了一句："那个小的，是他妹妹？今年五岁？"

"是，五郎最疼这个妹妹。"秦先生微微一怔，"怎么了？"

"那小丫头……"郭胜顿了顿，"刚才他俩过来，迎面过了一个货郎挑子，又经过一家糖果蜜饯铺子，一家珠花铺子，那小丫头连看都没看一眼，五岁的孩子。"

秦先生这下更加怔神了："我真没留意，郭兄真是心细如发。"

郭胜笑着正在说话，雅间门口传来几下敲门声，秦先生叫了"进"，吉大推门进来。

"先生，郭爷。"吉大见了礼，见秦先生示意他禀报，垂手道，"刚才洪嬷嬷寻我，问小的能不能查到钟婆子和后街杨婆子都聊些什么话。小的多问了句，洪嬷嬷说，太太的意思，想听听钟婆子的真心话。洪嬷嬷还说，这些真心话要是能让李县令亲耳听到就好了，又说这种巧中又巧的事，书里才有，她就说说。"

秦先生笑着叹气，郭胜嘴角往下扯了扯："一家子老实人。"

"这事，郭兄看呢？"

"弹指之癣。"郭胜抬手屈指，将桌子上一根茶叶梗弹到地上，"你跟洪嬷嬷回话，就今天晚上吧，安排在县衙后宅喝酒说话。杨婆子到了之后，一个时辰左右吧，让她想办法把李县令引过去就行了。"

"是。"吉大扫了眼秦先生，答应一声，垂手退出。

"除癣是弹指，五郎是要拿这癣，扶他阿娘刚强起来，树人不易。"秦先生解释了句。

"杨婆子来了，我去看看。"郭胜站起来，示意街上提着个旧食盒、给杨大夫妻送饭的杨婆子。

"我去码头看看。"秦先生跟着站起来，他要去码头看看粮船，常平仓的事，已经发动了。

两人下楼，一前一后出了茶楼。郭胜悠闲地踱到杨大那个凉粉摊前，要了份凉粉，坐下挑两根吃了，看着接替杨大媳妇刷碗筷的杨婆子。

等杨大两口子都吃好饭，杨婆子收拾了碗筷，提着回去。

郭胜站起来，跟在杨婆子身后，眼看要从热闹的大街上拐进巷子，杨婆子突然转身，盯着郭胜，郭胜抬手示意巷子："放心，过去说话。"

杨婆子一脸警惕地紧盯着越过她站到巷子口的郭胜，倒没怎么犹豫，转身过去两步，离郭胜两三步，就站住不动了。

"我从江宁府过来。"郭胜语气平和，目光从杨婆子紧拧的眉头，看到放松下去的肩膀和抓在两只手里往下垂了垂的提盒。

郭胜露出丝笑意:"看来你知道我是从哪儿来的。你那个侄子和侄儿媳妇,都是忠厚本分的人,你老有所靠。"

"这位爷夸奖了。"杨婆子微微屈膝。

"你也很好,良知还在。"郭胜接着道。

杨婆子听愣神了,这是从何说起?

郭胜指了指杨婆子手里的提盒:"听说我是江宁府过来的,你松了口气。钟氏和你能说到江宁府的大老爷,她那点子破事,大约都倒给你了。伯府是钟氏的仇人,你要是和她沆瀣一气,这口气就得往上提,可不是往下松。"

杨婆子惊讶而笑,再次屈膝:"这位爷,您可真是……"

"我姓郭。"郭胜介绍了一个姓,往巷子里面指了指。杨婆子忙跟上,两人往里走了几步,郭胜才接着道:"嬷嬷大约想到我为什么来找你了。"

杨婆子目光闪到一边,没答话。

"李县令拿她当亲生母亲看待。李县令就不提了,他有眼无珠,咎由自取,可李家那几个孩子,无辜可怜。"

杨婆子远望着县衙一角,片刻,叹了口气:"前儿,她说要先把生米做成熟饭,把那位姐儿送给人家做妾,那姐儿我见过一回,好好的官家小娘子……这心地,太歹毒了些。"

"嬷嬷这几句良善之言,功德无量。"郭胜长揖到底。

"当不得。"杨婆子急忙侧身闪到一边。

"仗义每多屠狗辈,三教九流,贩夫走卒之中,自古以来,豪杰林立,英雄辈出。"郭胜冲杨婆子又拱了拱手。

这几句话发自内心,他四处游荡这些年,在那些最卑贱最底层的人中,见识了人心之墨之恶,也见到了几乎数不清的、令他仰视赞叹的豪杰英雄。

"先生过……先生是真学问人。"杨婆子一句过奖没说完,就意识到了,郭爷这话,她哪能说这句过奖?话头赶紧一转,不过这后半句夸奖,她是真心实意。

"嬷嬷的过往,小可略知一二,也是因为知道嬷嬷心地见识都不寻常,才敢斗胆来寻嬷嬷援手一二。"郭胜更加客气。

杨婆子神情有些犹疑,她猜到了他想让她做的是什么样的事,可她真不怎么敢得罪像钟婆子那样心黑手狠没有底线的人。

"嬷嬷放心,再怎么,钟氏也是自小侍候我们三老爷的人。我们府上待下人一向宽厚，也不过就是想让我们三老爷放放手，明明白白事理，将钟氏送回京城伯府养老。嬷嬷也该知道，像永宁伯李家这样的世家大族，都有专门侍候年老下人养老的地方，断不会让她流落在外。"郭胜这一番话后面能想出不知道多少层意思。

杨婆子神情渐渐放松下来，这话的意思她懂。大户人家这种养老，跟关进牢里没什么分别，又远在京城，她就不用多担心后患什么的了。

郭胜摸出足足十两的一锭银子递过去："买些好酒，今天晚上，烦请嬷嬷到后衙寻钟氏说说话。一个时辰吧，我让人带三老爷过去，所求不多，也就是让我们三老爷听钟氏说几句真心话，知道个实情。"

杨婆子暗暗松了口气，就是套几句话，这活儿倒还好。

"嬷嬷今年……我看嬷嬷也就四十出头吧……"郭胜将银子塞到杨婆子手里，打量着她，突然转了话题。

杨婆子一怔，下意识地抬手抿了下鬓角，竟有几分不好意思："瞧先生说的，五十都过三了，哪能那么年轻！"

"嬷嬷这是善人有善福，越老越身康体健。"

"托您吉言。"杨婆子笑起来。

"嬷嬷平和明理，见多识广，身体又这样好，有桩差使，嬷嬷可是再合适不过。"郭胜上上下下打量着杨婆子，带着几分喜色，"咱们县里官媒姚婆子，嬷嬷该听说过，已经病了小半年了，这官媒的差使，没有能接手的人，我正发愁。这事，嬷嬷最合适。"

杨婆子满脸的惊喜掩饰不住。姚婆子家是这县城数得着的富户，听说她家正打点着要脱籍……

这官媒的差使挣钱不说，那可是能传家的。要是能接了这个差使，她就再也不用担心老了病了，侄子一家不愿意侍候她，再怎么好，久病床前无孝子……

"要是有事寻我，就去后衙找太太的陪房洪嬷嬷。"郭胜瞄着惊喜不已的杨婆子，再交代了一句，转身走了。

杨婆子提着食盒，一路紧走回到家里，细细理了一遍刚才的事，觉得有些头绪了。看样子，这是后衙那位县令太太，寻了江宁府那位大老爷，联了手，要把钟婆子从他们家里连根铲走了。

唉，也是，害了一个不够，现在又要害人家儿子女儿，换了谁也忍不下。

钟婆子可没少骂那位太太，就因为那位太太和李县令夫妻俩情分极好，那位太太在李县令面前说话挺算数。既然算数，这官媒的事，就应该不是空口说白话……

杨婆子掂了掂荷包里的十两银子，官媒有没有先不提，这十两银子可是实打实拿在手里了。晚上的事，最好早点，赶在晚饭前，那钟婆子酒量好得很，空着肚子容易醉，不吃晚饭，也有空儿多喝点儿酒……

杨婆子拿定主意，收好那十两银子，拿了两串儿铜钱出来，直奔城东老蔡家去买扒烧整猪头，钟婆子最爱吃这个，地道的扬州味儿。

第八章 送走瘟神

洪嬷嬷藏在假山后，看着杨婆子一只手提着一小坛子酒，一只手抱着个大油纸包进来，直奔钟婆子屋里，只紧张得手掌心里全是汗。

晚饭钟婆子没出来吃，徐太太吩咐厨房炒了几样可口小菜，洪嬷嬷又亲自跑了一趟，挑了几坛子最好的黄酒，让人一起送到钟婆子屋里。

从洪嬷嬷回来说杨婆子来了起，李冬就不停地看着屋角的滴漏，紧张得小脸儿都有点发白。

李夏坐在榻沿上，晃着腿，有一下没一下地解着只九连环，看着盯着滴漏越盯越紧张的姐姐，出去一趟进来一趟再出去一趟再进来一趟的阿娘，以及努力要显得镇静无事、却紧张得走路顺拐的洪嬷嬷，暗暗叹气，她这一家门的老实人哪。

"嬷嬷，这巧……这哪能赶得上？我就觉得……"徐太太进进出出了四五趟，越想越觉得要赶得这个"巧"字，实在太难了，越想越没有信心。

"那吉大说了，这个'巧'字，一半人力一半天意，瞧瞧咱们五哥儿，太太放心，指定赶得上……"洪嬷嬷压着心里那团乱麻，强撑着给徐太太打气。

李冬看着扑闪着大眼睛看来看去的李夏，拉了下洪嬷嬷的衣襟："阿夏去玩吧，去看看六哥字写好了没有。"

"不去。"李夏摇头，"五哥让我在这儿，说要是摆饭了，就让我去叫他吃饭。"

"对对对！"洪嬷嬷听李夏说到李文山，顿时两眼放光心里一宽，"有五哥儿呢。五哥儿说了，到时候……有他呢。"

洪嬷嬷看了眼稳笃笃坐着、两条小胖腿甩来甩去的李夏，含糊了后半句，就连九姐儿，也越来越懂事了。

"我这当娘的，一点本事也没有。"徐太太也跟着心一宽，腿一软跌坐在榻沿上，心里一阵愧疚酸楚。

"太太！正是紧要的时候！"洪嬷嬷声音有点厉。徐太太急忙站起来："我知道我知道，嬷嬷放心。冬姐儿，什么时辰了？"

"两刻钟。"李冬答得极快。

李夏忍不住想翻白眼，两刻钟是什么时辰？

"我去厨房看看，差不多该摆饭了。老爷这几天天天晚饭都要喝上两三盅酒，吃饭慢，赶早不赶晚。"洪嬷嬷交代一句，三步并作两步，往厨房催饭。

李夏看着饭菜摆得差不多了，瞄了眼滴漏，从榻上跳下来，蹦蹦跳跳往书房叫五哥和阿爹吃饭。

"一会儿老爷回来，太太可得稳住，可不能让老爷觉出不对，否则……太太无论如何都得稳住！"看着李夏出了门，洪嬷嬷带着几分厉色交代徐太太。

徐太太不停地点头："嬷嬷放心，放心，无论如何，说什么也得……"

李冬倒了杯茶递给徐太太："阿娘，没事，有五哥呢。"李冬说着放心，尾声却有些颤抖。

等李县令过来吃饭这一会儿的工夫，在徐太太和李冬的感觉中，漫长无比，又几乎是一个眨眼。

帘子外，李县令和儿子李文山说着话过来了。

洪嬷嬷也紧张得浑身发硬，一边掀起帘子，一边冲徐太太用力使眼色。

李夏牵着五哥的手，看着一左一右直挺挺戳在桌子两边的阿娘和姐姐，心里一声哀叹，她娘和她姐，怎么这么不经事啊！

李夏心里哀叹，却没耽误脚下，甩开五哥的手就往前冲："今天有好吃的！"话音没落，一脚绊在门槛上，直直地往门里扑进去。

李冬一声惊叫，扑上去接李夏，徐太太也吓坏了，弯腰急冲，却一脚踩住了自己的裙脚，没接住李夏，自己反倒往前跌出去，李县令刚迈进门槛，急忙张开胳膊，正好抱住扑过来的徐太太。

徐太太跌在李县令怀里，李夏却是结结实实摔了个狗啃泥，被五哥李文山从后面一把拎起来，疼得直掉眼泪。她这苦肉计，是真苦啊。

徐太太和李冬这么一惊一吓，刚才全身僵直的紧张散了十之六七，剩下的那几分紧张，看在李县令眼里，肯定就是刚才那两摔吓出来的余惊了。

李县令抱过李夏，又是心疼又是好笑，接过帕子亲手给李夏擦了手脸，指着桌子上的菜又气又笑道："哪个菜这么好吃？把我们家阿夏绊成了这样？"

"小九儿说，有扬州扒猪头。"李夏伸头看着桌子，为下一步打埋伏。

"扒猪头？"李县令一愣，这桌子上哪有猪头肉？

"小九儿大约是在钟嬷嬷屋里看到的。"洪嬷嬷心里一动，赶忙笑着解释，"晚饭前，衙后街上的杨婆子过来寻钟嬷嬷喝酒说话。太太让厨房用心炒了几样小菜，又现买了两三坛子好酒送过去。"

"猪头肉一点儿也不好吃！我喜欢吃羊羹。"李文岚接着句，他讨厌猪头肉。

"明天让人去买只扒猪头，再买些羊羹回来。"李县令吩咐了两句，转向李文山，刚要张口，又赶紧调头看向李冬："冬姐儿先说，想吃什么？还有山哥儿，跟你娘说，明儿一起买回来。"

"先吃饭吧，菜都要凉了。"这一通打岔，徐太太基本镇静下来了，瞄了眼滴漏，给李县令盛了碗汤。

李家吃饭也讲究个食不语，一家人各怀心思吃了饭。撤了饭菜沏了茶上来，李县令惬意地抿着茶，和儿子接着刚才的话题："你那篇文章破题破得好，秦先生见识不凡，这个我倒没想到……"

徐太太和李冬你一眼我一眼地瞄着滴漏，李文山也是心不在焉。李文岚是最浑然无知的一个，爬到榻上拿了自己描的字，往李县令前送："阿爹你看我今天写的字，我今天多写了五篇，还多背了两课书，阿爹你看看。"

"好好好！"李县令接过小儿子的描红，揽着他坐在怀里，一个字一个字地指点，"这一笔要往下压。嗯，这几个字不错……"

眼看着时辰差不多了，李冬看向徐太太，徐太太看向李文山，李文山看着正搂着小儿子专心指点的阿爹，心眼卡得牢牢的，干眨巴眼想不出该找个什么借口把阿爹拉过去听壁脚。

李夏从她阿娘看到她姐，再看到她哥，又从她哥瞄到垂手站在门口，急得乱挤眼的洪嬷嬷，心里一声接一声地长叹，她这一家子啊！

"阿爹。"李夏趴到李县令腿上，"什么是一醉方休？小九儿说，钟嬷嬷说要一醉方休，什么是一醉方休？是吃的还是玩的？"

"不能吃也不能玩！"李县令失笑，伸手捏了捏李夏的鼻头。

李文山卡得牢牢的心眼咔嗒一声松动，灵气儿来了："阿爹，嬷嬷上了年纪，酒多了伤身。要不，我陪阿爹过去看看，差不多就行，不能让嬷嬷喝多了。"

李县令忙点头："还是山哥儿想得周到，过去看看。"

徐太太一口气松下来，差点失声念佛。

李冬赶紧冲上去，从李县令怀里抱开弟弟，再抱起李夏，用力在她脸上猛亲了两口，她这个妹妹，真是太可爱了！

看着李县令和李文山出了门，徐太太原地转了几个圈，抬脚就想跟过去，被洪嬷嬷一把拉住："太太，您可不能……六哥儿今天写的字，六哥儿要哭了，你赶紧替六哥儿看看他今天写的字。冬姐儿去厨房瞧瞧，算了，冬姐儿还是照顾九姐儿吧，我去厨房瞧瞧。"洪嬷嬷的安排还算清楚。

李夏趴在姐姐怀里，看着一脸焦灼不安的徐太太，和莫名其妙、一脸委屈的六哥，下巴在姐姐肩膀上抵了几下："姐姐，我想和六哥玩华容道。"

李冬拿了华容道出来，和徐太太紧挨坐着，心神不宁地看着头抵头玩在一起的阿夏和岚哥儿。

李文山和李县令一前一后出来，天已经黑透了，凉风习习，桂花的香味儿时浓时无。

李县令舒畅地深吸了几口气，心情更加愉快，接着刚才的话题："策论上头，你多跟秦先生请教，策论重实务，实务上我不如他……"

"是。"李文山心思根本不在这上头，他正在想找个什么借口能让他爹跟他一起听壁脚。县衙后宅很小，没几句话的工夫，两个人就离钟嬷嬷那间屋不远了。

眼看再有十来步就到屋门口了，李文山还没想出借口，情急之下，干脆有话直说："阿爹，咱们……我是说，咱们先听听她们说什么……我的意思……"

李县令又气又笑地看着儿子，抬手在他头上敲了下："要学人家听壁脚是吧？瞧瞧你，越大越长回去了，淘气。"说着淘气，李县令却放轻了脚步，和儿子一前一后闪身到窗户边，贴墙站着，侧耳偷听屋里说话。

"……你说你，怎么，当年的手艺都丢没了？这点子小手段都没有？"是钟嬷嬷的声音，有些含糊，透着醉意。

"都是一家人，哪能用当年那些手艺。"这个声音应该就是杨婆子。

"一家人？我呸！"钟嬷嬷啐了一口，"你拿他们当一家子，他们拿你呢？要是也当一家子，你也不用愁这些了，是不是？你这热脸贴的是冷屁股，可没意思。我早就说过你，什么一家子两家子，我告诉你，这一家子，就你，一个人，才是一家子，就是那两夫妻，也是大难临头各自飞！"

钟嬷嬷打了个酒嗝："你看看我，眼前是……这不算啥，你放心，也就半个月十五天，我还搬回那间上房，还是老太太、老祖宗！我呸！老娘我就是这一窝子蠢货的祖宗！"

李文山的心提了起来，急忙转头看向阿爹，李县令眉头微蹙，站着没动。

"你是真有本事。我比不上你，到底不是自己亲手带大的。"杨婆子声音低而清。

"这倒是！这跟养狗……还有咱们养瘦马一样，自小儿带大，虽说辛苦些，可打小儿调教，你想要什么样儿，就能捏成什么样儿。"钟嬷嬷的语调，听起来十分得意，"我跟你说，也是费心得不得了！先头在伯府里，我一口气不敢松，他们府里还好，学里那帮先生个顶个的不是东西！"

钟嬷嬷又打了个酒嗝，一声长叹："我跟你说，这世道不是个东西！咱们，下九流都不如，贱籍，奴儿！再怎么都是下贱人，只能往下。往上，我跟你说，上不去！根本就上不去啊！你看看现在，他那个小崽子，刚能在人家王爷面前舔几口，你看看，就不得了了，恩情算个屁！再大的恩情也比不上他那个小崽子！"

"你真打算把他家姐儿送到王同知府上？"杨婆子声音往下压了些。

"打着灯笼也难找！"钟嬷嬷响亮地啜了口酒，"那是个商户出身，下九流里爬出来的，他们不懂，破规矩少，脱光了往床上一放，我告诉你，他就敢上！我跟你说，妹子，咱俩算是同病相怜，你说我辛苦大半辈子，老了老了又当回奴儿了？那我这二三十年，不是白辛苦了？我养的瘦马，我费尽心机花了银子把她送到伯爷床上，我跟你说，那妮子就不是个好东西！"

钟嬷嬷不知道想到了什么，猛啐了一口："生了儿子，她以为她有靠了，她用不着我了，想借那些蠢货的手，要把我赶尽杀绝！我呸！老娘手里调教出来的，还不知道她是个什么阿物儿！"

"那你？"杨婆子的声音里透着惊惧。

"我跟你说，就是得下得去手！要不然，死的就是我！"钟嬷嬷错着牙，"那个贱货，她要是肯听老娘我的话……算了，不说这个了。这就是挑瘦马的难处，太笨了吧，调教不出来，太聪明了，得了机会她就想吞了你！"

"可不是，难啊。老姐姐，我替你难过，你看看这官家，多好，可你这……我真替老姐姐你难过。"

"你放心！"钟嬷嬷冷哼了一声，"大风大浪我都过来了。我跟你说，当年那贱种头年中秀才，隔年就中了举人，想当大官的心，旺炭儿一样。我费了多少心思，熬白了头发，才算把他劝下来，这进士，就没考，唉！"

钟嬷嬷一声长叹里充满了怀念："在太原府时多好。他那个媳妇，不是个东西，你看看，我就知道，这官不能当，唉！我这是一时失手。你放心，大风大浪我都过来了，那个小崽子，他以为他真搭上了王爷？人家龙子凤孙，能看上他这样的贱种？不急，先把那死妮子送到王同知床上，一个一个来……"

李文山听不下去了，看着脸色死灰的阿爹，伸手扶住他，拖着他往外走。李县令被李文山拖着走出去几十步，还是呆怔得木偶一般。

"阿爹，您没事吧？我扶您……先到书房坐一会儿？"李文山看着李县令的样子，心里七上八下有些惶恐了。

李县令木木呆呆，由着李文山连推带扶，进了李文山那间小书房。

"阿爹，您没事吧？阿爹？"李文山推着李县令在椅子上坐下，伸手在李县令直勾勾的两只眼睛前晃了晃，又晃了晃，提高了声音，"阿爹！"

"没事！"李县令猛抽了口气，"我没事，没事……没事……"李县令一句话没说完，嘴角抽动了几下，身子一软，从椅子上滑下去，两只手捂着脸，缩在地上抖成一团。

"阿爹，阿爹！"李文山吓坏了，弯腰抱在李县令腋下，用力想把李县令抱起来。

"没事，没事，没事……"李县令瘫在地上，两只手胡乱挥着，嘴里喃喃了七八个"没事"，才说出别的话，"别怕，山哥儿，别怕，阿爹，阿爹，没事。"

李文山见他爹能把话说成句了，一口气松下来，腿一软，紧挨着他爹也软瘫在地上。

"阿爹，您……您别这样，老太太……我是说，姨婆……不是，钟氏，我是说钟氏，阿爹，钟氏一直这样，大家都知道，大家都知道她是个什么样的人，阿爹您别难过，不是一天两天，一直这样。"

李文山几句话说完，才觉得他这话好像哪儿不对，可他这会儿心里乱得厉害，心眼全卡在一堆堵在那儿，哪儿不对这事，也卡住堵里面了。

"阿爹，我是说，那个……"李文山顿住，看着他爹，"阿爹，冬姐儿，还有阿夏，阿爹，您别让……您是阿爹……阿爹……"这一句话不知道触动了哪里，李文山眼泪涌出来，话说不出来了，只揪起袖子，一把接一把地抹眼泪。

李文山哭得说不出话，李县令心疼儿子，心里倒清明了，撑着椅子站起来，弯腰去拉儿子："别哭了，你是长兄，你放心，都是阿爹，阿爹……山哥儿放心，放心。"

李文山一边哭一边爬起来，看着他爹两眼发直、失魂落魄的样子，心里有些仓皇，他爹要是有个好歹……那可怎么办？

"阿爹，都怪……"后头的"我"字在李文山舌头尖上滚了好几滚，却没能滚出来。这事不能怪他，那个人那些事，阿爹得知道！"是儿子不孝。"李文山只好哭了句不孝。

"是阿爹……"李县令跌坐在扶手椅上，抖着手却不知道为什么抖。

父子两个，一站一坐，哭了一会儿，李文山先没了眼泪，摸到暖窠，倒了杯温茶递给李县令："阿爹，您喝杯茶。您别生气，气坏了身体，我和阿夏，还有岚哥儿，阿冬，还有阿娘，都靠着阿爹。阿爹，您……"

"我……"李县令被儿子这几句话说得心里刀绞一般，"阿爹知道，你放心，阿爹……阿爹……"

李县令抬手捂在脸上，他心里一片混乱混沌，仿佛整个人崩塌碎掉了："没事，没事，你去歇着吧，明天一早……好孩子，你去……没事，我……累了。"

"我扶您到床上躺一会儿。"李文山伸手去扶李县令。李县令胡乱推着他的手，抖着腿站起来："没事，没事，阿爹没事。你去吧，阿爹歇一歇，歇一歇就好。"

李县令抖几步挪到床边，一头倒在床上，侧着身子，慢慢蜷起来，蜷成了一团。

李文山轻手轻脚地帮他脱了鞋，拉开夹被盖上，踮着脚退到床尾，滑下坐到脚踏上，他得看着阿爹。

这一夜，李县令蜷在床上，也不知道是昏是睡还是没睡。

李文山坐在脚踏上，磕头打盹睡一会儿醒一会儿。

徐太太一夜没睡，李冬陪着徐太太，也是一夜合不上眼。

洪嬷嬷一夜起来不知道多少回，扒着窗户缝、门缝往外看，却不敢比平时多出去哪怕一趟，要一切如常嘛。

李夏睡得很沉实，不过醒得却极早，侧身躺在床上，支着耳朵听动静。

事情要是发作起来，动静肯定小不了。

第一缕曙光洒在县衙后宅，李县令撑着身子坐起来。

"阿爹。"李文山急忙站起来，愕然看着仿佛一夜老了十年的阿爹，心疼得眼泪都下来了，"阿爹！"

"你在这儿坐了一夜？"李县令更加心疼地看着儿子的黑眼圈，"你怎么还没走？你赶紧回去，再晚就误了早课了……"

"昨儿晚上，儿子已经让人跟秦先生说了，要是今天没赶回去，就让他到书院给我请个假。"李文山看着他爹，忍着眼泪说正事，"儿子没敢使唤梧桐，老太太……那个钟氏的事，梧桐最知道。阿爹，儿子刚到杭城的时候，梧桐就跟儿子说，老太……那个钟氏让他带我去嫖去赌，她还让梧桐败坏我的名声，说咱们一家是贱种，不配在王爷身边……"

"你怎么没跟我说？"李县令眼圈又红了。

"您从来不让说那个钟氏不好，那一回她请神婆子，差点把我折腾死。阿娘说了一句，您说阿娘不孝，我哪敢跟您说？事多着呢，还有上回大伯给咱们的衣服料子，梧桐根本没烧，扛到八字街那家当铺，当了好些银子，都给她了。梧桐说，以前也是这样，京城和大伯送来的东西，都被她倒手卖了，还有好些事，您问梧桐吧。"李文山越说越生气，再看他爹，心疼少了，竟然隐隐有了几分痛快之意，该！

"你叫梧桐进来。"有昨天晚上那番巨大打击垫着底儿，李县令再听到这些事，已经没有太多感觉了。

李文山出来，迎着洪嬷嬷担忧焦急的目光，放低声音："没事，让人侍候阿爹洗漱，换衣服。我去叫梧桐，阿爹要审他。"最后一个"审"字，李文山加重些声音，又冲洪嬷嬷眨了眨眼。

洪嬷嬷一颗心彻底落了回去，顿时喜气盈腮，盈到一半，又急忙捂着脸往回揉，这会儿一脸喜气可不合适。

"我去叫太太，哥儿快去！快去！"

李县令洗漱换了衣服，又被徐太太硬逼着喝了碗清鸡汤，精神好多了。

梧桐跟着李文山进来，心里十分笃定，他不但早就弃暗投了明，还是立了大功的。

不用李县令多问，梧桐就竹筒倒豆子，从他进府说起，京城送的东西卖到了哪里，多少银子，钟婆子平时怎么骂李县令和他们这一家子，怎么偷太太嫁妆，就连他在太原府时偷考题卖钱这种小事，也统统安到了钟嬷嬷头上，直说得口角喷白沫。

李县令木然地听着，李文山瞄着他爹的脸色，给梧桐使了个眼色，示意他不用说了，梧桐领会了李文山的意思，磕了个头："……老爷，这些事，底下人都知道。当初在太原府时，连咱们家邻居都知道，都说那老虔婆黑心烂肺，拘着老爷一家子给她当孝子贤孙，都说老爷傻……"

"行了，你退下吧。"李文山打断了梧桐的话，梧桐愉快地答应一声，磕了个头，脚步轻快地退了出去。

"阿爹，把她送走吧。"李文山坐到李县令旁边。

"她孤身一人，往哪儿送？她……"李县令心里不混沌了，却是一片彷徨。

"阿爹。"李文山被他爹这一句话说得心头火上来了，声音也高了上去，"这些年，她祸害咱们，把咱们家都搬空了。梧桐算过一回，说她手里少说也有两三万两银子，阿爹还担心她孤身一人！"

"好，好，好。"李文山声音一高，李县令竟然有几分畏缩，"阿爹没说……她是扬州人，常说哪儿都不如扬州好，就送她回扬州吧。她是奴婢，得给她写张脱籍文书，还有路引，还……"

"这些小事，阿爹就别操心了，儿子去找……让秦先生帮帮忙。阿爹，您得去见见她，当面说清楚，要不然，她怎么肯走？到哪儿能找到阿爹……咱们家这样的？"

李县令什么反应，后续该怎么办，李文山早和秦先生商量过，做过若干预案。不过，他爹李县令这里，竟然顺当成这样，实在有点出乎李文山的意料。

钟婆子坐在床上，啪一声抬手打在自己脸上，用力挤了挤眼，又打了一巴掌。

她昨天酒喝多了，这会儿还昏昏沉沉，刚才一定是做梦，这梦怎么这么真枝真叶的……钟婆子又抬手在自己脸上拍了下。

洪嬷嬷踩着门槛，看着连打了自己几巴掌的钟嬷嬷，心里的痛快就别提了。

"这会儿就是把脸打肿，也没用了。嬷嬷还是赶紧收拾东西吧，您老人家的浮财多，收拾起来可不容易。老爷太太慈悲，你那银子，虽说都是从这个家里、从太太的嫁妆里偷的，可老爷太太念你往后就是一个人了，许你带走。老爷太太真是慈悲，赶紧收拾吧，一会儿就来人接你走了。"

洪嬷嬷这几句话说完，神清气爽，扫了一眼呆站在屋子正中的小九儿："你呆在这儿干什么？还不赶紧侍候九姐儿去！要是九姐儿再嫌弃你，我告诉你，你就得到厨房烧火去了。"

小九儿吓得提着裙子就跑。

钟婆子不打脸了，从床上下来，呆站了一会儿，转身进了净房。

净房里，小九儿还没来得及提水送进来，钟婆子面无表情地拿了牙刷清盐帕子，出门直奔厨房。

唐婆子和帮佣的粗使婆子还不知道出了事，见她和她们一样，凑着水池子擦牙洗脸，瞪大了一只只眼睛看傻了。

洗干净脸，钟婆子又清爽活泛起来，拎着帕子昂头回到自己屋里，从柜子顶上拉了只樟木大箱子下来，收拾好上了锁，换了身干净衣服，悄悄摸了叠银票子塞到怀里，出了屋，冲站在廊下看着她的洪嬷嬷扬声道："要走了，容我跟大家伙儿道个别。"

李夏坐在廊下的鹅颈椅背上，甩着腿，看着钟婆子拎着清盐帕子等出来，再回去，再干净清爽淡定自若地出来去道别。

出了这样的事，这份镇静，这个反应，比她阿爹阿娘要强出好几筹，怪不得她能把阿爹阿娘，把他们一家子握在手心里这么多年……这道别，是要留后手吧……

李夏跳下鹅颈椅，拉上小九儿："走，咱们去看道别，肯定好玩儿。"

钟婆子淡定无比地道了一圈别，梧桐和赵胜已经站在门口等她了。钟婆子指了指那只樟木大箱子，梧桐和赵胜抬着，钟婆子从容淡然地跟在后面，出了后衙角门，一辆马车已经在后角门等着了。

"嬷嬷，您回扬州的船，我们五爷已经替您找好了。我们五爷吩咐了，让我看着您上船，嘿嘿。"梧桐愉快地笑了几声。

"我们五爷这可是一片好意，嬷嬷这箱子里……这么重，肯定都是贵重得不能再贵重的物什儿，没人送可不行，上车吧！您放心，我跟赵胜叔这眼珠都不带错的，一定得把您连您这箱子，一块儿送到船上！"梧桐在前，连箱子带赵胜一起扯过去，将箱子放上车，语调轻佻愉快地说个不停。

钟婆子眯眼斜看着他，哼了一声，没理他，径直跳上车，抬手将车门帘子甩到车顶上，斜看着县衙后宅挑起的屋檐一会儿，淡定地移开了目光。

她不过一时失手，那一窝崽子都是她一手调教出来的，不过打个转儿，她照样回来当这个老太太！

听洪嬷嬷说钟婆子上车走了，徐太太两眼热泪，双手合十，不停念佛。

李冬笑得合不拢嘴，李文岚拧着眉头，看看阿娘，再看看姐姐，再看看咬着块蜜饯看着他的妹妹，十分纳闷，姨婆走了，不该难过吗？

"我去找五哥。"李夏滑下来，穿了鞋往外走，李冬忙拉住她："阿夏，你跟五哥说，他和阿爹还没吃早饭呢，问问他要不要给他和阿爹送点吃的过去，还有汤水。"

李冬说一句，李夏点一下头，她就是去看看五哥和阿爹怎么样了。

"我也去。"李文岚也下来，牵着李夏的手，往前面书房去。

书房里，李县令坐在李文山惯常坐的扶手椅上，李文山拖着只矮凳坐在他旁边，两个人都不说话，李县令怔怔忡忡、目无焦距地看着屋外的银杏树，李文山塌着肩，一脸苦闷地看着他爹发呆。

"阿爹，五哥。"李文岚和李夏四条小短腿一起迈进门槛。李夏奔着五哥："五哥，姐姐说你和阿爹没吃饭。"李文岚则扑向李县令："阿爹阿爹，姨婆走了！姨婆走了！"

"没事没事。"李县令抱住扑上来的小儿子，"姨婆想家了，她回家去了，没事。"

"这里不是姨婆的家吗？"李文岚更加纳闷了。李县令被小儿子这句话问得噎了下，挤出一丝难看无比的苦笑："岚哥儿是好孩子，那不是姨婆，不是……等岚哥儿长大……都是阿爹不好。"

李县令这一句"都是阿爹不好"，满溢着浓烈的愧疚。

"阿爹，怎么能……不能全怪阿爹。"李文山瞄着李夏的眼风，"就连……钟氏，也不能说全是她的错。京城，那府里要是不纵容，钟氏一个奴婢，怎么能做得出这样的大恶？阿爹，您别太自责，都过去了，改过来就好了，以后咱们家，肯定越来越好，越来越好。"

李文山这几句干巴得不能再干巴的话，听得李夏忍不住背过脸翻了几个白眼，暗暗地一声接一声地长叹。

她五哥这劝人的本事啊，自小到大都没长进过。

"唉！"李县令定定地看着儿子，一声长长叹息里透着股浓烈的颓唐，"都说青出于蓝，山哥儿是好孩子，青出于蓝。阿爹枉活了这几十年，还没有山哥儿看得明白，阿爹……不如你，好孩子，有……你们几个，是阿爹的福气，阿爹的福气，都在你们几个。"

李夏看着她爹，头歪来歪去慢慢地点。阿爹的福气，确实都在他们几个……她和五哥身上。

唐婆子站在柴房门口，看着钟婆子出了角门，捏着袖管的手松开，往回走了两步，顿住，伸手又去捏袖管，捏了几下，垂下手甩了甩，大步疾走了十来步，猛地又顿住，又抬手捏向袖管……

唐婆子一路走一路停一路捏，一直捏回到厨房门口，一脚门里一脚门外站了好一会儿，从门里收回脚，连跺了几下，掉头往上房去找洪嬷嬷。

洪嬷嬷送走唐婆子，小心地将唐婆子塞给她的银票子放好，几步进了上房，挨到徐太太身边，将银票子递给她："太太看看这个，刚才唐婆子找我，就为了这张银票子，这是钟婆子刚才给她的，说让她留心这府里，说她不放心老爷太太，还有哥儿姐儿，让唐婆子常给她捎个话。"

"她都回扬州了，还怎么捎话！"徐太太捏着那张一百两的银票子，心一下子提到了嗓子眼。

"我去跟……""五哥儿"冲到嘴边，又被洪嬷嬷强咽了下去，"太太别急，我出去看看，得看着她上了船……太太放心，说什么也得把这个瘟神远远地送走！我出去看看。"

"嬷嬷。"徐太太叫住洪嬷嬷，将银票子递给她，"这一百两银子，你还拿给唐婆子，跟她说，我知道她的心，这银子让她拿着用。"

"太太是个明明白白能持家的人，这是咱们家老太太的话。"洪嬷嬷接过银票子笑道，她嘴里的老太太，是徐太太的祖母霍老太太。

洪嬷嬷出了角门，兜了个圈子，往黄家老店去寻吉大。

吉大没在店里，洪嬷嬷等了小半个时辰，吉大急匆匆从外面进来，远远看到洪嬷嬷，忙紧跑几步："大嫂来了，进来说话。"

吉大将洪嬷嬷让进包下的小院里，洪嬷嬷一进小院，就急急道："我急得不行！老爷把那婆子送走了，这事你知道……你肯定知道，我跟你说，那婆子没死心，走前到处撒银子留后手，光送上船不行，得看着那船走了……"

"嬷嬷别急，嬷嬷放心，五爷交代过，先生也交代过，放心，肯定稳稳妥妥把她送走。嬷嬷只管放心，让人看着呢，既然出来了，断没有再让她回去的理儿。"吉大忙笑着答话，宽慰洪嬷嬷。

"五哥儿交代过了？"洪嬷嬷惊讶了一句，立刻就笑起来，"五哥儿真是……往后，这个家就全靠五哥儿了，吉爷别笑话，我见识少，没经过事，你说的先生，是哥儿刚请的那位秦先生？"

"是。"

"托大老爷的福。"洪嬷嬷知道秦先生的来历，阿弥陀佛谢了一句，"菩萨保佑，我们老爷总算……唉！也是读过好些书的人，大理儿都能错成那样，大老爷那是正经的血脉兄弟，打断骨头连着筋，一荣俱荣、一损俱损的兄弟，再怎么着，也得比外人亲吧……我这碎嘴……那我回去了，那婆子的事，就烦劳吉爷了。"

洪嬷嬷放了心，也不多逗留，从小院出来回去了。

徐太太安了心，心里那份激动和高兴，无论如何平复不下去，一夜没睡也没什么困意，看着蜷在榻上、沉沉睡着的李冬，一边做针线，一边和洪嬷嬷低低说着话。

"……她一出手就是一百两银子，这个家都被她搬空了。几个孩子，也就山哥儿穿过几件新衣服……咱们这个家，生生被她祸害了十几年，老天总算开了眼……"徐太太缝着手里的旧衣服料子，感慨万千。

"太太，我说几句实话，您可别恼。"洪嬷嬷一边用手指掐衣服边儿，一边低声道，"这个家被她祸害，太太得担七分的责。"

徐太太一愣。

洪嬷嬷抬眼皮瞄了她一眼："她偷太太嫁妆，不是一回两回，太太也知道，回回太太都是怎么说的？太太出嫁前，老太太交代过不止一回，那三从四德，讲的是大理大节，不是事事顺从，女人掌家，自己得先有个主心骨，那婆子是什么样的人，太太不知道？"

"我就是知道，又能怎么样……"徐太太被洪嬷嬷这几句极不客气的话说得浑身不自在，强笑着分辩了一句，就被洪嬷嬷打断："太太可从来没怎么样，也没想怎么样过，看看现在，太太真想动手了，这不就送走了？太太可不是不能，从前您那是什么也没做过！"

徐太太被洪嬷嬷这几句话堵得张口结舌。

"太太，话说到这儿，不怕您恼，我再多说两句。太太，您是当娘的人，您得刚强起来，不为了自己，您也得为了哥儿姐儿。都说为母则强，太太不刚强起来，难道您眼睁睁看着姐儿被塞到人家床上，生米做成熟饭给人家当妾？能眼睁睁看着……"

"嬷嬷别说了。"徐太太抖着声音打断了洪嬷嬷的话。

洪嬷嬷那句"姐儿被塞到人家床上"，她多想了一点点，简直心如刀绞。

"我知道了，我……从前是我糊涂，总觉得有老爷，凡事……"

"太太也真是。"洪嬷嬷一声哂笑，"这男人……太太当年在家里时，从老太太、大太太，到那位六堂婶子，哪一个不是自己先立起来，才过得下去的？别的不说，老太太要是像太太这样，凡事都有老爷呢，能活几年？太太福运好，老爷没纳几个小妾，这家里真有几个心头肉掌中宝，太太还敢说凡事都有老爷？"

徐太太脸色青白，洪嬷嬷看着她的脸色，咬咬牙接着道："远了不说，就眼前这事，太太扪心自问，这要不是五哥儿顶在了前头，冬姐儿能逃过这一劫不能？要不是又生出五哥儿的事，冬姐儿这会儿……还不知道在谁床上呢。"

徐太太嘴唇抖个不停。

洪嬷嬷长叹了口气："太太，不是我说话难听，哥儿姐儿摊上老爷那样的糊涂爹，这命就够苦的了。偏偏太太还要往自己眼上抹狗血，一层一层地抹，凡事都装看不见，缩着脖子一心一意三从四德。哥儿还好，也不过搭上前程，冬姐儿和夏姐儿，只怕连命都得搭进去。唉！"

"我……我……"徐太太眼泪横流，"我知道了，嬷嬷……是为了……"

"我是看着几个孩子可怜，多好的孩子。"洪嬷嬷瞄着泪水横流的徐太太，"太太可别再糊涂了。俗语说，有后娘就有后爹。这孩子有福没福，全看这娘怎么样。再说，老爷有多糊涂，您刚嫁过来那时候，不就知道了？这么个糊涂浆子，你跟他三从四德……"洪嬷嬷不往下说了，一声接一声叹气。

徐太太看着睡得一动不动的冬姐儿，双手捂着脸，上身一点一点萎下去，头埋在两腿间，压着声音哭得上气不接下气。

深受打击以及刺激的李县令和徐太太总算都稍稍平复，歇下了。李文山溜出来，坐在后园小亭子里和李夏说话。

"吉大说，洪嬷嬷去找他了，说是不放心钟婆子。"李文山熬了一夜，看起来却是神采奕奕。

"她说道别，给了唐婆子一百两银子，给了老郑头二十两，还去找了琼花，琼花没敢要她的银子。"李夏晃着腿，这会儿她发现，她这小也有小的大好处。

"老郑头不能用了，正好，他年纪也大了，交给秦先生安排。唐婆子连银子带话都交给洪嬷嬷了，她无儿无女，五哥有空去谢她一句，再告诉她，你以后给她养老送终。"

李夏一边说，李文山一边点头。

"琼花年纪不小了，让洪嬷嬷安排，这横山县是个过日子的好地方，挑户好人家，就嫁在这里吧。"

趁着钟婆子这场事，正好清理好家里这些人。

"琼花没要她的银子……"李文山对闷葫芦一般的琼花没什么不好的印象。

"这银子，钟氏只给了琼花，她可没去找苏叶，为什么？因为她知道她要是给苏叶银子，苏叶肯定会告诉姐姐，或是阿娘，琼花就不会。那就是说，以前琼花肯定没少听她的话。"李夏微微昂着头。

李文山皱着眉，以前这个家里，谁敢不听老太太的话……

不对！妹妹的意思……李文山呆了呆，脸色微变，半晌，轻轻叹了口气，阿爹身边有梧桐，阿娘身边有个琼花……

"还有，五哥，你……你以前交代过我：像这样大难临头的时候，最忌东跑西走四处勾连，后手都是未雨绸缪，墙倒的时候，就没有后手了，什么都不能做了，站在旁边冷眼看人心就足够了。"李夏想着从前朝里宫里那一堵接一堵的高墙轰然倒塌时的种种世间相，低低交代道。

李文山怔怔地看着李夏，点了下头，又点了下头。从前，厉害的那个，应该不是他吧……

天近傍晚，钟婆子拎着个半旧小包袱，从她那间小船舱里出来，站到船头，四下看了一圈，抿了抿头发，转身就要下船。

"嬷嬷要到哪儿去？"正趴在甲板上用力洗刷的船工忙站起来问道。

钟婆子斜睨了他一眼，哼了一声，理也没理他，径直上了跳板，连走带跑下了船。

船工站在船上，扬着胳膊哎了几声，见她头也不回地走了，连叹了几口气，蹲下接着洗刷。

钟婆子站在岸上，左右瞄了一圈，疾步上了台阶，往右边一排脚店客栈过去。

刚走过一家脚店，吉二从脚店里闪身出来，拦到钟婆子面前："嬷嬷往哪儿去？老爷说了，请你回扬州老家养老。"

"你是谁？我不认识你，让开！"钟婆子脸色微变，话说到一半，声音就高了上去。吉二手脚快得简直看不清楚，抬手摘了她的下巴："嬷嬷可能没听明白，我说的这个老爷，是大老爷。嬷嬷请吧，您这把年纪，早就该回家颐养天年，好好享受儿孙之福，老爷这都是为了你好。"

吉二从钟婆子手里拿过包袱，另一只手钳着钟婆子的胳膊，看起来像是既替她拎着东西，又搀扶着她，转个身，又往码头下去。

钟婆子想叫叫不出，胳膊被吉二那双手钳着，动一动就痛得骨头好像裂开了，被吉二一脸恭敬、连说带笑地提溜回船上，扔进她那间船舱。

吉二紧跟着进了船舱，将她按在固定于船板处的一把椅子上，扯下她的腰带，几下就将她结结实实捆在了椅子上。

钟婆子恐惧得脸都变了形，吉二捆好，仔细查看了一遍，转身出了船舱，靠舱门坐着，和船工有说有笑地说起了闲话。

第九章 两个师爷

隔了几天,书院休了半天,李文山急急忙忙往家里赶。他来的时候阿爹阿娘都不怎么好,常平仓的事又眼看要败坏出来,他担心家里,担心得这几夜净做噩梦。

秦王和金拙言等人出来书院,看着连拱手告别都匆忙到没能拱全的李文山,秦王皱起了眉:"这李五,怎么成天往家跑,他都多大了!"

"他家里有事。"站在秦王身后的陆仪笑着替李文山解释,"旬休那次晚回来了一天,我问了他,他倒没隐瞒,都说了,恶奴欺主,能欺负到这份儿上……"

"你该说,放纵恶奴欺主到这份儿上。"金拙言不客气地打断了陆仪的话。

陆仪好脾气地笑着,没等他再说话,秦王嘴角往下:"明明是他自己蠢,蠢成这样,这个奴不欺,那个奴也得欺负上脸,怪得了谁!"

古六郎眨巴着眼,看看这个,再看看那个,总算挤进去一句话:"你们说的是李五?他连那个长随都是从他爹那儿借的,他家有什么恶奴?我怎么没听李五说过?"

"那个长随就是恶奴。"金拙言用折扇捅着他,严肃着脸说了句。

"啊?那李五……不对吧,李五又不傻……唉,等等我,咱们去哪儿?这天还早得很……"古六郎话没说完,见秦王已经上了马,急忙跟着接过缰绳上马,一边往马背上爬,一边问道。

"早什么早!眼看就黑了,回府。"秦王好像心情不怎么好,没好气地堵了古六一句,纵马直奔明涛山庄。

金拙言推了把莫名其妙的古六郎："赶紧走，王爷说天儿不早了，那就是天儿不早了。"

进了明涛山庄，秦王大步流星径直进去了。

陆仪站在二门里，等太后的传唤。王爷气色这样不对，太后必定要召他问一问的。

没多大会儿，小太监一路疾步出来，请了陆仪进去。

"哥儿不小了，喜怒还都在脸上，这样不行。"陆仪见了礼，金太后头一句话，完全出乎陆仪的意料。他急忙答了句："王爷在外头……"后面的话陆仪没敢说下去，在外头，跟在这山庄里，没什么两样。

"从今天起，你打理的那些军务细务，都跟他说说，他不小了。"金太后气色不怎么好，陆仪提着颗心，垂手答应。

"往后，也别护得太严实，该让他知道的，就让他知道，从前我总觉得他小……"金太后的话没说完，猛然顿住，停了好大一会儿，才看着陆仪接着道，"他不小了，你像他这样大时，都打了好几年的仗了，我护他护得太严实……爱之深，害之深。我护不了他一辈子。"

陆仪听得心惊，低头答应，又过了一会儿，才听到金太后吩咐退下，垂手退出，径直去寻秦王。

离书房门口还有十几步，就看到一个小内侍托着只雕漆托盘抬脚进屋，陆仪目力极好，虽说只是一瞥，也看清了托盘里放的是四五只大小不一的九连环。

小厮通报了，陆仪进屋，长揖见礼之余，不动声色地瞄了一圈，却没看到刚刚小内侍托进来的九连环。

"你来干什么？"秦王看起来心情并没有好转。陆仪欠身笑道："太后吩咐，把这几天的军务和几件小事，跟王爷禀报一声。"

秦王冷着张脸，两只手从桌子下抬起放到桌面上："既然吩咐了，说吧，听着呢。"

"第二批拨过来的精锐，关副使已经查看一遍了，三成是从殿前卫挑出来的，都是勋贵家子弟，四成是京西南北两路的厢军，还有三成，武威军和震远军各挑了三百人。关副使说，这一批二千人，能用的挑不出一半。"

陆仪一边说，一边看着秦王的神情，秦王冷着脸，这会儿倒看不出什么表情了。

"核查常平仓的事有些泥泞，因为都有牵涉，这次核查，周全起见，罗帅司统总，关副使、郑漕司、林宪司协同。前头因为两浙路各常平仓由户部调粮充实虚数，郑漕司的意思,这事得由户部协同。林宪司的意思,如今两浙路常平仓担着供应军粮的重责,不能不知会兵部。关副使的意思,像这样越扯越多,只怕光扯皮就扯不清楚了。"

"罗仲生可真会周全,他这碗水倒是端得平。"秦王完全是看热闹的心情,"太子都立了……也是,立了太子又怎么样?关铨的军粮断顿了?又没断他军粮,他管那么多干吗?扯呗。"

陆仪看着他:"太后的意思,您是先皇之子,今上之弟,又身在王位,于公于私,您都该为国分忧。"

"这话是阿娘让你说的?"秦王脸色有几分阴沉,陆仪看着他,一脸的你说呢的表情。

洪嬷嬷从后角门进来,紧绷的脸上透着隐隐的仓皇和恐惧,迈过门槛,也不知道是脚软了,还是绊着什么了,竟跟跄了几步,差点摔倒。

李夏坐在石榴树枝上,有一搭没一搭地和小九儿说着话,看着仓皇得根本掩不住的洪嬷嬷,从树上跳下来:"你去厨房帮忙吧,我回去写字了。"

李夏跟在洪嬷嬷身后,一蹦一跳到了上房门口,坐在门口鹅颈椅上做针线的苏叶看她要进屋,急忙扬声道:"姑娘,九姐儿来了。"

李夏侧头看了她一眼,笑着冲她挥了挥手,这个望风的,是多么生疏硬涩啊。

"到厢房去找你六哥……"李冬急忙掀帘出来,李夏灵巧地绕过她,跳进门槛:"不找六哥,我来拿九连环。"

屋里,刚要开口的洪嬷嬷停住话,看到李夏,松了口气,和徐太太往里面挪了挪,低低道:"刚才是那个下人,说是过江的时候就碰上大暴雨,又有猪龙婆,一场大灾,找了两三天,没能找到。"

李夏仿佛压根儿没留意洪嬷嬷的话,爬到榻上拿了九连环,蹦蹦跳跳出了屋,拿了只小杌子过来,坐在门口解九连环。

"死了?"是徐太太的声音,喉咙发紧。

"嗯,"洪嬷嬷这喉咙紧得不比徐太太好,"没明说,只说没找到。我也这么问了,吉大说,江水急,又到处是猪龙婆……不过还在找。"

"阿娘。"李冬低低的声音里透着丝丝颤抖,"这么巧……"

"瞧姑娘这话说的!"洪嬷嬷声音不高却有些尖利刺耳,"那过江都是九死一生,巧什么巧?太太,你看这事……老爷那边……老爷是个牛心左性的,要是糊涂浆子上来，拼了命地要去找……咱们这家里，已经精穷了。"

"这事……还在找呢，还说不上来，暂时……老爷正忙着常平仓的事，这几夜都睡不好，他知道了又能怎么样？远在江里，倒是把他自己煎熬病了，咱们这一大家子，全靠着他呢，这事先别跟他说。"

徐太太说了一大通，这不是说给洪嬷嬷听，这是说给她自己听的。

李夏解下一个环，举起来，笑眯眯地看着，她阿娘，有长进了嘛。

李县令这几天确实因为核查常平仓的事，焦头烂额。

核查常平仓是例行公务，在太原府时，他也过去帮过几回忙，可没想到这一回核查，账上库里混乱不说，上头竟然顶着户部、兵部、帅司、漕司、宪司……诸司俱全，他本来就不擅长应对这些，核查才到一半，就头大如斗。

好在，这常平仓存粮和账上相差不多，算是不幸之中的万幸了。

李县令送走来核对历年账册的漕司府书办，长长松了口气，抬手揉着太阳穴，揉了好一会儿，才觉得没那么头昏脑涨了，看看时辰差不多了，出了签押房，回后宅吃午饭。

刚走了没几步，一个掌柜打扮的中年人，缩手缩脚地进来，伸长脖子四下张望。

"你找谁？"李县令站住问道。这会儿已经午时过了，县衙空无一人，诸人都回去吃饭了。

"小的找卜师爷。"中年人不停地哈着腰，恭敬里透着小意。

"公事还是私事？"李县令听说找卜师爷，语调顿时温和了不少。

"公……算是私事吧。"中年人口齿含糊，目光躲闪，一副心虚无比的模样。

李县令看得有几分犯疑："什么事？你是谁？"

"没什么……小的……小的是大德粮行的管事，也没什么大事，卜师爷叫小的来说一说陈粮的事，都是小事，小的回头再来寻卜师爷。"中年人神情更加仓皇了，转身要走。

"你等等！"这人仓皇成这样，李县令再怎么不精明，也看出不对了，"哪儿来的陈粮？这不是小事，我姓李，横山县令，有什么事，你跟我说！"

"没没没……"中年人吓得眼睛都直了，"小人昏了头！没有陈粮！小人也不是大德粮行的管事，小人不是来找卜……小人……"中年人话没说完，转身就逃。

"你站住！"李县令紧追几步，可他哪儿追得上跑得比兔子还快的中年人。

李县令在衙门外呆站了片刻，转身进来，背着手，一边往后宅走，一边想着那中年人的话，大德粮行，陈粮……只能出自常平仓，可常平仓今年只核查，没说要出陈粮入新粮……就算出陈粮，两浙路的陈粮，上头有规矩，全部由茂昌粮行收运……

卜师爷……定平府那事……五哥儿跟他说过好几回，这两个师爷不是好人……

李县令呆站住，片刻，只觉得腿软心慌，急忙伸手扶住旁边的假山石，他这双眼睛……他是个瞎子！

李文山是被秦先生叫回横山县的。李县令病倒了。

李文山一路快马急鞭，急急忙忙冲进李县令那间书房时，秦先生正和李县令说着话。

"阿爹没事，又误了你的功课……"见儿子冲进来，半躺半坐在床上的李县令直起上身，愧疚不已。

"五郎是个孝子，你病着，他哪儿有心思读书。"秦先生不动声色地点了句。对这位李县令，凡事都得多说一句，这个"孝"字，可比五郎的功课要紧多了。

"那两个师爷？"李文山见他爹还好，松了口气问道。

"唉！"李县令一声长叹，抬手捂住了脸。

"幸好你阿爹觉察得早。横山县常平仓存粮比账上多了四成，都是开春后户部调进来的当年新粮，卜怀义和陆有德既贪又蠢，不明就里，就以为是一注大财，找了大德粮行，准备将库里的陈粮卖掉六成，大德粮行的管事来寻卜怀义，正巧被你阿爹撞上，真是时也运也，老天保佑。"

秦先生声气平和地和李文山解释了发生的事，顿了顿，又补了一句："那大德粮行，是吴县尉母族张家和另外两家粮商合开的。你阿爹真是幸运得很。"

"卜怀义和陆有德在定平府就……"李文山一句话没说完，秦先生就冲他摆手："你阿爹说你跟他说过好几回，好在你阿爹觉察得早，卜怀义和陆有德，各打了五十板子，已经发落了。眼下最要紧的，是得赶紧找到合适的人，常平仓还没核查好，这才是大事。"

"先生上次说的那位郭先生，还在杭城吗？能不能请他帮一帮？"李文山立刻接话道。

秦先生笑起来："在，倒是个极合适的人。"秦先生转头看向李县令："罗帅司身边的朱参议，县尊可见过？"

李县令点头，秦先生接着道："朱参议有个外甥，姓郭名胜，秀才出身，跟在朱参议身边学了十来年,如今在杭州城住着。前儿朱参议四下托人,想给他这个外甥寻一个吃饭的地方,郭胜人品极好,又能干,倒十分合适。"

李县令看向儿子,见儿子冲他点头,也点头道:"你眼光比我好。你觉得好,那必定不错。"

秦先生有几分无语地看着李县令,再怎么,五郎也才十五六岁,他这个当爹的……也难怪钟氏那么个无知婆子,能拿捏他这几十年。

经过钟婆子和两个师爷这两件大事,在李文山心里,他爹这形象从原来的高高在上,一头跌到他得低头看。听他爹这么说,李文山看向秦先生道:"阿爹病着,就烦劳先生了,得赶紧把郭先生请过来,常平仓的事,不能耽误。"

"县尊放心,五爷放心。"秦先生欠身应了,辞了两人,出门去寻郭胜。

李文山坐在李县令床前,刚说了几句话,梧桐一溜烟跑进来通传:"五爷!陆将军打发承影来了,说找你有事。"

"你快去!"李县令急忙往外推儿子。

李文山站起来,出到县衙角门,承影上前见了礼,扫了眼袖着手站在旁边、伸长脖子等着听话的梧桐。

李文山顺着目光看向梧桐,吩咐道:"阿爹跟前没人侍候,你过去看着。"

梧桐不情不愿地蹭走了,承影看着他走远了,才欠身笑道:"我们爷打发小的过来问五爷,出了什么事了?五爷走那样急,我们爷十分担心。"

"没什么大事。"李文山应了句,随即苦笑道,"唉,也算是大事了。是阿爹那两个师爷……"李文山将阿爹怎么无意中撞破两个师爷倒卖常平仓存粮之事,怎么打发的两个师爷,又怎么难过生气以至于病倒的经过说了一遍,"……幸好有秦先生帮着料理,这会儿没什么事了。只是阿爹病着,我想在家里多侍候几天汤药,等阿爹见好了,再去书院。替我谢陆将军关心。"

承影应了,也不多说,别了李文山,纵马回杭州城复命。

陆仪听了承影的禀报,想了一会儿,转身进了二门,请见秦王。

秦王书房门关着,陆仪惊讶地看着垂手侍立在门口的众小厮内侍,指了指屋里:"王爷不在?"

"王爷在,说要静心想些事,吩咐小的们都在外头侍候。"内侍可喜的声音压得不能再低了。

"怀慈来了,进来吧。"屋里传出秦王的声音,可喜急忙掀起帘子,让进陆仪。

"又有什么大事?"秦王两只手架在书桌上,面前空空如也,看着陆仪,带着几分不耐烦。

"不是大事。"陆仪恭敬见礼,"早上李文山急匆匆离开书院,我看他神情仓皇,就让承影跑了趟横山县,问问他出了什么事,刚刚承影回来说……"

陆仪一边转述承影的回话,一边看着秦王,见他听得十分专注,接着道:"……李学明这两个师爷,我听李文山抱怨过几回,说劣迹斑斑。这次帮着善后的秦先生,叫秦庆,和李学明长兄李学璋相交多年,是幕僚也是朋友。早两个月前,秦庆就到了李文山身边,说是指点学问文章,可他只考出了个秀才,真正擅长的是实务和……"陆仪顿了顿,"一些不上台面的小手段。"

"倒卖常平仓存粮?"秦王两根手指捏着下巴,眯着眼,"这是个圈套吧?"

陆仪笑起来:"我也是这么想,那个秦庆,和罗帅司身边那三位参议,关系都很好。"

"你说,李文山知道多少?他不可能不知道,说不定……"秦王换了两根手指捏下巴,一脸的兴致盎然,"这个李文山,我倒小瞧了他,他今年多大?十五?十六?这就敢算计他爹了,这可不是憨厚人干的事……"

"面上憨厚而已。"陆仪笑接了句。

"李学明病得重不重?"秦王突然问了句。陆仪带着几分谨慎:"承影说李五郎面色如常,看样子病得不重。"

"大约也不轻,你跟关铨说一声,请个好大夫去一趟横山县,别说是我的意思,这是你托付他。"秦王吩咐了句。陆仪笑应了,告退出来,径直去寻关铨。

关铨正在演武场,虎着脸盯着一帮细皮嫩肉的殿前司侍卫练对打,见陆仪招手寻他,交代了副将几句,出来和陆仪进了议事厅。

"就几句话。"陆仪多看了几眼那帮练得苦哈哈的殿前侍卫,"横山县李县令病了,你能不能请个好大夫往横山县走一趟?横山县小,听说没什么好大夫。"

"病了?病得重?"关铨惊讶之余,很是担忧。

"应该不算重。"陆仪含糊了一句。

"这是……王爷?"关铨是个精明人,

陆仪忙摇头:"是我。李文山是个厚道人,我很喜欢他,还有他那个妹妹,五六岁的小娃娃,懂事得让人心疼。再说托付到你这里,又十分便当,没别的,你别多想。"

"那好,你放心,我这就让人去请。"关铨听陆仪这么说,答应得十分干脆。

关副使请的杭州城名医赵大夫到横山县时，李漕司的小儿子李文松，也陪着江宁府名医黄大夫到了横山县衙。

两位大夫各自把了脉，客客气气地商量了脉案药方，由秦先生陪着吃了顿饭，各自回去。

杭州城来的赵大夫，李文山和秦先生不约而同地含糊了是谁请来的这件事。

李县令没多想，一来他病着，确实精力不济，二来听说他病了，老大竟然打发儿子亲自陪着大夫，从江宁府连夜赶过来，这事正让他既感慨又感动，以至于心神震荡到顾不得想别的事了。

黄大夫先回了江宁府，李文松多留了一天。李县令如今这心境和从前大不相同，看着只比李文山大一岁的李文松，越看越觉得亲切难得。

"你阿爹最近可还好？"李县令这会儿很想和这个几乎是头一次见面的侄儿好好聊一聊，可真开了口却十分生疏别扭。

"阿爹很好，就是忙得很，有时候一连两三天、三四天都见不着他一面。"李文松性子随和，脾气极好，不笑也是一副笑模样。

"是该忙得很。"李县令努力要显得随意些，却不怎么会说话，"我不过做了这个小县县令，从到任到现在，就忙得四处生烟。你阿爹领了整个江南东路，还要顾着江宁府地方政务⋯⋯好在你阿爹能干，比我是强多了。"

李县令是努力要和李文松好好说说话的，可这话说出来，怎么听都是一股子扑鼻的酸味儿，连旁听的李文山都觉得实在太尴尬了。

"大伯历练过好些年的州县政务，这历经过的，跟没历经过的，肯定不一样。当年大伯头一回做知县时，肯定也和阿爹一样不容易。"李文山头一个反应是替阿爹往回圆。

"五哥儿说得是，我阿爹也常这么说。阿爹说三叔初领地方实务，就是离太后和王爷驻跸之地这么近的横山县，十分不容易。阿爹说过好几回，说三叔领的这横山县，虽说是不足千户的小县，但这会儿治理起来的繁难要紧，其实一点儿也不比附郭京城的畿县差，三叔能支撑下来，很不容易。"

李文松脾气好会说话，几句话说得李县令露出笑容，李文山也暗暗松了口气。

"你阿爹起步早，又顺当⋯⋯"李县令的话刚开了个头，自己也觉出不对了，忙顿住，却又不知道怎么往下接转才好，尴尬片刻，轻轻咳了一声，干脆转了话题，"你⋯⋯翁翁，可还好？"

"很康健，前儿还捎信来，问阿爹见到三叔没有。"李文松的话有些含糊。

李县令眼眶微湿："阿爹最疼我……"

李文松瞄了李县令一眼，目光躲闪，笑容里透着尴尬。翁翁和二叔的信，都是他替阿爹看信写回信的。翁翁的信里，把三叔骂了个狗血淋头，让他阿爹跟罗帅司说一声，找碴儿摘了三叔的职衔，省得给他丢人现眼……

李文松不好往下接，李文山听阿夏说过，他这个翁翁，从来就没疼过他们，听阿爹这么说，拧着眉头犯嘀咕。

李县令却在想象着想象中那个疼他爱他的阿爹，屋里又尴尬无比地沉默了。

"你阿爹这么忙，还操心替我请大夫这样的小事，有劳了。"李县令打破沉默，可这话说得……

李文山牙疼般歪着嘴，他从前怎么没发现他爹这么不会说话呢！

"三叔言重了。"倒是李文松还好，大约来前，他爹他娘都交代过，早有准备，"阿爹常说，他和二叔、三叔兄弟一体，一荣俱荣，一损俱损……"

李县令听到"一荣俱荣，一损俱损"几个字，不知道触动了哪根心弦，心里一时百味俱全，呆怔得竟然没听到李文松后面的话。

"是，是！"感觉到耳边突然安静了，李县令急忙点头，"你阿爹说得对，是一荣俱荣……是我糊涂……"

李县令心乱如麻，五味俱全，愧疚酸涩得不能自抑："山哥儿，你陪……你们去吧，我累了，我……歇一会儿。"

李文松没多逗留，第二天一早就回江宁府了。李文山送走李文松，进去侍候李县令吃了汤药，出来去寻秦先生。

秦先生坐在廊下，正悠闲自在地沏茶喝茶，见李文山进来，招手示意他坐下，递了杯茶过去："你阿爹好点儿了？"

"好多了。"李文山从里到外透着轻松。解决了内外两件大隐患，他觉得从此就是云开雾散、一马平川。

"有件事。"秦先生看着轻松地连抖了几下肩膀的李文山，觉得又好笑，又有几分感慨，这就是明媚飞扬的少年时光，"有几天了，这一阵子事太多，我就暂时没跟你说，是钟婆子的事。"

李文山赶紧咽下嘴里的茶，眼睛都瞪大了："她又怎么了？"

秦先生见他这个反应，笑起来，内宅那位徐太太，守住了嘴，看样子是个能立起来的。

"钟婆子搭的那条船，过江时遇到狂风暴雨，船翻了，失踪了好些人，钟婆子也在其中，到现在……已经七八天了，看样子是找不到了。"秦先生语调沉缓。

李文山大睁着双眼，瞪着秦先生，张了张嘴，又张了张嘴，好一会儿才说出话来："怎么……真是……不测风云……"

"是啊，这就是天有不测风云，大河大江，本来就风险极大，船工不易。"秦先生带着几分悲悯，感叹了几句，从身后拿出只半旧小包袱，"这包袱里，是钟婆子的细软，前天送回来的。我查看过了，一共两万七千余两银子，都是京城德隆老号的银票子，用油纸包得十分严实，完好无损。"

秦先生将小包袱放到李文山面前，李文山定定地看着那个小包袱，无数疑惑的泡泡咕嘟咕嘟冒上来，又自己炸开消失。

"一大笔银子，也怪不得你们兄妹连件新衣服都穿不起。"秦先生看着李文山磨得起毛的袖口。

李文山不看那个小包袱了，抬头看向秦先生："先生说得对，所谓咎由自取，天道轮回，因果报应。"

"嗯，这银子，你有什么打算？"秦先生看着李文山问道。

李文山扫了眼小包袱，有几分纳闷，能有什么打算？当然是拿回去给阿娘了……

不对！这银子给了阿娘，那阿娘是不是就得告诉阿爹，那阿爹……

"这事，阿娘知道吗？阿爹呢？"李文山拍着包袱。

"你阿娘早就知道了，你阿爹……大约还不知道这事吧，毕竟，你阿娘连你都没说。"秦先生笑起来。

"你阿娘很不错，这银子，我的意思，拿给你阿娘吧。跟她说一声，别死放在手里，让人往京郊置个小庄子，写进你阿娘嫁妆里。这些银子，只怕一多半都是从你阿娘的嫁妆里偷出来的，再还回去，是正理儿。"

"好！"听秦先生这么说，李文山爽快无比地答应了。

"还有，提醒你阿娘一句，要留心营生的事，你往后……总不能事事找你大伯要银子。像你上回说的，伯府的银子，都是你太婆的嫁妆，你大伯和大伯娘都是极明理的人，可你太婆，还有你翁翁，可不算是很明理，还有你二伯。你们小三房，要自己立起来。"

这几句话，听得李文山心里一股热流，急忙站起来，长揖到底："先生的话，我都记下了，先生放心。"

秦先生跟着站起来，长揖还了礼，让着李文山重新坐下，两个人又说了一会儿常平仓,以及两浙路官场的闲话,李文山告辞出来,拎着小包袱进了内宅,先去找李夏。

李夏一张张慢慢翻着包袱里的银票子,脸色很不好看。

阿娘的嫁妆统共只有两万银子出头一点点,阿爹离开伯府去太原时,从府里分了将近一万两银子,现在,这个包袱里就有两万七千多……

阿爹做太原府教谕时,俸禄微薄,阿娘的嫁妆,现在还有两处小庄子……

"这银子太多了!"李夏错着牙,"光靠从咱们家往外搬,最多也就能有这一半。钟婆子必定是打着阿爹的旗号,想尽一切办法谋利捞钱,才攒了这么多,看这银子数,肯定已经谋了十几年了。收受贿赂枉断人命的事,这背后的主谋,说不定就是她!"

李文山听得眼睛都瞪圆了,呆了好半天,猛地一跺脚:"刚听说她死的时候,我还难过了一会儿!这个王八婆子!死得好!该死!"

"你把银子拿给阿娘吧,别多说,看看阿娘怎么做。"李夏阴沉着脸,将包袱包起推给李文山,"我到后园转几圈,闷得慌。"

徐太太收了那个小包袱,如捧着旺炭一般,直到半夜,才悄悄叫进洪嬷嬷,也不敢点灯,和洪嬷嬷咬着耳朵,说了小包袱里两万七千多两银子的事。

"太太打算怎么办?"洪嬷嬷顾不得感慨愤然以及其他,屏着气,紧盯着徐太太问道。

"她落水的事,老爷还不知道,要是说起这银子,那事就瞒不过去。"徐太太其实已经有了主意,可这主意实在太违背她十几年的原则了,这会儿,她心里充满了自责愧疚忐忑以及丝丝恐惧,"要是……这银子可不少,就怕瞒不过去。"

"太太,老爷是个什么样的人,太太这十几年还没看清楚?家里少了两万多银子,老爷觉出来没有?太太也……唉。"洪嬷嬷话没说完,就想起来了,这话不能多说了,老爷没觉出来,太太也没觉出来……

"嬷嬷,我知道是我不对,可……"徐太太口齿含糊,另一股这几天才有的愧疚,瞬间压住违背三从四德的愧疚,压得她几乎抬不起头。

"不说这个了。当初,老太太把我指给太太,跟我说,让我全心全力扶助太太。唉,这些年……算了不提了,我就直说,这银子,太太悄悄收好,慢慢贴补家用,又不是一次拿出来,老爷怎么能知道?"

"我也这么想。"徐太太立刻松了口气。

"太太，五哥儿大了，你也看到了，哥儿才这点儿大，就比老爷强得多了。往后，太太有什么事，只和五哥儿商量就行，正好让老爷专心做官，这也是为了他好。"洪嬷嬷接着劝了句。

这句话直直地落进徐太太心里，落地就生了根。

可不是这样，这话老爷也说过不止一回：山哥儿比他强多了！

杭州城外明涛山庄。

秦王进了他那间五开间的书房，瞄了眼长案上堆着的厚厚一摞文书，哼了一声，转身出来，坐到了廊下摇椅上。

金拙言跟在黄太监身后，从垂花门进来，秦王斜看着两人，等两人走得离他五六步时，抬眼看向屋檐。

"王爷，太后吩咐，让金世子和王爷一起，听老奴说说这几天两浙路的事。"黄太监淡定中带着几分无奈，侧身示意秦王进屋。

秦王两只眼睛继续望着屋檐，仿佛没听到黄太监的话。

金拙言站过去，伸手挡住他的视线："爷，进屋说话吧。"

秦王悻悻然站起来，背着手进了屋。

"这些天，两浙路的大事，只有常平仓核查这一件。罗帅司十分尊重漕司和宪司，漕司郑志远往户部一天一报。宪司林明生，往兵部也是一天一报。关铨说，他的军粮军需，从没耽误过……"

黄太监语气和缓平淡，秦王两只眼睛看着屋顶的藻井，也不知道听到还是没听到，金拙言却听得十分专心。

"……两浙路各府县，都查得十分认真……这是今天的朝报，江皇后生辰没几个月了，礼部上了折子，说虽然不是整寿，可今年立了太子，又是风调雨顺，大吉之年，皇后生辰，应该好好庆贺庆贺。皇上也觉得应该好好贺一贺，两浙路也派了不少要上贡的东西，旨意半个月后就该到了……"

黄太监不管秦王听不听，只管仔仔细细将要讲的说完。

看着黄太监垂手退出，秦王啪地将手里的折扇拍在长案上，伸手啪啪啪地拍着那摞子折子，一脸的愤愤和郁闷不解："你说说，非得让我看这些干什么？我一个闲散王爷，还不能算成年，我看这些干什么？这简直……"

后面的话，秦王没敢说出来，让他熟悉政务，是要干什么？他这样的身份，难道不就是要闲散一辈子才最好？

金拙言紧绷着一张脸，迎上秦王的目光，立刻又移开了。

"你这是什么意思？难道你也觉得我该像……熟悉政务，插手地方？"秦王含糊掉了"太子"两个字。

金拙言垂着头点了点。

"有什么事瞒着我？"秦王敏锐地觉出了什么，站起来，紧盯着明显不对劲的金拙言。

"没有。"金拙言拧过头，生硬地答了句。

"没有？"秦王哈的一声笑，金拙言的脖子又往旁边拧了拧，只拧得别扭无比。

秦王往旁一步，站到金拙言眼前，伸手指往后按着金拙言的额头："你这样子，叫没有？"

"王爷是还没成年，可也差不多了。"金拙言把头拧到另一边，"要照我的意思，该让王爷知道的，都该告诉王爷了。可这事我做不了主，我问过阿爹，阿爹说是太后的意思。"

"什么事？"金拙言的话，听得秦王后背一点一点凉起来。

"我不能说。"金拙言拧着头不看秦王，"这是太后的吩咐。"

"学习政务也是太后的吩咐？"秦王声音有点干涩。

"你也想到了，对吧？"金拙言听出了秦王声音里的干涩，扭回头，直直地看着他，"你早就觉出来了，只不过不敢想、不敢信，是吧？我也是。"

秦王盯着金拙言，紧紧抿着嘴唇，脸色一点一点白起来，一言不发。

金拙言和他对视了片刻，移开目光："我先走了。"交代了一句，不等秦王说话，金拙言转身就走。

秦王呆呆站了好一会儿，转身出门，直奔金太后住处。

第十章 吃糖吃糖

横山县衙,李夏和五哥李文山并肩坐在二门台阶上。李文山一只手里托着半只石榴,一只手里拿着个小竹碗,李夏掰着一块石榴,不时伸头把石榴籽吐到李文山手里的小竹碗里。

"阿夏,现在我觉得可轻松了,总算能安心读书了。"见李夏吃完了手里的石榴,李文山再递一块石榴给李夏,不时耸动几下肩膀,看起来轻松惬意极了。

"嗯,"李夏往嘴里塞着石榴,"那个郭胜,得好好看看,不过,他是朱参议荐来的……你说得对,至少三两年里,能轻轻松松。"

阿爹在这横山县任上,上有罗帅司照顾,下有朱参议那个外甥,这一任轻松得很,以后……嗯,得好好看看阿爹,她总觉得,阿爹不是块当官的料……

隔天,李文山赶回万松书院,李夏带着小九儿,一有空就往前衙跑,看阿爹处理公务,看新来的两个师爷。

从头一回看见李夏溜进前衙起,郭胜就不动声色地留意她的一举一动。

她走到哪儿都带着那个叫小九儿的小丫头,两个小丫头倒是都不讨人嫌,也很有眼色,在前衙来来往往,从来没碍过事。

这么大的小丫头……也是该这样懂事了,毕竟是书香门第,孩子们的规矩都教导得不错……

暂时瞧不出什么不一样的地方,可凭直觉,他总觉得这位阿夏小姑娘,很不一般……

李夏看了一阵子，心里有了些数。

这么个小县，不足千户，上头能多照应就有多照应，常平仓核查之后，就几乎没什么事了，阿爹这个横山县令，真真正正轻松无比。

两个师爷，大伯送来的陈定德擅长钱粮，郭胜就做了刑名。

李夏冷眼看了大半个月，陈定德是个能力有限的老实人，不过，做这横山小县的钱粮师爷，那还是绰绰有余的。

郭胜是秦先生替五哥网罗的人才，暂时放在县衙里照看阿爹，这样的人，李夏没指望一时半会儿能看透他，相反，她时刻留心着避开他。

能让秦先生推崇备至的人，必定极其精明，她是个有大秘密的人。

小县虽小，事情还是有那么几件的，安静了大半个月，就有讼案来了。

告状的来了一大堆人，老老少少，男男女女，哭着喊着骂着一起挤上公堂，两旁衙役棍头捶地，"威武"喊了好几遍，也没能让他们安静下来。

李夏带着小九儿，躲在那排肃静回避的牌子架后面看热闹。

这个位置，既能看到她阿爹，又能看到那两个师爷，以及对面的衙役，和在堂上哭成一团的原告和被告。

借着这案子，她要好好看看她爹，以及那位郭胜郭师爷。

李县令被堂上怎么也压不下去的哭声骂声叫屈声指责声吵得紧皱着眉头，惊堂木啪啪啪拍了七八下，堂上总算稍稍安静了一点，至少他说话，大家能听到了。

"尔等所为何事？"李县令这一句声调姿态都相当威严的问话声音没落，堂上再次喊成哭成一团，所有的人都在说话，都是哭喊叫屈。

李县令下意识地抬手揉了把脸。李夏看着她爹，在肚子里一声接一声地叹气。

郭胜的注意力都在堂上的那群人身上，李县令没能控住场这事，他好像没留意到一般。

李县令再次拍起惊堂木，这一回，直拍了十七八下，堂下才又稍稍安静了些。

"谁是原告？往前……"李县令话没说完，堂上的人一起叫起来："……青天大老爷啊，小民是原告……"跪了满堂的，全是原告。

"都别吵！都别吵了！"对着再次狂号咒骂痛哭起来的台下这一堆人，李县令头大如斗，惊堂木也不用了，两只手一起拍在公案上，直拍得公案上的签桶乱跳。

"县尊有令！再有妄哭妄喊者，打十棍子！"见几根令签从桶里跳下来，郭胜骤然一声高喝，声色俱厉。

两边的衙役都是受过训练的，立刻将手中的水火棍猛击地面，齐声暴喝："县尊有令！"

堂上立刻鸦雀无声。

李夏叹气得不能再叹气了。

"你们谁是原告，谁是被告？"李县令长舒了口气，扶住签桶放正，点着台下问道。

话音没落，堂上再次喧嚣声起。

"大老爷啊，小民是原告，告他……"

"县尊，小民才是原告，他是被告……"

堂上每一个人，都说自己是原告，指着这个那个，说要告他告他们。

李县令傻眼了，赶紧再拍公案，这一下，衙役们不用郭师爷再喊了，立刻水火棍击地一声暴喝，止住了吵闹。

郭胜仰头看了眼屋顶，吸了口气，冲李县令拱了拱手："县尊，容在下先问几句吧。"

李县令呆了下，郭胜不等他答话，指着跪在最前的锦衣中年人："你先说，其余人等不许发声，否则打五板子，你说吧。"

"是。"锦衣中年人膝行两步，"小民张旺，求大老爷做主，大老爷，小民冤啊……"

张旺连哭而诉，直说了一刻多钟，总结下来就一句话：张旺和他那个同一个爹同一个娘的亲弟弟张才分家不均，告状来了。

李夏蹲在牌架后，手托着腮，郁闷无比地看着满堂的冤民，和高台上她那个一边听还一边问几句细节的阿爹。

看她爹这副清官样儿，这桩家务事，他铁定是断不清的……

哥哥张旺说完，李县令又让弟弟张才说话，等两人都说完，李县令又问了几个族老，再调分家单子，对着分家单子拧着眉头仔仔细细地看……

李夏无语得已经不想无语了，郁闷又担忧地看着她爹，瞧这样子，她爹想亲自主持，来分这个家了。这一对兄弟，这个家，无论怎么分，那都是分不均的……

"县尊，兹事重大。这张家兄弟和诸人，已经跪了一个多时辰，几位族老上了年纪，可否暂时退堂，让几位族老略歇一歇？"

郭胜拱手冲台上的李县令建议，眼风扫过牌架，两个小丫头，一个蹙眉嘟嘴看起来十分郁闷无奈，一个大瞪着双眼、一脸的新奇兴奋……

李县令急忙点头，他正想着，找个什么借口跟两个师爷一起看看这分家单子，究竟哪儿不公，该怎么分才公道……

李县令拎着分家单子回到签押房，李夏急忙奔过去，揪着她爹的衣襟跟进屋。

郭胜跟在李县令身后往签押房进，眼风扫过李夏，只扫了一眼，就不敢再多看，只装没留意到她。

陈定德是被李县令招手叫进去的，他没打算进去，他分管钱粮，这刑名的事，看看热闹就得了，轮不着他管。

不过，李县令对他的信任远远超过对郭胜。这种信任，七八成是因为他年纪够大。陈定德四十多快五十的人了，相较于比李县令还小了一两岁的郭胜，李县令觉得他肯定比郭胜有本事得多了。

李县令坐到长案后，将单子推到陈定德面前："先生看看，这分家单子上有几家庄子铺子，都说不公，大约就是因为这个。这庄子铺子好不好，确实极有说头，只怕得现场察看了才能知道。"

陈定德微微欠身，专心地听，听一句赞赏地点一个头，却伸手过去，将单子推到了郭胜面前，刑名他可不在行，断案子可不是容易事。

"东翁。"郭胜扫了眼靠在李县令腿上的李夏，"这案子，张旺和张才都自称原告，几个族老抱怨连连，说不管族里怎么分，两兄弟都说不公，可见这分家，不是不公，而是不忿。不管怎么分，两兄弟都会觉得不公，觉得自己亏了。"

郭胜说一句，陈定德点一下头，捻着胡须，一副忍不住要击掌叫好的样子。

李夏暗暗松了口气，这个郭胜，十分明白，也敢说。敢说这一条，最难得。

李县令愣了："那这……"

"东翁一会儿升堂，分别问这两兄弟，是不是觉得自己这一份亏了，对方那一份占了大便宜，必定都说是，东翁就把这分家单子，换一换判给他们。"郭胜说得十分详细，这位李县令真不能算聪明人。

"这也太儿戏了！"李县令脱口叫道。

"东翁，清官难断家务事。这桩分家，不是不公，是不忿，让这兄弟俩无话可说，这案子就断清了。当然，东翁身为父母官，这样不亲不睦的兄弟两个，东翁要好好训导几句才是。"郭胜看了眼陈定德。

陈定德领会得快极了，立刻呵呵笑道："这叫巧断，郭兄不愧是门里出身，行家里手，高明至极，实在是高明至极！令人赞叹！"

两个师爷意见一致，虽说李县令觉得还是太儿戏，心里十分惴惴然，可好在，他是个自视不高、能听人言的,即便十分不情愿,还是勉强点了头。

李县令重新升了堂,换了分家单子,两兄弟面面相觑,你看我我看你不停地眨巴眼,倒是几个族老反应快,磕头高喊李青天。

李夏看完整桩案子,带着小九儿,一边叹气一边欣慰地往后宅回去。

叹气的是她爹真不是当官的料啊,欣慰的是这个郭胜,十分难得。

怪不得秦先生要用五哥的前程邀请他,这样的人,阿爹是用不起的。

李文山安了心,不再动不动就往家里跑,这一趟一直待到十月一开炉节这天,书院放了两天假,才赶了回来。

李县令一家客居横山县,不用出城祭扫坟茔,也就是在家里上了炷香,晚上饭菜丰盛了些而已。当然,哪怕不是开炉节,李文山回到家这件事,已经足够让饭桌上格外丰盛了。

傍晚,李文山和李夏并排坐在菜地旁的石凳上,看着站在钟嬷嬷住过的那间屋子旁边,一脸怔怔出神的李县令。

"阿爹……"李文山冲着他爹努了努嘴,"秦先生说阿爹太重情了,略有些优柔寡断。对了,秦先生还说,梧桐不能长留,不过也不能太急着打发,你看呢?"

"嗯,"李夏眯眼瞄着她爹,"你有空点一点梧桐,让他得空儿就跟阿爹说说钟婆子那些事,留着也不能白留。唉!"

李文山咧着嘴差点笑出声,拍着李夏的头:"留着不能白留,阿夏你这是石头里面也要挤点油……咦,你叹什么气?现在还有什么好叹气的?看看咱们家,现在多好,大难肯定过去了,难道梧桐……"

"不是。"李夏又烦恼地叹了几口气,"不是梧桐,那案子不是大事,我叹气,是叹阿爹。五哥,你不知道阿爹有多笨!"

李夏嘀嘀咕咕将那桩分产的案子,连带其他几件小事说了:"……阿爹就是个书呆子。唉,也是,从小被钟婆子当狗一样养大,那府里又都是只教坏不教好的,书本上没有的东西,没有人教,也没有能跟着学的人,阿爹又笨。唉!也不能全怪他。"

李文山听得一个劲儿地挠头。

"还有,阿爹那双眼啊,真是白长了,有跟没有一个样儿,他眼里就是陈师爷好,他怎么能看陈师爷比郭师爷好呢?真是把我给闷死了,你说他是从哪儿看的?这就不说了,有眼无珠的人多了,也不少他一个。可他什么事都先跟陈师爷商量,什么事都得叫上陈师爷,这叫什么事?

"他手底下这两个师爷,是有分工的,连阿娘都知道……不是,连小九儿都知道,吃什么这事找唐婆子,要月钱这事找洪嬷嬷,阿爹怎么就不知道陈师爷只管钱粮,刑名是郭师爷的事呢?怎么能自己先混淆错乱了职责呢?"

李夏越说越气,小胖手拍着胸口:"五哥,我真是要被阿爹气死了,幸亏这两个师爷后头都有人,两个师爷也都知道对方的底细。阿爹乱来,两个师爷不乱来,要不是这样……唉,怪不得从前……就阿爹这样的,没有祸也得招来一堆祸!"

李文山听得连连眨眼,李夏生气,他却愁上了:"那怎么办?秦先生说过,这地方官最不好做,入主中枢须得历经州县,就是因为地方官不好做,一不小心就是大祸,阿爹这样……"

"唉,这一任肯定没事,上头这么照应,不能再照应了。衙门里两个师爷又是这样,阿爹就是一摊烂泥,也照样能架成神像,阿爹比烂泥总归好一点。就是下一任……我是发愁下一任。"李夏托着腮,一声接一声地叹气。

阿爹官位太低,对五哥和他们兄妹几个都大大不利,可阿爹这样,怎么往上走?就算往上硬走上去,这风险也太大了,唉!

"这一任还有两年多呢,阿爹又不笨,就是以前没经历过,两年多说不定就学出来了呢?你说是吧?"李文山说是安慰李夏,其实倒不如说是安慰自己。

"你说得对,反正想也没用。"李夏垂头丧气。

从前五哥总说阿爹怎么怎么好,她一直以为,那桩案子是阿爹被人坑害了。现在看,她这个阿爹,哪里用得着别人坑,他自己坑自己就足够了。

秦先生在杭州多待了一天,往罗帅司等几处送了暖炉礼,和几位旧友聚在一起,吃了顿暖炉酒,各处打点应付好,才不紧不慢地赶到横山县。晚上,又请郭胜和陈师爷吃了暖炉酒,直到夜色深垂,才回到自己租住的那间小院子。

刚净了手脸,换了居家舒适衣服,歪在榻上,掇着茶准备看一会儿书,小厮在门外禀报,赵大来了。

秦先生心里一跳,急忙吩咐请进来。

赵大赶得一头一脸的热汗,秦先生忙叫小厮端了热水沐帕过来,赵大洗了一通,又连喝了几杯茶,侧身坐在榻前椅子边,低声道:"事紧,就赶得急了些。"

秦先生听他这么说,忙示意小厮:"到外面看着。"

小厮退出,赵大接着道:"明家大少爷明天傍晚就能赶进杭州城了。"

秦先生一怔，一脸疑惑："他到杭州……"

"是去明州，采办江娘娘的生辰礼，从杭州弯一弯。"赵大低低解释了句。

秦先生释然，没说话，只看着赵大，等着他往下说。

"今天午后，老爷得了明大少爷明天进杭州城的信儿时，才知道咱们家三爷林哥儿，也一起跟过来了。"赵大带着丝丝苦笑，"老爷说，明大少爷绕道杭州城，必定是想见一见太后，至少见王爷一面，带上咱们三爷……"赵大看着秦先生，没再往下说。

太后带着秦王暂居杭州城，北上南下的官员，经过的绕道的，来请见的多如牛毛，可太后和秦王一个也没召见过。

明大少爷这一趟，带上了李家三爷李文林，这是有备而来了。

秦先生面色阴沉，沉默片刻，看着赵大问道："漕司是什么意思？"

"漕司说，请先生和五爷斟酌。"

"跟漕司说，我知道了。"沉默了一会儿，秦先生沉声应了句。

"是，我回去了，先生留步。"赵大站起来，拱手告辞。

秦先生背着手站在廊下，怔怔出了好一会儿神，才转身进了屋。

隔天一大早，李文山就被秦先生差人请了过去。

郭胜站在衙门口，看着秦先生的小厮从衙门口过去，不大会儿，李文山跟着小厮，急匆匆地经过衙门口。

郭胜进去衙门里，片刻，捏了只紫砂小壶出来，站在衙门口，背着一只手，慢慢啜着茶，好像在享受这清晨难得的闲暇时光。

也就两刻来钟的样子，李文山就回来了，拧着眉头，脚步急匆，看在郭胜眼里，有一种乳燕投林的感觉。

郭胜慢慢踱出衙门，看着李文山转个弯，往县衙后门去了，在衙门口踱了几步，慢腾腾转身进去衙门里了。

李文山进了县衙后门，连走带跑，一头扎进上房，没看到李夏，转身出来，三步两步往自己书房过去。

李夏正站在圆凳上，踮着脚尖够书架上面的一本书。

"阿夏！"李文山一声喊，吓得刚刚够到书的李夏差点摔下来，连摇了好几摇才站稳。

李文山绕过桌子，绕过椅子，一把抱住李夏时，李夏已经站稳了。

李文山把她放到书桌上，低头看她手里的书："这是什么？圣训？你看这干什么？最没意思的书。阿夏，有件要紧的事。"

李文山拧着眉头，拉过扶手椅，坐到李夏对面。

"大伯的事？"

刚才是秦先生把他叫过去的，李文山说有事，李夏头一个就想到了大伯。

"不是，也算是。"李文山将秦先生说的事说了，"……先生说大伯也是刚知道，立刻就打发人过来说了，说是大伯说了，让先生和我斟酌着办。"

李夏听了几句，一颗心就沉沉地往下掉，京城府里曾经跟明振邦这样亲近过？

她对现在这位礼部尚书明振邦知道得不多。明振邦和江家是姻亲，是最早也是旗帜最鲜明的太子党。立太子这件事，就是他的主导。治平十七年春闱，明振邦点了主考，放榜一个月后，明振邦被人揭出在春闱大肆舞弊。

那一年，正好皇上在年里年外生了一场不算小的病……

御史的弹劾折子上，说他居心叵测，有谋反之意。明家被抄家灭了族，她进宫时，明家早就凋零殆尽了。这桩舞弊案，太子一系损失惨重，甚至连累得太子差点被废，太子一系的由盛而衰以至覆灭，这桩案子是转折点……

今年是治平十三年，离十七年还很有几年，可又很近了。

李夏紧紧抿着嘴。大伯让五哥和秦先生斟酌着办，那就是说，李文林跟随而来，以及京城府里的态度，同样是大伯的态度，至少大伯不反对……大伯已经站进了太子党，附在了明尚书身边……

李夏只觉得后背一片阴寒，她不知道大伯曾经站进太子一党中。

从前那一世，大伯受阿爹牵连被贬，这会儿再看，那不是祸，是福……

她和五哥费尽心力让一家人躲过了初一，却迎来了十五！

"……阿夏？阿夏！你脸色不对，怎么了？"李文山正说着话，见李夏脸色苍白，心一下子提了起来。

"没事。"李夏想笑却没能笑出来，"你说你的，我听着呢。"

"真没事？"李文山站起来，转个方向，仔细看着李夏。李夏伸手推着他坐下："没事，你接着说，我听着呢。"

"没事就好。先生说，太后和王爷在杭州城住了将近一年，一个请见的官员也没召见过，明家大少爷肯定要请见，肯定知道请见也见不着，所以才把三哥带过来。三哥来，我总归要见一面的，不见说不过去。三哥见我，明大少爷当然也就见到了我，先生说，明大少爷大概会问我点什么话，或是让我给王爷捎几句什么话。"

李文山重新坐下，接着说了秦先生的话。

"你说得对，老三来，你不能不见。"李夏随口应了句。

大伯做事谨慎，甚至有些思虑过多。从前大伯被贬之后，就几乎和明振邦舞弊谋反一案全无瓜葛，那就是说，大伯站了队，但并不深入，至少现在还没有深入……

"……阿夏，三哥是个什么样的人？不知道他会问什么，要托我捎什么话，我是觉得不能捎话，不知道三哥会不会跟我恼。"李文山有几分发愁，这会儿的他，对京城伯府，对李家诸人，感觉相当地好。

"三哥……"李夏收回心神，"二伯是个志大才疏的，三哥嘛，才和二伯一样疏，不过，好在志不像二伯那么大。这话不能捎，你不用管他恼不恼，他问……"李夏顿住，得把大伯从太子党、从明振邦身边拉回来！她不能让他们一家前脚离狼嘴，后脚进虎口！

"五哥，明家大公子今天傍晚到杭州城，你明天一早就启程回去，先去找陆仪，把三哥跟着明家大公子过来这事告诉他，问他，要是三哥问起王爷，你该怎么说。"

李文山一怔，随即答应："好，那先生那边……"

"这事不用跟他说，五哥，明……"李夏话到嘴边，又咽了回去。

这些事不能告诉五哥，五哥毕竟只有十五六岁，又不是个心机深沉的，他藏得住话，却做不到不动声色。他身边那几个，至少陆仪和金拙言，特别是金拙言，都是人精中的人精，万一被他们看出点儿什么，那就是灭顶的大祸……

"怎么了？"李文山等了一会儿，见李夏不往下说了，追问了句。

"没什么，我是想跟你说。第一，大伯对咱们好，是因为大伯还算是个明白人，知道一荣俱荣，一损俱损的道理。第二，大伯是看中你入了秦王的法眼，以后前程无量，并不是真拿你当儿子、侄子那样疼爱。第三，伯府其他人，不像大伯和大伯娘这样明白。钟婆子的话，也有那么一两分是真的，那府里，确实有不少人是恨不能一巴掌把咱们一家子抹没了的，特别是祖父。"

"祖父？"李文山眼睛都瞪圆了。

李夏阴着脸嗯了一声。

李文山呆了好半晌，突然一声长叹："唉，阿爹真可怜。"

午初刚过，陆仪进了秦王的院子，穿过垂花门，就看到正屋门前，廊下摆着张小茶桌，秦王正和金拙言一边一个坐着喝茶说话。

金拙言还好，秦王看起来，整个人都笼在一层阴郁里。

见陆仪进来，秦王有几分懒散地往后靠进椅背里，看着陆仪问道："你不是说去看关铨练兵，要看一天？"

"一件小事，想着还是赶紧跟王爷禀一声。"陆仪在离秦王三四步远站住，侧身坐到檐廊下的鹅颈椅上，和秦王平视说话。

金拙言倒了杯茶，起身递给陆仪。

"刚刚李文山找到我，说永宁伯府老三李文林，和明绍平一起来了杭州城，传了话要见他。李文山问我，要是李文林问起王爷，他该怎么答。"陆仪接过茶，看着秦王，直截了当地禀报道。

秦王听得一根眉毛挑了起来，金拙言嘴角往下扯了又扯："果然是个面憨心鬼的。"

"李学璋一向谨慎有余……立太子这事，果然是件极能壮胆的好事。"秦王语带讥讽，"明绍平现在到哪儿了？"

"再有两个时辰，就能进杭州城了。罗帅司已经在庆丰楼备下了晚宴，给他们接风洗尘。"

"嗯，走，咱们去鸡笼寺吃素斋。"秦王站起来，哗地抖开折扇，一边往外走，一边盼咐紧跟上来的陆仪，"给他们透个信儿。还有，叫上李五。"

杭州城外四五十里的驿路上，一支车队正一路小跑地朝着杭州城赶路。

迎着车队，一人一骑狂奔而来，冲到车队一半，勒转马头，高声叫道："可是明爷的车队？小的奉郑漕司差遣，从杭州城过来，迎接明爷。"

靠前面的一辆大车帘子掀起，明尚书明振邦长子明绍平探头出来："是我，什么事这么急？"

"大少爷。"长随急忙催马靠近，俯身靠近明绍平，"漕司得了信儿，王爷中午要到鸡笼寺吃素斋，打发小的赶紧过来迎一迎，大少爷……"

长随话没说完，明绍平眼睛就亮闪起来，欠身问道："离杭州城还有多远？"

"还有不到五十里。"前面管事急忙答道。

"赶紧，停车！换马！"明绍平急切地盼咐道。

车队立刻停下，护卫牵了马过来，明绍平叫上李文林，一起上了马，带着十几个小厮护卫，跟着郑漕司遣来的长随，往杭州城疾驰而去。

不过半个来时辰，明绍平一行就奔到了杭州城北门外。

郑漕司已经带着人迎出城门外一两里，远远看着明绍平一行飞马而来，脸上透着喜色，急忙迎上去，也不下马，拱手见了礼，直截了当道："实在是机会难得，大少爷来得真是快，咱们赶紧走，从城外绕过去要快不少。"

明绍平额头全是汗，顾不得多寒暄："多谢漕司，赶紧走吧。"

一行人快马加鞭，绕过半个杭州城，直奔鸡笼寺。

一口气跑到已经能清楚地看到鸡笼寺了，明绍平勒停了马，掏出帕子擦着一头一脸的热汗，这一口气跑的，里面的小衣已经全部汗透了，却不敢多耽误。从得了王爷要到鸡笼寺吃素斋的信儿到现在，已经一个多时辰过去了，再晚一晚，说不定王爷就吃完回去了。

郑漕司也赶紧一把一把擦了汗，略略整理了下自己的衣着，再仔细看了几眼明绍平，替他理了几处衣服，这才一起勒着马，不紧不慢地到了鸡笼寺前。

下了马，明大少爷看着四周，心里就有些凉，这寺外空无一人，只怕王爷已经吃好素斋，回去了。

郑漕司一颗心也沉沉地往下落，也不吩咐小厮，自己跳下马，紧跑几步，一脚踩进寺门，迎面正好看到一个长眉老和尚，郑漕司忙稽首问道："法师，这寺里来用素斋的贵人走了没有？"

老和尚耳朵好像不怎么好使，侧头听着，双手合十，冲郑漕司连连点着头，一路后退，退进山门，一个转身，走得飞快。

郑漕司一时愣了，赶紧跟进去，只见老和尚正冲厢房门口站着的一个中年和尚用力挥着手。

中年和尚看到老和尚挥手的同时，也看到郑漕司了，急忙赔着一脸笑，一路小跑急迎上来，远远地双手合十见着礼："是漕司来了，小寺蓬荜生辉。"

"王爷过来用素斋没有？走了没有？"郑漕司没心情跟知客僧客套，直截了当地问道。

知客僧一个怔神，急忙欠身赔笑答话："一个多时辰前，打发人来说过，要过来吃素斋，让小寺准备几样洁净的斋菜，后来又打发人来说，不过来了。"

郑漕司的脸沉了下来，顾不上理会知客僧，急忙转身，明绍平已经跟进来，听到了知客僧的话，紧拧眉头问道："王爷去哪儿用午膳了？提到没有？"

"那倒没听说起，漕司也知道，贵人们身边侍候的人，从不多嘴。"知客僧赶紧赔笑答话。

明绍平转身和郑漕司一起出了鸡笼寺，郑漕司急急招手，叫过长随吩咐："赶紧去问问，王爷是回去了，还是到别的地方用午膳去了，快去！"

长随去了没多大会儿，就一路奔跑回来禀报："那边茶坊，说是看到一群锦衣华服的公子哥儿，好像商量着要去临安城还是横山县，茶坊掌柜说走的时候好像还没商量好，奔着临安城方向去了。"

横山县！明绍平眼睛一亮，下意识地回头看了眼累得扶着两个小厮、几乎站不住的李文林，再看向郑漕司笑道："听说王爷最爱吃横山县凭栏院的龙井虾仁？"

"是，这大半年，去了好几趟了，咱们赶紧走，王爷去横山县，李家哥儿必定陪着去了。"郑漕司说着，也看向脸色发白、一头一脸热汗的李文林，"大少爷真是想得周到。"

秦王一行，往鸡笼寺稍稍弯了弯，就直奔横山县。

一行人骑的都是千里挑一的良马，一气儿跑到横山县，也就一个来时辰。

到了横山县城外，众人放缓马速，长随管事纵马奔往凭栏院安排，秦王舒服地松动了几下肩膀，用马鞭点着李文山："去把你弟弟妹妹接过来，吃顿好吃的。"

古六噗一声哈哈笑起来，一边笑一边拍着李文山的肩膀："我没笑你……你快去……"

陆仪一脸无奈的笑，吩咐承影："你跟五爷过去，别多惊动了人。"

金拙言正在出神，不知道在想什么。

李夏看到热汗腾腾的五哥，吓了一跳，听五哥说秦王又到凭栏院吃虾仁来了，小眉头皱起，犯起了嘀咕，这个时候跑到这里来吃虾仁，中间还虚晃一枪去什么鸡笼寺……

嗯，去看看吧，这中间说不定有什么事，五哥这个粗心眼子，只怕看不出来。

秦王和金拙言几个，在凭栏院净了手脸，众小厮长随侍候秦王换下濡湿的衣服，秦王刚舒舒服服地歪到榻上，李文山就带着李夏和李文岚进来。

古六离得老远，就冲李夏和李文岚招着手，示意他俩过来。

金拙言站在暖阁里，慢慢摇着折扇，居高临下地看着牵成一串儿的三人。

陆仪迎出来，看着李文山一头一脸的汗渍，吩咐小厮含光："含光带李五爷去洗一洗，六哥儿和阿夏跟我进来吧。"

李文岚兴奋得两眼放光，眼里只有古六，冲着古六就跑过去。古六少爷是他的偶像。

李夏牵着陆仪的手，步子稳稳地进了暖阁。

秦王歪在榻上，抿着杯茶出神，仿佛没看到李文山带着弟弟妹妹进来。

李文岚围着古六转着圈仰着头，表现出全身的仰慕却又不敢多说话。

李夏看不下眼，又没办法，干脆一眼不看他，牵着陆仪的手，坐到摆满了点心果品的桌子旁，从陆仪拿到她面前的碟子里拿了块窝丝糖，一下一下专心地舔着。

金拙言看了一会儿，收了折扇，过来坐到李夏旁边，也拿了块窝丝糖，仔细看了看，再看看认真专注、一脸享受地舔着糖的李夏，举着糖和陆仪道："这有什么好吃的？你看她这样子，这有什么好吃的？"

陆仪失笑："世子爷，她才五岁。"

"这是糖，小孩子不能多吃。"金拙言又看了一会儿，放下手里的窝丝糖，从李夏手里抢过那块舔得一半黏黏糊糊的糖块，扔进碟子里，伸手拿过碟金丝乌梅放到李夏面前，"吃这个。"

李夏怯怯地看了他一眼，伸手抓了颗金丝乌梅，慢慢滑下椅子，又伸手拉住陆仪的衣服，躲到了陆仪身后。

李文山已经洗好进来，一眼看到一副胆怯模样躲在陆仪身后的李夏，忙伸手去抱她："阿夏没事吧？"

"那糖吃多了不好，我又没怎么着她。"金拙言羞恼交加，一脸愤愤，猛地抖开折扇，摇得哗哗乱响。

"我妹妹胆子小，世子爷煞气重。"李文山赔笑说了句，伸手拿了桌子上那碟子窝丝糖，牵着李夏走到暖阁一角的矮榻上，抱她坐好，将那碟子窝丝糖放到她怀里。

李夏看了五哥一眼，示意他自己没事，让他不用多管自己。

金拙言的愤愤更浓了，回身坐到秦王榻前的扶手椅上，啪啪地摇扇子。

秦王看着他的愤愤，心情却好像好了些，懒懒散散地站起来，在暖阁慢悠悠晃了几圈，坐到了李夏旁边，伸手从她怀里的碟子里拿了块窝丝糖，举起看着她："能不能让我吃一块？"

李夏点头，秦王将窝丝糖扔进嘴里。

李夏侧头看着秦王，将碟子挪了挪，往他那边放过去。

和上次她见他相比，他好像突然多了一层沧桑之意，眉宇间那抹阴郁浓得化不开。出什么事了？李夏心里狐疑顿起，他这个样子，这种变化，好像经历过什么大变一样。

秦王咬着窝丝糖，看着专注而困惑地看着他的李夏，挪了挪，上身往下塌，侧头看着李夏,尽力和她平视说话:"不认识我了?"

李夏点了下头,又赶紧摇头,细声细气道:"认识。"

秦王笑起来,抬手在李夏头上按了按:"真认识啊?"

李夏点头,当然是真认识,认得清楚得不能再清楚了。

"真认识?那你知道我姓什么?"秦王又拿块窝丝糖,学着李夏用舌尖舔了下。

"姓……"李夏有几分犹疑,她这个眼看着就要六岁的年纪,是该知道他姓什么,还是不该知道?六岁,好像也不算太小了,"程。"

"咦。"秦王一脸的不知道是真惊讶还是装惊讶,"你真知道?真聪明,谁告诉你的?你五哥?"

李夏点了下头。

秦王头往下低,仔细看着犹疑中带着丝丝胆怯的李夏:"你怕我?怕鹦哥儿?"秦王手指指向金拙言。

金拙言一根眉毛往上高高挑着,斜睨着秦王,隐隐有几分要错牙的意味。

她不怕他,她真怕金拙言,她没能掩饰好……在他们面前,要想完全掩饰住,一丝儿不露,好像不怎么容易……

李夏摇头,又点头。

"不怕我?"秦王指着自己的鼻尖,李夏点头。

"怕他?"秦王指向金拙言,李夏再点头。

秦王笑起来,看看李夏,再看看金拙言,再看一个来回,指着金拙言:"你看看你,把人家小姑娘吓成这样,吃块糖都得躲到这里。"

金拙言用力摇着折扇,拧头看向暖阁外,没理秦王。

"不用怕,有我呢。"秦王回头和李夏说话,李夏点了下头,接着专心舔她的糖。

"这糖……好吃?"秦王举着手里那块舔了两下的糖,再看看专注舔糖的李夏,十分不解,"真是小孩子。"

李夏不说话。

秦王举着糖,左看右看,小厮急忙上前,接过了那块糖,递过帕子给他净手。

"你知道他姓什么吗?"秦王看了一会儿,指着金拙言再找话题。和这么大的孩子聊天,他有点儿狗咬刺猬无处下口的感觉。

"金。"李夏迟疑了下,低低答了一个字。

"那他呢?"

"陆。"

"他？"

"古。"

秦王指了一圈，李夏答了三个字。

"你真聪明。"秦王由衷地赞叹了句。李夏用力将窝丝糖咬下了一块。

秦王问了一圈，又没话了，看着开始一块块咬着吃糖的李夏，看着她咬得香甜无比，看了好一会儿，叹了口气："我要是像你这么大就好了。"

李夏一个愣神，这话……意味深长……

秦王看着仰头看着他，不停地扑闪着长长眼睫的李夏，伸出手指轻轻碰了碰李夏的眼睫："听不懂了？我是说，像你现在这么大，多可爱。"

李夏揉了揉眼，接着咬窝丝糖，她是不怎么懂，他出了什么事了？

"金鹦哥儿说得对，这糖吃多了不好。"秦王看着低着头只顾咬糖的李夏，接着没话找话。

李夏将碟子往怀里拉了拉。

秦王失笑出声："你别怕，我就说说，你喜欢吃就吃。我小时候也喜欢吃糖，不过不是这种糖，下次我带一匣子给你，比这个好吃。"

李夏垂着头点了点，宫里的点心很好吃，可糖……宫里有糖吗？

秦王看着专心吃糖吃得看起来香甜无比的李夏，犹豫了下，伸手掂了块窝丝糖，扔进嘴里，慢慢嚼着，吃了一块，又拿了一块，这窝丝糖，味道好像还不错嘛。

李夏将碟子往秦王那边挪了挪，秦王吃了一块又拿一块，再吃一块，李夏远没有他吃得快，等李夏咬完手里的糖，再拿一块时，秦王伸手拿走了最后一块糖，正要扔嘴里，一看碟子空了，忙将最后一块糖又放回碟子里。

李夏无语地瞄着被他捏出了两个手指印的窝丝糖，将碟子举起来，连糖带碟子送到了秦王面前。

秦王呆了下，笑出了声，伸手捏起窝丝糖吃了，接过碟子，小厮立刻上前，从秦王手里收了碟子，奉上帕子净手。

金拙言从秦王开始吃头一块窝丝糖起，就高高挑着两根眉毛，一脸不敢置信地直直瞪着他，瞪着他吃了一块又吃一块，再吃一块，一直吃到最后一块。

金拙言看着小厮拿走碟子，看着秦王净了手，两根眉毛才一下子落回原位，啪地收起折扇，又哗地甩开，摇得飞快。

怪不得太后总嫌他没长大，真是没长大，跟个五岁的孩子抢糖吃，还抢赢了！

古六没留意，他正和李文岚一起研究一盆菊花。

李文山和陆仪说着话，见秦王坐到阿夏身边，心一下子提起来，瞪了片刻，见两个人好好儿地说话，这心也就安安稳稳地放了回去，又开始琢磨已经琢磨了一路的这一趟横山县之行，究竟是不是因为他问陆仪怎么跟三哥说话这事而起的⋯⋯

陆仪和李文山说着话，九成的注意力却都在秦王身上。

眼角余光瞄着他一块接一块吃光了李夏碟子里的糖，心平气和得无语至极，王爷这出息⋯⋯嗯，越来越出息了⋯⋯

趁着话空儿，陆仪叫过承影，低低吩咐了几句。

秦王净了手，看着李夏，等她咬完了手里的糖，示意小厮拿了帕子过来，笨拙地给李夏擦了手，又去擦嘴。

李夏郁闷无比地由着他重一下轻一下地乱擦，唉，她才五岁，五岁！

秦王又要了块帕子，再擦了一遍，头往后仰，仔细看了看，似乎颇为满意，将帕子甩给小厮，和李夏并肩坐着。李夏甩着腿，看暖阁外挂着的那只八哥跳来跳去叫个不停，秦王也看着那只八哥，看得出了神。

"王爷，时辰差不多了。"陆仪瞄着时辰，过去几步低声提醒。

"走吧。"秦王站起来，弯下腰刚要伸出手，李夏已经自己跳下来了，秦王手伸到一半，又缩回去，"下回我带糖给你吃。不过，糖不能多吃，这次就算了，以后不能再多吃了，听到没有？"

李夏垂着头，一下接一下地点头。

"不早了，咱们得赶紧，让承影送你弟弟妹妹回去吧。"陆仪看着李文山道。

李文山犹豫着看了李夏一眼，点了头："好，就烦劳承影了。"

承影带着两个小厮，将李夏和李文岚兄妹，以及一大匣子窝丝糖，一起送进县衙后宅，上马出了城，追上众人，往杭州城方向去。

明绍平和郑漕司一行，一路打马狂奔到横山县，直奔凭栏院，路上正好和送李夏和李文岚回县衙后宅的承影错过。赶到凭栏院时，凭栏院里，茶还温热，点心尚在，人却早已经走得没影儿了。

李文林累得有上气没下气，浑身上下疼得心眼里就一个"疼"字，哪还能想得起来这横山县衙里，还有个他三叔，他不好过门不入这件事。

明绍平和郑漕司见秦王等人刚刚离开，一门心思急急地想要追上去。一行人，谁都没想起来这横山县令是李文林他三叔这件事，都忘了个一干二净，不过，就是没忘，他们也顾不上了。

好在，李县令根本不知道这一趟的过门不入，他就不知道李文林到过杭州城。

夜色迷蒙，杭州城里，临着西湖，以风景绝佳著称的酒肆庆丰楼，今天被帅司府包了场，整个二楼几乎打通成一间，正对着西湖的一面并排摆着两张桌子。

楼上，这会儿已经十分热闹了。

罗帅司坐在旁边椅子上，和林宪司、王同知说着话，一壶接一壶地喝着茶。

王同知一边用尽全力说说笑笑，让气氛显得轻松，一边焦急地时不时瞄一眼楼梯口，再瞄一眼满屋的官员。

今天这楼上，这座杭州城里数得上的官员，除了正在练兵实在走不开的副使关铨，和说是去迎接明大少爷的郑漕司，其余的人都到齐了，已经等了大半个时辰了。

一个管事一头热汗跑上楼，径直走到罗帅司旁边，附耳禀报："帅司，到处都找了，郑漕司两三个时辰前，就到北门外迎着了。守门的厢军说，看到郑漕司接到人了，不过没进城，沿着城外往东去了。"

顿了顿，管事声音低下去不少："听说，王爷午时前后出的府，先说去鸡笼寺吃素斋，过寺没进，又往横山县去了。"

罗帅司凝神听着，脸上看不出什么表情："让人守在南门外等着，明公子到了，立刻禀报。"

管事答应一声，垂手退下。

林宪司斜看着罗帅司，晃着脚，似笑非笑地看着笑话。罗帅司只当没看见。

王同知听到了几句，脸上春风依旧，心里却忍不住替罗帅司尴尬，明公子人不到，好歹也要打发个人过来打个招呼，说一声吧。现在，是等，还是不等？不能再等了，王同知瞄着罗帅司的神情，再瞄一圈四周……

"时候差不多了，帅司，可以开宴了吧？我可饿坏了。"王同知收了折扇，在手上拍得啪啪响，假假地抱怨道，见罗帅司笑着站起来，急忙扬声招呼大家："都入座入座，今儿个帅司请咱们赏这西湖夜景，这机会可是难得至极。"

林宪司最后一个站起来，一边笑一边跟在罗帅司身后入座。

众官员几乎个个是人精，随着王同知的招呼，很快入座。努力说笑，活跃气氛，谁都没提明家大公子，不提罗帅司今天为什么请客，只努力说笑，就算不能化解，也一定要忽略掉那股子大家都感受到了的，其实是人人尴尬的愤然味儿。

宴席散得很早，回到帅司府，罗帅司在书房廊下站了好一会儿，吩咐去请姚参议过来说话。

晚上接风宴的事，姚参议已经听说了，进来先打量罗帅司的脸色。

"没什么事。"罗帅司示意姚参议坐，"明绍平往杭州弯这一趟，就是为了要见一见太后，或是见王爷一面，听说有机会，自然要赶紧过去，这没什么。"

"王爷怎么突然想起来要去这一趟横山县？"见罗帅司这么说，姚参议不再多提这接风宴没接着人的尴尬事，直入正题。

"我就是一直在想这件事，太后不说了，几乎没出过明涛山庄。"罗帅司顿了顿，紧拧起了眉头，"以往，有这样的事，王爷都是避在山庄内，连书院都不去，这一趟……实在是……"

罗帅司一脸苦笑，这放出话要去鸡笼寺吃素斋，到鸡笼寺过门不入，又故意露出行踪，去了横山县。偏偏他和明绍平，从横山县先后回到杭州城，前后也就差了不到一刻钟，这简直就是故意戏弄明绍平……

"就怕是有意为之。"罗帅司叹了口气。

"我也这么觉得，实在是……要是这样，东翁这一场可是真有点难堪了。"姚参议眉头拧成一团，"听说了这事，我就把咱们这一阵子的事，前前后后细想了一遍，还没能想出什么来。"

"就怕是咱们不知道的事，明天你去找一趟朱参议，让他找郭胜探个话。"罗帅司沉思了一会儿，低低吩咐姚参议。

姚参议答应一声："帅司放心，太后那里，帅司要不要走一趟？"

"得走一趟。前儿陆仪跟我说，王爷想练练拳脚，托我寻几个会做练武场的匠人，要在明涛山庄后园子里，铺一块练武场出来，正好当面跟太后禀报一声。"

姚参议点头，两人又低低说了一会儿话，姚参议起身告退。

秦王一行人，赶回杭州城时，已经是人定过后了，李文山跟着古六到古家暂住一晚，陆仪和金拙言一起进了明涛山庄。

金太后还没歇下，听秦王说去鸡笼寺上了香，又去横山县吃了龙井虾仁，这才回来得晚了，并不多问多说，更没有责备，只让他赶紧回去歇下。

秦王和金拙言回去歇息，陆仪跟着小内侍，进了金太后正屋，垂手侍立，等着回话。

"出什么事了？"金太后皱着眉头问道。

陆仪先将李文山找他问李文林要是问起王爷，他怎么答话的事说了："……哥儿说李学璋一向谨慎有余，立太子这事，果然是极能壮声势胆量的。之后就说要去鸡笼寺吃素斋，到了鸡笼寺，又说要去横山县吃虾仁。"

"明家那个小子，一路跟过去了？"金太后脸上看不出什么表情，声调里更听不出。

"是，一路紧跟，晚一刻钟进的杭州城。"

沉默了片刻，金太后语气有些沉缓："我看哥儿气色倒还好。"

陆仪抬头看了眼正看着他的金太后："哥儿从明涛山庄直奔鸡笼寺，一路上没停，直到鸡笼寺大门不远的茶坊门口，停了半刻钟，说不想吃素斋了，要去临安，或者是到横山县吃龙井虾仁也行。之后一气儿进了横山县，王爷让李文山去把他弟弟妹妹接到凭栏院，说是让他弟弟妹妹吃顿好吃的。"

正抿着茶的金太后一口茶喷回了杯子里，黄太监急忙上前接下杯子："哥儿这话说的……"

"李文山心粗胸宽，六哥儿，还有金世子，常和他开玩笑。"陆仪赶紧解释一句。

金太后哼了一声，示意陆仪接着往下说。

"李文山接了弟弟李文岚、妹妹李夏过去，王爷和李夏说了一会儿话，吃完了一碟子窝丝糖，就回来了。"

"那丫头今年五岁？"金太后脱口问了句，"哥儿跟她说话？"

"是，王爷问李夏知不知道他姓什么，又问她怕不怕金世子，怕不怕王爷，还问李夏知不知道六哥儿和金世子，以及下臣姓什么。李夏说怕金世子，不怕王爷，王爷和下臣等人姓什么，李夏都答了，之后就吃糖，没再说话。"

金太后看起来有几分哭笑不得，好一会儿，叹了口气："这孩子……"片刻，又叹了口气，"明绍平这事，哥儿怎么说？"

"哥儿说，既然立了太子，明家就该更加谨慎稳重才是。毕竟，皇上正当盛年，三十才出头。"陆仪的声音比刚才低而轻。

金太后凝神听着，仿佛舒了口气，嘴角笑意盈盈："以后，军务政务上，多跟哥儿说一说无妨。去歇着吧。"

陆仪答应一声，垂手退出。

金太后站起来，在屋里慢慢走了两趟，看着黄太监，脸上笑意盈盈："哥儿能看到这个，倒比我想的强了些。"

"哥儿是娘娘亲生的，哪儿会差了？"黄太监不知道想到什么，想笑没笑出来，只叹了口气。

金太后脸上的笑容也不见了,呆了一会儿,低低吩咐道:"往后,这两浙路的事,交到哥儿手里处置。咱们回京城前,他得长大,得是个大人。"

黄太监低低应了声。

第十一章 在下郭胜

横山县后衙,已经人睡灯熄。

李夏侧身睡在床上,听着外面风吹树叶的飒飒声,和冬初虫子低弱的呜呜声,心里被一团又一团乱麻般的焦虑烦躁堵成一团。

大伯不能站进太子党,更不能和明振邦走得太近,可她该怎么办?阿爹和他们家的事,还有下嘴的地方,大伯和远在京城的伯府,她怎么够得着?

她够不着,五哥也够不着。

还有秦王和太后,怎么会到杭州城住上了,为什么会有这个变化?是不是京城不是从前的京城了?今天秦王很不对劲,一副经历了大变的沧桑样子,他这个真真正正的天之骄子,哪有什么沧桑能让他体味?

这几天杭州城风平浪静……谁知道是不是风平浪静,即便有事,她也不知道。

借着月光,李夏看着自己胖胖的小手,只想大哭一场。作为一个习惯了手握权柄,有无数人手可以差遣的摄政太后,如今回到这个五岁娃娃的身体里,这种无力的感觉,难受得她时不时想大哭一场。

杭州城外明涛山庄,第二天一大早,明绍平就到山庄请见,金太后照例打发人问话关切赐茶,就是不见面,秦王打发小厮去书院告了假,这都是常例了。

明绍平在山庄门外磕了头,回到驿馆,李文林就赶紧拖着磨得血肉模糊的两条腿,去万松书院找堂弟李文山。

李文山没在书院，答话的老苍头一脸不耐烦，没在就是没在，他哪知道为什么没在。不等李文林再问，就咣地关上了门。

　　李文林憋了一肚子闲气，赶紧打发人去和等在得月楼的明绍平禀报，明绍平又赶紧打发人去找郑漕司和秦先生，打听李文山到哪儿去了。

　　秦先生没在杭州城，郑漕司得了不知道从哪儿传出来的信儿，说李文山昨天没跟着王爷回杭州城，这会儿还在横山县家中。

　　明绍平赶忙让李文林跑一趟横山县，把李文山带过来，他这个正牌钦差，这会儿再往横山县跑一趟可不合适。

　　李文林咬着牙上了马，跑到一半，迎面遇上优哉游哉往杭州城去的秦先生。听说李文山不在横山县，他下马就上了秦先生的车，横山县不用去了，直接往杭州城折回。

　　这一折腾，已经差不多午正了。

　　秦先生几句话就从李文林嘴里得知了昨天那一场几百里空跑的前前后后，该知道的都知道了，立刻就明白了，李文山这是躲开了，这躲开，只怕还是王爷的意思。

　　秦先生心里有了底，陪着李文林在临安城吃了顿丰盛无比的、只有临安才有的饭菜，又在临安城找了位跌打大夫，给李文林那两条磨得皮肉不全的大腿抹满了药膏，再上了车，一路慢慢悠悠进到杭州城，天已经黑透了。

　　明绍平在得月楼几乎枯等了一整天，一趟趟打发人往横山县跑，杭州到横山县，一来一回，最好的马，最快也得两个时辰。头一趟没找到人，第二趟也没找到，不过第二趟的人刚回来，李文林也到了。

　　明绍平对着浑身药味儿，两条腿上只盖了条薄被，一副痛得死去活来、苦情将军一般的李文林，气得头一阵接一阵地发晕。

　　第二天一大早，他们就得启程赶往明州，他这个钦差，日程都是定好了的。

　　秦先生坐在一辆最常见的桐木大车上，看着明绍平的车队出了杭州城东门，马儿们一路小跑走远了，才吩咐回去。

　　回到租住的小院，秦先生坐在廊下，看着地上落了一层的银杏树叶，出了一会儿神，叫了吉大进来吩咐道："你立刻去一趟江宁府，面见大老爷，跟大老爷说，五爷昨天午前回到杭州城，又陪着王爷去横山县走了一趟，大约是昨天回来得晚了，今天就没去书院。三爷去书院没找到他，以为他在横山县，在去横山县的路上遇到我，一起回到杭州城时，天色就很晚了，今天一大清早，三爷已经和明大少爷启程去明州了。"

　　吉大凝神听完，又重复了一遍，见秦先生点了头，垂手告退，出来牵了马，往江宁府去了。

李漕司打发吉大下去歇息，端坐在上首，脸色有些青冷。

坐了一会儿，李漕司起身进了后衙，严夫人见他脸色不对，忙打发了众丫头婆子，亲自沏了茶递给李漕司，看着他的脸色问道："出什么事了？"

"刚才秦先生打发吉大过来……"李漕司喝了半杯茶，缓过一口气，将吉大带过来的那番话说了，神情黯淡中透着一丝一丝的恼怒失落，以及别的说不清的味儿，"秦庆和我认识了二十多年，竟然……"

李漕司一声长叹，严夫人呆了一瞬，不怎么确定地问了句："老爷这话？秦先生？"

"嗯，秦庆已经投到五哥儿门下了。"李漕司脸上的黯然更浓。

严夫人有几分不敢相信，呆站了片刻，侧身坐到李漕司旁边，刚要说话，看着李漕司手里的杯子空了，忙起身重又沏了杯茶给他，再坐下，心里已经比刚才多转了几个弯："老爷，我倒觉得，这算是好事。头一条，您没看错五哥儿，咱们李家，下一代必定能青出于蓝，这是好事。"

"你说得是。"李漕司想笑，却叹了口气。这要是他亲生的孩子，那该多好。

严夫人心里也一阵阵酸酸的，很不是滋味，强笑道："第二条，秦先生跟老爷相识相交那么多年，秦先生什么样的人，老爷一清二楚，老爷什么样的人，秦先生也都知道，有他在五哥儿身边，总比别人强多了。"

李漕司没说话，慢慢叹了口气。

"不瞒老爷说，一想到李家下一代最出色的那个，不是咱们生的，我这心里……就是酸得厉害。我不像老爷，我这心胸上到底差了些，可酸归酸，大理儿我是知道的，从咱们大哥儿到五哥儿、六哥儿，都是亲得不能再亲的兄弟，都是一家人。"严夫人接着道。

李漕司又是一声长叹："人之常情，我也酸，唉。我倒不是因为这个，是想想秦庆……算了算了，不想了，当初秦庆让我给五哥儿挑人的时候，就放过话了，说那些人，以后都是五哥儿的人，让我想开些。我当时觉得，这怎么会想不开？我能因为这事想不开？真临到头上……唉！我没想到秦庆……"

李漕司一声接一声长叹，严夫人看着李漕司，跟着叹气。

"你放心，我也就是跟你说说这些话，疏散疏散，这些话也就能跟你说说。我能想开，当初秦庆主动要去……我知道，这都是免不了的，要是这人送出去了，还是我的人，五哥儿收服不了，那倒不好了。你放心，我想得开，就是有点儿……唉。"

"想得再开，难过还是难过。"严夫人接了句。

李漕司笑笑，笑到一半再次叹气，拍了拍严夫人的手道："你我夫妻，这心意相通……好啦，我不难过，你也别酸了，谁让咱俩没生出个好儿子呢。"

"瞧老爷说的，这都是命。"严夫人嗔怪了句，又长叹一声。低头看着和李漕司紧握着的手，心里没有酸，倒是丝丝点点的都是甜意。

老了老了，老爷与她，倒像是少年夫妻了……

两人沉默下来，屋里流动着一股子似甜还酸，甚至有几分旖旎的温柔气息。

好半天，严夫人有几分担忧地低低问道："老爷，林哥儿没能见着五哥儿，林哥儿那头，会不会？"

"没事，林哥儿跟老二一样，本来就是个没出息的，明绍平跟他从小认识，知道他不聪明，不会怪他。五哥儿这事处理得好，不知道是秦庆的点拨，还是他自己的主意，也不知道他怎么跟王爷说的。昨天他没在书院，也不在横山县，他能去哪儿？说不定，在明涛山庄呢，王爷把他护起来了。你看看这孩子，这么大点，这心眼多的，他运道又好，以后前程必定不可限量，也难怪秦庆这会儿就一头扑上去了。"

李漕司说着想开了，可这最后一句话，还是透着浓到扑鼻子的酸味儿。

隔天，李文山回到万松书院，好好念他的书去了，秦王和金拙言几个，却没去书院，依旧告假。

明涛山庄后园，小山上的暖阁里，秦王站在窗前，远眺着波光摇曳的湖面。

湖里，船娘们正撑着小船，清理湖中的枯荷残藕。

金拙言站在他身后一两步，神情冷峻，陆仪坐在暖阁门口的茶桌旁，专心焙着块茶饼。

"阿爹说，明振邦找过他三四趟了，对计相这个位子势在必得。"金拙言声音低沉，透着股子恼意。

"舅舅什么意思？"秦王沉默良久，问了句。

"不知道，阿爹没提翁翁什么意思。"

秦王问的舅舅，是金拙言的翁翁金相，金相以老成持重、温和公平、从不为私著称，有什么意思，大约也不会告诉儿子。

"你阿爹呢？什么意思？"秦王又沉默了，半响问了句。

"他没说，只说明振邦对计相这个位子势在必得，没提他自己是怎么想的。"金拙言看着还是一身沉郁的秦王。

"明振邦越来越过分了，不过，也不见得是坏事。他想要计相这个位子，照我看，就给他好了，好好地给他壮壮声势。"秦王在窗台上拍了几下，转身走到陆仪旁边坐下，看着陆仪沏了杯茶，端起来闻了闻，放下，再站起来，又走到窗前。

金拙言看着他走过去坐下，又站起来走回来，皱起了眉头。

"跟太后说说，咱们回去吧，皇上也催了三四趟了。你看看，太后不在宫里，这宫里一个两个，都不得了了，朝里……咱们远在这两浙路，朝中的事，知道的时候，那边说不定已经是定局了，这样太不方便了，简直……"金拙言眉头一点点紧拧，这简直跟流放一样！

"太后说过，两三年内，不打算回去京城。"陆仪缓声接了句。

"两三年！那朝里……得乱成什么样儿了？唉！姑婆到底是怎么想的？"金拙言气得跺了跺脚。

"你才多大？别管朝局了，先把这两浙路理一理吧。"秦王不知道想到什么，耷拉着肩膀，转身坐到陆仪对面，端起刚才那杯茶，抿了一口。

"不从朝中动手，这两浙路能怎么理？罗仲生是姑婆钦点的，郑志远和林明生，哪一个是你能动手清理的？就算是个小县县令，你能动得了哪个？"金拙言也坐过去，毫不客气地说道。

秦王捏着杯子，慢慢抿着，好像没听到金拙言的话。

金拙言一脸嫌弃地将陆仪沏的那杯茶推到一边，自己动手沏了杯茶，端起来又放下："你刚才说的，我一会儿就打发人去跟阿爹说一声。"

书院每半个月休沐一天，半个月后的休沐日，秦先生接了李文山出来，和他一起沿着西湖逛了半圈，在一家清幽安静的茶坊里坐下说话。

"……邸抄上，都是些尘埃落定的事。这一阵子，你大伯经常让人捎信儿过来，最近朝中有些不大不小的变动，计相金延智乞了骸骨，他也确实年纪太大了，过了年就七十有六了。太子荐了赵长海，金相附议，这计相，大约就是赵长海了。"

秦先生和李文山不急不缓地说着朝局变动，李文山听得十分专心。

"赵长海今年四十九岁，永嘉七年进士出身，少年得志。赵家是明州数一数二的大商家，家里有两三支海船队，也是以擅理财货著称，这计相，他担得起。"

"江娘娘也是明州人。"听秦先生说到明州,李文山立刻接了句。

秦先生捻着胡须笑起来:"是,都是数得着的海商,江家由富而贵,比赵家早了一两代,两家有姻亲。所以,这计相之位算是握进了太子一系的手中。"

秦先生的语气听起来十分轻快。

"另外,江南西路宪司的位子,差不多也算定下来了,点了潘承。潘承今年四十二岁,之前是礼部员外郎,是明尚书一手简拔上来的才俊。潘承为人沉默寡言,不好交际,我和他没什么来往,不知道他脾性如何,为人如何。好在,咱们这会儿,跟他还扯不上什么瓜葛。"

李文山看着表情愉快的秦先生,想着李夏的话,迟疑着问了句:"大伯,也是太子一系的吗?"

秦先生满眼笑意地看了李文山一会儿,捻着胡须笑起来,笑了一会儿才答道:"你大伯为人谨慎,这是长处,不过,有时候就不能算长处了。你大伯和明尚书相交莫逆,明家几位少爷和京城伯府几位小爷,也都常来常往,比如大爷李文杉,就和明绍平关系极好,当初在太学,还一起创办过文社。这回,你大伯能领到这江南东路转运使的差使,明尚书是帮了大忙的。如今邻近杭州的几路,两浙路有郑漕司,江南东西路除了你大伯和潘宪司,还有江南东路的蒋宪司。明尚书为人勇猛突进,是个极其难得的人才,太子一系能有如今的局面,明尚书厥功甚伟。"

看着一脸认真、认真到拧起眉的李文山,秦先生伸手拍了拍他的肩膀:"你在王爷身边,虽说要忠于君上,可你心里,也要有个数才最好。"

秦先生这些话没有太多层意思,李文山基本上都听明白了,想点头,却又想起阿夏的那副神情和她说的那些话,头没点下去,眉头拧得更紧了,迟迟疑疑道:"先生,皇上才三十多岁,三十三,这……"

秦先生哈哈大笑,站起来原地转了两圈,用力拍了几下李文山的肩膀:"你聪明天成,实在是难得至极,这话极是,所以,李家,你这头,只要心里有数就行了。你说得对,今上才不过三十出头,未来漫长,这种天命所归的事,变数都极大,不到最后,谁都说不准,可是,真到了最后……"

秦先生顿住,看着李文山,好一会儿,才慢吞吞道:"到了最后,一切都成了定局,还能有什么呢?富贵险中求。咱们不说这个,你还小,还不到说这种话的时候,什么时候回京城考秀才,你想过没有?"秦先生骤然转了话题。

"还没有,我是想既然要回一趟京城,最好从秀才到春闱都考一遍,我觉得我现在的文章学问,还差得远。"李文山想着李夏的担忧,他要是走了,家里怎么办?

阿夏怎么办？暂时不能走，还是等一年两年，甚至三年五年再说吧。

"这事是不急。"秦先生想的却是另一面，"前几天，朱参议说起明涛山庄，说是开了春，明涛山庄就要动工，把后园几个地方加几堵夹墙，还要铺一片演武场出来，夹墙要冬天才用得到，春天里动工，只能明年冬天用了。看这样子，至少明年冬天之前，太后和王爷，还没打算回京城，跟在王爷身边侍候相比，你科举这事，不用着急。"

秦先生和李文山说话，是说话，更是教导，每一件事都解释得极其详细。

李文山噢了一声："我也听王爷说起过一回。有一回古六说断桥残雪之景最佳，就是杭州雪太少，今年只怕是看不到了。王爷就说，今年看不到还有明年，明年看不到还有后年，总不能三四年不下一场雪吧。"

秦先生眼睛亮闪，捋着胡须再次哈哈大笑起来："听这话意，这三四年……好好好！我一直担心这个，你们这个年纪，半年一年的交情，实在是……过眼云烟。好好好，有个三四年，正好，到时候你跟王爷一起进京，你这科举，只要不出大错，必定稳稳当当，要是……"

要是这几年再能有个才子的名头，那就更好了……算了，太后和王爷在这杭州城，诸事低调无比，五爷最好也低调些，免得惹了厌烦……

一眨眼的工夫，秦先生已经转了七八圈心思。目光清澈得几乎一眼能看到底的李文山挠着头，一脸不好意思地嘟囔着："我没想那么多，就是觉得，跟王爷他们在一起，开心得很……"

横山县衙，李夏坐在二门台阶上，双手托着腮，心事重重。

小九儿在她面前，蹦蹦跳跳地踢着毽子。

从凭栏院回来到现在，大半个月了，中间有一天休沐，五哥也没回来，不知道老三见到五哥没有，唉，五哥没回来，那就是肯定没事……有事没事，这些都是小事，大伯和京城伯府投进明尚书怀里这件事，才是大事，可是，怎么办呢？

她阿爹这一任，肯定是顺顺当当，阿爹一任三年，大伯一任五年，四年后是治平十七年……

怎么办呢？大伯不是她和五哥能拨弄得动的，秦王那边……至少现在，她还看不到借力的可能……而且，在这件大事上，五哥太不中用了……

李夏越想越愁，长长叹了口气，又叹了口气。

前衙那间茶水房里，郭胜紧紧捏着他那只温润光亮的紫砂小壶，挨在窗户一侧,一边警惕着茶水房外的动静,一边专注地看着愁眉苦脸的李夏。

李文山躲过了李文林和明绍平,这会儿心里无事天地宽。休沐日和秦庆沿着西湖溜达赏景喝茶,而不是急忙往回奔。那就是说,李文林紧跟明绍平,以及李漕司那份暧昧不明的态度,李文山肯定半点没看到,就是看到了,也没当回事。

可这位五岁的九娘子李夏,从得知那天起,直到现在,这愁眉可就没能展开过……

太子占了嫡长,声名一向还好,先天占尽优势,并不需要像现在这样激烈勇猛……可是,那位明尚书,过于激烈勇猛了,听说宫里那位皇后娘娘,也是个刚直猛烈的性子……皇上今年,才不过三十三岁,正当盛年……

李夏突然抬头,目光锐利地看向茶水房,郭胜心里一紧,急忙紧贴着墙,大气不敢出,好一会儿,才踮着脚步,紧几步溜出了茶水房。

傍晚,前衙书办衙役等人都走光了,李县令被县学学子们请去做会文的点评,整个横山县衙一片难得地清静。

李夏坐在钟楼门槛上,拿着只石榴,心不在焉地慢慢吃着,看着夕阳发呆。

郭胜垂着头,站在前衙最后一排房子旁边,半响,看了眼李夏,又下意识地转身看了一圈安静的前衙,低头理了理长衫,又抬手扶了扶幞头,轻轻吸了口气,一步迈出,大步往前,几步就走到离李夏两三步远,屈膝半跪半蹲在李夏面前。

李夏直视着他,正要站起来进去,郭胜低头欠身见了个礼,沉声道:"在下郭胜,今年三十五岁,绍兴县人,永嘉十九年秀才,无家无室。在下四岁那年,得罪了族兄,被族兄骗出,卖给了人牙子,被人牙子贩至浙南温州府。偶遇太平村沈氏讳平,当时陪新婚妻子陶氏回娘家,见在下被人牙子虐待,怜惜不忍,出钱买下,养若亲子。"

李夏移开目光,垂下眼皮,接着吃石榴。

"在下幼时顽劣不堪,受沈氏族中子弟引诱鼓动,械斗中捅死数人,官府缉拿时,被沈氏族老交出抵罪,养父为了救我,投至官府,说人都是他杀的,与在下无关,养父因此被枷死在闹市……"

郭胜的话猛然顿住,面无表情地沉默了片刻,才接着道:"仇家半夜摸上门寻仇,养母为了救我……当天夜里,我逃出太平村,一路乞讨回到绍兴。回到绍兴那年十二岁,七年后中了秀才。又隔了一年,解试途中,我去了温州府,杀了仇人。两年后,再次回到绍兴,自知罪孽深重,不敢妄想科举之事,离开绍兴,投奔舅舅朱锦年,入行做了师爷。五年后,外出游历,直到三个月前从杭州城到横山县,入幕令尊门下。"

李夏手里的石榴吃完了,站起来,看也不看郭胜,径直往内衙进去。

"姑娘……"郭胜不敢高声,怔怔呆呆地看着李夏甩着胳膊,蹦蹦跳跳地进了二门,转个弯不见了。

郭胜呆了片刻,往后跌坐在地上。

他压根儿没想到她就这样走了,她这是什么意思?

他不可能看错!

李夏屏着气,一路蹦跳进了上房,冲着榻上的姐姐扑过去,还没扑进姐姐怀里,便脚底下一软,一头砸在六哥李文岚身上。

"姐姐!"李文岚被李夏砸得疼极了,刚叫了一声,看着李夏爬了两下却没能爬起来的样子,连疼带吓,哇的一声大哭起来。

李冬一把抱起李夏,急忙伸手再拉李文岚:"阿夏没事吧?岚哥儿没事吧?"

在里间正和洪嬷嬷一起收拾东西的徐太太一步冲出来,伸手抱起李文岚:"这是怎么了?阿夏怎么了?"

李夏窝在李冬怀里,突然打了个响亮的嗝儿,这一打,就开了头,开始不停地打嗝。李文岚不哭了,瞪着一下接一下、打嗝打得简直顾不上喘气的李夏,看呆了。

李夏痛苦地打着嗝,想着刚才的事。这个郭胜,他想干什么?他这是什么意思?他看到什么了?他知道什么了?他怎么知道的?

郭胜不敢多停留,仓皇急匆地出了县衙,脚不连地,就像那年从太平村逃出来的那个黑夜,只敢急急地走,不敢看不敢听,更不敢想。

直到后半夜,郭胜才从那股子四下无着和说不清为什么的惊惧中回过神,披着衣服起来,在窗前站了一会儿,推开门,出到廊下,仰头看着空旷遥远的天空,和天际那一挂冷漠的半月。

他一个人,在外面游历了近十年,四处飘荡,漫无目的,从不知道找什么到他要寻找一种极其渺茫的不一般。他无家无室,无牵无挂,他活着,他想活得不一般……

他相信自己的眼睛,那个五岁的小姑娘,绝对不是个五岁的小姑娘,他不知道她是什么,不知道她为什么寄身在那个家里,也许,她是困在那个家里了……

他也不知道她是怎么说服李文山、怎么指点李文山的,可不管是什么,她都不一般,这就够了。

今天,她是什么意思?

他都不知道她是什么,他怎么可能知道她是什么意思?

郭胜呆呆地站着,直站到半截身子冰凉,才低下头,慢慢转身回到屋里。

第二天傍晚,李夏又坐在钟楼门槛上,拿着块定胜糕,慢慢地咬着。

郭胜站在签押房门口,呆看了片刻,轻轻跺了跺脚,径直过去,像昨天一样,半跪半蹲在离李夏两三步的地方,看了眼专心吃糕的李夏,赶紧垂下了眼皮。

"在下想求姑娘,允在下投身门下,效犬马之力,虽死不辞。"

李夏看了眼郭胜,咬着糕,一言不发,他要说的话,要交代的事,还多着呢。

郭胜等了片刻,抬头扫了眼李夏,见李夏慢慢咬着糕,一副仿佛他不存在的模样,心里微松,她没有站起来就走,这就是给他机会了。

"在下的猜测,源于令兄。"郭胜猜测着李夏的意图,试探着开了口,见李夏不看他也不动,接着道,"令兄今年十五了,人不是一下子长大的,令兄真要是……如此出色,早在太原府时,就应该已经清除掉钟氏这个家祸。那两个师爷,大约也进不到县尊眼中,令兄的出色,太出色,太突然了。"

李夏细细的牙齿咬在定胜糕上,顿了顿,才接着咬下去。

"令兄背后,必定有高人指点,可从李漕司到秦庆,杭州城那位王爷,以及令尊等所有人,都对令兄之才推崇备至。令尊就算了,可秦庆是个极其精明的人,他对令兄如此推崇,从没怀疑过,可见,令兄这背后之人,必定极其隐蔽,这个人,让所有的人都想不到。姑娘一家初来乍到,令兄除自己家人,平时连一个经常来往的人都没有,这高人,十之八九,就在这县衙后宅之中,县衙后宅人口简单。令兄初到杭州读书,但凡有事,不论大小,必定要回家,焦虑而回,舒怀而走。"

李夏斜睨了郭胜一眼,这样的心思,算得上石头里挤油了。

郭胜没看到李夏那一眼,小心翼翼地抬头瞄了一眼李夏,接着往下说。

"在下外出游历这些年,所经所见奇异之事不少,在滇南,在下就曾经见过一只会说话的猫。"

李夏一口咬在定胜糕上,还好他们家没养猫。

"能时刻跟令兄在一起,又让所有人想不到,姑娘和六爷都算。在下见过六爷,六爷是个聪明孩子。姑娘跟令兄出去时,在下看到过两趟,姑娘不为外物所动。五岁的孩子,在下游历至今近十年,到姑娘,是头一回见到。在下入幕令尊门下之后,常常看到姑娘到前衙玩耍，在下不敢多窥，可也看到了，姑娘看的听的都是令尊公务关键之所在，还有那场争产官司，姑娘带着丫头观看，姑娘的神情……"

郭胜飞快地扫了一眼李夏。

"……关切忧愁，看不到好奇兴奋。李文林随明绍平到杭州城前一天，秦庆找令兄去说李文林到来之事。之后，令兄被秦王庇护，李文林无功而走。令兄连休沐日都没回来，在西湖边和秦庆游湖喝茶，可见心情之轻松。姑娘却是一直愁眉不展，忧心忡忡，京城伯府和李漕司现在依附明尚书，实属不明智至极，而且，只怕危机重重，姑娘看到了，所以才忧虑至此。"

李夏轻轻叹了口气。

郭胜眼里爆出团亮光，抬起头，目光灼灼地看着又咬了一口糕的李夏，正要说话时，李县令的声音从后面传过来："咦？郭先生这是在干什么？"

"县尊。"郭胜急忙站起来，一边冲李县令拱手见礼，一边笑道，"在下正和九娘子说话。九娘子冰雪聪明，县尊子女皆如此出色，真是让人羡慕得很。"

李县令哈哈笑起来："你跟一个五岁的孩子说话，能说什么？她懂什么？"

"正和九娘子讲蔡琰六岁辨音的故事。"郭胜微微欠身笑道。

李县令再次哈哈笑起来，一边笑，一边冲郭胜拱了拱手："郭先生这是夸奖阿夏。阿夏是挺懂事，虽然比不上蔡琰六岁辨音，可这份懂事孝敬……哈哈哈哈，让先生见笑了，我这个阿爹，看自家孩子，光看到好，一叶障目得厉害。"

"照在下看，九娘子不比蔡琰差呢，县尊可不是一叶障目。"郭胜一边呵呵呵地和李县令客套，一边悄悄瞄着李夏。

见她站起来，牵住李县令的手，扑闪着大眼睛看着他，将手里余下的一点点定胜糕放进嘴里，冲他抓了抓手。他说阿爹不是一叶障目，那就是两叶障目了……

郭胜下意识地欠下身，长揖下去。

李夏牵着李县令的手回内衙去了，一连七八天，郭胜再没见过李夏，她在内衙，一趟也没有再出来过。

月末休沐，李文山回来住了一天。隔天，李县令寻了郭胜，客客气气问他能不能做小儿子李文岚的蒙师，顺便也教幼女李夏识几个字，念几本书。

郭胜一口答应下来。

徐太太备了礼物，设下宴席，请郭胜坐到上首，受了李文岚的拜师礼，又收拾了一间空屋子出来做课堂，择了个吉日，拜过圣人，这课就正式开始了。

郭胜这课上的，一颗心提在嗓子眼，七上八下。

一个时辰的课，中间歇两刻钟，郭胜讲了小半个时辰的书，刚开始写字，李文岚一巴掌按进了砚台里，一手墨汁滴得到处都是，汪着两眼泪，跑去找姐姐洗手换衣服了。

李夏端坐在自己的位子上，专心写字。

郭胜踱过去，坐到旁边李文岚那张小椅子上，一边收拾被李文岚滴得到处都是的墨汁，一边低低和李夏说话。

"在下不知道姑娘的来历，又所为何来，在下也不想知道，不打算知道。在下只想投身到姑娘门下，不求荣华富贵、长生不老、呼风唤雨，种种皆不求。在下只求能跟着姑娘这样极不一般的……异数，就像王质伐木遇仙，转眼间斧柯俱烂，在下常想，要是在下有这份大福，有此一遇，此生足矣。在下游历天下近十年，初时浑浑噩噩，后来，在下就只有一个心思，只求有朝一日，能有王质这样的运数，能身历常人不能历之奇。若能如此，在下此生满足之至，别无他求别无他想。"

李夏侧头看看他，看了一会儿，低下头，接着影字。

郭胜坐在旁边，呆了半晌，站起来，走到门口，站住回身，看着端坐桌前认真影着字的李夏。

她这是还要看看吗？看什么呢？

不管看什么，请他做这个蒙师，这就是她给他的机会了。

第十二章 古六生日

十一月二十这天,是江皇后生辰,书院里要放三天假。李夏早就和李文山说过了,要趁着这三天的工夫,找个借口去一趟靠近紫溪盐场的溪口镇。

李夏要去看看上一世杀妻案那一家子,还有那个姐姐。

现在,对从前的种种,没有亲眼看过的,她都不敢太相信了。

更何况,这桩杀妻案,当时看疑心不少,现在再看,更是疑点重重。背后的推手时隐时现,仿佛不完全是她从前以为的,只是有人贪图银子……

就算真的只是有人贪图银子而已,她和五哥,也得过去一趟,看看这一家人,看看能不能提前化解掉这件事。

杀妻也罢,虐死也好,都是有碍风俗良知、败坏世风的恶案。阿爹境内出现这样的案子,不管阿爹有没有枉法,都是大错。真出了这样的事,阿爹这一任,考评只能是个下下了。那下一任,他们一家就不知道要到哪个穷山僻乡待着去了。

前一天,书院里放了学,李文山急急忙忙要往回赶,在书院门口上了马,就看到古六冲他挥着胳膊跑过来。

李文山没下马,冲古六挥着手:"我跟陆将军和王爷都说过了,今天晚上去不了,我得赶紧回家,天儿不早了……"

"你下来!快下来,我有事。"古六跑到李文山马前几步,仰头看着李文山,不停地招手。

"什么事?你说就是了。"李文山不愿意下马,勒着马原地兜了个圈子。

"你下来!"古六伸手去拉李文山,李文山被他拉得差点从马上直摔下来:"好好好,你松手,到底什么事?我着急……"

"后天中午,我在庆丰楼设宴,你一定得来。"古六拉下来李文山,一脸郑重地邀请道,"我就不给你下帖子了,无论如何都得来,最好午初前就到。"

"我去不了。"李文山连连拱手,"今天晚上到家都得半夜了,明天后天,我答应了阿夏带她去玩儿,这次真不行,回头我请你吃饭赔罪,实在对不住。早就答应了阿夏的。"

"后天是小六生辰,你也不来?"金拙言和秦王等人,已经从书院里踱出来,金拙言把手里的折扇敲在李文山肩膀上。

"啊?真的假的?"李文山愕然。

古六斜睨着金拙言,一脸的你怎么这样的表情,一把拉着李文山往旁边走了几步:"真倒是真的,不过你别放心上,就当是我请大家吃顿饭,都不用备礼的。拙言知道,不信你问他,这几年都是这样,都是大家在一起乐一乐。你一定得来,来了就是礼,把你妹妹,还有你弟弟都带上,正好,既不误你带你妹妹玩,也不误我请的这顿酒。"

知道是古六生辰,李文山不好再推辞,忙连声答应了,拱手别过众人,上马往横山县赶。

秦王等人也上了马,古六一边上马,一边抱怨金拙言:"说好了不要告诉他,你非得说出来干吗?你这一说,他指定得备礼,他家穷成那样,你也真是!"

"再穷也不至于连你这份生辰礼也备不起,你这会儿不说,后天能瞒得过?到那时候,李五岂不尴尬?放心吧,就李五那样的,照我看,说不定他提笔写几个字,拎过来就给你当生辰礼了。"

陆仪忍俊不禁,却点头赞同金拙言的话,那个李五,真拎几个自己写的字过来,他一点也不意外。

"欢哥儿,你刚才说,往年你生辰,都是你请大家吃顿饭,都不备礼的?"秦王用马鞭捅了捅古六,斜看着他问道。

"我就是说说,我要不这么说……"

"就是说说也不能这样胡说八道!"金拙言的马鞭从另一边捅过去,"敢情你这说说,把面子全说到你脸上,把白吃这事全扣我们头上了?这可不行,你得给个说法。"

"我又不是那个意思,你们也知道,李五……"古六急了,赶紧解释。

"这关李五什么事？我可是年年都送的厚礼，你一句话就抹没了，那生辰礼就都白送了？"秦王不依不饶。

"还有我，我记得去年的生辰礼，是你自己挑的，那幅前朝钱大家手录的青玉案，你非说什么是你们古家先祖的词，正该送给你，你把那幅字还给我。"金拙言跟着挤对古六。

古六唉唉唉唉地叫着，找陆仪求援："陆将军，你评评理，我不是那个意思，我就是……"

"我也是年年用心给你挑生辰礼。"陆仪一脸笑，认真表示他也有一点不满。

"唉唉唉唉，你们……好吧好吧，是我不对，都是我胡说，王爷恕罪，世子恕罪，陆将军恕罪。今儿晚上，我在……你们说在哪儿就在哪儿……摆酒赔罪，行了吧？还有明天，明天我再请一天。"古六认命地拱手四圈赔礼。

"光摆酒不行，不见诚意，今天晚上，你从头站到尾，斟酒布菜吧。"金拙言绷着脸，秦王已经笑起来："这还差不多，谁要你的酒菜，你得有诚意。"

古六连声叹着气，一脸苦相："唉，我明明一片好心……好好好！"

李夏听五哥说隔天是古六生辰，不能不去，想了想，这倒不是件坏事，正好，借着这个机会再看一看秦王，看看能不能看出点儿端倪，要是一高兴酒喝多了，那机会就更大了。至于溪口镇那桩案子，嗯，回头让郭胜去看看，正好借着这件小事，她也好看看这个郭胜。

"不要带六哥了。"李夏打定了主意，先把李文岚这个碍事的摘出去，"我觉得秦王上次来，跟之前大不一样，这一回，正好再看看。六哥太碍事了，要是他在，我就得花好多精力看着他。"

李文山挠了挠头，点头答应："那这事就别跟岚哥儿说了……不行，也不能跟阿娘说，跟阿娘说了，阿娘肯定是这也忙那也忙，至少得备车吧。阿娘一忙，一备车，岚哥儿肯定就得知道咱们要去杭州城，肯定就要跟着去，他哭起来谁受得了？"

"古玉衍让你午初就到，本来就挺早，你要是不准备告诉阿娘，咱们就得自己准备礼物，就得到杭州城再挑着买一件。那就得很早走，明天天一亮咱们就走，你就说带我出去骑马，就说骑到临安城再回来。到了临安城，把梧桐打发回来。一来正好不让他跟着；二来让他跟阿娘说一声，就说咱们在临安城吃了午饭再回来，不然咱们一出去一天，阿娘肯定得急坏了。"

李夏晃着脚安排，李文山连连点头。

第二天一大早，李文岚还没起床，李夏已经和五哥出了门，要出城骑马玩儿。

一路跑到离临安城不远，李文山打发了梧桐回去，带着李夏，一口气跑进了杭州城，把马放在秦先生那间小院里，带着李夏，直奔杭州城最热闹的大街挑选礼物。

李文山十分挠头礼物的事，李夏倒无所谓，买什么都行，不过是份心意。古家这样的世家大族，百年豪富，积蓄极厚。他们家穷成这样，倾全家之力，也买不起半件能让古玉衍看在眼里的东西，既然这样，那还是挑便宜的，买个心意算了。

李文山十分赞同李夏的话，想来想去，决定买支笔，或是买一叠别致的纸笺，又便宜又方便，还能用得着。

杭州城最好的文房四宝铺子旁边，是祥记银楼。李夏站在文房铺子外，看着祥记银楼，心里五味俱全。这间祥记银楼，是古家一个掌柜从古家出来后开的铺子，这会儿只有杭州这一间。

从前那一回，阿娘带着他们兄妹四个仓仓皇皇往京城奔。走到这杭州城外的十里铺，天降大雨，他们娘几个缩在屋檐下避雨。

这祥记银楼的东家贺庆贺掌柜，在对面分茶铺子里看到他们，见他们可怜，把他们一家叫进分茶铺子。后来，把他那辆大车，连马带车夫一起借给他们，又给了阿娘几十两银子，他们一家才能活着进到京城……

后来她让这祥记银楼做了皇商，她回来那年，这祥记银楼，生意已经遍布天下……

"阿夏，你怎么了？快进来。"李文山进了铺子，一转身看不到阿夏了，赶紧转身找出来。

"咱们去那边银楼里看看。"李夏拉着李文山的手，指着祥记银楼。

"嗯？去银楼干吗？那银楼里的东西，咱们肯定买不起。"

"就看看，看一眼。"李夏十分想亲眼看看这个时候的祥记银楼，要是再能看一眼贺庆，那就更好了，她有一阵子没见他了。

"好好好。"李文山好脾气地连声答应，牵着李夏的手，进了隔壁的祥记银楼。

李夏牵着五哥，站在祥记店铺中间，转头打量着四周，店内简洁大方，极其干净。这间铺子，就跟贺庆一样，让人乍一看舒服，越看越舒服。

李文山和李夏站成一模一样，她转头看哪儿，他也转头看哪儿。

古六少爷和秦王几乎同时，一脚踩进祥记银楼的门槛，入眼就看到仰头看着屋顶的李夏，和同样仰头看着屋顶的李文山，古六噗一声，哈哈大笑起来。

古六的笑声刚喷出来，就被金拙言一扇子捅到一边，陆仪和金拙言紧跟进来，正迎上动作神情几乎一模一样、齐齐看向他们的李夏和李文山。

古六指着李文山，笑得跺脚打跌，秦王仰头看着屋顶，挪了挪，挨到李文山旁边，仰头再看。

李文山牵着李夏，一脸无语地看着狂笑的古六和围着他转来转去看屋顶的秦王。李夏嘟着嘴，暗暗叹气她这运道，怎么能这样巧……古六的生辰礼还没买呢……

金拙言上上下下打量着一脸无语的李文山和嘟着嘴、明显有些不高兴的李夏。

陆仪一脸的忍俊不禁，上前和李文山打招呼："五郎这么早就到了，六哥儿呢？怎么没过来？"

"刚到，六哥儿昨天不大好，今天没敢带他过来。"李文山努力忽略古六的大笑、秦王的左看右看，以及金拙言的打量，只和陆仪说话。

"那顶上，到底有什么好看的？"秦王一个旋步，站到李文山和陆仪中间，折扇往上点着问道。

李文山看着秦王没说话，不是不说，是不知道说什么。阿夏看，他也跟着看，他也没看出来有什么好看的啊！

"五哥你不是说要带我买笔吗？"李夏懒得理会这几个贵极闲极的无聊人，古六的生辰礼还没买，万一就此被他们裹挟走了……那可就尴尬了。

"对对对对！"李文山这才想起来，那生辰礼看都没看呢，"我先带阿夏去买纸笔，一会儿到庆丰楼找你们。"

李文山拉着李夏就要往外走，秦王一折扇抵住他："急什么，你们这是刚进来吧？"秦王这句话，话是说给李文山的，脸却对着已经疾步迎出来的掌柜贺庆。

"这位小爷和姑娘刚刚进来，几位爷就到了。"贺掌柜欠身答话。

"先进去看看，这儿看好了，再到隔壁买纸笔，正好，我也要挑几块新墨，走吧。"秦王用折扇推着李文山往里走。

"那个，唉，不行，阿夏……阿夏……"李文山是个没有急智的，还没想好阿夏要怎么样，就被秦王推了进去。

古六只顾揪着帕子擦笑出来的眼泪："五郎，刚才，你和你妹妹……哈哈哈哈，笑死我了，哎哟……"

金拙言扫了眼银楼门外，陆仪冲他微微颔首，示意自己知道了。

金拙言大步进了银楼，陆仪退后两步，转身出了银楼，承影急忙上前，陆仪却没说话，左右看了看，心里就一片明了。

没有车,没有随从,李五又空着手,他急着要走,一定是要去买一件礼物。

陆仪叫过承影,低低吩咐了几句。

李夏不敢出头,李文山没那个急智,兄妹两个只能跟着秦王,进了祥记银楼后院。

"你们铺子里,派寿桃没有?"秦王一边往里走,一边随口问了句。

"知府衙门发了话,杭州城内各家铺子,准备派寿桃的,就折银缴到知府衙门,由衙门统一派送,说是省得各家自己派送,城内到处排队,过于混乱,生出事来。"

贺掌柜顿了顿,声音落低:"说是,王爷和太后在杭州城,不可惊扰。"

秦王手里的折扇顿了顿,才若无其事地接着摇起来。

李夏下意识地看了眼秦王。贺掌柜这话的意思……怕惊扰了太后和他,那就是不能热闹了?

知府衙门……杭州知府是罗仲生,罗仲生……这话放出来,必定是太后的意思。不然,借给罗仲生几个胆,他也不敢放出这样的话……

太后和江皇后的对立,从现在就开始了吗?或者,从现在之前很久,就开始了?太后和江皇后、江家,能有什么仇呢?

秦王肯定是死在江家手里的,所以金拙言杀了江家满门,却毫发无损……

江家,为什么要杀了秦王?

这些事,她从来没敢触手去查,太后活着时,严禁任何人触及这件事。太后死后,这件事又成了金拙言身上最不可触的那片逆鳞,在一头跌回来之前,她还不敢触及金拙言的这片逆鳞。

秦王的死,以及为什么死,她一无所知。

现在看来,从现在,或者说在这之前,这份不和,甚至对立,已经很明显了。所以,太后才让知府衙门放了这样的话,以表达她对大肆庆贺江皇后生辰这件事的不满,或者,还有对立太子这件事的不满……

"让人去领只寿桃回来,看看知府衙门这寿桃,是不是比你们银楼做得出彩。"秦王吩咐贺掌柜,贺掌柜急忙叫了个伙计,吩咐他去想办法领几只寿桃回来。

一行人在正厅坐下,上了茶,贺掌柜带着几个伙计,捧了十几匣子各色珠子上来,摆在大厅一边的长案上。

秦王踱过去,挨个匣子看了一遍,挑了碧玉珠、珊瑚珠等四五样珠子,吩咐穿成大小不等的珠串,给太后礼佛用。

秦王刚刚挑好珠子,伙计提着个雪白细布包,一路紧跑进来,贺掌柜接过,将雪白细布包放到秦王旁边的几上，打开，布包上摆着四五个小婴孩拳头大小的寿桃。

"这寿桃这么小。"李文山伸头看着，脱口说了句。

太原府的寿桃，一个差不多半斤。

"说是照着宫里和明州江家派寿桃的规矩做的。"陆仪听起来像是接李文山的话，眼睛却看着秦王。

秦王用折扇推了推寿桃，脸上倒看不出什么表情。

金拙言欠身拿了一只，转着看了一圈，掰开，寿桃里包了粒红枣。

古六从金拙言手里拿过一半寿桃，掰了一小块，闻了闻，又捻了捻，放到鼻子下再细闻了闻，嘴角一路往下撇："就是白面小馒头。"

"白面枣心小馒头。"金拙言抠出那只枣，举起来看了看，连那半块寿桃一起，扔到了细布上。

秦王跷起二郎腿，有一下没一下地摇着折扇，似笑非笑地带着几分冷意，看着金拙言和古六挑剔那只寿桃。

李文山一脸茫然，派寿桃还有什么规矩？这寿桃不是白面小馒头，还能是什么？对了，应该是白面大馒头，半斤一个的。

李夏紧挨在五哥身边，咬着块红豆糕，垂着眼皮，专心地听着秦王等人的话。

这寿桃，大约也就是在江皇后这里有另外的规矩。除江皇后外，宫里派寿桃，都是半斤一个，做寿桃的面里，一定要揉进足够多的油酥，没有枣心。

这派寿桃规矩的由来，她听太后说过，说是从太祖母亲李太后手里兴起来的。李太后说，来领寿桃的都是穷苦人，寿桃半斤一个，再加进油酥，那些穷苦人领上一个两个，就能让一家人好好打一顿牙祭了。

宫里是这样的规矩，古家，金家，李家，郑家，周家……好些人家，都是这样的规矩，只在江皇后……好像就是从立了太子之后，逢着江皇后过生辰，这寿桃就是眼前这样的了。不过，江皇后过生辰派寿桃，也没能派几回……

"太原府的寿桃也是半斤一个吧？"陆仪看着一脸莫名其妙的李文山问了句，李文山急忙点头。

"京城也是，多数人家，派寿桃都是半斤一个，面里还要揉进油酥，太原府的寿桃，有油酥吗？"陆仪笑着解释了一句，又问了一句。

李文山点头："就数德隆老号派的寿桃最香甜。"

"那是我们家的。"古六急忙接了一句。

"听说，最早这寿桃半斤一个，多多揉油酥，就是从古家兴起的……"

"对对对!"陆仪话没说完,就被一脸得意的古六打断,"从前朝就是这样的规矩了,宫里半斤一个派寿桃,还是从我们家学过去的呢。"

秦王斜睨着昂头得意的古六,嘴角往下扯了扯,又扯了扯,用手里的折扇将那包寿桃往边上捅了捅,站起来:"走吧,看看湖光山色,去去闷气。"

"你们先去,我得带阿夏去买几支笔。"李文山赶紧接话道。

秦王顿住,侧头斜了眼急得脸都有点白了的李文山:"你跟你妹妹,怎么过来的?骑马?"

李文山赶紧点头:"对,一匹马过来的。买好笔,我就去庆丰楼找你们,一会儿,就一会儿!"

"马呢?刚才进来,没看到铺子门口有马,你那个梧桐呢?来了没有?"秦王转个身,对着李文山。

"马放到先生的住处了,梧桐没来,他不得空……"李文山有几分莫名其妙,问这个干吗?

"那你等会儿怎么去庆丰楼?庆丰楼在西湖边上,离这可不近,怎么?准备背着你妹妹走过去?或是,跑过去?"秦王低头看着一块红豆糕从进来咬到现在的李夏。

"这个……"李文山挠头,他没想到这个,庆丰楼那样的地方,他一趟也没去过,"一会儿雇辆车过去。"

他们在太原府,就经常雇车用。

"雇辆车?"古六一声惊叫,"那多脏啊!"没等他再多叫一个字,就被陆仪伸手拎到了一边。

"那就雇辆干净的,也就是多花几个大钱,我们在太原府时,都是雇车。那大车又要马又得人,谁家闲着没事养辆大车!"李文山瞪着古六,一句话怼了回去。

秦王别过头,笑得肩膀耸动,金拙言一边嘴角往上拧,牙痛无比地看着古六。

陆仪拼命忍住笑,猛推了一把梗着脖子就要驳回去的古六,看着李文山,想说话,却憋笑憋得说不出来。

李夏将余下的半块红豆糕一下子塞进嘴里,她那个祖父,说这样的五哥心地不正,妒人富贵,上不得台面……

"你……"倒是秦王先说出话,"别雇车,庆丰楼过去……远,咳咳,"秦王也不知道是呛着了,还是因为别的什么,用力咳了好几声,严肃着一张脸,"真挺远的,雇辆车得不少钱,贵得很,我看这样,我们……你去买东西,我们在外头等你,匀一匹马给你,咱们一起过去,能省就省,一个钱也是钱,你说是不是?"

古六哈哈大笑起来:"对对对!我们在外头等你,带你和阿夏过去,能省就省嘛!一个钱也是钱!"

李文山看看秦王,再斜一眼古六,又看看往外看什么看得出神的金拙言,点头道:"那也好。"

这是笑他又穷又抠,他知道,可这有什么好笑的?穷有什么大不了的?又不丢人,抠……他没钱当然得抠了!

阿夏说得对,这几个吃喝玩乐就是人生最大事的公子哥儿,不能以常心度之!

李文山牵着李夏,和众人一起出来,秦王等人也不过去,就在祥记银楼门口等着,李文山牵着李夏,进了隔壁的文房铺子。

刚一进铺子,掌柜就紧几步迎上来,引着李文山和李夏往里走:"李爷往这边,李爷要的东西,都备好了,就等李爷过了眼包起来。"

李文山一个怔神,抬眼却看到垂手站在书案一角,冲他微微欠身的承影,立刻就明白了,这备好了,必定是陆将军安排的。

李夏看了眼承影,垂下了眼皮,心里一阵酸软温暖,眼睛涩涩地想要掉眼泪。

她的禁卫军都指挥使……

后面案子上,摆着只釉色温和通透的天青灰汝窑笔洗,笔洗旁边放着只大方古朴的黄花梨匣子。

"这样釉色的笔洗,小号一共只得了两只,李爷您看,这颜色,多少雅净,您看,这里头也上了釉……"掌柜殷勤介绍。

李夏拉了拉李文山,这样的笔洗,古六必定喜欢得很。这个颜色,她听古六说过不知道多少回,叫雨过天晴云破处……

李文山会意:"就这只吧,再给我拿几根湖笔,不用太好,一般点儿的就行,我妹妹习字用。"

掌柜答应一声,利落地将笔洗放进匣子里,旁边的伙计,托了一大把湖笔过来,李文山随手挑了四五支:"一共多少钱?"

"已经会过账了。"掌柜忙躬身赔笑道。

李文山听掌柜这么说,没再多话,伸手接过匣子,李夏从伙计手里接过那一把湖笔握着,李文山刚转过身,又转回去,再问了一遍:"一共多少钱?"

"这笔洗四百两银子,湖笔小号奉送。"掌柜见多识广,声音压得低低的,答了一句。

李文山轻轻抽了口气，顿时觉得拎在手里的笔洗沉甸甸十分压手。

李夏也有些惊讶，她用得起这种天青灰瓷器的时候，已经有御窑专门为她烧制了，之前和之后，她都不知道这种天青灰瓷器在民间卖得这样贵……

李家兄妹进去出来得很快，小厮接过李文山手里的匣子，以及李夏手里的笔，牵了匹马给李文山，李文山带着李夏，上马跟在众人中间，直奔庆丰楼。

在庆丰楼前下了马，李文山将李夏交给承影牵着，悄悄拉了拉陆仪，落后几步，低低道："多谢你，就是……太贵重了。"

"是金世子。"陆仪笑着，看了眼金拙言，落低声音，"不必介怀，不值什么。"

李文山愕然，他无论如何也没想到是金拙言……

承影牵着李夏的手刚走了两步，秦王站住，退后两步，从承影手里接过李夏，牵着她进了欢门，进了大堂，往楼上去。

金拙言落在秦王和李夏身后，和左顾右看的古六一起，跟在后面上了楼。

"这就是西湖，来过西湖吗？"秦王牵着李夏，径直走到对着西湖的窗户前，指着西湖问道。

庆丰楼上，对着西湖的这扇窗户——倒不如说是门更确切些，窗户开到底，外面拦了半人高的雕花木栏杆，李夏虽然个子矮，也能看得清清楚楚。

李夏慢慢摇了摇头，两世加一起，这都是她头一回看到西湖，看到这么美丽的西湖。

"喜欢吧？"秦王见她摇头，心情往上走，笑起来。

李夏再点头，眼前的西湖，确实像古六说的：江南的灵秀，只看西湖就够了。

这西湖，和她想象中的江南，那水墨画儿一般、那雨过天晴云破处的青瓷似的江南，一般无二，只是更灵动，更空蒙……

"你这小丫头，倒没看出来，你这眼力真是不错。哥哥告诉你，这西湖，要下了雨才最好看，细雨好看，大雨也好看，要是下了雪，那就是人间极致之景了。"

秦王兴致一路往上走，示意小厮："把那张矮榻挪过来，我和阿夏就在这儿，有窝丝糖没有？对了，我带来的那匣子糖呢？也拿来。"

几个小厮眨眼就挪好了矮榻，放上垫子，摆好高几矮几，放了满满的各色点心茶水，以及窝丝糖，还有一匣子颜色十分漂亮、略略有些透明的糖粒。

"你尝尝这个，我小时候最喜欢吃这个。"秦王拿过匣子，递到李夏面前。

李夏看着匣子里的莲蓬南瓜茄子白菜等各种形状的半透明糖粒，微微有些怔神。宫里就喜欢用这样的模子做东西，从前她喝的那些汤里，常有做成这样形状的面点果粒……

李夏拿了只小南瓜，连手指一起塞进嘴里，一口咬下去，一股子清爽甘甜的枣汁味儿流出来，溢了满嘴。

这里面包的全是枣汁儿……

"好吃吗？"秦王紧盯着李夏问了句。

李夏点头，这样的糖，她头一回吃，以前……她不知道御膳房还会做这样的糖……

"这哪叫糖？明明是果汁儿。"金拙言踱过来，站在李夏侧后，用折扇敲了下匣子，撇着嘴嫌弃道。

"你五岁那年，这样的糖，你一口气吃完了一匣子，还不够，哭着喊着要。你看看阿夏，比你强多了。"秦王将匣子放到李夏怀里，斜了眼金拙言。

"那你呢？你七岁那年，非说病了，熬了药，抿一抿就要吃一块糖，小半碗药，你就了两匣子糖！"金拙言一步不让。

"胡说！"秦王简直要跳起来，"你是说你自己吧，半碗药得搭上至少一匣子糖！这事谁不知道？我本来还想给你留点儿面子！是谁冠礼那天，抱着一匣子糖，说以后再吃糖就得偷着吃了？"

"你！"金拙言看样子真是气急了，"还好意思说我？前儿是谁跟人家五岁的孩子抢糖吃？人家吃一块你吃三块，就最后一块了你还一把抢到手，你还好意思说我？"

李夏抱着匣子，一块接一块吃着果汁儿糖，愉快地看着两只斗鸡般你瞪着我、我瞪着你互相揭短的秦王和金拙言，这些黑料，就来下糖真是绝佳。

陆仪、李文山和古六站成一排，瞪着吵起来的秦王和金拙言。

陆仪看得直瞪眼，无语至极，古六的兴奋远大于惊愕，一只脚在地上一起一落，就差跺脚拍手大声叫好了，李文山惊愕得眼珠都快掉下来了……

"咳！咳咳！"陆仪看不下去了，用力咳了几声，声音猛地高上去，高得把众人吓了一跳，"让人上菜吧，赶紧！大家饿坏了！"

"哼！"

"哼！"

秦王和金拙言相互不忿地各自哼了一声，金拙言哗地抖开折扇，呼啦啦摇得飞快，转身坐到桌子旁。

秦王看样子也气着了，将折扇猛地一收，一步走到上首，刚要坐下，又一个急旋,一把揪起李夏,将抱着糖匣子的李夏随手按在张空椅子上,自己再掷地有声地坐到上首。

陆仪看着被秦王按到金拙言位置上的李夏,和根本没意识到自己坐到了下首的金拙言,抬手抹了把脸,坐就坐吧,这会儿,他实在不想再多说话了,还是装没看见吧。

陆仪拧过脸,一脸干笑示意李文山坐。

李文山惊愕过去,越想越好笑,这会儿正拼命忍着笑,一步一顿地走到桌边,目不斜视地端坐好,凝视着刚摆好几样冷碟的桌子,一下接一下轻轻吸着气,辛苦无比地往下压着那股子要捧腹大笑的冲动。

古六可不是个能忍的,用力压也没能全部压住,像漏了气一般,不时噗一声,再噗一声,噗一声再咯一声,忍得十分辛苦以及痛苦。

桌子上几乎一眨眼,就满满当当摆上了冷碟热菜。

李夏上首是秦王,下首是金拙言,她个子矮,正好,不影响秦王怒目金拙言,也不影响金拙言冲秦王错牙。

李夏抱着匣子,淡定地扫了眼正对面的陆仪、斜对面的古六,和坐在最下首的五哥,稍稍挪了挪,将怀里的匣子放到桌子上,胳膊架在桌子上,有些艰难地圈住匣子,接着吃她的糖。

"这糖不能多吃!"金拙言伸手从李夏面前拿走了那匣子果汁糖。

李夏一声不响地抓起筷子,趴在桌子上,努力地伸着头,看桌子上都有什么菜。

"你刚才不是说这明明是果汁儿?拿过来!"秦王不干了,怼了金拙言一句,吩咐刚从金拙言手里接过匣子的小厮。

"不许给!"金拙言啪地把折扇拍在了桌子上。

捧着匣子的小厮瞪着双眼,捧着匣子,像捧着一捧红火的旺炭一般。

陆仪重重地唉了一声,站起来,从小厮手里拿过匣子,转手递给李文山:"替你妹妹拿着,拿回去慢慢吃。"

金拙言和秦王怒目对视,几乎同时哼了一声。

李夏无语至极,挪了挪面前的小碗,伸长胳膊,夹了一块鱼肉放到了碗里。

"这细鳞鱼刺儿又多又细,李五,快别让你妹妹吃这个,当心卡着。和铛头说,做碗鱼丸送上来。"古六见李夏竟然吃上了细鳞鱼,吓了一跳,急忙推了把李文山。

这细鳞鱼他吃一回卡一回,别说自己吃,就是看到别人吃,他都觉得卡得慌。

"没事。"李文山赶紧解释,"放心放心,阿夏最爱吃鱼,也最会吃鱼,你放心。"

"还是小心点儿好。把这鱼撤下去，告诉铛头，把刺剔出来，重新做一份吧。"陆仪紧接着吩咐。

小厮上前撤走了那碟子细鳞鱼和李夏面前的小碗。

李夏郁闷无比地看着小厮端走了她刚夹到碗里，还没来得及吃一口的那块鱼肉。

她吃了二十来年的鱼，再多的刺，也从来没卡住过。可自从她当了太后，他们就觉得她再吃带刺的鱼指定得卡死，就是打个喷嚏，说不定也能噎死。再吃鱼，不是鱼丸就是净肉，现在好不容易吃上一回完整的细鳞鱼，又没吃到嘴里……

她这人生，总是差那么一口气！

"阿夏，你吃这个。"李文山看着明显一脸不高兴的李夏，犹豫了下，站起来，将一碟子蜜汁火腿放到李夏面前。

"这么腻的东西！"秦王嫌弃地看着摆在李夏面前的蜜汁火腿。

李文山一脸干笑，腻？他没觉得腻啊，而且阿夏特别爱吃，就是能吃到的时候少，家里偶尔蒸一回，总不是那个味儿。

"喜欢吃就吃，你谁都不用理，你这么大点，不用管什么王不王，爷不爷的。"金拙言将碟子往李夏面前拉了拉，看也不看秦王地说了句。

秦王立刻错起了牙，李文山挠起了头，古六这回不笑了，来来回回看着两人，仿佛有一点点的牙痛了。

陆仪肩膀往下耷拉着，只想叹气不想说话，可不说话还不行。

"两位爷，从一大早，你俩就吵上了，这会儿……这可是小六的生辰宴，要吵也等回到府里再吵行不行？"

"我跟他吵？他也……"秦王硬生生咽回了那个"配"字，金拙言横着他，哼了一声，倒没怼回去。

李夏心里咯噔一声，从一大早就吵上了，为了什么事吵？能到现在还这副样子？

这一对焦不离孟、孟不离焦，情分深得很。太后修为精深，不管宫里朝里大事小事，几乎没有能让她动容的，唯独说到这位侄孙时，脸上的痛惜掩饰不住。太后不止一回说过，王爷走了之后，鹦哥儿就死掉了一半……

她也是因为听到这些话，才敢试探着搭上金拙言结了盟……

李夏垂着头，一只手抓筷子，一只手抱着自己的碗，从椅子上滑下来，从众人背后，一口气跑到陆仪身边，紧挨陆仪站住，将碗放到了桌沿上。

她坐的地方，看秦王和金拙言的脸都太不方便了，陆仪这里正好，抬眼就能瞧得十分清楚，而且，她喜欢跟陆仪在一起，有他站在背后，她就觉得安全和温暖。

反正她才五岁，作为五岁孩子难得的一丁点儿优势，不用白不用。

古六从李夏开始往下滑起，一直瞪着眼看着她站在陆仪身边，踮着脚尖看满桌的菜。

李文山想站起来又坐回去，坐回去又觉得该站起来，出现这种情况他该怎么办才算他和阿夏都不失礼？

陆仪看着李夏挤到他身边，看了秦王一眼，再瞪金拙言一眼，重重叹了口气，示意小厮把那碟子蜜汁火腿端过来，放到李夏面前，再吩咐小厮："把椅子拿过来。"

小厮急忙将椅子茶水一应东西挪到陆仪身边，陆仪挪了挪椅子，古六也挪了挪，给李夏挪出个地方。

"你看看，都是你！"秦王看愣了，一直看到李夏重新坐好，才反应过来，手指就冲金拙言点过去了。

"你还好意思说我？"金拙言一声怪叫。

"你俩还吵啊？"古六看不下眼了，"生辰不生辰就不提了，你俩看看，把阿夏吓成什么样儿了？她才五岁，回头吓病了……"

"不会不会！"李文山赶紧客气，"我妹妹胆子……是有点儿小，不过穷人家孩子泼辣，吓不……"李文山话没说完，迎着陆仪瞪过来的目光，瞬间就懂了，立刻改口，"那个啥，一吓就坏！"

古六噗一声想笑，噗到一半又猛地咳起来。陆仪瞪了眼古六和李文山，示意小厮："告诉铛头，熬几样合孩子胃口的汤水，能宁神最好。"

见李夏咬了半片蜜汁火腿就不吃了，叫过承影："你看着侍候阿夏姑娘，看她想吃什么，给她挪些过来。"

秦王和金拙言瞪着对方，几乎同时移开目光，秦王端起茶仰头一口喝了，金拙言抓起筷子，夹了块山笋扔嘴里，用力地咬。

李夏一副胆怯模样，不时瞄着桌面上的菜，承影站在她旁边，顺着她的目光，把她看上的菜夹一些，放到她面前的小碗里。

陆仪不理秦王和金拙言了，只看着李夏，时不时帮她挪一挪碗，拉一拉袖子。

古六和李文山两个埋头只管吃。

秦王一杯接一杯喝茶，金拙言对着那碟子清炒山笋猛吃。

一顿饭吃得鸦雀无声，十分符合食不言的古礼。

秦王大概喝茶喝撑了，推开杯子站起来道："慢用。"站起来走到窗旁的榻上，歪到榻上看风景。

　　金拙言继续对着他那碟笋一根接一根地吃。

　　古六和李文山对看了一眼，两人一起放下了筷子。古六站起来，转了半圈，端了碟绿豆糕，走到窗前，没等坐下，就被秦王摆着手，连人带糕赶走了。

　　李文山看着还在低头吃着碗里的虾仁的李夏，陆仪见他一脸担忧，度着他的意思笑道："放心，阿夏吃得不多，好像有点儿少，一会儿让厨房蒸碗酥酪。"陆仪说着，瞄着了秦王的背影。

　　"我吃好了。"李夏吃完一粒虾仁，放下了筷子。

　　承影要了湿帕子，小厮送过来，李文山急忙抢过去："我来我来。"说着，一把拉过李夏，往旁边走了好几步，蹲下给李夏擦着脸，下意识地瞄了眼站起来吩咐小厮的陆仪，以及吃完了那碟笋，站起来走到另一边窗户前的金拙言，声音压到最低："咱们走吧，脾气太大了。"

　　"没事，等一等。"李夏侧头看了眼坐在窗前，摇着折扇看西湖的秦王。

　　李文山听李夏说了"没事"两个字，一颗心立刻落回原处，仔细给李夏擦了手脸，站起来，看着站了四处的四人，正踌躇往哪儿去好，陆仪招手叫李夏。

　　李文山忙牵着李夏过去，陆仪蹲下，低声道："阿夏，你把这两碗酥酪拿过去，和王爷一起吃，好不好？"

　　李夏点头，金拙言好歹也吃了一碟子笋，那位爷只喝了一肚子茶。

　　陆仪松了口气，站起来拉住李文山，看着李夏跟着托着两碗酥酪的小厮走到榻前。

　　李夏冲小厮拍了拍榻几："放这儿吧。"说着，两只手撑在榻上，爬上来，挪了挪，转个身坐好，看了眼看着她的秦王，将秦王那边的酥酪碗往他那边推了推。

　　"你吃你的，我不想吃。"秦王好像气儿还没顺。

　　李夏用手指点着那碗酥酪，看着秦王。

　　"你这是什么意思？我不吃你也不吃？"秦王收了折扇，看看李夏，再看看李夏点着碗壁的那根胖手指。

　　李夏赶紧点头。她吃饱了，而且，这酥酪根本就不是蒸给她的好吧。

　　秦王侧头斜向站在另一面窗户旁，一边和李文山说着话，一边瞄着他的陆仪。

　　"很好吃的。"李夏顺着他看向陆仪的那一眼，轻声说了句。

　　秦王看了她一会儿，放下折扇："我不吃你就不吃啊？"

李夏点头。

"好吧，我陪你吃。"秦王拧着眉头，一脸无奈。

李夏看着他这副其实完全明了，还非得摆出我根本不想吃我就是为了陪你不得不吃的样子，想笑又想呸他一口，忍着笑意和无语，挨到榻几旁，低头吃她那碗酥酪。

两人吃完了酥酪，小厮收了碗，把那匣子果汁儿糖，给李夏送了过来。

李夏接过糖，一只手抱着糖匣子，一只手撑着，挪到秦王旁边，将糖匣子放到两人中间，低着头，先在糖匣子里挑了块放到自己嘴里，再拉了拉秦王的袖子，示意他也挑一块。

秦王看了眼李夏，斜睨过去，瞄了眼笔直站在另一面窗前，不知道看着哪儿的金拙言，掂了块糖，扔进嘴里咬着。

李夏松了口气，甩着腿，吃着糖，欣赏着眼前的西湖美景。

李夏一连吃了五六块糖，秦王伸手拿起糖匣子，递给小厮："就吃这些，不能多吃。你要是喜欢吃，回头我让人多做些给你送过去。"

李夏乖巧地点头，伸着手指，由着秦王给她擦了手指，又对着小厮捧过来的漱盂漱了口，接着甩着腿，看景。

"你五哥说你念过《千字文》了？"不吃糖干看景，李夏没什么，秦王却觉得自己都无聊了，阿夏肯定更要觉得没意思了，还是说说话吧。

"嗯。"李夏点头。

"里面的字都认识？"

"嗯。"李夏再点头。

"阿夏真聪明。"秦王夸了句，李夏正甩着的腿滞了下，她可不是真聪明！

"你五哥说他最疼你？"秦王回头瞄了眼时不时往他这边张望几眼的李文山。

"嗯，六哥也最疼我。"李夏多说了几个字。

"那你阿爹最疼谁？"

"五哥。"

"那你阿娘呢？"

"姐姐。"

秦王笑起来："那你姐姐最疼谁？你六哥？"

"我。"

"你阿爹最疼你五哥，你阿娘最疼你姐姐，你五哥、你姐姐、你六哥都是最疼你，那你六哥真可怜。"秦王总结了一遍。

"我最疼六哥。"李夏一想还真是。唉，六哥确实挺可怜的，上一世可怜，这一世肯定不能再让六哥可怜了。

秦王失笑："你是真最疼你六哥，还是听说你六哥没人疼，你就最疼他了？"

李夏看了眼秦王，心里一阵踌躇，作为五岁的孩子，怎么说才正常？她不过对糖啊花啊粉啊的没兴趣懒得看，郭胜那货就看出她不对了。

可她对五岁的孩子应该怎么表现，一片茫然。

皇上五岁那年……那年太后突然病故，浙南一带海盗猖獗，北边蛮族大举犯边，有人怀疑是她害了太后，朝堂之中党派林立，四分五裂……

她一点儿也不记得皇上五岁时什么样儿了，她只记得无数个漆黑的夜里，她坐在萱宁宫大门台阶上，缩成一团，茫然无措，不知道明天的朝堂，她能不能撑得下来，陆仪沉默地立在黑暗中，守护着她。

"怎么了？"秦王探头过来，看着有几分怔忡的李夏。

李夏赶紧摇头："就是最疼。"

"阿夏真乖，我也最疼你。"秦王笑起来。

李夏头顶一群乌鸦飞过，乌鸦屎横飞。他疼她算个什么事？他拿她当小娃娃哄……她可不就是个小娃娃！唉！

"你最喜欢吃什么？糖？"

"好吃的。"李夏带着一肚皮的愤懑和恶趣味，轻声细气答了句。

秦王噗一声大笑起来："真聪明！我也喜欢吃好吃的，阿夏有大智慧。那阿夏最喜欢玩什么？好玩的？"

"九连环。"

"噢，对，九连环。"秦王折扇在手心里拍了几下，他忘了这个了，她解九连环能解得那样快，肯定是很喜欢才能解得那样好。

"我阿娘也喜欢解九连环，阿娘说，能把九连环玩好的人，有大出息。我看阿夏以后就是个有大出息的。"秦王不知道想到了什么，眼里闪过丝阴霾。

李夏正巧瞄见了他脸上闪过的那一丝阴沉，心里一沉。太后说九连环解得好的人，都是有耐心能隐忍的，是最优秀的猎手，太后是要教导他成为猎手吗？狩猎谁？

"除了《千字文》，还念过别的书吗？"

"《百家姓》《三字经》。"六哥五岁时就是念完了这三本，开始念《增广贤文》的。

"阿夏真聪明。"秦王立刻夸张地夸奖了一句，李夏听到他夸她真聪明，就浑身起鸡皮疙瘩，她是真讨厌被人家当成五岁的孩子哄啊！

"阿夏喜欢念书吗？写字呢？"

"嗯。"李夏点头，她一直都很喜欢念书，后来也开始喜欢写字，特别喜欢坐在太后身边，一边听着太后讲古话，一边抄经文，也抄邸抄，抄朝报，抄一些不知道哪儿来的密折……

"阿夏真厉害。"

李夏恨不能啐秦王一脸，他就不能不夸吗！

"哥哥念什么书？"李夏决定夸回去。

"《大学》《通鉴》，还有《刑统》"秦王答得很认真。

"哥哥真厉害，真聪明！"李夏睁大双眼，夸张地夸了回去。

秦王哈哈笑起来："怪不得你五哥、六哥，还有你姐姐都最疼你。你可真会信口乱夸，你知道什么是《大学》？什么是《通鉴》？你这个小丫头！"

李夏点头，秦王瞪着她，李夏迎着他的目光，再点头，她真知道啊。

秦王再次哈哈笑起来，抬手在李夏头上揉了又揉："你这个小丫头，什么也不懂，就敢乱点头？嗯，反正你也不懂，你这么大，就是想怎么点头就怎么点头，对吧？"

李夏被他揉得连头带身子歪来歪去，斜眼横着他。秦王迎上她恼怒的目光，抬手指在她额头上轻轻弹了下："还不高兴了？那我问你，什么是《刑统》？"

李夏拧过头，不理他了。

"我告诉你，《刑统》就是……"秦王顿住，仿佛在想要怎么说才能让李夏理解，"是一本书，告诉黎民万姓，哪些事是错的不能做，要是做了，就要受到什么样的惩罚，比如杀了人是要……官府就会杀了他，要是偷东西，就要打屁股，听懂了吗？"

李夏斜睨了秦王一眼，勉强点了下头，她本来是很懂的，听他这么一解释，倒有点儿糊涂了！

"阿夏真聪明。"秦王再次夸奖。

李夏心里如万马奔腾，唉，她什么时候能长大啊，什么时候能不用对着这个二货装傻啊……

"阿夏，你知道吧，哥哥一点儿也不喜欢看《刑统》，《通鉴》还行，可是不看不行。哥哥长大了，人越长大，就越不自在，要这样，要那样，你看看，鹦哥儿行了冠礼，连吃糖都得偷着吃……"

秦王不知道触动了哪根心肠，一声长叹，几句感慨里透着浓浓的阴郁。李夏听到他最后那句话，下意识地看向金拙言，金拙言一动没动，还是直直地看着外面，仿佛没听到秦王的话。

陆仪无语至极地瞄了眼秦王，金拙言那几句话，怎么就把他惹得恼成了这样？几句实话而已……

"……趁着你现在还小，好好吃糖，想怎么玩就怎么玩，不高兴就哭，不管懂不懂，想点头就点头，反正你还小，想怎么样就怎么样。等你大了，过了七岁，你就不能出来了，你阿娘肯定得让你学规矩，学针线，学这个那个，哥哥就见不到你了，唉，不长大多好。"秦王的感慨中，透出了更多更浓的忧郁和压抑。

李夏看着他，突然一阵心酸，她没经历过他这样的长大，上一世她一直懵懂到姐姐出嫁，可她却能感受到秦王的心情，差不多的话，皇上也跟她说过、哭过……

"好。"李夏声音软软地答了句。

秦王想笑，没笑出来，却叹了口气："你好什么？你能不长大？"

"好好吃糖。"李夏答了句。

秦王噗一声笑起来："敢情，你就听懂了这一句对吧？就惦记着吃糖，哥哥告诉你，糖不能多吃。你好好听话，一天……"秦王踌躇了下，"最多吃十块……二十块吧，一天从早到晚，挺长的，最多只能吃二十块，听到没有？你要是听话，一天不超过二十块，我就等你吃完一匣子糖，再送一匣子给你，让你一直有糖吃，好不好？"

"好。"李夏点头，"还有六哥。"

"你还真疼你六哥，好，还有你六哥，你们两个，一人一天最多最多二十块。我会派人看着你的，还有你六哥，要是吃多了，就再没有了，就是不送糖给你吃了，懂不懂？"秦王听李夏说还有六哥，笑起来。

"懂。"李夏暗暗叹气，不是夸她真聪明，就是问她懂不懂，他就不能说点儿别的……

"除了糖，阿夏还喜欢吃什么？桂花糕？"秦王想起秋天里，李文山去老杭家买桂花糕的事。

李夏点头。

老杭家的桂花糕，她头一次吃，就是在杭州城外十里铺的那次，贺掌柜叫他们进了分茶铺子，拿了块桂花糕给她吃，包桂花糕的纸上有一个大大的"杭"字。

之后的几十年里，那个以大大"杭"字为标识的杭州城老杭家桂花糕，一直位于她心目中最好吃的点心之首，从未动摇过。

"桂花糕也甜，也不能多吃，一天最多吃两块。"秦王给她定量，"还有你六哥，他也是两块，也不能多吃，听到没有？"

李夏无语地看着西湖，一点儿也不想点头。

"阿夏还喜欢吃什么？蜜汁火腿？那东西不好，不要多吃。鱼倒还行，不过刺儿太多，你太小，最好让厨房剔出鱼骨，做成鱼丸给你吃。还喜欢吃什么？喜欢吃什么跟哥哥说，哥哥家的厨子做菜还不错……"

李夏慢慢晃着腿，听秦王东一句西一句说完吃的说玩的，说完玩的说风景，说完风景说花草……

陆仪看着对着李夏絮絮叨叨的秦王，神情微微有些黯然。阿夏是个小孩子，王爷也不过是个大孩子，这样一个大孩子，要承担的东西，太沉重了……

金拙言侧头看了会儿秦王，垂下头，慢慢踱到陆仪身边，也不和陆仪说话，只看着远远的西湖另一边枯干的垂柳发呆。

第十三章 五神淫祀

从庆丰楼出来,天色还不算太晚,陆仪吩咐承影带几个护卫,赶了一辆车,送李文山和李夏回去。

李夏打着哈欠上的车,李文山干脆也上了车。李夏上了车就睡着了,李文山抱着李夏,车子照样走得很快,一路颠簸往横山县赶回去。

一直到离横山县城门还有一射之地,车子停下,李文山叫醒李夏,下了车,骑上马,往县衙回去。承影和几个护卫,看着两人一马进了城门,才折返回去。

进了城门,李夏示意李文山:"五哥,慢点儿走。"

"好。"李文山放松缰绳,信马由缰往前慢慢地走。

"五哥,这一阵子,秦王是不是去书院的时候比从前少?"李夏仰头看着李文山问道。

"好像……"李文山皱起了眉,他好像没怎么留意过,他读书又不像秦王他们,不用用心,"还行吧,也没少几回,就是有时候走得早,出什么事了?"

"五哥,你知道党争吗?"李夏已经想了一路了,这事还是要跟五哥说一说的,他不能知道得太多,可他心里也不能没数。

"知道,可党争,至少现在跟咱们还扯不上,阿爹就是一个小县县令……"李文山说着笑起来。

"五哥,咱们现在已经在党争之中了。"李夏叹了口气。

李文山呆了,片刻,眼睛一点点瞪大,连眨了好几下:"阿夏,你……"

"朝里的局势，秦先生跟你说的那些，大体不错，现在朝中争斗最厉害的两派，确实是太子党和贵妃党。"李夏声音很低。

"阿夏，太子已经立了，秦先生也说……"李文山是个心地纯直的，他想不出已经立了太子，贵妃党还能干什么。

"五哥，你以后要多读史书。科举应试，至少在进士之前，这些士子，除了极少数几个聪明天成的，多数都极少观史看史。这很不好。"李夏被五哥这一句话说得，无比感慨。

李文山怔怔地听着李夏的话，半晌，突然倒抽了一口凉气，阿夏这几句话说得……好像……好像……她站在天下所有的士子之上，居高临下地点评他们……

"以史为镜，明兴衰，不管哪朝哪代，都是一样的轮回，天底下，没有新鲜事。"这是太后的话。李夏垂着头，沉默好一会儿，才接着道："五哥，皇上今年才三十三岁，本朝天子多数长寿，至少比前朝、再前朝都长寿不少，就算他活到五十岁，那还有将近二十年寿数呢。"

"阿夏！"李文山喉咙有些紧，下意识地四下乱看，阿夏怎么说这样的话，这简直是大逆不道！

"五哥，就咱们俩说话，不用绕圈子。"李夏仰头看了眼脸色微微有些发白的五哥，真绕了圈子，她不是怕麻烦，她是怕五哥听不懂，或者听不全，或者听错了。

"皇上已经立了太子，可太子一系，还是这样一味勇猛往前，一直下去会怎么样？照这样，不过三五年，朝里朝外就都在太子手里了，那皇上呢？去做太上皇吗？或者……""做先皇"这句，李夏没敢说出来，她怕吓坏了五哥，"父壮子大，在贫家是兴旺之势，在皇家这样的地方，这是祸乱之根。"

"阿夏，你是说，太子后来……杀了皇上？还是皇上杀了……太子？"李文山反应倒是快，就是方向偏得厉害。

"五哥！我不知道，你看，到现在，已经全变了，对不对？从前如何，现在如何，谁都说不上来了。如今，咱们家已经陷在党争之中了，已经脱不出来了，那未来如何，还怎么说得准？我跟五哥说这些，是让五哥心里有个数，至少，不能轻易地被人利用了，甚至被人家当了鱼肉。"

李夏拍着五哥的胸口，连叹了好几口气。她这个五哥，从头到尾，都是懂事晚，这种能把一家一族连根灭绝的事，这会儿，他还能带着一腔看稀奇看热闹的兴奋之情……

"我知道了，你说，我听着。"李文山压下心里那股子激动惊讶好奇兴奋，以及他自己还没意识到的丝丝恐惧。

"在没有成为皇帝之前,一切皆有可能。"李夏看了眼李文山,"明尚书勇猛是长处,可就是太勇猛了,过刚易折,苏贵妃那一对双胞胎儿子,只比太子小两岁。"

李夏的话顿住,片刻才接着道:"一个年尾,一个年头,其实只小了一年,苏贵妃又极得皇上恩宠,苏贵妃的哥哥苏广溢已经做了五年的吏部尚书了,苏氏一系,实力强劲。除了这两党,还有位姚贤妃,姚贤妃声名不显,为人低调,也没有子女,无宠无子,几乎所有的人,都忽略了她。可她叔叔,是现在的禁卫军都指挥使,她三个弟弟,都在军中,虽然年纪不大,却都已经是战功卓著的青年将军。"

李文山专注地听着:"我听古六说起过这个姚贤妃,可她没有孩子……"

"没有孩子,不见得没有想法。"李夏打断了李文山的话,"后宫美人众多,年年纳新,就现在,已经有六位皇子了。"

李文山轻轻抽了口气,这个他听说过,并未留心,现在再听阿夏说,突然有了股令人恐惧的扑面之寒。

"除了这些,还有太后。"李夏的话顿住,有几分怔忡,当时她还是傻得厉害,直到主政两年之后,她才意识到,当年那一片混乱中,太后一系,始终都是最强劲的那一党。

"五哥,太后,还有王爷,肯定也有他们自己的想法,他们都是天生的局中人,身在其中,不进则死,这是没办法的事。"李夏后面两句话说得极轻极淡,她当年就是这样,不进,则死,不杀了别人,就得被别人杀了……

李文山一口凉气没缓过来,又倒抽了口凉气:"阿夏,你这一说……我也觉出来了,唉!早知道这样,不进这个万松书院就好了,就不该进……"

"京城伯府,还有大伯,应该已经站进太子党了,有机会你再问问秦先生。要不然,也不能让老三跟着明绍平走这一趟,大伯也不会传那样的话。五哥,你进不进万松书院,咱们一家,都脱不出这场党争。"

李文山听得头皮都麻了:"那咱们……阿夏,这岂不是……这算脚踩两只船吗?"

李文山一脑门子乱麻,一会儿想到这儿,一会儿想到那儿。

"五哥!"李夏有几分无语地看着他,"我跟你说这些,只是让你心里有个数,踩几只船这事,你不用想,还轮不着咱们想。你现在跟在秦王身边,不说在最中心,也差不多了,对这些事,你心里得有数,得能知道大分寸,别的……现在想也没用,不如不想。"

李夏连声叹着气："五哥，你不用想太多，这种事，天命所在，咱们这些凡俗之人，能做的就是尽量保全自己，保全咱们家，但也只是尽个人力，真要是命数在那儿……五哥，咱们尽人力，别的，听天命吧。"

"我也是这么想！"李文山从一通混乱中硬挤出来，脱得干脆利落，手举起来，果断往前一挥，"阿夏别怕！有五哥我呢！车到山前必有路！事到临头必能解！咱们见招拆招，不怕！"

李夏仰头看着五哥，笑起来，五哥就是这样，乐观无比，勇往直前，虽然想得少了点儿……

李文山带着李夏，天不亮走，天黑了才回，徐太太这一天担忧得不能再担忧了。

李县令更不用说了，从县衙到城门，再从城门到县衙，来来回回不知道走了多少趟，急得脖子都长了。

李冬和洪嬷嬷也跟着担忧不已。

倒是李文岚，别人都担忧，他生闷气，一整天都嘟着嘴不高兴，大哥带阿夏出去，肯定玩好玩的、吃好吃的去了，他们竟然不带他！

李文山带着李夏回来前，李县令已经急得火气都上来了，咬牙切齿要在李文山回来后好好教训他，非罚跪不可！

等李文山进了门，李县令一腔的急怒如沸水泼在雪上，眨眼就不见了，只急着吩咐徐太太、李冬以及所有其他人："你去哪儿了？怎么能这么晚……看看，都这么晚了，快端盆热水，让你哥先洗一洗，饭吃了没有？先拿杯茶，一直骑马？把衣服脱了，让我看看，腿上磨破皮没有……"

李冬一边团团忙，一边时不时瞄她爹一眼，刚才她爹发那么大的火，她吓得不行……这会儿火气哪儿去了？

隔天下午，李文山启程返回杭州城，县衙后宅的生活恢复如常，李文岚和李夏的课，照样上起来。

郭胜上了大半个月的课，李夏始终如一，专心听课、临字，几乎不说话，更不问一个字，郭胜心里的灼热渐退，渐渐安定下来，她很耐心，他也要耐心。

郭胜给李文岚讲了一页多书，李文岚站到外面银杏树下，一边哇哇地背着书，一边在一块矮矮的青石板上跳上跳下。

李夏临完一篇字，扫了眼面对着她，端坐在桌子旁，低头悬腕写着字的郭胜，一边抽了张纸过来，接着临字，一边稍稍提高些声音道："紫溪盐场边上。"

郭胜浑身一震，手里的笔一下子戳在纸上，直戳得墨汁四溅，抬起头，直直地看着李夏，简直不敢相信自己的耳朵。

"有个地方，叫溪口镇。"李夏低着头，慢慢地一笔描下去。

郭胜忽地站起来，两步走到李夏旁边，坐到一半，又忽地立起，看了眼在外面一边背书、一边跳上跳下的李文岚，拂了下衣襟，才又重新坐下，屏气凝神，听李夏说话。

"溪口镇上，有一户姓赵的人家，商户，家主赵恢庆，继妻孟氏，去打听打听这一家人，越细越好。"李夏一边瞄着字，一边面无表情地吩咐道。

"是。"郭胜用力压下那股子几乎压不下去的激动兴奋，坐了片刻，才两只手用力撑着桌子站起来，两条腿僵直地走回自己座位旁，僵直地坐下，重新提起笔，却手抖得根本没法写字。

他一生所求所愿啊……

李夏始终没抬过头，只是专心地临帖写字。

郭胜呆看着李夏，只是看，无所想。

他现在心情过于激荡，他虚度的这几十年里头，头一回，他这心情澎湃激荡混乱茫然到无法思考，无以言表……

"先生，我背出来了！"李文岚雀跃地跳进来，"先生，才用了一刻钟！"李文岚看着屋角的滴漏，兴奋得脸上泛起层红晕。

"岚哥儿背出来了？那背给我听听。"郭胜下意识地答道，笑容和煦，看起来极其认真地听着李文岚背书，其实李文岚背了什么，在他耳边响亮地绕了个圈，就消散了。

"岚哥儿背得不错，这一次大有进步。"李文岚声音停了，郭胜急忙夸奖。

李夏手里的笔一顿，抬头看了眼郭胜，六哥背错了两句半，他竟然没听出来……没看出来，竟然是这么个不经事没出息的！

李夏一阵失望，唉，先看看溪口镇这件事吧，看他能查到什么程度。

郭胜回到自己那间小院，关了门，慢慢跌进椅子里，一点一点慢慢地回想着李夏说的那几句话：紫溪盐场边上，有个地方，叫溪口镇。溪口镇上，有一户姓赵的人家，商户，家主赵恢庆，继妻孟氏，去打听打听这一家人，越细越好。

他知道溪口镇邻近盐场，相比于其他地方，土地贫瘠得多，镇子上的人，以小商户居多，还有些在盐场做工，做生意的多数往扬州、徐州一带走，贩卖茶叶……

这个地方，这家人，有什么出奇的地方？

郭胜端坐在椅子上，一会儿凝神细想，一会儿恍惚走神，一直坐到半夜，寒气从脚往腿，一直到腰间，都一片冰凉了，才撑着椅子扶手站起来，慢慢活动了好一会儿腿脚。

等血脉通了，才挪到隔壁，捅开炉子，烧上水，蹲在炉子前，看着旺旺的欢快跳动的火苗，只觉得这火是如此温暖，这火苗是如此活泼可爱，这炉子这壶，这水这火，这间屋子，这个世间，都是如此活泼，如此可爱。

隔天，郭胜找了个核查的借口，借了匹马，打马直奔溪口镇。

老赵家在溪口镇，算得上数一数二的人家了，几乎满镇皆知，要打听起来容易极了，有关他家的各种八卦，到处都是。

不过半天工夫，郭胜就打听明白了。他坐在老赵家斜对面的小分茶铺子里，要了一大碗羊杂汤，一碟子白切羊肉，两只烧饼，一边吃，一边瞄着对面老赵家的动静，一边攒着眉头，苦思冥想李夏让他打听这一家子，到底是什么用意，她到底想知道什么，或者说，她到底想让他打听什么，他打听到现在，算打听好了没有……

肯定不算，打听到现在，都是平常事，太平常了。既然她让他打听，这一家子，必定有与众不同、值得打听的地方，在哪里呢？

郭胜无滋无味地咬着饼吃着肉喝着汤，一遍又一遍过着刚刚打听到的那些信儿，过了七八遍，隐隐约约，他觉出有哪儿好像不对劲儿……

对面老赵家那两扇黑漆勾朱红边大门外，一个穿着件有些奇怪的道袍的老妇上前，叩了几下门环。

郭胜的后背一下子挺直了，有一下没一下地嚼着嘴里的肉，全神贯注地盯着对面那扇黑漆漆的大门。

门悄无声息地从里面开了条缝，门缝向着另一个方向，郭胜坐的地方，只能看到从门缝里伸出了一只手，将半串大钱递给了穿着奇怪道袍的婆子。

郭胜立刻推开汤碗，站起来，不远不近地缀上了道袍妇人。

道袍妇人沿着街，又走了几家，都是一样，多数是给了一把铜钱，还有一两家，给了一块细绸布和一包不知道是什么的东西。

道袍妇人的褡裢看起来很重了，她拐进一个小巷子，一路往前，穿过几家菜地，沿着田埂走了半里多路，进了一间看着像座宅院，却又有几分怪异的院子。

出了巷子，视线开阔，郭胜远远就能看到道袍妇人，不用紧跟，也不敢紧跟，远远缀在后面，看着妇人进了院子，院门依旧大敞着。

郭胜绕了个大圈，一副闲人模样，绕到了院门口，探头往里张望。

刚才的妇人已经搬了个小板凳，坐在院子里正折着什么，院子正中，竖着个半人高的大香炉，郭胜瞬间就明白了，这座看起来像宅院的地方之所以怪异，是因为它不是宅院，是一座淫祀之所，只是不知道祭祀的是什么神。

郭胜心里有了数，径直进了院门，好像没看到妇人一般，径直走到香炉前，冲着正屋拱了拱手，摸了几个大钱扔给妇人："没想到这里还有供奉，没来得及备香，烦你回头帮我上炷香吧。"

"有心就好。"妇人收了钱，站起来进了厢房，片刻就拿了把香出来，点上，插进香炉里。

郭胜已经随意地在院子里溜达起来了，转来转去地看树看房看四周，看了一圈，用折扇指着三间正屋问妇人："今儿能进去吧?"

"这会儿不大方便，法师正在作法，先生稍等一等，再一会儿就好了。"妇人很客气。

郭胜噢了一声，转身出了院门，沿着院子，溜达了一圈。这院子从里面看，三间上房直顶两头，可从外面看，三间上房是被院墙围在中间，上房后面，还有一排五间低矮一些的后罩房。

后面一半，一左一右各一间极小的角门，门很厚重，黄铜锁锁得结结实实。

郭胜绕了一圈，回到院门口，从院门口看着那三间顶齐两边的上房，心往下沉，他隐隐有点儿知道，为什么姑娘要让他过来查那赵姓的一家子了。

郭胜重又晃进院子，看着依旧紧闭的上房门，看起来十分无聊的样子，站在慢吞吞折着纸花的妇人身边，说上了闲话："我是外地人，听说这溪口镇上，有一户姓赵的人家?"

"姓赵的有好几家。"妇人看起来是个本分老实的，全无戒心。

"他家老爷在扬州做生意。"

"那就是街口赵家，你到了镇上，沿着大街走到头就是，青砖门楼，富贵得很。"妇人仔细给郭胜指了路。

"赵家大郎这几天不知道在没在家?"郭胜看着妇人，像是问她，又像是自言自语。

"在家，他家大爷是个读书人，平常就在家里读书，不往哪儿去。您是扬州来的?"

"嗯，"郭胜似是而非地嗯了一声，折扇打在手心里，听起来有些懊恼，"来前忘了问了，也不知道大郎家孩子，多大了，男孩女孩，看看我，真是真是。"

"赵家大爷还没有孩子。"妇人笑起来，"老赵家人口少，就一位老太太，大爷和大爷媳妇，大爷还有个妹妹，今年才十三。这孩子不孩子的话，您到了他家，可别多说，大爷媳妇嫁过来三年多快四年了，一直没开怀，一家子都急得很，唉。"

郭胜明白了，刚才从门里递大钱出来的，必定是赵大郎的媳妇郑氏了，三年没开怀，病急乱投医。

"这位老爷坐着等吧，法师作法，时间有时候长有时候短，说不上来，您坐，我给您倒碗茶。"

郭胜看起来有几分犹豫："我还想到盐场看看……一路过来，就这儿看到了，盐场那边还有咱们的地方吗？我有点儿事，得请法师指点指点。"

"盐场离咱们这儿不远，这一带，就只这一个地方，还有两家，都在盐官县，离这儿都不算远。"妇人是个老实良善人，看郭胜眉头紧拧，就有点儿替郭胜着急上了，"要不，您先去盐场，晚点儿再来？晚上法师都得空儿，法师歇得早，我跟法师说一声，请他等等您，您看呢？"

"这事怪我，没想到能在这儿碰到法师，事先没打算，我在盐场定了几船盐，今天晚上就得启程，下回来，再怎么也得一阵子，我这事急，盐官县……"郭胜拧着眉头，"我正好经过盐官县，要不，您跟我说说，盐官县那两位法师常驻哪里，唉，我这事实在是急。"

"一个在桥东镇，一个在三阳镇，三阳镇正好在去扬州的路上，您到那儿去。"妇人急忙答道，说完舒了口气，看样子很替郭胜高兴。

"多谢了。再请教嬷嬷，三阳镇那位法师，也是晚上得空？"郭胜一脸喜色。

"那我就不知道了。"妇人一脸歉意。

郭胜有几分失望，随即笑道："不妨事，我打发小厮先骑马过去守着，不管白天晚上，总归能见到法师。嬷嬷，这里求子最灵，这我知道，这些年，法师又添了别的神通没有？"

"您说到这个，前几个法师还抱怨，说成天来求子的一堆一堆地不断，他都没空修行，这神通……先生是求子的？"

见郭胜点头，妇人笑起来："先生光知道咱们五神教求子灵验，还不知道这求子的规矩吧？那孩子是妇人生出来的，求子当然也得妇人来，日常供奉就不说了，每个月两趟三趟，得亲自到咱们这庙里来，诚心拜神，法师作法求神求子。"

"那现在这大殿里头，就作法求子呢？"郭胜眼里的寒光一闪而逝。

"可不是，是盐场那边姚家姑嫂两个，那姚家嫂子过门一年多，就是不开怀，求到咱们法师这里，不过两三个月，就怀上了，头一胎就生了个大胖儿子。那姚家嫂子，就把大姑子带过来了，她那大姑子，生倒是生了，三年生了两个闺女，着急想要个儿子……"妇人絮絮叨叨，一脸一身的骄傲。

郭胜低头看着她，眼里都是怜悯，听妇人絮叨完，郭胜笑道："这规矩我知道，内子也一起来了，多谢嬷嬷。对了，老赵家那个媳妇，三年没开怀，怎么没到法师这里求一求？是不知道，还是……"

"怎么不知道？知道，求了两年多了，每月月初月中来两趟，回回都是赵大爷陪着一起来，两口子都虔诚得很，在殿里一跪半天。可这子嗣后代，都是前世因果定下的，那因果浅的，法师作了法，求一求神仙，都能过去，法师说过好几回，赵家大爷这因果太重。唉，这人可不能作恶，一辈子作恶，十辈子都还不清哪。"

妇人说得感慨起来，郭胜从上往下瞄着她："可不是，人可不能作恶太过。多谢嬷嬷，时候不早了，告辞。多谢多谢。"

郭胜转身出了院门，大步流星往溪口镇过去。这间淫祀之所的勾当，他已经很明白了。

回到溪口镇，郭胜从脚店取了马，正要上马回去，突然顿住。这老赵家嫁到盐官县桥头镇上的大女儿……桥头镇离这儿不远，去一趟还来得及！

郭胜上马，直奔桥头镇，在桥头镇倒比在溪口镇多耽误了小半个时辰，郭胜赶回横山县城，正赶着关城门，幸亏守城的老厢军认识他，远远高喊了一声，老厢军等着他冲进城门，再缓缓推着沉重的城门关上。

城里还很热闹，郭胜牵着马，在离他住处最近的小分茶铺子门口停下，要了热水茶汤，吩咐立刻送过去。

等他到家拴好马，热水茶汤也送到了，郭胜痛痛快快洗了，吃饱喝足，泡了壶茶，搬了把椅子放到廊下，抿着茶，吹着风，细细整理这一天打听到的信儿。理了一遍，细想一遍，再理一遍，再想一遍，确定能想的都想到了，才站起来，进屋歇下。

第二天上午，郭胜在堆放陈年旧案卷宗的两间屋子里一直翻到午饭过后，出来买了两只肉饼几口吃了，一头扎进屋里继续翻，一直翻到该到后宅上课了，才出来净了手脸，往后宅和前衙之间的那三间厢房过去。

郭胜耐心地给李文岚讲了书，细细解释了李文岚的几个疑惑，留了比前天多了差不多一倍的课业，吩咐两刻钟里背出来。

李文岚出到厢房门口，围着老银杏树转着圈，哇哇地背书。

郭胜坐到李文岚的位子上，看着专心描字的李夏，低低道："姑娘，大致打听清楚了。溪口镇老赵家，家主赵恢庆，生意做得还算可以，常年住在扬州，据说在扬州还有一房媳妇，生了一个儿子两个女儿，这是听脚夫行两个脚夫说的，说是溪口镇家里都知道，生意人这样的也多得很，所谓两头大。"

李夏微微蹙眉，下笔流畅地接着描下一个字。

那桩案子里，自始至终没有出现过赵恢庆的名字，她当时还奇怪过，这个家长，怎么活着像死了一样，后来她让人去打听了才知道……

"现在溪口镇家里的，是赵恢庆的继妻孟氏，孟氏生的女儿赵二姐儿，还有赵恢庆前妻生的长子赵宏贵，以及赵宏贵的媳妇郑氏。赵恢庆前妻还生了个女儿，赵大姐儿比赵宏贵大两岁，嫁在盐官县桥头镇。"

李夏低头描着字，这些她都知道。

"赵恢庆前妻孙氏和赵家门当户对，听说嫁妆十分丰厚，嫁过来时，还算一时轰动。听镇上的人说起来，赵宏贵性子懦弱，从小读书。照邻居的话说，读书读得有点儿傻，赵大姐儿出嫁时，把母亲孙氏的嫁妆，几乎都带走了。赵宏贵媳妇郑氏嫁过来之后，因为这事，据说在大姑姐回娘家时，和大姑姐吵得不可开交，很多邻居都去劝过架。郑氏嫁过来过了三个年，头两年都吵架，去年初二那天，赵大姐儿就没回娘家。"

李夏的笔停住了，头却没抬，片刻，落笔接着写字。

当时她就觉得奇怪，这桩杀妻虐媳案，前前后后一个多月，赵宏贵在牢里也关了二十多天，这个时候，这位厉害的大姐怎么不见出面……

"赵恢庆继妻孟氏，据说和赵大姐儿处得极好，孟氏亲生的女儿赵二姐儿，常常到赵大姐儿家住上十天半个月的，孟氏和媳妇郑氏，听邻居说，也没什么不好。孟氏家境远不如赵家，有个老娘，常年病着，汤药钱全靠孟氏接济。郑氏家里是耕读忠厚之家，祖父母因为常年照顾族里的孤寡，受过县里的表彰，门头上挂着县令亲笔题写的'忠厚之家'的匾额。郑氏嫁进赵家三年多快四年了，一直没有孩子，因为这个，郑氏到处求子，一直求到了溪口镇外的五神庙。"

李夏抬头看向郭胜，郭胜迎着她的目光，忍不住露出一脸灿烂的笑容，果然，姑娘让他查的就是这个。

李夏移开目光，垂下眼帘，看着影字本，心里百味俱全，一时复杂成一团乱麻，这字，是写不下去了。五神淫祀案，是她伴在太后身边抄经抄邸抄，直到抄各种密折时，抄到过的一个案子。

五神淫祀，最早是从盐官县兴起来的，主犯曹兴、曹旺是亲兄弟两个。因为家里赤贫，吃不饱饭，曹兴六岁时，自己跑到庙里当了和尚，辗转到宁安寺，二十六七岁就做了宁安寺的知客僧。三年后，被宁安寺逐出，只说他犯了不持金钱戒。

曹兴离开宁安寺后，到处招摇撞骗，也不知道从哪天起，竟然传出了大有神通的名声，号称曹大法师。曹大法师最大的神通，就是求子特别灵验。

很快，曹大法师就说通了天眼，做了神使，找来弟弟曹旺做了曹二法师。半年后，又收了投奔来的表弟杨坎，杨坎又带来堂弟杨联，杨联带来了把兄弟陈安，从大法师到五法师，凑齐了五神。到案发时，这五神教，已经在盐官县等邻近几个县修了十几座五神庙，敛财无数。

五神教案发，始于富阳县的产妇暴死案。

富阳县城内富户姚家媳妇杨氏产子隔天，母子暴亡。

杨氏母亲前一天陪在产房外，一直等到女儿平安产子，又过了半天才回去，一觉醒来，听说女儿和刚刚出生的外孙暴亡，说什么也不相信女儿和外孙是病死的，正巧，女婿姚大当时迷上了一个女妓，正闹死闹活地要接回家。杨氏娘家就认定，女儿和外孙是被姚大害死的，一张状纸，把姚家告到了衙门。

富阳县令审到一半，就几乎吓死过去了，将所有人犯以及卷宗，连夜送进了杭州城宪司衙门。

宪司看了卷宗，就密折报进了朝廷。

姚杨氏的死，确实是姚家下的手，因为杨氏生出的男婴，像极了富阳城外新建的五神庙里的法师陈安，杨氏看到孩子，当时就崩溃全说了，所谓的求子，就是被法师奸淫。

这案子从案发到最后，都是用的密折，太后特意跟她解说过这个案子。

求子灵验无比的五神，送子的方法只有一种。五神在邻近几个县从兴起到兴旺，猖獗了六七年，这六七年里，求子者无数，得子者也无数，这桩案子要是公开出来，但凡建过五神庙的县，以及邻近诸县去求过子的，不知道要死多少人……

太后说，曹兴等五人，是她吩咐的，全部活剐了。

她做了太后第二年，就找借口拘死了当年宁安寺内以犯了不持金钱戒为借口，逐出曹兴的方丈等人，将宁安寺夷为平地。

"五神庙建了几座了？"李夏闭了闭眼，五神淫祀案，案发于她入宫那年，她没想到,开始的时间,竟然这样早!

"说是三座,溪口镇一座,盐官县的三阳镇和桥东镇各一座。"郭胜目光灼灼,又补了一句,"这是那婆子说的,还要仔细查一查才能确定。"

"你接着说吧。"李夏放下笔,她实在没法再影字了。

"是,"郭胜精气神全上来了,"郑氏到五神庙求子也求了一两年了,一直无子,大约是因为每次去求子,都是赵大陪着过去,一起跪求,同去同走,那法师没能得手。

"从五神庙出来,在下又去了趟桥头镇。赵大姐儿婆家姓胡,赵大姐儿嫁的是胡家长子,胡家有三百多亩地,在镇上还有一家油坊、一家粮食行,家境殷实。胡大心眼活络,除了种地,还挖了池塘养鱼养虾,种桑树养蚕,把家业经营得十分红火。

"胡大兄弟三个,老二在家,跟着老大打理种桑养鱼的事,胡家老三,从小就聪明,是个童生,娶了杭州知府衙门衙役头儿王大魁的女儿王大娘子。王大魁三个儿子,只有王大娘子一个女儿,很是疼爱,胡家就在杭州城买了宅子,王大魁出面,替女婿在宪司衙门找了份书办的差使,听说很得上峰倚重。"

李夏面无表情,赵大姐儿因为嫁妆和弟媳交恶,以及胡家老三在宪司衙门做书办,丈人是杭州知府衙门衙役头儿这事,卷宗上没有,她让人打听时,也没有,是有人抹平了,还是有人欺瞒了她?

金拙言吗?只有他能把这事彻底抹平,以及能把她欺瞒成这样……

李夏心里五味杂陈,说不出的难受。

现在看,阿爹当年那桩枉断案子,不是因为阿爹笨,而是……这案子,只怕是冲着大伯去的……不是阿爹连累了大伯,是大伯连累了阿爹……

郭胜说完,看着李夏,屏着气等她发话。

李夏沉默了好一会儿,沉声道:"一会儿你就去一趟杭州城,把五神淫祀这件事告诉五爷。"

"是!"

"把话说清楚,五爷心性阔大忠厚,又是个少年,说清楚是怎么送子的,你怎么发现的这事,发现后立刻就赶过去告诉他了,其余人,一个字没敢说。告诉五爷,让他立刻告诉王爷,之后,就让他不必多管了。"李夏声音很低,一字一句,慢而清晰。

"是!"郭胜眼睛里星光闪烁。

姑娘要把这案子交到王爷手里,是为了五爷,还是为了王爷?

隔天天刚蒙蒙亮，李文山就被郭胜叫到书院门口，直截了当、明了无比地说了溪口镇五神淫祀祸害妇人的事，再提点一句请他转告王爷处理。

　　郭胜上马回去了，李文山目瞪口呆地站在书院门口，直呆了小半刻钟，才回过神来，往后退了一步，转个身，刚走了两步，就一脚绊倒在地上，半天才爬起来。

　　这样的事，太骇人听闻了，天底下怎么能有这样的事？这简直……简直……

　　李文山爬起来，只气得胸口堵得快要炸开了，也不进书院了，干脆往大门口的台阶上一坐，他就在这儿等王爷。

　　一直等到书院里传出第一遍钟声，秦王等人还没见踪影，李文山忽地站起来，照惯例，这个时候还没来，秦王他们今天就不会再来了。明天……不行，他无论如何也等不了明天！

　　李文山站起来，奔着明涛山庄方向，甩着胳膊跑过去。

　　凭着这口怒气恶气顶着，李文山竟然一口气跑到了明涛山庄门口。

　　陆仪得了禀报，急忙出到山庄门口，看着跑得浑身汗透，幞头没了，头发也散了，脸色青白，喘气喘得嗓子里叽叽有声的李文山，惊得眼珠都快瞪出来了："出什么事了？"

　　李文山面朝山庄里面，坐在门房给找的一只小板凳上："大事！气死我了，大事！"李文山连累带气带喘不上气，一把揪住陆仪的衣服，越急越说不出话。

　　"来人，把李五爷架进去。"门口不是说话的地方，陆仪叫了两个小厮过来。李文山被两个小厮架起来，话还在说："我要……见王爷，得跟……王爷……"

　　"别急，先缓口气，再急也不急在这一时，我这就带你去见王爷。"陆仪连声安慰李文山。

　　陆仪在前，两个小厮架着李文山，走得飞快，很快就进了秦王的院子。

　　金拙言和古六正坐在廊下下棋，看着被两个小厮架着的李文山，呆了片刻才认出来，两人一起站了起来，同时出声急问：

　　"李五这是怎么了？"

　　"出什么事了？"

　　"都别急。"陆仪抬手止住吓了一大跳的金拙言和古六，看向李文山："你别急，你这个样子，没法说话，让人先侍候你洗一洗，喘匀了气才好说话，不要急。"

　　李文山不停地点头，他不全是急，他是恼怒了。

　　小厮侍候着李文山沐浴洗漱，拿了套新衣服给他换上，洗好换好出来，李文山也喘匀了气，一眼看到秦王，就要扑上去赶紧说事，扑到一半被陆仪一把抱住，按在椅子上："不要急，先把那碗宁神汤喝了。"

李文山几口喝了汤，长长舒了口气。

不等他说话，古六先着急地问起他："你怎么过来的？门房说看着你一路跑过来的。"

"就是跑过来的，从书院。"李文山点头。

"啊！"古六眼珠都快掉下来了，"你疯啦？"

"今天一大早，郭先生过来找我，郭先生叫郭胜，是我阿爹新请的师爷。"李文山不理古六，看着秦王，抖着嘴唇，话说得很急，"郭先生说，他是连夜赶过来的，他说他昨天到紫溪盐场看脚夫和工役的事，路过溪口镇，见离镇子半里来路，有座不神不鬼的庙，就顺脚过去看了看，结果……"

李文山将五神送子的事说了："……郭先生说他想来想去，没敢把这事告诉我阿爹，我阿爹是个老实人，也没什么本事。郭先生说他吓坏了，谁都没敢告诉，想来想去，只能跑来找我，让我赶紧告诉王爷，这事……怎么能有这样的事？这还是个人吗？怎么能这样？"

李文山说到最后，眼泪噼里啪啦往下掉，干脆失声痛哭起来。

古六听了个目瞪口呆，那样子惊得跟李文山不相上下。

金拙言紧绷着脸，目光灼灼地直视着秦王，秦王看不出什么表情，捏着折扇的几根手指都是一片青白。

陆仪看看秦王，又扫了眼目光灼灼的金拙言，再看看哭得上气不接下气的李文山，有几分怜惜，这个李五，倒是真正的赤子之心。

"别哭了，你再哭，我也想哭了。"古六拍着李文山，眼圈发红，这种淫祀祸害乡民的事，他从小就听说过不少，惊愕之后，也不过感慨几句，这会儿看到李文山竟然哭成这样，也跟着难过起来。

秦王慢慢呼了口气，迎着金拙言的目光，垂了垂眼皮，再看向陆仪，吩咐了两个字："去查。"

陆仪微微欠身，转身出去了。

金拙言上前捅了捅李文山："别哭了，哭有什么用，这样丧尽天良的恶人，犯到咱们兄弟手里，那就是他死期到了，别哭了，咱们商量商量怎么办。"

李文山不停地点头，从古六手里接过湿帕子，一把接一把，把一张脸擦得通红。

第十四章 哥儿大了

陆仪出去安排下去,径直往太后住处大步过去。

金太后凝神听陆仪说了整件事,看起来十分感慨,片刻,轻轻吐了口气:"我知道了,这事我就不管了,让哥儿自己打理吧,要是有拿不准的事,你立刻来找我。这样的恶鬼……唉!去吧。"

陆仪欠身答应,垂手退了出去。

"老黄,你都听到了?"看着陆仪出去,金太后问了句。

帘幔后,黄太监闪身出来,垂手应"是"。

"哥儿入手,竟然是这样一桩案子,真是……"金太后看起来感慨万千。

"这是天命所归。"黄太监立刻接了句。

金太后没说话,沉默了好半天:"你悄悄看着,哥儿毕竟是头一回。"

"是。"

"去查那个郭胜,查清楚郭胜为什么去紫溪盐场,都做了些什么。从今天起,多派几个人盯着江宁府。"金太后声音渐冷,黄太监垂手答应。

李文山总算平静下来,金拙言十分难得地又温言安慰了他几句,秦王让古六带着李文山到他们府上歇两天再回书院,请个大夫给李文山诊一诊脉,没病也最好开几服安神的汤药吃吃。

古六带着李文山出了垂花门,金拙言看着秦王,笑起来:"这个李五,倒是员福将,这样的事都能让他撞到……"

"这事还没查清,等凤哥儿查清了再说。"秦王面色阴沉,"这件事要是别人首发,宪司衙门必定脱不了干系,盐官县令,横山县令,更脱不了干系。"

横山县令……金拙言皱起了眉,随即松开:"横山县要想脱出来容易,只是,如果林明生再因此事受责,这两浙路……就有些一家独大了。"

"我和阿娘避居在这杭州城,是为避灾星来的,宜静不宜动。"秦王好像没听到金拙言的话,沉在自己的思绪里,有一下没一下地摇着折扇,好半天,才慢吞吞接着道,"既然不想一家独大,这件大事,就只能交到林明生手里了,由他首发,就算不得功劳,这罪责肯定不会有了。"

"嗯,"金拙言应了一声,眉头皱得更紧了,"放到林明生手里,就怕他要借题发挥,先从横山县揭起,把横山县令作为入手,扯李学璋下马,说不定还能打到明振邦身上,横山县……"

"不怕,这事是咱们放给他的,先手在咱们这里,一个横山县,总还是护得下来的。"秦王有一下没一下地摇着折扇,"你听李五说了吧,他爹笨,没用,只要护下来就行了。"

金拙言想笑却没能笑出来,这个李五,这桩案子……

郭胜一口气跑回横山县衙,把马牵到马房,刚往自己的住处走了两步,又忙顿住,转身往县衙进去,他昨天和李县令说舅舅有事,要去一趟杭州城。现在回来了,一来要先跟李县令打个招呼,二来他还是先看看姑娘有什么事没有。

郭胜和李县令打了招呼说回来了,刚出签押房,就看到二门里,李夏跳着根绳,一路蹦跳出来。郭胜急忙站住,拐个弯往茶水房,到了茶水房门口,左右看了看,见四下无人,闪身从茶水房边上溜过去,从茶水房后面,闪进了二门里。

李夏正好跳到他面前,停下道:"去一趟江宁府,就说五爷的话,阿娘请教大伯娘,该怎么准备送往京城伯府的节礼,立刻就去,立刻就回。"

李夏说完,甩起绳子,蹦蹦跳跳地又一路跳回去了。

郭胜咽了口口水,一口水没咽完,就抬手猛一巴掌拍在自己额头上,懊恼不已。他混账了,竟然没想起来,还要姑娘提醒。

明涛山庄里,有的是精明到顶尖儿的聪明人。

五爷和王爷说了淫祀的事,明涛山庄里,只怕头一个,就得先查到自己头上,必定会查出他到了溪口镇,先打听的是老赵家,他是顺着老赵家,发现的淫祀那件事，他还去了桥头镇……这个锅，得有个人背起来。

郭胜直奔签押房，一脸懊恼倒正好用上，连连拱手和李县令告罪，说他急糊涂了，竟然把放着印信的荷包落在舅舅那里了，还得赶紧再去一趟拿回来。

李县令是个忠厚大度的，让他别急，今天来不及，就别赶回来了，明天再到衙门也行。

郭胜出来，直奔马房要了另一匹马，出了横山县，直奔江宁府。

江宁府漕司后宅，严夫人正看着人挑年宵花儿，听说横山县五爷打发人来，请见她，忙命请进来。

郭胜一大早从杭州城赶回横山县，再从横山县一路快马急鞭赶到江宁府，风尘仆仆，热汗涔涔。

严夫人见他赶成这样，心就提了起来，赶紧让人递了壶温热的茶水给他，提着心看着他一杯接一杯喝光了一壶茶。

郭胜喝足了茶，长舒了口气，站起来，先躬身谢了，才将李夏吩咐的话说了。

严夫人听完，直瞪着郭胜："就这事？就说见我？没说见老爷？"

郭胜觉出一丝不对，垂下头："五爷就是这么吩咐的。"

"您先坐一会儿，这事我得问一问我们老爷。你也知道，京城伯府，老太爷是个挑剔的，这事我们老爷最清楚，您请宽坐片刻。"严夫人一边说，一边站起来，冲郭胜客气地笑着，出了花厅。

严夫人一口气走出几十步，转了两个弯，急叫人过来吩咐："立刻去前衙，跟老爷说，请他立刻回来一趟，不管他正忙什么，立刻回来一趟。"

婆子急急去了，片刻工夫，李漕司就跟着婆子大步过来。

严夫人示意李漕司，几步进了旁边一间小暖阁，屏退了仆妇丫头，低低道："老爷，才刚那个郭胜来了，说是奉了五哥儿的吩咐，请见我，说是，五哥儿让他过来请教我，该怎么给京城伯府准备节礼。"

李漕司眼睛瞪大了，严夫人看着他道："我也是，吓了一跳，小三房那份节礼，咱们早就备下，十天前就跟咱们的节礼一起送出去了，这事早就打发人跟秦先生说过，难不成，秦先生没跟五哥儿说这事？"

"不可能！"李漕司断然否定，"这是一定要说的事，不然，横山县再送出一份节礼怎么办？"

"我也觉得不能不说，这……"严夫人往花厅方向指了指。

"人还在花厅？我去看看，你不用去了。"李漕司出了暖阁，直奔花厅。

严夫人站在暖阁门口，担忧地看着花厅方向。

郭胜坐在花厅里，略一思忖，就有了几分明了，这节礼，大约已经备下送走了，离腊月没几天了，这会儿再问，已经太晚了……

姑娘是什么意思？

郭胜正想得出神，李漕司已经到了花厅门口，郭胜急忙站起来，长揖见礼。

"果然名不虚传。"李漕司站在花厅门口，先上上下下将郭胜打量了几个来回，一脸赞赏，"先生气度不凡，果然是大才之人。"

"漕司过奖了。"郭胜揖了半揖，客气了一句。

"坐坐。"李漕司一边让郭胜坐，一边走到上首落了座，小丫头重新沏了茶上来，李漕司屏退众仆妇丫头，向着郭胜微微欠身，低声问道，"五哥儿到底有什么事？"

"五爷让在下过来一趟，请教夫人，往伯府的节礼该怎么准备才好。漕司也知道，这节礼的事，五爷这里没经办过，不知深浅，打发在下走这一趟，也是一片孝心。"郭胜神态自若，将刚才的话，又说了一遍。

李漕司坐回去，捋着胡须，看着郭胜，眉头渐渐拧起。郭胜淡定自若，端起杯子，细细品着茶。漕司府的茶，确实比横山县衙门里的茶强得太多。

"五哥儿最近可好？"李漕司盯着神态自若的郭胜问道。

"很好。"郭胜欠身答话。

"五哥儿这会儿在万松书院，还是在横山县呢？"

"在万松书院，在下昨天到杭州城看望舅舅，领了五爷的吩咐，到横山县换了马，就直接过来了。"郭胜答得很周全。

"王爷可还好？"李漕司眉头皱得更紧了，突然跳问了一句。

郭胜再次欠身："在下没看到王爷，也没听五爷提起。"

李漕司拧着眉头，实在想不出个所以然，郭胜站起来说："在下今天还要赶回去，漕司要是没有别的吩咐，在下这就告辞了。"

李漕司盯着他，他来问怎么备节礼，这怎么备节礼，可还没告诉他呢，他就要走了……五哥儿让他跑这一趟，到底什么意思？或者，难道不是五哥儿……

郭胜看着李漕司越来越疑惑和冷厉的神色，垂下眼皮，片刻，直视着李漕司，拱了拱手道："差点忘了，五爷吩咐在下提醒漕司一句：过了年，就是皇上三十四岁圣寿了。"郭胜说完，转身就走。

李漕司呆坐了片刻，突然一蹿而起，一张脸瞬间煞白。

李漕司没再去前衙，径直回到正院，严夫人紧跟进屋，见李漕司神情不对，心提得更高了，屏退了众人，亲自沏了茶端过来："老爷，没什么事吧？您这气色……可不好。"

"没什么事。"李漕司话说到一半，长叹了口气，"只能说，这会儿还没什么事。"李漕司端起茶，低着头一口一口喝了一半，放下杯子，又是一声长叹。

"到底出什么事了？政务上头？"严夫人见李漕司这样，脸色也有点儿变了。

"五哥儿让他来，递了一句话。"李漕司看着吓得脸色都变了的严夫人，伸手握住严夫人的手，轻轻拍了拍，"别怕，五哥儿说，皇上过了年，才不过三十四岁。"

"皇上过了年可不是三十四……"严夫人初一听莫名其妙，一句话没说完，眼睛就瞪大了，"这话什么意思？这话……"

"就是那意思，皇上，才不过三十四岁，正当壮年，圣寿……还早着呢。"李漕司声音轻飘，带着丝丝说不清是懊恼还是无奈还是茫然或是恐惧。

"是因为前一阵子三哥儿到杭州城的事？咱们家和明家是世交，明尚书没做尚书前，两家就是通家之好，三哥儿跟着明家大爷来……"严夫人不知道想解释给谁听。

"我知道，不是这个……"李漕司顿了顿，"别怕，咱们也没做什么……五哥儿也就是来提醒一句，五哥儿跟在王爷身边，想必是听到了一句两句什么话……"

"什么话？"严夫人后背都僵了，就怕这样的事，背后被人中伤，还一无所知。

"不管什么话，都不怕，你看，五哥儿不是递话过来了？别担心，没事。"李漕司压下心里的七上八下，安慰着夫人。

严夫人担忧地看着他道："老爷，这句话，细想想，这后头的意思……太吓人了。"

"我懂。"这一句话，让李漕司心里的忐忑一下子又弹上来，好一会儿，才又压下去，"别急，五哥儿这样递话……不急，只是提醒一句。过几天，你打发松哥儿去一趟横山县，送点节礼过去，得赶在五哥儿休沐那天去，住一晚上再回来。年前就算了，过了年，你打发人接五哥儿阿娘，还有五哥儿、六哥儿他们过来玩几天，让松哥儿先说一声。到时候，有多少话都能问，这会儿别急，没什么大事，从前，多少难处咱们都熬过来了。"

"好。"听李漕司一样一样安排下来，严夫人一颗心稍稍安定了些，紧挨李漕司坐着，两人低低说着从前经过的那些难关，从难关说到孩子，再说到更远的从前。

夜深了，严夫人睡着了，李漕司却辗转反侧了一夜。

郭胜出了江宁城，打马往杭州府，迎着风，将这件事从头到尾捋了一遍，又捋了一遍。

他到溪口镇打听老赵家这事，肯定瞒不过去，跑了这一趟，这锅就甩到了李漕司身上，可这一趟问节礼的事，中间夹着个秦先生……这个漏儿，得补上……

姑娘的打算，他还猜不透，不过，姑娘既然要把这事放给明涛山庄，只怕她这会儿谁都不站，也是，毕竟皇上只有三十出头……

自己这是以人的想法忖度姑娘……不过她现在在人世，那就应该以人的想法来吧，入乡随俗嘛……

郭胜中间走神，想了半天姑娘到底什么来历，以及听说过的那些鬼怪仙凡的种种，好一会儿，才拉回思绪。

明涛山庄会怎么处理这件事呢？

肯定不会直接出手，那交给谁？横山县？只怕五爷不肯……李县令的才干，这样的小县都吃力，这事李县令不明白，五爷却明白……

得从大势上想，太后是个精明人，背后又有金相以及金家，她有个明年才行冠礼的幼子，为幼子计……一家独大对她最不利！

这桩案子，必定要放到宪司手里！

嗯，那他这个漏洞，就好补了。

郭胜又细想了两遍，能想到的都想到了，就这样了。下了决断，郭胜直奔杭州城，一夜狂奔，黎明时分进了杭州城，直奔秦先生那个小院。

秦先生刚刚起来，正擦着牙，见郭胜一头热汗，满身风尘大步进来，吓了一跳："出什么事了？"

"给我拎两桶井水，把你家先生衣服找一身。"郭胜先吩咐小厮，再和秦先生说话："事是有点儿事，不过这会儿已经不急了，容我先洗一洗。这两夜一天，我从横山县到杭州城跑个来回，又从横山县到江宁府，再从江宁府到杭州城，这汗……你看看，这衣服上全是汗碱，我先洗洗，咱们再说话。"

郭胜只要井水，小厮拎来得极快。郭胜就站在院子里，脱得只剩一条裈裤，大棉帕子拖满井水，连擦带冲。

秦先生洗好脸，郭胜这沐浴也沐好了。

"郭兄真是好体格。"秦先生羡慕不已，赞叹不已。

"习惯了。"郭胜穿了秦先生的衣服，略肥略短，勉强过得去，扣好腰带，坐到炕上。

仆从已经提回了滚热的小笼包子、生煎馒头、酥油饼、珍珠酒酿、三鲜鳝丝汤、几碗小面、葱烤猪软骨等十来样杭州城早点，摆了满满一桌子。

"我就不客气了，饿坏了。"郭胜招呼了一声，拿起筷子就吃，风卷残云，把满满一桌子扫下去七八成。

秦先生被他吃得馋了，比平时多吃了两个生煎一碗三鲜汤。

小厮撤了早饭，沏了茶，郭胜舒服地长舒了口气，喝了半杯茶，看着秦先生屏退了诸人，才低低开口道："去江宁府，是我的主意，一时着急，就想了个借五爷名头，问怎么置办节礼的借口。"

"节礼……"秦先生脱口刚说了两个字，就急忙顿住，示意郭胜接着说。

"我自作主张，提醒了漕司一句：过了年，是皇上三十四岁圣寿。"

秦先生愕然看着郭胜，郭胜迎着他的目光道："出了件大事，不过不能跟先生说。唉。"郭胜难过地叹了口气，"这事，谁都不能说，可是又不能不提醒漕司。先生放心，这事，只要漕司警醒，必定平安无事。"

秦先生看着郭胜，张了张嘴却没能问出话，他先把话说到这份儿上了，他还怎么问？

"我回去了，这一阵子，横山县衙里……唉，多事之秋！李县令那里，我出来已经一天了，这个节骨眼上，不瞒先生说，一天不在，我就不放心。先生这几天只怕见不着五爷，少安毋躁，五爷好好儿的，我走了。"

郭胜说着，站起来就往外走，秦先生跟在后面送出去，看着郭胜上马走了，憋了一肚皮的疑惑不安，却全无着落处。

明涛山庄的人手办事，和李夏指挥着郭胜一个人，那是完全不可相提并论的。傍晚，关于溪口镇淫祀的事，陆仪这里就查了个七七八八。

陆仪理好了前后，进了秦王的书房。秦王坐在长案后，金拙言靠窗站着，凝神听陆仪禀报。

"到今天，一共算是两处半。横山县溪口镇这个地方，是第二座；头一座在盐官县桥东镇；盐官县三阳镇这座，三间堂屋前天才刚刚上梁，现在还只有个婆子日常守着。

"溪口镇的所谓法师，俗名曹兴，现法号圆融法师，之前法名德清，今年三十一岁。曹兴自小家贫，六岁那年，自己投到一间叫圣寿寺的庙里，圣寿寺当时只有三四个僧人，经常吃不饱，现在已经连寺都没有了。到圣寿寺一年后，曹兴跟着师父流云，到金安寺挂单。三年后，流云死在了金安寺。又一年后，曹兴离开金安寺，在外面游荡了两三年，投身到了定海寺。

"长大后的曹兴十分俊美，能说会道，伶俐机敏，在定海寺很快就深得方丈喜爱，二十岁那年，就做了定海寺的知客僧。隔年，曹兴和隔了一里路的空照庵里的尼姑道真成了相好。一年后，道真怀了胎，蓄发还俗，在明水镇上买了座小宅子，年底，道真难产，母子俱亡。年后，曹兴离开定海寺，四处挂单。一年后，进了宁安寺，又过了一年，宁安寺的知客僧得急病死了，曹兴就接手做了宁安寺的知客僧。

"宁安寺是大寺，曹兴做了知客僧第二年，就给弟弟曹旺在白鹤镇置了宅子田地，年底，曹兴和离宁安寺五六里路的上溪村杨陈氏有了奸情。杨家家主杨俊是个秀才，杨陈氏丈夫杨庆当时已经考进了县学，杨陈氏嫁进门两年没有动静，婆婆急着抱孩子，张罗着要给儿子纳个妾，杨陈氏急得到处拜佛求子，在宁安寺遇到了曹兴。曹兴胆子极大，和杨陈氏在神像后奸合时，被一个小沙弥撞到，彼时，杨陈氏已身怀六甲。宁安寺方丈空戒将小沙弥远远送走，以犯了不持金钱戒为由，将曹兴逐出了宁安寺。

"半年后，曹兴改名圆融法师，号称通了天眼，以求子求福著称。盐官县桥东镇的窝点，是杨陈氏拿了二百两私房银子出来，替他建造的，小半年后，曹兴这求子灵验的名声，就已经传遍了桥东镇，从桥东镇往四周传得极快。曹兴就招了弟弟曹旺过来，做了二法师，法号德融，溪口镇的那座，就是曹旺主持。三阳镇那家，是曹兴的表弟杨坎，杨坎两个月前刚刚拜到曹兴门下，说是正在习学法术。"

陆仪介绍得极其详细，金拙言听得眼睛微眯，秦王闷哼了一声："有哪些人家过去求过子？哪些得了子？"

"正在查。从曹兴做定海寺知客僧那年查起，不太好查，很吃功夫。"陆仪答了句，跟着叹了口气。

"这个杨陈氏，也是祸首之一！"金拙言咬牙道。

"这个案子，咱们要是出手，瞧在有心人眼里，就得成了干预地方政务。再说，这么肮脏的事，犯不着沾上咱们的手，这是宪司衙门的事。"秦王脸色不怎么好看。

"想办法捅给林明生，那个小沙弥，找到没有？"金拙言脸上透着怒气，眼神闪动间，杀气隐隐。

"怕是找不到了。"陆仪看了眼有几分出神的秦王。

"找不到，就安排一个！"金拙言错着牙，"蛇鼠一窝！"

"从那个杨陈氏身上揭出来吧，宁安寺在山阴县境内，杨俊是山阴县秀才？"秦王手指慢慢敲着沉重的紫檀木长案。

"是。"陆仪答应了，见秦王和金拙言，一个仰着头眼望藻井，一个眯着眼看着窗外出神，等了一会儿，正要退出。秦王又慢吞吞道："死了就死了，不用活过来，死了也能说话，找一找家人，或者安排其他人。还有，把那个空戒……一块儿吧，一个是奸夫，两个也是奸夫。"

陆仪看了秦王一会儿，垂头答应，刚退了一步，秦王突然又吩咐了一句："查查先前那个知客僧是怎么死的。"

"是，已经在查了。僧人死后都是火化，没有尸首，已经两三年过去了，怎么死的，只怕很难查出了。"陆仪忙站住答道。

秦王半晌才嗯了一声，陆仪等了片刻，才告退出去。

陆仪出了秦王院子，径直进了太后正殿，刚说了两句，就被金太后抬手制止："凤哥儿，往后哥儿手里的细务，不用再过来——禀报了。哥儿长大了，这是他的事，往后你就一心一意扶助他，我这里有什么事要问，就去寻哥儿。"

陆仪脸色变了，抬头看向金太后，金太后笑看着他，点了下头："哥儿大了，不是小时候了。"

"是！"陆仪心里突然冲进股说不清的情绪，眼眶一热，眼泪差点儿夺眶而出。

哥儿长大了。

看着陆仪垂手退出，金太后慢慢吐了口气，站起来，出了殿门，沿着檐廊慢慢走着，心神有几分恍惚。一眨眼，岩哥儿就要长大了，过了年就能行冠礼了。以后，她不能再像从前那样，对他一举一动、一言一行，了如指掌。她把他握在手心里，他就长不大，永远长不大……

长大，是要付出代价的，她就曾经付出过，而且是惨痛的代价……

金太后顿住，抬手抚了抚檐廊上挂着的垂垂累累的吊兰，掐了一朵，看着那吊兰脚上已经突起的根芽，稍稍用力掐下，掐在手里看了看，示意韩尚宫："让花匠栽上，就放在我那屋里，我要看着这朵吊兰长得像这盆一样。"

金太后指着眼前姿态优美、生机勃勃的那满满一盆吊兰。

韩尚宫小心地接过吊兰，亲自捧着，赶紧去找花匠。

金太后接着往前走。这放下，她早就打算好了，他来问她那天，她就打算好了，可临到头上，她才知道，这一放下，是多么揪心！

金太后闭了闭眼，就这一会儿，刚刚松了手，她这心里就已经忐忑得没有半分安宁，她这心里怎么净想不好的事呢……

垂花门外，黄太监小步紧走，跨进垂花门，迎着金太后过来。金太后站住，看着黄太监，等他过来。

"娘娘，郭胜那边，查到了一点。"黄太监跟在金太后身后，低低禀报，"郭胜跟李县令说，要去查看紫溪盐场的工役，从横山县衙出发，直接去了溪口镇，到了溪口镇，就四处打听镇上一户姓赵的人家，这赵家……"

黄太监细细介绍了赵家："……午时前后，郭胜离开溪口镇，去了桥头镇，进了桥头镇就打听胡家，之后就回了横山县。隔天，一早进了衙门，就钻进了横山县堆放旧案卷的屋子，一直在里面待到下午，到了给李县令幼子和幼女上课的时辰，才出了卷宗房。下课之后，郭胜就从县衙借了马，往杭州城来了，在城外马家脚店歇了一夜，第二天天没亮，到万松书院找的李文山。郭胜从万松书院回到横山县衙后，换了匹马，就直奔江宁府去了。"

金太后一边凝神听着，一边进了正殿，在炕上坐好，黄太监才刚刚禀报好。

"让人去查横山县旧档了？"金太后眉头微蹙。

"是，已经在查了。那户姓赵的人家，扬州那边，也传了话在查。胡家老三胡明德和王大魁，也在查。"黄太监问一答十。

金太后嗯了一声，想了一会儿，十分困惑："一个书办而已……"

"老奴也觉得奇怪，淫祀祸乱这事，老奴觉得，应该确是偶然发觉，可江宁府为什么要查这赵姓人家，十分奇怪。"

黄太监比太后更加困惑，下面报上来时，他再三追问，又重新打发了一拨人去查了，江宁府查赵姓人家，简直就是莫名其妙。

"这不是大事，记着留心就是了。哥儿那边，你多看着些，我放了手，可这心总放不下。"金太后轻声吩咐。

"娘娘放心。"

横山县后衙里的李夏，这会儿正提着心吊着胆，决定无论如何，她都要缩着脖子，一动不动地当上半年几个月的缩头乌龟了。

她刚一伸手赵家这桩案子，竟然牵出了当年那桩曾经让她好几夜睡不着觉的淫祀案，这桩案子，她不能不说，而且不能不赶紧说，她一天都不敢拖。不瞒不拖的后果，就是她现在必须乖乖地一动不能动。

自从被郭胜看出端倪，再投到门下，她这心就一直提着，郭胜是个聪明人，可像他这样的聪明人，或者比他聪明得多的人，至少现在的杭州城里，多的是！

她得小心再小心，多小心都不为过！

郭胜从杭州城回来，却兴奋得几乎一夜没睡。

姑娘交给他的头一件事，就是这样一桩骇人听闻的恶案……也是这几个恶人前世不修，撞到了姑娘手里……

不知道王爷会怎么处置这桩案子……他还没来得及打听清楚，他也不敢多打听一句半句，现在的他，肯定被明涛山庄紧紧盯着，他得小心加小心，可不能露了姑娘的行藏……

姑娘不知道是哪方神圣，投到姑娘门下，是他这三十几年，做得最正确的决定，以后，他这生活中的波澜壮阔，已经可以预见……

这桩案子怎么样了，不知道舅舅知不知道……不行！他身后藏着姑娘，他得稳住，得沉得住气，否则，要是惹了姑娘厌弃……那他死了都要再后悔几次……

郭胜胡思乱想了大半夜，好在这几天跑得实在是累极了，离天明还有一个多时辰时，总算睡着了。

眼看就要进腊月，这是太后和王爷在杭州城过的头一个年。早几个月前，朝里、宫里，照着国礼、家礼，开始往杭州城送各式各样过年物什，皇上和皇后、各嫔妃、诸王府的各种节礼的车队船队本就络绎不绝，到了十一月初，车队船队更是多得挤挤挨挨。

罗帅司几乎隔天就召集宪司林明生和漕司郑志远，分派诸如接待京城过来的各门各路的钦差以及车队、巡查各处、安排放灯放烟火、防火关防等等大大小小各种事……三个人，连同三司衙门里的所有人，统统忙得脚不连地，连去个五谷轮回之所，都得一路小跑。

好在林宪司和郑漕司都是聪明人，知道这个春节要是过不好，出点什么意外，别管这个派那个党，统统都得搭进去前程，说不定还得搭上身家性命，要知道，本朝天子个个至孝，太祖就是个事母至孝的大孝子……

在这件事上头，林宪司和郑漕司是难得的目标一致、利益一致，紧跟在罗帅司两边，两浙路三司以从未有过的精诚团结，齐心协力一定要过好这个年。

罗帅司如臂使指之余，感慨万千，要是平时也能这样，那该多好啊！

这天,皇上孝敬的十几船烟花靠岸钱塘码头。烟花爆竹极易出事,出了事又都是大事。一大早,宪司林明生就到了钱塘码头,亲自看着卸货,宪司衙门诸人沿途看着,一车一车送进城外的仓库。

船靠了岸,顺顺当当卸了两三船,临近中午,林宪司往搭在码头上的暖棚过去。

离暖棚十来步,一个瘦小肮脏的乞丐,团成一团蹲在地上,抱着个破了一半的大碗,正呼呼噜噜喝得震天响。

"要饭的,到一边儿喝去!"长随上前呵斥,乞丐仿佛没听到,震天的呼噜没有丝毫停顿。

长随气得干咽了口口水,上前用脚尖碰了碰乞丐:"要饭的,说你呢,你吃饭也得找个不碍事的地……"

长随话没说完,乞丐回头看到穿着件焦糖色长衫的长随,一声凄厉的尖叫,猛地扔了手里的碗,抱着头蜷在地上,一声接一声尖叫:"我不知道!不知道!别杀我!别杀我!我不知道!别杀我……"

从乞丐手里高高飞起的碗在林宪司脚下摔得粉碎,小半碗不知道什么汤,直直地扑在林宪司胸前,溅得林宪司胡子上脸上,星星点点到处是菜叶肉碎。

林宪司恶心得张不开嘴,透不过气,就耳朵里清清楚楚地听着小乞丐异常凄厉恐惧的尖叫:"……我不知道!别杀我……别杀我……"

长随小厮吓得魂飞魄散,扑上来擦的擦蹭的蹭,奔过去端水的端水,拿帕子的拿帕子,忙成一团,乱成一团。

林宪司稍稍擦了几把,勉强透过一口气,急忙吩咐:"把那个乞丐……别让他走了。"

长随提着颗心,赶紧把刚刚轰走的乞丐再拎回来。

唉,竟然砸了他们宪司一头一脸的馊汤,别说宪司,就是自己,怎么着也得把这小叫花子臭揍一顿……

"带他过来。"林宪司擦干洗净,又换了衣服,再漱了四五遍口,吩咐把乞丐带进来。

长随提着捆成一团、嘴巴里塞了麻核的乞丐进来,见林宪司皱起了眉头,急忙解释道:"他拼命叫,怎么都止不住,堵了嘴,他就拿头往地上撞,实在是不得已……"

"解开吧。"林宪司打断了长随的话,长随一边解开乞丐身上的绳子,一边示意另外两个长随,三个人警惕地盯着小乞丐,唯恐他再怎么着了他们林宪司。

"……不要杀我，我不知道，我什么都不知道，不要杀我，不要杀我，不要杀我……"小乞丐看样子离吓疯不远了，声音嘶哑得几乎说不出来，只是不停地以头撞地，不停地说不要杀他。

林宪司脸色沉了下来，看着长随："他这口音？"

"是山阴县口音。"长随急忙答道。

林宪司嗯了一声，站起来，示意长随往后退，自己围着乞丐，转了一圈，停在乞丐面前，弯腰仔细看他。

小乞丐大约十岁，面黄肌瘦，两只眼睛直直地盯着林宪司那件月白长衫，一口长气透过来，好像不怎么害怕了。

林宪司松了口气，往后退了几步，坐到椅子上，看着小乞丐吩咐道："拿碗安神汤喂他。"

"是。"长随答应一声，很快盛了汤进来，端到小乞丐面前，已经安静下来的小乞丐正闭着眼睛喘气，听到长随的声音，睁开眼，入眼看到那一身焦糖色，立刻一蹿而起，再次惊恐万状地尖叫起来。

长随吓得连连后退，手里的安神汤洒了一地，两边的长随急忙上前按住小乞丐。

林宪司看看长随，再看看小乞丐，这个小乞丐，好像一看到他这个长随，就惊恐万状。林宪司眯眼看向长随。

长随被林宪司这一眼寒光看得猛打了个寒噤，急忙尖声解释："我不认识他，从没见过！我……"

他也觉出来了，小乞丐看到他就尖叫……

"先带回去。你别靠近他，你们两个，看好他，他要是有个好歹……"林宪司阴沉沉扫过诸长随，冷哼了一声。

看着烟花全部运进仓库，林宪司回到宪司衙门，喝了几杯茶，歇了歇，让人带了小乞丐进来。

半个时辰后，林宪司一张脸阴得简直一路滴水，招进了几个心腹幕僚，几刻钟后，一拨接一拨的护卫长随就冲出宪司衙门，往山阴县疾驰而去。

第二天中午，林宪司铁青着脸，进了帅司衙门。

小乞丐是山阴县人，名叫王铁锤，是个孤儿，和宁安寺里的小沙弥通宁是极其要好的好朋友。

一年前，也是十一月里，有一天，通宁惊恐万状地逃到他那间破棚子里，说看到宁安寺的主持空戒、知客僧德清和县里杨秀才家的陈大奶奶三个人光着身子在佛像后头妖精打架。

通宁看直了眼,忘了躲闪,被德清一眼看到,德清拿了把刀要杀他,通宁吓坏了,拼命逃了出来,慌不择路,就来找王铁锤了。

王铁锤也吓坏了,头一个想法,就是逃得远远的,想着走远路得偷几块红薯带着,就让通宁等着他。他跑到旁边村子里,找了个地窖,偷了一包红薯回来,刚跑近棚子,隔着到处都是窟窿的破席墙,正看到德清一刀一刀地往通宁身上捅,捅得一地都是血,空戒就站在旁边。

林宪司已经让人借着讲经,把空戒拘了回来,还没来得及审,德清说是犯了不持金钱戒,已经被开革出寺,现如今落脚盐官县,以求子灵验著称。

罗帅司听得一张脸铁青一片。

这案子刚刚揭开一角,就已经扯进了宁安寺这样的大寺住持和知客僧,还有秀才家媳妇,以及求子灵验!

罗帅司又急又怒,额头青筋乱暴,临近腊月,却揭出了这么一件污秽不堪的大案,这个案子是无论如何压不下去的,不能压,更不能拖,得立刻着手查证审理,这大过年的……

罗帅司和林宪司面面相对,两个人都恨不能吐出几口血来。

"我去趟明涛山庄。"罗帅司用力压下那股子要吐血的感觉,"你写份节略,回来我看了,得赶紧上报朝廷……这帮秃驴!"

林宪司赶往帅司衙门前,他最心腹的幕僚姚先生,先出了林宪司办公的那几间上房,回到自己屋里,叫进了书办胡明德,先夸奖了几句,随即笑问道:"听说你大嫂是横山县溪口镇人?"

"是。"胡明德有些摸不着头脑,问这个做什么?

"你大嫂娘家都有些什么人?仔细说说。"姚先生和蔼非常。

胡明德更加莫名其妙,不过还是紧忙答道:"我大嫂娘家人口简单,我大嫂的父亲赵恢庆常年在扬州做生意,一年里头,也就是过年的时候,回家住上十天半个月的,这两年,说是过年也不回来了。大嫂生母孙氏早就死了,现在家里有位继母孟氏,孟氏生了个女儿,今年十三岁。大嫂还有个一个娘的弟弟,叫赵宏贵,百无一用,已经娶了媳妇郑氏,就这些人。"

"哦?"姚先生眼睛微眯,"郑氏嫁过去多久了?没有孩子?"

"三年多了,一直没开过怀,一家子都急得很。"胡明德急忙答道。

姚先生笑起来："那是挺着急的，这赵家，就你大嫂弟弟这一个独子。"

"可不是，我大嫂前一阵子还说呢，再生不出来，就得过继了。"胡明德虽然一脑袋糨糊，不知道姚先生问这些要干什么，可姚先生很高兴这一点，他看得很清楚。

"你今年多大了？能考取童生，看样子你这学问文章都是入了门的，怎么不考了？"姚先生转了话题。

胡明德一个愣神，急忙赔笑答道："一直用心读书，只是衙门里公务……内子……"

不等胡明德支吾出个理由，姚先生就笑道："我看你写的公文，很是不错，才学是尽有的，得空好好念几本书，写几篇文章拿来我给你看看。明年的县试，你下场考一考，我跟宪司说一声，一个秀才，倒还不难。"

胡明德再怎么不精明，这会儿也觉出不对了，呆了片刻，扑通跪在地上："先生只管吩咐，只要在下……只要先生吩咐一声。"

"嗯，"见胡明德还算是个明白人，姚先生满意地嗯了一声，伸手扶起胡明德，"你起来，一会儿，你回一趟桥头镇家里……"

胡明德领了姚先生的话，出了衙门，直奔桥头镇家里回去了。

姚先生从宪司衙门后角门出来，回到自己的住处，关了门，仔仔细细写了份诉状，用正楷抄了，仔细封好，加了火漆，叫了心腹陈山进来，将信交给他。

"你立刻去一趟横山县，要悄悄儿的，把这封信交给吴县尉，和他说，无论如何，把这信里的东西，放到横山县公文里头，再在刑房册子上记上一笔，不要写得太清楚，越含糊越好，日期里面有。告诉他，这事办好了，年里年外，他就能再升一步，由吏入官了。"

陈山答应，收好信，匆匆出了院子，牵了马往横山县去了。

姚先生在屋里踱了几个来回，看了看时辰，出了院子，背着手，闲闲散散地往离家不远的一家茶坊过去。

在茶坊二楼坐下，不大会儿，一个三十来岁、瘦削却精壮的男子闷了没人，在姚先生对面坐下，要了茶汤，呼噜噜一口气喝了半碗。

这半碗茶汤的空儿，姚先生已经将四周打量了好几遍，这会儿的茶坊二楼，喧嚣热闹不堪，并没有人注意到他和对面的男子。

姚先生将折得紧紧的几张纸紧贴着桌面推过去，端起茶碗掩着嘴，低低道："用一用那个连贵，让他去找梧桐，求梧桐把一张诉状抽出来，就说，是圆融法师求他的，是一张诬告的状子。要快，越快越好。"

对面男子收了那张纸和银票子，接着呼噜喝完了碗里的茶汤，站起来，脚步轻快地下楼走了。

姚先生跷起腿，悠闲地坐着，又喝了一碗茶，站起来，往宪司衙门回去了。

胡明德一口气回到桥头镇家中。

临近腊月，一家人都在家里，已经开始忙活过年的事了，像他们这样的殷实之家，过年是大事。

胡明德和大哥大嫂关上门说话，胡明德先把姚先生交代的事说了，看着皱眉不停摇头的大嫂和紧拧着眉头的大哥，接着道："……先生说，他和宪司说过了，事情办成了，明年县试，就让我做个秀才。就因为这句话，我才应下的。"

赵大嫂子和胡大四只眼睛一起瞪大了。

"大哥大嫂，你们想想，我要是成了秀才，咱们家就再也不用当差纳粮了，光这一条，一年得省下多少？再说，咱们家要是成了秀才之家，士农工商，咱们家可就一步上去，从农到士了，那就是半个官宦之家，咱们这方圆几十里、上百里，童生是有不少，可秀才，哪有一个？还有，要是咱们家成了秀才之家，那投地献身的，得有多少？咱们哪怕只收纳粮当差的钱，得有多少？

"大哥大嫂，这一步上去，咱们家跟现在比，那就是一个天一个地了。半个官宦之家，响当当的一个书香门第，侄儿侄女他们，往后要说亲什么的，都大不一样了。这机会太难得了，大哥大嫂，你们说是不是？"胡明德急急地接着劝道。

赵大嫂子眼睛亮极了，捅了捅胡大："老三说得在理，咱们一个盐官县，才几个秀才？你瞧城里糜秀才家，如今阔成什么样儿了？当年他家多穷，咱们都是亲眼看着的，现在年年县里有大事，糜秀才都跟县令坐在一起，有说有笑！"

"好是好，可是，你这两年连娘家都不回，前几年吵成那样，这事又得你弟弟出面，你不是说，你弟弟事事听你弟媳妇的……"这样的好事，胡大也恨不能一口咬下，可想想他这媳妇跟娘家闹成那样，干想也没有用啊。

"他们溪口镇上，就宏贵哥一个读书人，这读书人，不能光独善自身，还要教化邻里，端正民风，这是圣人的话。这淫祀的事，朝廷屡令禁止，他们溪口镇上出了这么个不神不鬼的淫祀，宏贵哥要是不赶紧到官府出首，到时候查出来，他是读书人要被追责的，咱这都是为了宏贵哥好。"

胡明德在宪司衙门做了几年书办，到底见识不一样，一番话说出来，胡大和媳妇赵氏连连点头，可不是，他们这都是为了他赵宏贵一家门着想！

"套车，咱们走一趟，赶紧！"赵大嫂子是个果断的，立刻就拿定了主意。

胡大赶紧出去套车，想了想，又亲自去搬了一堆咸鸡咸鱼咸猪头放到车上，这一趟有求于人，不好空手。

赵大嫂子换了衣服出来，一眼看到堆了半车的鸡鱼猪，就有点儿不高兴，道："你瞧你，成天这样，实在得没办法，这一趟是去说事，又不是走亲戚，这半车东西算啥？再说这车上都堆上东西了，人坐哪儿？"

"就是去说事，求人的事，空手不好。"胡大解释道。

赵大嫂子摆着手道："那是我嫡亲的弟弟，又不是外人，说事还用带东西？你也太见外了。再说，你没听老三说，这也是为了他们好，再退一步说，这事还没说呢，八字没一撇，哪有先送东西的？东西送过去了，事没说成，难不成你还能把东西拉回来？先搬下来，车上都没法坐人了。"

"大嫂说得也有道理。"胡明德接上了话，"刚才我又想了想，大嫂跟宏贵哥嫡亲的姐弟，亲得不能再亲，这龃龉不和，是跟宏贵嫂子。我看，咱们这趟去，干脆把宏贵哥请出来说话，这是外头的大事，不是宏贵嫂子该管的，本来就不该让她知道。"

"老三这话在理！"赵大嫂子连声赞同，她那个弟弟，从小到大，什么事都听她的，多好的弟弟，就是娶了媳妇之后……这个媳妇没挑好！

胡大也觉得弟弟这话对极了，赶忙将车上的东西再搬回去，套上骡子，赵大嫂子坐到车里，胡大和胡三兄弟一左一右坐在车前，胡大赶着大车，一路小跑往溪口镇去。

到了溪口镇，胡大把大车停在镇子另一头的分茶铺子门口，这个点儿，分茶铺子里空无一人。胡大停好车，和媳妇赵大嫂子进了唯一的一间雅间，胡明德大步往赵家去，叫赵宏贵出来说话。

离赵家二三十步，胡明德没再往前，叫了个满街乱跑的小孩，摸了个大钱递给他："你去赵家，找赵大爷，跟他说，当年的同窗路过溪口镇，请他出来喝酒说话。"

小孩子接过大钱，一口气跑到赵家大门口，啪啪啪不停地拍开门，扯着嗓子喊了句，没多大会儿，赵宏贵就疾步出了院门，站在台阶上左看右看。

他是个闲人，对有人找他喝酒说话这样的事，最兴奋热衷不过，可惜来找他的人寥寥无几。

"宏贵哥。"胡明德站在几十步外冲他招手。

赵宏贵见是胡明德，急忙紧几步过去，一脸喜色："是三郎，你是大忙人，今天怎么得空过来？到家里坐。"

胡明德一边拉着他往分茶铺子走，一边笑道："这一趟是专程来寻宏贵哥的，走，咱们找个地方坐着说话。"

小镇不大，胡明德拉着赵宏贵，很快进了分茶铺子，进了雅间，赵宏贵看到姐姐和姐夫，一个怔神。

他媳妇跟他姐一见面就吵得不可开交这事，是他这二十几年人生中，最苦恼最烦躁最解决不了的大事。这会儿看到姐姐，头一个反应就是要吵起来了，他得赶紧躲一躲。

胡明德一把将掉头就要逃的赵宏贵推进雅间，堵在门口，扬声吩咐送几样可口点心小菜，再送一坛子上好黄酒。至于有没有伙计听到，他这会儿顾不上。

"姐，你怎么……"赵宏贵躲躲闪闪不敢看他姐。

赵大嫂子一脸的恨铁不成钢，上前往他额头上猛捅了一指头："你瞧瞧你这没出息的样儿！怪不得你辖制不了你媳妇，倒被你媳妇辖制住了。"

"你瞧你，一年多没见你弟弟，你就不能好好说话？"胡大赶紧责备媳妇，这一趟，他们是来求这个妻弟的，话总得好好说吧。

"大嫂最疼你，成天在家担心你，总怕你受气。"胡明德推着赵宏贵坐下，连说带笑，"大哥被大嫂絮叨得烦了，这不，套了车，带你大姐过来看看你。你那媳妇不贤，大嫂怕她来看你这一趟，又让你们夫妻失和，干脆咱们就在这里吃顿饭、说说话，省得一句话没说好，又饳起来，让你夹在中间为难。"

赵宏贵听胡明德这么说，不停地点头，一颗心总算落定了，看着他姐姐赶紧讨好道："你上回捎信说，想吃周嫂子做的腊肠，让做五十斤送过去，母亲让周嫂子做好，晒在张大家院子里，一会儿你带回去……"

"干吗晒在张大家院子里？你那媳妇又不贤了？怎么，我想娘家一口吃的，她也要闹？"赵大嫂子不高兴了，话没说完，就被胡明德一声猛咳打断了："大嫂好不容易见一回宏贵哥，怎么一见面倒说起这些没趣的了？大嫂在家总是念叨，疼宏贵哥疼得没法，见了面偏偏这样说话。"

赵大嫂子立刻就知道自己不该这会儿吵这事，忙住了嘴，看着胡明德的神色，赔着一脸笑，不敢再多说。

"宏贵哥，我陪大哥大嫂这趟来，是有件要紧的事要跟你说。"胡明德决定亲自说这件大事，而且干脆利落赶紧说完，省得他这个不长脑子的大嫂一会儿脾气上来，坏了事。

"是这样，宏贵哥也知道，我在宪司衙门，主理宪司文书上的事，极要紧的差使。如今太后和秦王爷住在咱们杭州城，这又快过年了，从帅司到我们宪司，个个紧张得不行。"

胡明德看着听得大睁着双眼、一脸羡慕不已的赵宏贵，下巴微微抬了抬，接着道："如今咱们这两浙路，特别是咱们杭州府，那是半点事也不能出，谁要是出了事……"胡明德做了个切脖子的手势，嘴里咔嚓一声，"就得掉脑袋！"

赵宏贵吓得一个激灵。

"昨天，正巧我就听宪司说起这淫祀的事，说这淫祀最可恶不过，祸害乡民，是动乱之源。还说，要是发现哪个乡里镇上有淫祀这样的事，淫祀这事先不提，先拿那乡里镇上有功名的问罪，没有有功名的，就拿读过书的问罪，说是这读过书的人，就该好好做一个乡贤良绅，为国教化百姓，要不然，就是大罪。宏贵哥，你听听这话。"

赵宏贵一脸赞同，不停地点头，却完全不往自己身上想。

胡明德只好把话点到明处："我这趟过来，是想起来上回听大嫂说，宏贵嫂子成天到处求子什么的。宏贵哥，那求子的地方，就是淫祀，这溪口镇上，就你一个读书人吧？"

"啊？"赵宏贵好歹读过几本书，不算太傻，这一下明白了，也吓坏了，"啊！这可怎么办？我哪知道……我就是陪你嫂子去过几趟……"

"宏贵哥，你别急，你看，我这不是来帮你了嘛。"胡明德见他吓成这样，暗暗松了口气，好了，这事成了六七成了。

"这淫祀的地方，就盖在这溪口镇上，宏贵哥，你去没去过，这事都是你的错，谁让你是这溪口镇上唯一的读书人呢，对吧？你就是这溪口镇上的乡贤士绅。宏贵哥你别怕，我看这样，这事，照宪司……不光宪司，三司都一样，这事你不能不管，不但得管，你还得早管，可你虽然读过书，毕竟没有功名，你要管，也不过就是往县里报一报，请衙门里来人查办。你只要报了，就没你的事了。"

胡明德一口气说到了正题。赵宏贵不停地点头："那我这就去县里……"

"宏贵哥，这溪口镇上的淫祀，可不是一天两天了，你这会儿才报上去，回头上头查下来，再一查，你还陪着嫂子一趟一趟地去，这又是大罪。我看这样，这横山县的吴县尉，跟我有过几面之交，吴县尉这人特别仗义，我带你走一趟，找一找吴县尉，求一求他，就说这淫祀的事，你早就往县衙门报过了，这么一来，你这里就什么事也不能有了。"

"多谢三郎！多亏了三郎！这事全赖三郎照应。"赵宏贵不停地拱手躬身，简直不知道怎么谢才好了。

"这事宜快不宜迟，越快越好，咱们现在就去。"胡明德恨不能一步就把赵宏贵撺掇到横山县衙，见到吴县尉，签了名画上押……

"等等。"赵大嫂子一把揪住弟弟赵宏贵，看着胡明德，"这可是求人的事，没有空着手求人的理儿。宏贵，这可是救你命的事，三郎这人情白搭给你也就算了，谁让你是我嫡亲的弟弟呢，可你不能再让三郎替你搭银子进去，没这个理儿。再说，三郎日子过得可不宽裕。"

胡明德听大嫂这么说，有了几分踌躇，姚先生说过，吴县尉那边他已经安排好了，这打点的银子肯定不用给，可这银子……自己这日子过的，可确实不宽裕。

赵宏贵有几分为难，赵大嫂子盯着他道："宏贵，这可是要命的事！你自己想好了！"

赵宏贵吓得一哆嗦，急忙点头："姐，三郎，你们在这儿等我，我回去拿银子，得多少银子？"

赵宏贵看向胡明德，胡明德犹豫不定了，要多少好呢？赵家可富得很……可这赵宏贵手里有多少银子，他就没底了……

"这个……得你看着办……你想想……"胡明德犹豫不决，赵大嫂子打断了他的话："你先回去拿五百两银子，我这儿还带了点儿，一会儿也给三郎拿上。要是五百两够就算了，不够，就拿我的银子先垫上，你回头得把银子还给我。唉，我这都是为了救你的命！"

赵宏贵连连点头，一把捞住长衫前襟，出了分茶铺子，大步流星往家里奔。

看着弟弟跑出去了，赵大嫂子得意地瞥了丈夫胡大一眼："那个家里，原本就是我跟弟弟的，那银子不拘出来，不是贴补给姓孟的，就是让姓郑的拿走了，犯不着便宜他们一群外人！"

胡大一脸笑，看着在屋里来回转圈的弟弟，张口想说怎么分这五百两银子的事，话到嘴边又咽回去，算了，还是先别说了，回头弟弟做了秀才，他们一大家子，要仰仗弟弟的地方太多了……

胡大两口子和胡明德，没等回来赵宏贵，却等来了一阵风卷进来的赵宏贵媳妇郑氏。郑大奶奶冲进门，两只眼睛只盯着赵大嫂子，一只手叉腰，一只手点着赵大嫂子就破口骂上了："你还是个人吗？那是你亲弟弟，你想方设法地算计他！你这个脏心烂肺的恶妇！你把大郎的家业偷了个一干二净，你还不知餍足，你一门心思地算计你弟弟，你还要不要脸了……"

"放你娘的屁！"赵大嫂子可不是省油的灯，跳起来就回骂上了，"你才是个脏心烂肠子的货！你这只不下蛋的鸡……"

胡大抱头看着吵成一团的两个女人，胡明德急得脸都青了，这件事无论如何都得办成了！他的秀才！

"都闭嘴！大嫂，你先别说了！"胡明德厉声呵斥。

郑大奶奶那是能和赵大嫂子连吵带打都势均力敌的人物，哪把胡明德放眼里，跟没听见一样，两只手轮流点着赵大嫂子，连骂带讲理滔滔不绝如黄河之水。

赵大嫂子那是一步不退，一边骂一边跳，这一股黄河之水一点也不比郑大奶奶差。

好在两人中间隔着张桌子，一时半会儿够不着。

胡明德急眼了，赵大嫂子和他隔着桌子，郑大奶奶就在他旁边，胡明德猛推了一把郑大奶奶："你这个泼妇，闭嘴！"

"你敢打我！"郑大奶奶简直要疯了，嗷一声就扬着两只手冲胡明德扑上来，胡大隔着半边桌子一把推开郑大奶奶，郑大奶奶原地转了半个圈，冲着胡明德又扬着两只手就要挠上去。

胡明德急怒交加，一脚踹倒郑大奶奶，屈腿压上去，随手拽了根东西，勒在郑大奶奶脖子上："老子让你闭嘴！闭嘴！"

这突生的变化，以及郑大奶奶的恶骂，和赵宏贵的不见踪影，让胡明德连急带怒，急得眼珠都红了，怒得头发简直要根根竖起，手里一下比一下用力地扯着绳子，等胡大发觉不对时，郑大奶奶已经眼珠暴突，长长吐着舌头咽了气。

胡大一步冲到门外，左右看了看，这家分茶铺子做晚上生意，这会儿不早不晚，整间铺子就他们这一桌客人，外面空无一人。

胡大咣地关了门，看着傻得目瞪口呆的媳妇，和坐在郑大奶奶尸首旁不停喘粗气的弟弟。腿一软，沿着门框滑到地上，这下完蛋了。

"不怕！"胡明德一脸狠厉，"这恶妇……不怕！"

赵大嫂子倒比胡大镇静，看着死在地上的郑大奶奶，心里只觉得痛快至极，上前扶起胡大，胡明德也站起来了，掸了掸衣服道："我去找赵宏贵，无论如何，这件大事不能耽误！大哥去把车赶过来，先把她抬到车上，回头……"

胡明德飞快地转着心眼道："大哥赶着车，先找个地方躲一躲，兜几个圈子也行,等天黑了,把她扔到那座淫祀院子外头,回头就说是被那几个神棍害死的!别怕,我在宪司衙门就是管这种人命案子的,咱们不怕这事。"

胡明德语调强硬无比地给胡大,更是给自己打着气。

胡大急忙出去把车赶过来,赵大嫂子在前头看着人,胡大和胡明德将郑大奶奶的尸首抬到了车上。赵大嫂子不敢往车里坐,挨着胡大坐在车前,胡大赶着车,不管哪里,先离开这溪口镇再说。

胡明德理了理衣服,调匀了呼吸,大步往赵家找赵宏贵去了。

第十五章 再现圈套

横山县城,吴县尉送走胡明德和赵宏贵,瞄着时辰差不多了,出来往县衙过去。

横山小县,公务少,最多一个上午,该忙的就都忙完了。李县令是个宽厚人儿,衙门里没事,并不拘着两个师爷,以及其他人在县衙里待着。

一到下午,郭胜去当他的先生。陈师爷就托起他那把壶嘴缺了一半的茶壶,放上一撮县衙里的茶叶,到隔了一条街的书坊,听上一下午的评书,这是他最大的爱好。一下午,也就花两个大钱的听书钱,茶叶茶壶他自带,开水书坊白送。

李县令也没事,不过他喜欢在县衙里待着,到处转转,看看签押房里整整齐齐一摞摞公文,一排大印小印,再到公堂转一圈,站到台子上看看,摸几把肃静回避牌子……总之,哪怕一个人,他也喜欢在县衙里待着。

吴县尉熟知县衙,以及李县令的习惯,进了县衙,果然,李县令正背着手,一个人悠然自得地看院子里那棵香樟树。

"县尊。"吴县尉恭敬地招呼了一声,笑容满面地上前见了礼,"像县尊这样勤于公务的,在下侍候了五六任,县尊首屈一指!真正称得上百官楷模。"

"哪里哪里,我没忙公务,就是随便走走,随便看看。"李县令带着十二分的不好意思,他还没能习惯这种赤裸裸的瞎眼大奉承。

"县尊这份谦虚谨慎,更是难得,令人敬仰!"跟李县令的不习惯比起来,吴县尉奉承之术,就熟稔无比了。

"哪里哪里。"李县令简直要尴尬了。

"县尊这质朴之气，极其难得。"这一句在吴县尉这里倒不算奉承，他那言下之意，是感慨这位李县令，这老实这傻，真是难得。

"县尊，有件事，我想来想去，还是跟县尊说一声为好。"吴县尉切入正题。

"县尉请讲。"李县令一听有正事，立刻精神了，他可是立志要恪尽职守、鞠躬尽瘁的，不怕活多，就怕活不多！

"是这么回事，县尊也知道，朝廷有很多律令，到了民间，就形同虚设，比如这白身不得着丝绸，这一条……"吴县尉一脸苦笑。

李县令捋着胡须，也笑起来："这个，就要变通，还有那民间娶妇，戴凤冠穿霞帔，不过图个热闹，真要照律令查办，那岂不成了泥古不化？"

"县尊英明至极！"吴县尉立刻奉承了一句，"在下也是这么觉得，除了穿丝绸、坐轿子、戴赤金首饰压金线这些，还有一样，就是乡民们这也信，那也信，村东头的大槐树得拜一拜，传说哪条河里出了鱼精，就一窝蜂跑过去，岸上磕了头，再往水里扔几个馒头，实在是……"

吴县尉一边苦笑一边摇头，李县令哈哈笑起来："乡民可不就是这样，我在太原府时，还看到一整个村子拜一只大老鼠，说是鼠仙，真是愚昧至极，这也是没办法的事，教化万民，任重道远。"

"县尊说得极是，在下也是这么以为。紫溪盐场一带，也有不少这样的神啊鬼啊的，多不胜数。有个叫赵宏贵的，媳妇极信这个，到处拜这个仙、那个神，今天求子，明天求福，花钱不说，还不着家，这赵宏贵就急了，管不了媳妇，就到咱们衙门，告这淫祀来了，县尊您看看，这叫什么事！唉！"

吴县尉摊着手，一副叹气无语的样子："都说像县尊这样的是父母官，可不是父母官，您看看，这赵宏贵管不了媳妇，就要告到衙门里来了，真是让人……哭笑不得。"

李县令哈哈哈笑起来，抬手拍了拍吴县尉的肩膀："这父母官，那是称赞的话。小民不都是这样？不过他管不了他媳妇这事，咱们也管不了，咱们可没法替他管媳妇！"

李县令自觉这句话幽默非常，自己先哈哈哈笑起来："这事，你安抚安抚，好好劝一劝他，女人家求神拜佛，哪家不是这样？我那内子，也信得很呢，前儿还说，年里年外，无论如何都要到灵隐寺上炷香，你看看，都一样。"

"可不是，我家也这样，从老太太到我那媳妇，真是叫见庙就烧香，也不管是僧是道。照我家老太太的话说，反正都是神仙，县尊您听听这话。"

吴县尉见事情顺利至此，心情愉快至极，这话说得就分外入耳。吴县尉一边和李县令说笑不停，一边往签押房进去，将赵宏贵那份诉状拿出来，让不时仰天哈哈大笑几声的李县令，在诉状最后签上了名字。

溪口镇外，天色已经黑透了，胡大给骡子衔枚，又撕了一块车垫子，把骡子四只蹄子裹上，让骡子拉着大车，赵大嫂子扶着车辕，深一脚浅一脚地往溪口镇外那座求子极其灵验的神院过去。

在明涛山庄，以及宪司衙门、帅司衙门这至少三方暗探眼线的注视之下，胡大和赵大嫂子从车上抬出郑大奶奶的尸首，扔在了那座神院旁边的荒草丛中。

郭胜回到横山县衙，公务上是闲极了，长夜白天，除了用心当好先生这一件事，别的时候，就捏着茶壶眼望蓝天琢磨那案子现在怎么样了，王爷会怎么样，宪司会怎么样，帅司又会怎么样，以及漕司知道了没有……

琢磨完了，别的统统跟他没关系，只有一样，既然这案子得落进宪司手里，那三座淫庙又有一座落在横山县境内，他就不得不替李县令防着点儿，可不能因为这桩案子，让李县令吃了挂落。

虽说这案子是他通过五爷送到王爷手里的，照理说，就算王爷把这案子交出去，也该护住李县令，可这官场上的事……

再说，他一直觉得，这当官的，先要有本事护得住自己……当然，在李县令这里，就是他得护得住李县令……

落在宪司手里，又是这么桩案子，这都是他刑名上的事，这样最好，他一个人就行了。

郭胜起了这个心，对刑房诸事，就比平常分外留心。

吴县尉找过李县令的隔天一大早，郭胜就发现刑房那本案卷册子上，被人动了手脚，在前一页末尾，多出了一行，含糊无比地写了一行字：溪口镇赵宏贵诉……后面没了。

郭胜激动得一下子蹿起来，在屋子里连转了好几圈，双手用力撑着桌面，深吸深吐了好几口气，才将一下子澎湃起来的心情平复回去。

怪不得姑娘让他去打听溪口镇老赵家……姑娘早就知道这老赵家要构陷……不对，是宪司衙门要借老赵家的手，构陷李县令！

这会儿，郭胜这心眼好使极了。

这必定是宪司衙门的手笔，这册子上……不用说，必定是吴县尉所为。真是好心计，先塞一张一个月前的诉状进来，这诉状必定是诉淫祀这件事的，等案发时，这赵宏贵必定还要再来，揭出李县令早就接过案，却疏忽不理，以致又有诸多妇人受害……

这一个疏忽慢怠以致酿成大错的罪过，就套实在李县令头上了，不过这诉状在哪儿呢？郭胜翻了一圈，没找到，又翻了一圈，这诉状应该在啊，这册子上写得含糊，再没有诉状，那这一行字还有什么用？

郭胜再找了一圈，还是没有。

郭胜在屋子中间站定，深吸了口气，抬手拍了几下额头，几步出来，站到了刑房门口，冬日冷厉的寒风扑面吹来，吹得郭胜很快冷静下来，不要急，这诉状必定有，必定……

郭胜一眼看到了梧桐。

他是什么时候回来的？五爷没回来，他回来干什么？郭胜回手关了刑房门，上了锁，出了衙门，绕到后角门去找洪嬷嬷。

梧桐是自己回来的，说是五爷没在书院，他闲着无事，就回来了。

郭胜回到前衙，冷眼看着跟在李县令身边殷勤侍候的梧桐，这会儿，他要是去梧桐屋里，必定能搜出那张诉状……可是，要是这会儿搜出来，就打草惊蛇了……

真是好心计，一个疏忽怠慢还不够，还要再加上一个纵家奴枉法……不一定是纵家奴，那个太轻了，这肯定是要做成一只收受贿赂不顾人命的锅，结结实实扣到李县令头上……

郭胜瞄着通往后衙的那扇小门，看了片刻，垂下了眼皮，这事不急，用不着这会儿请见姑娘，下午上课时再说也来得及。

李夏这几天屏气静心，不说两耳不闻窗外事，也差不多。

郭胜安排李文岚围着老银杏树去背书，轻轻坐到她身边时，李夏正十分专心地描着字。

"姑娘，溪口镇赵宏贵，果然来构陷县尊了。"

郭胜头一句话，就把李夏说得心神震动，那字儿就描不下去了。

赵宏贵，那个被冤枉杀了妻子、在狱中自缢的赵宏贵，他来构陷阿爹？

李夏后背有些僵直，端坐着一动没动，连手带手里的笔，都一动不动。

郭胜简洁几句话，将今天上午的发现以及推测说了，看着神情冷峻的李夏：

"……姑娘，咱们……"

李夏听郭胜说完，就已经完全明白了，心里一阵接一阵地悲伤。

他的推测一点儿也不错，赵宏贵必定是受了胡家唆使，胡家……必定是领了宪司衙门的意思，县衙里有吴县尉里应外合，又有梧桐这个看到银子连命都不要的混账货……

这一回是这样，上一回，大约也是这样……

阿爹是笨，可那桩杀妻案，也跟今天这份构陷一样，都从宪司衙门开始，一环扣着一环，罗织成一张大网，阿爹就是不笨，也逃不脱……

那个连贵……李夏张了张嘴，想让郭胜去查一查找梧桐的人是不是叫连贵，话到嘴边，又咽了回去，不能再多说了。而且，是不是叫连贵，已经不重要了。

李夏将笔按进砚台，慢慢蘸满了墨，提起来，却又放了回去，她没心情影字了。

"你处理吧，该怎么办就怎么办。记住两个字：平衡。"李夏说完，跳下椅子，甩着手，出了课堂，往后宅回去。

郭胜站起来，远远看着李夏小极了的背影，只觉得那背影在眼里慢慢扩大，扩成了一片悲怆和荒凉。

郭胜查完了李文岚的背书，又看着他写了小半个时辰的字，下了课，一边收拾笔墨，一边想着眼下这事。

这件事里，李县令再怎么也是主家，而且，他毕竟不是泥菩萨。嗯，稳妥起见，最好先提醒他一句。

郭胜打定主意，出来往签押房去找李县令，果然，虽然前衙人都走光了，可李县令还在签押房里坐着喝茶看书。

见郭胜进来，李县令忙站起来，让着郭胜在公案桌前坐下。

李县令如今对郭胜比从前客气尊敬了许多，这不是因为他看到了郭胜的才干或是品行什么的，而是因为郭胜做了他家小六的先生，他最推崇的，就是尊师重道这件事。

郭胜先说了几句李文岚读书的事，很是夸赞了几句，这倒不是奉承，李文岚确实是个读书的好材料。

李县令听得捻着胡须，不时哈哈大笑几声，最近几个月，他这日子过的，没事都想笑几声。

"……对了，还有件事，上回去杭州城，在下听舅舅提过一回，虽然不是大事，可这样的事，真出了事，就没有小事，在下想着，得跟县尊禀一声。"郭胜切入了正题。

"你说你说！"李县令笑着示意。

"就是淫祀的事，县尊也知道，提防淫祀祸害乡民，这是州县例行公务……"

郭胜的话还没说完，李县令就哈哈笑起来，点着郭胜："你们都想到一块儿去了，看样子，这件事我是不用多操心了。"

郭胜后背一下子就挺直了，脸上倒没显露出来："哦？是吗？和谁想到一块儿去了？吴县尉？他怎么说的？"

"自然是他，这也是他分内的事。昨天傍晚，老吴还跟我念叨这些事，说起来，这一条老吴说得不错，乡民愚昧，这淫祀的事，就跟那穿绸戴金的禁令一样，上有令下不行。说起来，哪村哪乡没有个大槐树怪石头黄皮子保家仙什么的，这个，只好睁只眼闭只眼，管是管不了的。"

李县令觉得熟知民情这一条，他是相当合格的。

"吴县尉怎么跟县尊提到这淫祀的事？"郭胜可没心思跟李县令扯什么黄皮子，一句话直接回到正题。

"哦。"李县令又笑起来，"说是有个叫赵宏贵的，媳妇喜欢到处拜这个仙求那个神……"

郭胜脑袋一阵眩晕，后背一阵冷汗潸潸而下，他后知后觉，被人占去先手了……

"是溪口镇的赵宏贵？诉溪口镇外五神淫祀案的？"郭胜没心思听李县令扯闲话，打断李县令的话问道。

"嗯？哪个镇……"李县令一个愣神，"那我倒没在意，乡民无知……"

"县尊怎么处置的？"郭胜紧一句，再次打断了李县令的话。

"这有什么好处置的？郭先生别急，我知道你的意思，现如今太后和王爷都在杭州城住着，诸事都得万分小心，可是也不能小心得太过了。这淫祀不淫祀的，我跟你说，在太原府时，我就见得多了，这是没办法的事。而且，你放心，根本出不了什么乱子，有时候倒是件好事。"

李县令被郭胜连连打断了几次话，没恼，倒笑起来，冲郭胜抬手往下压了压，示意他淡定别急，一脸好笑地劝着他。

"县尊处置了没有？总是份诉状。"郭胜知道自己有些急了，忙欠身赔笑表示自己知道了，嘴里却立刻再追问一句。

"能怎么处置？这种无知乡民，管不了自己媳妇到处拜这个仙那个神，就把人家这个仙那个神告到了我这里，我这个县太爷再怎么父母官，也管不了这个。再说了，别说他媳妇，我自己的媳妇，要说去烧香拜佛，我也只能捏着鼻子陪着去。老吴说得对，这种诉状，知道了就是处置了，不然，还能怎么办？清官难断家务事。"

李县令笑着教育郭胜，郭胜低头受教，心里一阵焦灼。

李县令不知道这事，万事都好办，查明了首尾就行了，可现在，他清清楚楚明明白白地知道了赵宏贵这桩诉告淫祀的案子，签名画押置之不理。

梧桐已经拿走了他签了名画了押的那张状子，局，已经成了，铁证如山……

他大意了！

郭胜心里如猫爪子挠一般，现在，他只能赶紧去一趟杭州城，让五爷向王爷求助了。

"县尊，在下刚想起来，舅舅前儿说，要打发人回家一趟，明天一早启程。我还有些节礼，要托舅舅带回家，这是人伦大事，实在是在下疏忽了，得立刻去一趟杭州城。"郭胜决断极快，立刻拱手笑道。

"你看看你，这事都能疏忽，快去快去。"李县令一听郭胜这么说，立刻挥着手示意他赶紧走。

郭胜出来直奔马房，要了马往杭州城狂奔。幸好杭州城因为太后和秦王在杭州城过年的缘故，这一阵子繁忙至极，城门也比平时晚关半个时辰，郭胜总算险而又险地在城门关到最后一线时，硬挤了进去。

如他所料，李文山果然没在城外的万松书院，他在明涛山庄找到了李文山。

陆仪陪李文山出来，郭胜扫了眼陆仪，并不避他，直截了当道："五爷，县衙出了大事，淫祀的事。"

陆仪明了地看着郭胜，先接过话道："到里面说吧。"

李文山赶紧点头，转身往里走。

他在古六院子里住了两天，喝汤药也就算了，可是，被一群漂亮丫头团团围着侍候，连洗澡的时候都侍候着，这让他实在受不了。

今天一早，无论如何都说自己好了，课业不能耽误，一定要回书院。

古六没办法，挨过中午饭，把他带到了明涛山庄，王爷盼咐过，暂时不让李五回万松书院。

这会儿，李文山刚刚被金拙言点着鼻尖一通训斥，正要垂头丧气再跟着古六回去，没想到就又出事了。

郭胜跟在最后，进了在内外院之间的小书房院子。

这是这两天刚刚给秦王收拾出来让他用来处理事务的地方。

上房屋里，秦王一只胳膊往后搭在椅背上，一副懒散模样，笑眯眯看着郭胜。

金拙言斜睨着郭胜，颇有几分嫌弃。古六惊讶地看着郭胜，这个郭胜他认识，怎么又来了？他一看到郭胜，就觉得没好事。

看着郭胜趴在地上磕了一圈头，站起来了，陆仪示意他："说吧。"

"是。"郭胜垂头垂手，简洁地将他发现案卷底册上多了一行字，却找不到诉状，以及看到梧桐无缘无故回去，最后是李县令那番话，几件听起来全无关联的事，说了一遍。

李文山听完，一屁股跌坐在椅子上，在椅子上歪了歪，就要往地上滑下去。

陆仪一把揪起他，将他按在椅子上。

古六本来有几分茫然，见李文山吓成这样，瞬间就明白了："这是个连环套？"

"你想到什么了？说说。"金拙言站起来，走到李文山面前，弯腰看着他的脸色。

李文山一张脸煞白，他想到的是阿夏说的那些事，他们家家破人亡的那些事，现在又来了，几乎一模一样！

"梧桐，肯定是梧桐偷的，要嫁祸阿爹，还有……吴县尉。"李文山的话十分凌乱，却也说得十分明白。

郭胜满眼赞赏地看着李文山，这李家小三房一家子三个男人，就这位五爷，是个有出息的。

"你总算发现了，虽然不早，好在还不算太晚。"秦王看着郭胜，将胳膊收回来，端起茶，示意陆仪，"你跟他说说。"说着，抿起了茶。

"溪口镇赵宏贵，是他姐夫的弟弟胡明德带着去的横山县衙，找的是吴县尉。此前胡明德是和大哥胡明财、大嫂胡赵氏一起去的溪口镇，鼓动赵宏贵出面诉告淫祀这件事期间，胡明德又失手勒死了赵宏贵媳妇赵郑氏。昨天夜里，胡明财和胡赵氏将赵郑氏的尸体扔到了溪口镇那间淫祀院子外的草丛里，今天一天，还没人发觉。"

郭胜惊愕地看着陆仪，这中间已经有了人命！

"抛尸的事，宪司衙门、帅司衙门，大约也看到了，都盯着那几个地方呢。"陆仪又补充了一句。

郭胜突然间有一股子失笑出声的冲动，半夜三更，众目睽睽之下……

"救救阿爹！这不能怪他，他……"李文山看着秦王，急得话都说不利落了。

金拙言嫌弃无比地斜睨着他："你能不能有点出息？就这点破事，就把你吓成这样？你看看你！"

"这不是破事，这是破家灭门的事！这事……"李文山是真吓惨了，"我弟弟才六岁，冬姐儿……冬姐儿……还有我娘，还有阿夏……阿夏才五岁……"

李文山一会儿举起巴掌，一会儿又竖一根指头，想着阿夏说的，都死了，眼泪潸潸，哽咽得说不下去了。

"我以为你得先说阿夏。"秦王看着一巴掌接一巴掌抹眼泪的李文山，看起来很有几分遗憾。

郭胜有点儿替李文山尴尬，这位五爷，这聪明得可不均匀。

"五爷，王爷既然让陆将军告诉咱们这些事，就不是不管。"郭胜咳了一声，不得不提醒一句哭得哽咽难言的李文山。

"还有，他也没提他爹。"古六跟着秦王，挑剔李文山。

金拙言手里的折扇一下一下拍在李文山肩膀上，又气又笑："李五，你说你到底是聪明，还是蠢？说你聪明吧，你这傻气……横流啊！说你蠢吧，你也不蠢啊！"

陆仪忍着笑，出门吩咐小厮送了热水帕子进来，侍候李文山净面。

"你们不知道，我家……其实，我阿爹这官做的，没有依靠，没人照应，什么都没有，有点什么事，就是大祸，像这样的事，肯定就是一个收受贿赂、贪赃枉法的罪名，阿爹哪还有活路？阿爹没活路，我们一家子，也就没了活路。"李文山净了脸，缓过那口气了，想着从前，神情黯然地低声道。

秦王手肘支着椅子扶手，手托下巴看着李文山，一脸的我知道你蠢，但我没想到你蠢到这样的神情。

金拙言一脸怪相，看样子已经无语至极，陆仪背过脸，拼命忍着笑，古六不停地眨着眼，李五这话好像不对吧，他爹没人照应？

郭胜瞪着李文山，下意识地瞄了一圈，淡定盯着鞋尖拼命看，这儿轮不上他说话，好吧，这大约就是所谓的赤子之心吧……

半晌，金拙言长叹一言，折扇猛捅着李文山："罗仲生要是听到你这话，非得一头撞死不可！"

陆仪忍不住，噗一声笑出来："五郎，你阿爹这里，从你大伯到罗帅司，到……咱们几个，可都照应得很呢。"

"就是啊，我就说，你这话越听越不对！你说你，一听说你家里有事，陆将军就担心得不行，肯定得打发人过去看看。李五，你说这话，亏不亏心啊？"古六跳起来，一巴掌拍在李文山头上。

"别跟他计较了，不管什么事，只要一沾到他家人，特别是阿夏，他指定蠢不可及。"秦王放下胳膊，看着郭胜，"李五既然抱怨了，我总得照应照应，横山县衙里的这点小事，你多费心。"

郭胜急忙躬身："不敢，王爷言重了，在下分内之事。"

"你一个人，只怕顾及不周，从现在起，和横山县衙有关的事，"秦王看向陆仪，"知会他一声。"

陆仪欠身答应。

"你现在就赶回去吧，那尸首的事，说事发就事发了。让人送他出城。"最后一句话，秦王看着陆仪吩咐。

郭胜忙再跪告退，秦王冲李文山动动手指："你去，送送你这位师爷。"

陆仪带着李文山和郭胜出了小院，将郭胜交代给承影，冲郭胜拱手笑道："我就不远送了，让五郎送你出去。"

郭胜长揖到底谢了陆仪，和李文山并肩往前，见承影等几个小厮也远远退开，心里明白，这是留点空儿给他们这一对宾主说私房话了。

"家里一切都好，五爷不必挂心。"时间不多，郭胜直截了当，"有两件事。一是江宁府那边，在下已经自作主张，走过一趟了，提醒了李漕司，五爷放心。"

李文山长舒了口气，他急着病好，也是急着想找一趟秦先生，让他提醒大伯一声……

"第二，这桩案子，今天这事，不必和秦先生多说，他不用知道这事，跟谁都不可多说，该知道的，都知道了，不知道的，都是不该知道的。还有，以后你在王爷身边听到看到的事，一个字都不要往外说，记牢。"郭胜顿了顿，"所谓臣不密丧其身。"

李文山不停地点头："先生放心，这我懂。先生，阿爹那里，您一定要多费心。"

"五爷放心。"郭胜嘴角露出笑意，往那间小院努了努嘴，"都这样了，吃不了亏。家里……五爷还有什么好担心的？尽管放心就是。"

"好，那就多多拜托先生了。"李文山冲郭胜就要长揖，刚拱了手，就被郭胜一把托住："五爷不必客气。赶紧回去吧，这桩案子了结之前，五爷万事听王爷安排，不要出门，不要见外人，不要自作主张。所谓瓜田李下。"

"我知道，多谢先生。"李文山再谢了一句，还要往前送，却被郭胜推着停住，看着郭胜大步流星走远了。

看着陆仪带着李文山和郭胜出了院门，秦王看向金拙言，金拙言也正看着他，两人几乎同时笑起来，古六一脸茫然："你们笑什么？笑李五？"

"笑你！"金拙言不客气地嫌弃了古六一句，看着秦王道，"郑漕司那里，就从这里入手？"

"嗯，这个李五，那个郭胜，真不错，正发愁呢，送上门来了。让凤哥儿去安排，凤哥儿安排这样的事，真是拿手极了，听说是家传的功夫？"

"他家家传的功夫不是扮美人吗？"古六接了一句。

秦王噗一声笑喷了，点着古六："你这话，一会儿我一定得告诉凤哥儿。"

漕司府长随马三大步流星进了漕司衙门后角门，进了门，一溜小跑直奔二门，请见郑漕司。

郑漕司刚刚用好了早饭，吩咐叫进马三。马三见了礼，瞄了眼四周："老爷，要紧的事。"

郑漕司嗯了一声，抬手屏退众丫头仆从："说吧，查到实信儿了？"

"是，也是巧了，在南城根一带混饭吃的帮闲侯七，今儿一早过来寻我，说昨天中午，他在翠山茶楼吃茶，正巧坐在横山县衙李五爷的长随梧桐旁边，说梧桐刚坐下，茶还没上来，就有个汉子坐到梧桐对面，梧桐就从怀里摸了个纸筒递给了那汉子，那汉子打开看了，梧桐又从袖子里摸出个小纸条，推过去让那汉子对，说他在刑房翻遍了，就那张上的名字跟纸上的名字一样，肯定不会错。

"正巧茶博士送茶上来，那张小纸片就被带到了地上，那汉子几眼看好，递了一张银票子给梧桐，就走了。侯七说，人来人往，那张小纸片就到了他这边，他赶紧拿脚踩住，拾起来一看，上面竟然是赵宏贵的名字。赵宏贵跟侯七是文友，从前常在一起会文。这赵宏贵是横山县溪口镇人，赵宏贵的大姐，嫁的是盐官县桥头镇胡家老大，胡家老三现在宪司衙门做书办。"马三说着，捧着张纸片递上去。

郑漕司接过纸片，站起来吩咐道："去请袁先生，立刻到书房说话！"

袁先生到得很快。小厮给袁先生沏了碗浓浓的茶汤端上来，退到门外守着。

"你看看这个。"郑漕司将纸片推到袁先生面前，三言两语将马三的话说了，"……只怕不是好事。"

"东翁，山阴县那桩案子，说是宁安寺方丈和杨陈氏私通，杀了撞破好事的小沙弥，我总觉得，这中间只怕另有隐情。"袁先生凝神听了，片刻，说的却是山阴县的案子。

"你觉得，这和山阴县的案子有关？"郑漕司伸手拍在那张纸片上。

"嗯。"袁先生点头，"就是想不出，这中间能有什么隐情，是怎么关联起来的。山阴县那边，有信儿回来没有？"

"还没有，咱们后知后觉，真要有什么隐情，这知情人，只怕早就被宪司捉了干净，全数握在手里了，这会儿再查……唉。"郑漕司一脸烦恼。

山阴县这桩案子，真要只是方丈私通秀才家媳妇，杀了个无友无亲的小沙弥，能知会到帅司衙门？林明生可不是那种溜肩不担责的人，就是平时，照他的脾气，这样的小案，他也不会知会到帅司府，何况这会儿，整个杭州城都在忙过年的事，他这漕司衙门里能停的停，能缓的都缓下来了，宪司衙门和帅司衙门必定也是这样……

这桩案子，到底有什么隐情？

郑漕司和袁先生正对坐困惑愁眉，外面一阵急促的脚步声，小厮扬声禀报，一个护卫一头一身汗地冲进来，屈膝半跪道："回漕司，黎明时分，在横山县溪口镇外，发现了一具女尸，是一个送炭的脚夫发现的，当时就有人认出来，说是溪口镇上赵宏贵的媳妇赵郑氏，已经失踪一天两夜了。"

郑漕司和袁先生一起蹿了起来，齐齐看向桌子上那张写着赵宏贵的小纸片。

屏退护卫，袁先生脸色渐渐阴沉："东翁，您再说说，那案子，帅司是怎么说的？"

"帅司说，一件有伤风化的小案，只是中间夹了人命。"郑漕司将罗帅司的原话说了一遍。

袁先生紧拧眉头，沉吟了好一会儿，微微欠身看着郑漕司道："东翁，这件事，我的意思，静观其变，置之不理！"

郑漕司一怔。

"东翁，这桩案子，我仔细想了又想。第一，必定不是方丈私通妇人，杀了个小沙弥这么简单，林宪司是个有担当的，却知会到帅司衙门，那就是说，这案子，他担当不了了。"

郑漕司不停地点头，他也是这么觉得。

"这桩案子，必定案情极其重大，咱们不宜伸手，不但不能伸手，还要退一退，避开嫌疑。第二，既然知会到了帅司府，东翁就不必多担心了，罗帅司一向公正。

再说，后头还有座明涛山庄呢。"

郑漕司嗯了一声，舒了口气，抬眼又看到那张纸片，微微蹙眉，推了推纸片，看着袁先生。袁先生掂起那张纸片，看了片刻道："东翁，这件事，有点儿巧啊。横山县可有位五哥儿，和王爷世子他们亲密得很呢。这案子，这事，我的意思，看着就行了。"

"好！"郑漕司想了想，轻轻拍了下桌面，痛快地应了一声。

袁先生端起已经凉了的浓浓的茶汤，慢慢喝了几口，看着站起来要走的郑漕司道："这事，毕竟咱们知道了，全然不理也不好……漕司，我看这样，把那个找上门的侯七，还有这张纸片，让人给陆将军送过去吧。事涉梧桐，梧桐是李文山的长随，李文山是王爷的伴读，正该交给陆将军。"

"好。"郑漕司站定想了想，也觉得这么做十分妥当，答应一声，叫了马三进来，吩咐了下去。

陆仪板着一张脸，从马三手里接过侯七和那张纸片，吩咐将侯七带下去先关几天，自己拎着纸片进了小书房，迎着秦王和金拙言的目光，尴尬无比道："是漕司衙门，打发人送了一个人和一张纸片过来，说是看到梧桐和人交易……"

金拙言一个箭步过去，抢过那张写着赵宏贵名字的小纸片，秦王呆了下，指着陆仪，瞪着眼睛却没能说出话，陆仪摊着手："抛出去的饵，被人家原样送回来了。"

三个人面面相觑，金拙言先噗地笑起来："陆将军，你这家传的手艺，没学好啊。"

"不是手艺不精，这个郑志远，是个聪明人，或者，身边有聪明人。"秦王叹了口气，随即眼睛微眯，他还是喜欢聪明人。

第十六章 官场凶险

郭胜连夜赶回到横山县,第二天天还没亮,溪口镇外发现女尸这事,就飞报进了横山县衙。

吴县尉听说女尸是在溪口镇外那座淫祀院子外发现的,很有几分惊喜,那座淫祀是贼窝,这人,必定是他们杀的,这条人命一出,李学明这罪,那就更大了。

李县令听了禀报,倒还算镇静,人命案子虽然不常有,可也不能算没有,想到要勘查追凶,李县令隐隐有几分兴奋。那些断案如神的传记故事,他看得极多,认真品味之余,自觉也能断得不错,如今可以一展身手了。

李县令穿戴整齐,急急忙忙出来,一脚踩进前衙,就急急地扬声叫陈师爷:"陈先生呢?走!咱们赶紧过去看看。"

陈师爷正和郭胜站着说话,听到李县令的招呼,一脸苦笑看着郭胜,低低道:"县尊大约以为你还没回来,这人命案子,我是不能去,我这个人胆子小,见了尸首,得一两个月都睡不着觉。"

郭胜嗯了一声,出来迎着李县令过去,拱手道:"县尊,我回来了,我陪您过去吧。陈先生还有几处钱粮上的事要忙,怕是不能跟咱们过去了。"

李县令踌躇了片刻,笑道:"要不,钱粮上……"

"年里年外,钱粮上的事更要紧,可半点错不得。"郭胜明白李县令话下之意,堵了一句。

"也是。那行,咱们走吧,仵作呢?吴县尉?都到了,赶紧走。"李县令意气风发地环视了一圈，带着郭胜、吴县尉、仵作、众衙役，一群人上了马，急急忙忙直奔溪口镇。

得赶紧勘查现场，名臣断案，全凭蛛丝马迹，这现场，那可是到得越早越好。

郭胜和吴县尉各怀心思，紧跟在无知无畏、只有满腔兴奋激动的李县令身后，很快就到了溪口镇外那座淫祀院子外。

离得还很远，就看到一大堆人挤在一起，熙熙攘攘，如同庙会一般，中间甚至有几个小贩高声叫卖糕果花生。

不等李县令发话，吴县尉先纵马上前，甩了个响亮的鞭花，厉声呼喝驱赶看热闹的闲人："闲人回避！李县尊来了！"

众衙役跟着甩鞭呼喝，顿时威风八面。

李县令看起来十分满意，不停地关照诸衙役："乡民无知，驱散就行了，不要惊吓着了。"

郭胜脚踩马镫，在马上站起来，往人群中寻找赵宏贵。

赵宏贵站在人群中间，离最中间那块空着的抛尸地方，足有十来丈远，垂着手耷拉着肩膀，看起来惊恐不安，失魂落魄。

靠近那片空圈，赵宏贵继母孟氏扶着个婆子，正一声接一声地干哭。

保正已经小跑迎上来，趴在李县令马前磕了个头，爬起来指着那个空圈道："县尊，尸首就在那里，已经认过了，是镇上赵宏贵媳妇郑氏郑大奶奶。唉，死得真可怜。"

李县令等人下了马，吴县尉脚下迟滞往后退，他虽然做县尉，却最厌恶死人什么的，再说又进了腊月，这种不吉利的东西，离远点儿好，他这一阵子最需要好运势，可不想被个死人冲了运。

郭胜紧跟着李县令，带着仵作，直奔保正手指的尸首位置。

保正叫来帮忙的两个义庄人见李县令等人过来，忙将盖在尸首上的白布掀开，赶紧往后退。

李县令冲在最前，一眼看到尸体，猛地呕了一声。郭胜深知李县令，早有提防，急忙一把推着他转了个身。李县令狂喷而出的黄水和早饭，总算没喷在女尸身上，吐了跟在后面的吴县尉一身。

"侍候县尊到那边漱漱口，还有县尉，侍候他洗一洗，换身衣服。"郭胜淡定地吩咐了两个衙役，示意仵作和保正跟上，几步走到尸首旁，蹲下仔细查看。

仵作拿出两块干净白布，先递给郭胜，又拿出两块，裹了自己的口鼻和一只手。

郭胜用白布垫着手，轻轻将尸首头部推起，仔细看了看，示意给仵作看："看这样子，死了只怕有两天了，舌头吐出，颈下有勒痕，这是缢死的。"

仵作连连点头，缢死这一条，一眼就看出来了。

郭胜仔细查看了头部，再从头往下，每一寸都细细看过，示意义庄人和仵作，将尸首翻了个个儿，指着尸首颈后虽然已经有些肿胀，却还是十分明显的勒痕，道："勒痕交叉往下，这是被人勒死的。看这里，痕迹极深，下手的，只怕是个男人，女子多半没有这样的力道。"

仵作不停地点头，这位郭先生，简直比他还专业。

郭胜再看了一遍，解下缠在手上的白布，递给仵作，示意自己看好了。

仵作上前收拾了，保正招手叫过几个人，将尸首放到块木板上，等候李县令吩咐如何处置。

李县令被那一眼惊得魂儿飞得回不来，漱了口，无论如何不敢再往前凑，时不时看一眼淡定自若像赏花一般查看尸首的郭胜，头一回觉得，他这位郭师爷，好像很有几分本事，至少胆子够大。

吴县尉自觉心里有数，又不愿意触晦气，无论如何不肯往前去，湿着半边衣服，落后李县令两步，紧拧着眉头，一副沉思状，却神游天外，想象着要是自己当了县令，这会儿该怎么办，以及他这个县尉的位置，到底应该让谁做……

郭胜走到李县令身边，低低道："已经死了两天左右了，被人从背后缢死的，没有其他外伤，缢死郑氏的人，手段十分干净利落，手劲极大，应该是个男子。找个地方，叫家人过来问问吧？"

"好好好！"李县令不停地点头，刚才那一吓，打乱了他的设想，这会儿还有点儿乱，这根据蛛丝马迹推断真相的事，就更乱了。

吴县尉只看不说话，郭胜也不理他，叫过保正，吩咐先将郑氏的尸首抬回赵家，再找个合适的地方，把赵家诸人叫过来，县尊要问话。

保正十分利落，带着李县令等人，进了离这边最近的镇上茶坊，清空闲人，带了赵宏贵和继母孟氏进来。

吴县尉见赵宏贵一进来就不停地看他，心里恼怒不已，干脆借口衣服湿透了，寒气太厉害，只怕是病了，先回去了。见吴县尉走了，郭胜嘴角似有似无地往上挑了挑，他还想着怎么样才能把他支开呢，正好。

李县令高坐上首，看看赵宏贵，又看看孟氏，突然想起那天吴县尉跟他说过的那件事，赵宏贵因为媳妇总是到处烧香，既花钱又不着家，状告淫祀横行，这个赵宏贵，难道就是那个赵宏贵？

李县令想起来就问："你叫赵宏贵？前儿你是不是到县衙递过一份状子，说本县淫祀横行，就因为你媳妇到处烧香你生了气？"

郭胜听李县令劈头问出这句话，差一点背过气去。

赵宏贵吓得眼睛都瞪大了，软在地上，拼命摇头："不是……是，在下……小民……不是小民……不是……"

孟氏捂着脸哭起来："求大老爷做主，民妇这个媳妇，一向贤惠，因为嫁过来三年无出，宏贵他……求大老爷做主，宏贵他一时失手……"

郭胜呆了呆，直直地看着孟氏，这小小的溪口镇上，妖魔鬼怪可真不少！

"果然是这样！"李县令这会儿聪明了，长叹一声，指着赵宏贵正要说话。郭胜实在不能忍了，拔高声音："县尊！容我问几句，此案案情复杂，人命关天，万万不可轻忽了。"

李县令听到"人命关天"四个字，顿时谨慎起来，犹豫了下，有几分勉强地示意郭胜，心里懊恼不已，早知道应该带陈师爷过来，这个郭胜，年纪轻轻……

"赵宏贵，你媳妇死了两天了，今天早上才发现，这两天你媳妇没在家，你去找过没有？"郭胜蹲在赵宏贵面前，声音温和地问道。

"说是……"孟氏先接上了话。

"没问到你话！再多话就掌嘴！"郭胜的脸瞬间就变了，狠厉无比地呵斥道。

孟氏吓得一个哆嗦，一个字不敢说，连哭声也停了。

"说是，生了气，回娘家，过两天就回来。"赵宏贵虽然不停地哆嗦，不过这话能说成句了。

"生了气回娘家这话，是你媳妇当面告诉你的，还是别人告诉你的？"郭胜接着问道。

"是……是她说的，我没在家，没……没在家。"赵宏贵指着孟氏。

孟氏想分辩解释，迎上郭胜阴寒的目光，身子往下缩，一声没敢吱。

"你最后见到你媳妇，是哪天？什么时候？"郭胜接着问赵宏贵。

郭胜语气神情一直都很和蔼，赵宏贵心神渐定："是前天，午饭后。"

"你说说前天午饭后，都发生了什么事，一件也别漏了，仔细说。"

"午饭后，明德在外头叫我……"赵宏贵将胡明德怎么找他，怎么说，他大姐和姐夫又是怎么说，虽然十分凌乱，却真是什么也没漏地说了一遍。

"……我就去拿银子，郑氏知道了，就生气了，打了我一巴掌，就从家里冲出来，就再没回来。后来明德找我，说不要银子了，赶紧走吧，我就跟他走了，到县里，再从县里回到家，天都黑透了，我累坏了，又饿，吃了饭就睡了。早上，她说郑氏昨天跟我生气，跑回娘家了，说住两天就回来。"

李县令听得有几分怔神，这赵宏贵诉这淫祀案，不是说因为生气媳妇到处拜神花钱不着家吗？怎么成了乡贤乡绅职责所在了？

"好了，别怕。"郭胜安抚了赵宏贵一句，转头看向已经有几分慌乱的孟氏，"郑氏回娘家这话，是谁告诉你的？你怎么知道郑氏回娘家了？"

孟氏目光闪烁不定："我……郑氏那脾气……不用说……"

"上刑。"郭胜不等孟氏支吾完，就站起来，咬牙道。

孟氏吓得趴在地上连连磕头："我说我说，是大姑娘，是大姑娘说，郑氏跟宏贵吵了架，吵得厉害，郑氏回娘家了，过几天再回来……"

"上刑！"郭胜紧盯着眼珠乱转的孟氏，示意两个衙役，两个衙役抖动拶子，往孟氏手指上套。孟氏吓得尖叫不已，连声道："我说我说！我都说！大老爷饶命！"

"说！"郭胜狠意十足地从牙缝中挤出一个字。

"是是是是！是大姑娘说，郑氏和宏贵吵得厉害，说宏贵气极了，失手把郑氏勒死了……"

"我没有！"赵宏贵吓得尖叫出声。

"你接着说。"郭胜没理会赵宏贵，一个衙役上前，伸手捂住赵宏贵的嘴，往他脸上打了两巴掌。

"大姑娘说，是宏贵勒死了郑氏，是大姑娘让我说的，都是大姑娘……"

郭胜一声冷笑："大姑娘让你诬陷赵宏贵，许了你什么好处？"

"没有……"不等她说完，郭胜用脚尖踩在孟氏按在地上的手指上，孟氏惨叫一声："我说我说！把二妮子说到杭州城里，赵家……一人一半……"

李县令听得目瞪口呆，手指点着孟氏："最毒妇人心，毒妇！是你害死了郑氏？是你……"

"县尊！"郭胜头痛不已地打断了李县令的话，"请县尊容我问完。"

李县令点头，他已经乱了，全乱了。

"仔细说，说清楚，大姑娘什么时候找的你，怎么说的，一个字别漏了，否则，我先拶断你这纤纤十指！"

孟氏抱着被郭胜狠踩了一脚尖的手指，痛得一阵接一阵地出冷汗："是……大老爷饶命。是昨天早上，一大早，天还没亮，大姑娘敲门，姑爷也在，说昨天下午，她和姑爷来看望宏贵，郑氏知道了，就冲过去和宏贵厮打，不让宏贵见她，宏贵气极了，失手把她勒死了。"

郭胜轻轻舒了口气，这一回，至少一半是实话了。

"大姑娘说……说……宏贵是她亲弟弟，说……能瞒就瞒，瞒不过就算了，说让我帮着瞒，到时候，就让二妮子带一半家当陪嫁，说再给我留个小庄子养老……"孟氏头低下去，前言不搭后语。

郭胜笑起来："你听说郑氏死了，就知道郑氏是谁害死的，是吧？嫁祸给赵宏贵的主意，是你出的吧？赵宏贵一死，这个家里，就只有你和你生的二姑娘了。"

"不是……大老爷饶命，民妇都是听大姑娘说的，都是大姑娘说的，都是大姑娘。"孟氏膝行两步，冲着李县令哀求不已，只求得李县令满脸不忍地别过了脸。

"把他们两人都先收押回去。"郭胜越过李县令吩咐衙役。

看着衙役锁了赵宏贵和孟氏，郭胜再叫过保正，问清了赵家大姑娘嫁到了盐官县桥头镇，走到李县令身边低低道："县尊，这郑氏之死，必定和赵家大姑娘、姑爷胡大及其三弟胡明德脱不开干系，可此三人是盐官县人，咱们不能越县捉拿人犯，这案子，只怕要上呈杭州府衙了。"

"已经进了腊月，太后……这案子报上去，只怕……"李县令这会儿倒是想得周全了，这会儿出了这样的人命案子，报到杭州府衙，他只怕一个教化不力的罪过是脱不掉的。

"县尊，这样的人命大案，肯定是压不住的，上报得晚了，人犯脱逃，恐怕就是玩忽渎职的大罪了。"郭胜垂着眼皮，带着几分寒意警告道。

李县令呆了片刻，打了几个寒噤。可不是，人命关天，瞒不住又结不了案，再拖着不上报，人犯跑远了，那就真成大罪过了。

"先生说得极是。"

"那就宜快不宜慢，现在就赶紧把人犯和口供送到杭州府衙，我走一趟吧。县尊回去县衙，找一找赵宏贵递上来的那张状纸，吴县尉经的手，县尊要是找不到，就找他问问，找到了，赶紧打发人送到杭州府衙，那也是物证之一。"

郭胜交代李县令，李县令连连点头。郭胜吩咐带上孟氏和赵宏贵，直奔杭州城。

杭州帅司府，罗帅司看着横山县送来的口供和人犯，听朱参议简单几句说了案情，直气得额头青筋都暴起来了，猛拍了几掌桌子，强压下怒气，吩咐朱参议会合闪参议审理此案，等朱参议出去，立刻吩咐去请关副使来一趟。

关铨到得很快,罗帅司屏退诸人,坐到关铨旁边,低低将淫祀案说了:"……原本打算明天夜里,会合宪司衙门一网打尽,可如今,"罗帅司一声长叹,将刚刚收到横山县送来的那桩案子说了,"……这样的案子,这个时候,他还不忘党争陷害,唉!实在是……这样的宪司衙门,我实在不放心,请关副使来,是想请关副使帮个忙,今天晚上就动手,捉拿一干人犯。"

关铨极其干脆地点头道:"帅司职责所在,也是关某职责所在,帅司只管吩咐。"

"那就多谢了!"罗帅司喜形于色,忙让人叫了姚参议进来,道,"这案子姚参议最清楚不过。今天晚上,你和关副使一起,收网捉拿人犯。"后一句,罗帅司是对着姚参议吩咐的。

姚参议已经知道了横山县刚刚递上来的那桩案子,也正担心不已,见罗帅司已经如此安排,长长舒了口气,连声答应。

夜半,寒风呼啸,明涛山庄那间小院上房,秦王和金拙言对坐下着棋。

外面脚步声传来,金拙言忽地站起来,几步冲到门口,掀起帘子。

外面被灯笼照得十分明亮,陆仪一身黑衣,正穿过院子,大步往正屋过来。一阵寒风卷起他身上的黑色斗篷,猎猎飞扬。

金拙言举着帘子,一直举到陆仪欠身进来。

"怎么样?"放下帘子,金拙言迫不及待地问道。

秦王也已经站了起来,屏着口气,看着陆仪。

陆仪迎着秦王的目光笑道:"一网打尽。"

秦王和金拙言同时松了口气。

郭胜在杭州城耽搁了两天,等着两个案子都有了结果,才回到横山县,吃了午饭,洗漱换了衣服,到县衙给李文岚和李夏上课。

安排李文岚在门口背书,郭胜坐到李夏旁边,低低禀报这几天的事,以及这两桩案子。

"……淫祀案是前天夜里动的手,听舅舅说,是关副使带人捉拿归案的,五个主犯,十六个从犯,同时到案,无一漏网,搜出来不少浮财。我问了陆将军,说真实案情帅司府已经密折上报朝廷了,明发的案情,大约要以残害人命为由,奸合求子的事,只字不提。五个主犯,空戒绞,杨陈氏绞,其余三个,拟了凌迟,十六个从犯斩立决。"

李夏端坐不动，凝神听着郭胜的话。

郭胜顿了顿，想着那天在溪口镇遇到的那个老妇人，轻轻叹了口气。"十六个从犯，全部斩立决，也是没办法的事……"郭胜声音低落下去，"陆将军说，查到现在，往三处求过子的妇人，能查实的已经有五百多人，不一定人人受害，可是，一旦走漏风声，但凡去过的……只能一个活口不留，不然，万一……有个万一，不管多少年后，都是极惨的事。"

李夏极轻地叹了口气，郭胜惊讶地看了她一眼，心里微动，她这是怜惜这些人吗？

"另一件。"郭胜瞬间走神，又急忙拽回来，"溪口镇的案子，也结了。胡明德和兄长胡大异口同声，咬定是赵氏失手勒死了弟妇郑氏，赵氏拟了斩立决。胡明德和胡大原本拟的是流配三千里，是陆将军发了话，改拟流放到银矿苦役十年。银矿上的苦役，活过五年的都没有。孟氏官卖为奴，多半是不能让她活着的。赵宏贵打二十板子。因为和淫祀有所关联，奉了太后的懿旨，和淫祀并案处置，已经行刑了。"

李夏眼帘微垂，这案子只到胡明德，她的猜测一点儿也不错，太后要的是平衡……

"我找了舅舅，请见罗帅司，溪口镇这桩案子，吴县尉罪不可恕，罗帅司说已经查实了吴县尉贪赃不法的所作所为，大约今明两天，行文就该到县里了，不过，也只是撤差而已。"

郭胜声音低下去，这件事，虽说姑娘事先提点过"平衡"两个字，可对方竟然人人平安，半点折损也没有，这让他心里愤然无比，就算要平衡，那也必须付出足够的代价。

"五哥什么时候回来？"半晌，李夏低低问了句。

"明天休沐，一早就启程赶回来。五爷说，梧桐的事，他要当面跟县尊禀报后再处置。"郭胜低声答道。

"秦庆呢？"

"明天一起回来。"

李夏嗯了一声，不再说话，伸手拿起笔，慢慢蘸着墨，低头开始描字。

郭胜看着她，片刻，咬牙低低道："姑娘，溪口镇的案子，搭进了一条无辜人命，胡家虽说有错在先，可一下子搭进三条人命……"

李夏仿佛没听到，郭胜看着她，咽回了后面的话："姑娘，宪司衙门这样肆无忌惮构陷县尊，要是让他们毫发无损，就这样算了，那下次，谁都敢往横山县，甚至敢往五爷身上伸手了。"

李夏手里的笔微顿，接着描着字："你想怎么做？"

"林明生可以放过，主事之人不能放过。"郭胜咬牙道。

"嗯，你要是能办得到，就去吧。"

"是。"郭胜眼里闪过亮光，站起来，往旁边斜了两步，才转过身，踱回讲案后坐下，拿着本书，对着书盘算起来。

"这件事，跟阿爹说说。官场之凶险，他知道了，比不知道好。"

郭胜正想得出神，李夏突然说了一句，郭胜下意识地一蹿而起，笔直站着，看看低头描字的李夏和屋外哇哇背书的李文岚，呆了片刻，很有几分恍惚，他刚才想得太出神，姑娘这一声，怎么感觉就像在耳边一样，神通？

下了课，郭胜收拾了东西出来，经过签押房，站在门口，直视着坐在签押房里，晃着腿，悠闲无比地看着书的李县令，姑娘说得对，官场之凶险，他知道了，比不知道好。

郭胜进了签押房，李县令放下书，笑着让郭胜坐："今天怎么样？阿夏没淘气吧？我家这两个小的，岚哥儿要多懂事就有多懂事，可阿夏就淘得不得了，一个姑娘家，比小子还皮，真是让人头痛得很。"

"姑娘极好。"郭胜欠身笑应了一句，眼皮微垂，下一句，就转了话题，"东翁，有件事，在下觉得，不好瞒着东翁。"

"哦？又有什么事？你只管说。"李县令呵呵笑着，示意郭胜。

郭胜站起来，走到门口，探出半截身子，左右看了看，前衙早就空无一人，郭胜回来坐下。

李县令看着转过身之后就满脸冷厉的郭胜，下意识地放下书，坐直了上身。

"昨天，杭州城里，审结了两桩大案。一件是杭州府衙审理的溪口镇女尸案，另一件，是大案子，是帅司衙门和宪司衙门会同审理的，一桩淫祀案。这两个案子，一而二，二而一。"

李县令有点儿蒙了："溪口镇那案子……"

"嗯，县尊先听我说。一年半前，山阴县宁安寺知客僧德清，以及住持空戒，和山阴县杨秀才的儿媳妇杨陈氏勾搭成奸，一次奸合寻欢时，被一个小沙弥撞见，德清杀了小沙弥，从宁安寺出来，游荡到了盐官县和横山县交界一带，改名圆融法师,自称开了天眼,很快,就以送子灵验著称。"

李县令眼睛睁大了,心里涌起股强烈的恐惧之意:"送子……"

"嗯,奸合以送子,很快就聚了大量财货,就招了其弟,及其表弟,在溪口镇和盐官县三阳镇等三镇,建了送子庙,一起送子,祸害了不知道多少妇人。"

李县令听得喉咙里咯咯了两声,却说不出话,这太可怕了!

"溪口镇女尸旁边的那座青砖大院,就是溪口镇的送子庙,由圆融的弟弟主持,已经送了将近一年的子了,香火十分旺盛。"

郭胜的话顿住,冷眼看着两眼发直的李县令,片刻,才慢吞吞地一个字一个字说道:"溪口镇赵宏贵状诉的,就是这间淫祀。"

李县令忽地蹿了起来,直直地瞪着郭胜,他置之不理的状告淫祀案,吴县尉……

"县尊请坐,听我说完。"郭胜淡定地示意李县令坐回去。

"赵宏贵和媳妇郑氏,都是那座送子庙的信徒,之所以要举发淫祀,是因为受了胡明德的鼓动游说。胡明德是宪司衙门的书办,那天赵宏贵所言,县尊也都听到了,赵宏贵首发淫祀案,是胡明德鼓动,也是胡明德带他到的县衙,就连状纸,也是另有人事先写好的。在县衙门,是吴县尉接应,先是将赵宏贵首发淫祀案的时间提到一个月前,再花言巧语,一来让县尊知赵宏贵举发淫祀案这事,又只把这事当成笑话,二来就是骗县尊在那张状纸上签了名,画上押。"

李县令两只眼睛瞪得溜圆,两只手抖个不停。

"县尊签了名画了押的那份状纸,在底册上留了记录之后,当天下午,梧桐回来,偷走了赵宏贵那张状纸。如果不是五爷周全,这会儿那张诉状,应该出现在溪口镇的那座淫祀之所,作为淫祀案的证物被缴获。那桩淫祀案事涉百人千家,是秘案,县尊不可能知道,这会儿要是上头有人来问起赵宏贵状诉淫祀这件案子,县尊必定要哈哈大笑,当成笑话再说一遍吧?"

郭胜声调里透着浓烈的寒意,李县令浑身僵直,郭胜这些话,几乎每一句都击穿了他的认知,击打得他如同筛子一般。

"要不是五爷,今天这会儿,应该正是县尊被锁拿入狱,抄检后衙的时候,这县衙里,这会儿正该是一副人间地狱的惨象,县尊的罪名,不拘什么,一个'斩'字,是逃不掉的。"

一个"斩"字,打得李县令浑身僵直,李县令头上身上一层层汗如雨下。李县令恐惧得浑身发抖,直直地看着郭胜,圆瞪着双眼,喉咙里咯咯有声,却一个字也说不出。

郭胜冷眼看着他："五爷因为县尊操碎了心，先是请了秦先生，又找到我，五爷每次回来，都嘱我留心县尊的公务。也是我疏忽了，可我怎么也没想到，县尊被人几句话，就哄得签下了身家性命。幸中之万幸，是郑氏意外之死，破了这套连环计。否则，别说五爷，就是神仙，也救不了县尊和县尊一家。"

李县令喉咙里咯了一声，从椅子上软软地滑到了地上。

郭胜站起来，低头看了片刻，才走过去，拉开椅子，拖起李县令："县尊现在不用害怕了，已经过去了。唉，可怜五爷还是个半大孩子，就要替县尊如此承担。"

李县令猛地抽泣了一声，泪如雨下："我……我……我……"

"我扶县尊到后宅吧，让太太请个大夫。县尊，保重身体，不为自己，也为了五爷，还有六哥儿。"郭胜干巴巴地随便劝了句。

老实说，他一点儿也不想劝，他讨厌蠢人，不过，这次没办法。

郭胜将李县令一只胳膊搭在自己肩上，拖着他走到后衙门口，站住，远远看到个婆子，忙扬声叫道："那位嬷嬷，烦您叫一声洪嬷嬷，县尊好像病了。"

婆子急忙跑进去传话，片刻，洪嬷嬷和徐太太一起跑出来，一看到李县令的情形，洪嬷嬷赶忙叫了个粗使婆子过来，两人接过李县令，扶进了上房，徐太太急忙打发人去请大夫。

李夏缩在榻角，挨着已经哭起来的六哥李文岚，看着躺到榻上，侧过身蜷成一团，双手捂着脸，时不时痛苦地哆嗦一下的阿爹，微微蹙眉。

这个郭胜，这话是怎么说的？怎么把阿爹吓成了这样？

李县令病倒了。

李文山回到家里，看到一下子苍老了十岁的阿爹，眼泪夺眶而出，几步冲到榻前："阿爹，您这是……"

见儿子进来，李县令老泪纵横，撑着胳膊就要坐起来，徐太太急忙上前扶住他，李冬赶紧往李县令身后塞了个垫子。

"我跟山哥儿说几句话。"李县令冲徐太太和李冬往外摆手，示意她们出去。徐太太一脸的莫名其妙，这怎么跟儿子说几句话，还得把她赶出去了？

徐太太莫名其妙归莫名其妙，还是推着李冬往外出，经过李文山身边，拉了拉他，往外走了一步，咬着耳朵嘱咐了一句："你爹说病就病倒了，大夫说他受了惊吓，你问问你爹，出什么事了，我问他，他一个字也不说。"

李文山连连点头，眼角瞄着一步步往他身后挪过来的李夏，正要伸手拉她一把，徐太太一眼看到，伸手拉住李夏，拎着出了门。

李县令关着门，和李文山一直说到午饭前后。徐太太不放心，打发李冬贴门上听了好几回，净听到李县令哭了，听了这么几回，这心没放下来，反倒提得更高了。

午饭都做好等着了，李文山总算开了门，叫苏叶端了盆水进屋，和李冬两个，侍候李县令净面。李县令眼睛通红，看气色神情，却好了不少，李夏趴在榻沿上，看着她爹的神情，暗暗松了口气。像昨天那样的痛苦郁结，再有几天，非得一场大病不可。

吃了饭，李文岚去前院上课，李文山带着李夏到后园去玩。

李夏最黏她五哥这事，一家人早就习以为常。

李文山牵着李夏，在后园里转了半圈，在菜地旁边的石凳上坐下，今天天气好，无风大太阳，阳光照在身上，暖洋洋十分舒服。

"阿爹没事了吧？"李夏甩着腿问五哥。

李文山点头："应该没事了，阿爹都想辞官了，说要不还是去当教谕算了。"

"阿爹现在还不能辞官，等这一任做完吧，正好，太后也该回京城了，到时候再看。阿爹这样的脾气，最好在工部，或是鸿胪寺这样的地方，领一份闲职。"李夏晃着腿，低声道。

李文山笑起来，抬手摸了摸李夏的头："阿夏这话说的，好像阿爹做什么，能由着咱们挑一样。"

李夏晃着的腿僵了僵，垂落下去，可不是，现在哪能由着她安排呢，唉。

"你多跟阿爹说说，让他凡事多听郭胜的话，至少这一任，再怎么也不会有什么事，至于这一任之后，唉，到时候再说吧。"

"说了。不过，"李文山皱起了眉头，"我觉得郭胜这个人，好像太有主意了。"

李文山将郭胜去江宁府的事情说了："……他从杭州城回来，换了匹马就去了江宁城，我总觉得他不是临时起意，既然早有打算，为什么在杭州城的时候，没先跟我说一声？我想来想去，总觉得不妥当，这不算小事，总得跟我说一声吧？秦先生也不知道。还有就是，他怎么能把淫祀案这事全都告诉阿爹呢？那桩淫祀案，下过封口令的，他又不是不知道，万一阿爹不小心流露出去，那得是多大的事呢？"

李文山连声抱怨，李夏眼皮微垂，听他抱怨完，扫了眼明显有几分气恼的五哥，道："五哥别多担心，郭胜和县衙这边，我看着呢。"

"就是知道你看着，我没怎么担心，要不然……唉！"李文山烦恼地叹了口气，跟秦先生相比，他明显觉得郭胜让他不怎么安心。

"五哥，郭胜和秦庆不一样。第一，秦先生做了几十年的幕僚，很知道怎么样敬重东主。郭胜多数时候是个独行侠，只做过几年师爷，也是跟着他舅舅一起，隐在他舅舅身后，怎么和东家相处，他肯定不如秦先生。"

李文山不停地点头，确实是这样，秦先生多好，凡事都那么周到，让人如沐春风。

"第二，秦先生和郭胜脾气性格不一样。秦先生性子温和细致，他待你，是幕僚也是先生。郭胜这个人，特立独行，极有性格，他不讲究细节，跟他相处，五哥得大度些。"

李文山点了下头，这也是，郭胜和秦先生站在一起，就是满山怒放的杜鹃和一盆优雅兰草的区别。

"第三，郭胜的才能，不是秦先生能比拟的。秦先生只能辅助，郭胜这个人，自己就可以做大事。"

"啊？"李文山怔了，他心目中，还是秦先生更能干老辣些，不过既然阿夏这么说，那肯定是他看错了，"那，他自己都能做大事，他还……"

他还依附自己做什么？李文山心想。

"他已经绝了仕途，不依附于人，就没有做大事的机会了。"李夏想着郭胜这个人，这样的人，她从前见过一个两个。

郭胜那句，想身历常人不能历之奇，是他的真心话。他把她当成了会说话的猫一样的奇异之物，要跟在她身边，历常人不能历之奇，一时半会儿，至少在她长大之前，她不担心他，至于她长大之后……她都长大了，那就更用不着担心他了……

"五哥放心，郭胜身上，有一份侠义之气，他又是个自负的人，最多也就是有一天拱手告辞，至于别的，我觉得不会。"李夏低声道。

李文山长长松了口气："既然你这么说，那就好，这几天把我担心坏了，又不敢露出来。对了，秦先生说，把梧桐交给他处置，你说，会不会……"

李文山不担心郭胜了，又想起了梧桐，秦先生上回安置钟婆子的事，让他至今心有余悸，梧桐虽然罪不可恕，可罪不至死。

"你要是担心，就直接跟秦先生说，或者你直接告诉秦先生怎么处置梧桐。五哥，秦先生要听你的，而不是你听他的，他说的话，你觉得有道理，就听，你觉得没道理，你就驳回去。当然，你驳回去了，他又驳回来，你说不过他的时候，那你就得认真考虑考虑，是不是你错了。"

李夏侧头看着五哥，李文山呆了片刻，两只手一齐挠头："好吧，阿夏，以前我觉得读书最难,现在才知道,读书最容易。"

"那当然,人情练达难极了,洞悉人心更是难上加难,真正洞悉人心的,天底下也没几个人。"李夏也跟着感慨了一句。

太后大概能算一个。她自己肯定算不上。

"唉。"李文山一声长叹,"阿夏,你不知道,这人心……太可怕了。"

李文山看起来受了极大的刺激:"那个案子,陆将军送了好些案卷,那几个淫僧就不说了,不是人。可那些妇人,明明自己受了害,还要再去害别人。桥东镇上有个妇人,把小姑子、堂弟媳妇都带过去,她一个人,就带去了四个人,害了四个人。她堂弟媳妇投井死了,世子说她堂弟媳妇不一定是自己投的井,陆将军还在查,我就是想不明白,她是怎么想的?还有溪口镇一个妇人,去求子,生了儿子,大姑姐来看侄子,说了一句,她这侄儿比她弟弟好看多了,那妇人就把大姑姐哄骗过去,说是之后一两个月,两个人隔十天半个月就一起去求一趟子……"

李夏两只手撑在石凳上,漫无目的地看着远方,听着李文山的话,波澜不惊。

这没什么想不通的,大家都一样了,也就安全了……至于别的,没有别的,没什么比自己的性命更要紧……

李文山絮絮叨叨地说着那些让他深受刺激的人心之暗,说到最后,眼圈都红了。

李夏侧头看着他,站起来,拽着衣袖给他擦眼泪,低低抱怨了一句:"陆仪给你看这些干什么。"

"不是给我,是拿给王爷看的,我跟着看了几眼,有些我是听王爷说的。王爷很难过,前天一天,净坐着发呆了,跟他说话他都不理。"

李文山摸出帕子,先给李夏擦了手和衣袖,再往自己脸上抹了几把。

李夏一怔,给秦王看的……是了,用这些来见识人心之恶,再好不过。就像从前,太后让自己抄那些密折,见识世情之狠烈,人心之恶之毒,太后最擅长潜移默化地教导人……

太后教导秦王捕猎之道,现在又开始让他认识世情人心,就像从前教导自己那样……

李夏直直地看着眼前的菜地,李文山低头看了看李夏,又看了看,伸手在李夏眼前挥了挥:"阿夏,阿夏!"

"想出神了。"李夏回过神。

"想什么呢?"李文山带着几丝探究看着妹妹。

李夏看了他一眼:"不告诉你。"

李文山唉了一声，他越来越觉得，从前是阿夏很厉害，至于他……他到底是死是活只怕都说不定，回回他一问自己怎么样了，阿夏都是回避不答。

"对了，秦先生说，大伯捎了信，说过两天让四哥过来一趟，给咱们送点过年的东西，还说，过了年，初二初三，大伯就打发人过来，接阿娘还有咱们到江宁府住几天。秦先生立等着回话，我就先答应了。"李文山想起来还有件正事，赶紧说了。

李夏点头，这是很正常的兄弟往来，照理说，她阿爹阿娘应该先打发人过去送节礼……算了，这些事明年再说，今年这大半年，大事小事就没断过……

李文山又和李夏嘀嘀咕咕说了好半天这案子那案子的细节，以及陆将军功夫怎么好、古六家怎么富贵等等，一直说到李冬找过来，两人才站起来，李文山抱起李夏，和李冬一起回上房去了。

午后，郭胜从衙门回到自己的住处，拖了把椅子，端坐在廊下，迎着寒风，闭着眼睛，将要做的事前后理了一遍，确定都想周全了，站起来，进屋换了衣服，出来把椅子拿回去，掩了门，从后门出去，直奔北门。

临近北门，到一家脚夫行借了匹马，牵着出了城门，直奔杭州城。

杭州城宪司衙门。

宪司林明生忙到人定时分才回到后衙，让人热了壶黄酒，挥手屏退几个姬妾丫头，一个人坐在屋里，喝着闷酒想心事。

顺手牵进横山县，是老姚的主意，他也觉得好，倒不指着能绊倒李学璋，他只是想看看明涛山庄的态度，是不是真的诸事不管，不动如山。京城三天两头来信，让他想办法探清明涛山庄的态度，他也是急了。

可没想到，中间竟然横生出赵郑氏之死这件意外……

林宪司仰头喝了一杯酒，再斟满，又喝了。

明涛山庄的态度，他看到了，可这样看到，他宁可没看到。

罗帅司明锣明鼓地替他掩下了胡家背后的指使之人，那张口供上一串串儿黑墨……

林宪司伸手抓过壶，又倒了一杯，抿了半杯，叹了口气。

那桩案子审好断好，口供物证一应诸物，都交给了他，可他对着那串了一行墨，却照样能明明白白地看出来串掉了哪些字的几份口供，竟然没勇气把那些字全部再次抹黑，彻底抹掉。

林宪司又叹了口气，将半杯酒一口喝了，拎起酒壶，摇了摇，扬声叫丫头送酒进来，然后斥退丫头，拎起酒壶，自斟自饮。

他看出了明涛山庄的态度，可这态度，让他恐惧，他甚至在犹豫，要不要往京城写这封信，甚至……他是不是该乞骸骨了……

立在屋子一角的五头烛台上，五根蜡烛的火苗一起猛地晃了下，一下子灭了四根，已经喝得半醉的林宪司眯了眯眼，正要叫人，脖子上一片冰冷，那冰冷紧紧压迫着跳动的颈脉和喉咙。

"安静，我来说几句话而已，这是刀背。"相比于脖子上那柄寒气透骨的刀，这声音就显得分外平和安宁。

林宪司感受着刀背在脖子上压一下松一下，又贴着皮肉来回划了几下，确实是刀背，要是刀刃，他已经血溅三尺了。

"溪口镇一案，赵家家破人亡，胡家家破人亡。你知道赵家为什么家破人亡，也知道胡家为了谁破的家、亡的人，你独坐喝酒，是替赵家和胡家难过吗？"

背后的声音平平得好像没有任何情绪，可这份没有情绪，却让林宪司感觉到一阵透骨的寒意。

"你想干什么？"林宪司喉咙上压着刀背，声音有些喑哑。

"是谁出的主意？又是谁出面，诱惑挑唆的胡家？"

林宪司紧紧抿着嘴，一言不发。

"等了你两天，你是真不聪明。赵家两条人命，胡家三条，这五条人命，没个交代，这杭州城里，你能过了哪一关？"

林宪司脖子上的刀来回划了两下，林宪司微微仰头："你是谁？"

"你就当我是那五条冤魂。"

林宪司紧紧抿着嘴。

"姚潜这是第几次陷你到如此困境了？他不自知，你不知人，你打算让他把你们林氏一族，带入死地吗？"

林宪司脸色微白："你是……帅司府，还是明……"明涛山庄这几个字，林宪司没敢说出口。

背后的人没理他的问话，刀背离开又贴回来，换了刀刃，林宪司顿时脸色惨白，从头到脖子，整个人都僵直了。

刀刃一动不动地贴在林宪司脖颈上，林宪司清晰地感受到刀刃切着皮肉的那一条刺痛，清晰地感受到颈脉每一次跳动时，挤压向刀刃的那份恐惧，每一次的跳动，都漫长得像是从繁华到洪荒，每一次的跳动，都比上一次跳动猛烈，好像下一次跳动，就能撞破刀刃，喷涌而出……

刀刃突然收回，一个小小的瓷瓶从后面扔到林宪司面前："鹤顶红，你和姚潜，谁用都行。"

林宪司直直地盯着面前白色瓶身大红绸塞的小小瓷瓶，片刻，猛地转过身，身后空空如也。

林宪司呆了好一会儿，僵直地转回身，慢慢抬起手，掂起那只小瓷瓶，托在手心里看了看，小心地放到桌子上，端直坐着，对着瓷瓶直直地看着。

宫里，最爱用鹤顶红……

沈尚书说得对，从皇上登基那天起，甚至在皇上登基之前，太后，就一直站在朝堂中，从来没有离开过……

林宪司垂下头，沉默良久，伸手握起瓷瓶，直起上身，下了榻，出了门，径直往侧院姚先生住处过去。

宪司衙门幕僚姚潜，半夜急病，没等大夫到，就一病没了。

这个消息，在姚潜刚刚咽了最后一口气没多大会儿，就报到了明涛山庄那间正殿里。

金太后眉头微蹙："是岩哥儿？"

"不是，进来前，老奴拐个弯，先去问了陆仪，他还不知道这件事。"黄太监答道。

金太后眉头蹙紧了："在查了？"

"是，"黄太监抬头看了眼金太后，"陆仪说，多半是郭胜，老奴也这么以为。这郭胜，有仇必报，胆大包天。陆仪说，李文山看着忠厚老实，其实也是个胆大妄为的，横山县衙里先头两个师爷的事，王爷当时就让他查过，都是李文山的手笔，陆仪说，王爷颇为欣赏。大约这郭胜不忿，昨天李文山回去，得了李文山首肯，就做下了这样的事。"

金太后脸上说不清是什么表情，片刻，轻轻哼了一声，吩咐黄太监："去查清楚。真是横山县出的手……你替他们好好看看，收拾干净。"

"是。"黄太监明了地答应一声，正要退出，金太后又吩咐道："这件事，你去跟哥儿说一说。姚潜的事，不该等横山县自己出手。一来，李文山是他的人，他的人,他要护得住,要有所交代;其二,虽说为大局着想,不好太折损那一头,可也没有让咱们吃闷亏的理儿,要打到他痛,更应该放好后手。"

"是。"

"还有,递个信儿给那边,林明生太蠢了,换个人来吧。去吧。"金太后接着吩咐,黄太监答应一声,垂手退出去,先去找秦王解说这件刚刚发生的事。

郭胜在杭州城里的一个小脚店里,听到了姚潜暴病而死的信儿,牵着马出城,直奔万松书院。

李文山刚进了书院,就被郭胜叫出来,说了姚潜暴亡的事,李文山呆了好一会儿,才反应过来,指着郭胜。

没等他说出话,郭胜看着他笑道:"姚潜是这一行里的老人了,自然懂得规矩,连累东家陷入如此境地,换了我,也要这样以谢天下。五爷一会儿见了王爷,只怕要提起这事,所以我特意过来先跟五爷说一声。五爷心里有数就行,王爷问起,只当不知道,我先回去了,县尊小病刚好,衙门里不能离了人。"

"哎!"李文山总算说出话了,"郭先生,你以为……这事,这样的事,你先跟我说一声,你得先跟我说一声!"最后一句,李文山带着恼怒,声音里带着了丝丝厉色。

郭胜一怔,随即松开缰绳,双手抱拳长揖到底,起身正色道:"是在下疏忽了,五爷教训得极是。五爷放心,下不为例。"

远远的,一队人马往书院奔过来,郭胜扫了一眼,赶紧告辞:"五爷,我得走了,五爷放心,定然没有下次,五爷记着,只当不知道。"

郭胜一边说着,一边急忙上马走了。

李文山站在书院门口,双手叉腰,苦恼万状地看着纵马而去的郭胜,他都知道了,还怎么当不知道?他倒是想当不知道,可他做不来这事,他瞒不过他们哪!

郭胜和李文山看到人马时,陆仪已经看到了郭胜和李文山,勒马靠近秦王,指了指示意:"郭胜,正跟李五说话呢。咦,跑了,跑得真快。"

"不是挺有胆子吗,跑什么啊。"金拙言凉凉地说了句,秦王眯眼远眺着纵马跑得飞快的郭胜,脸色不怎么好。

一群人马速很快,几句话之间,就到了万松书院门口。

秦王等人下了马,长随牵着马退到旁边等着,秦王理了理衣服,摸出折扇在手里转着,走到李文山面前,上上下下地打量着他。

李文山被他看得莫名其妙，片刻，又有所悟，就心虚起来，抬手揉了下鼻子，再揉一下，目光躲闪，正想顾左右打个岔，秦王笑起来："李五，看你这样子，也不像个心机深沉的，这么件大事，怎么前天没见你有一丝动静？我眼拙了？"

　　"我也是刚知道。"李文山话音没落，急忙接着道，"也不能算刚知道，我是说，是我……"

　　"什么是你？胡说什么呢！"金拙言打断李文山的话，"跟你有什么相干？还有，我们拿你当兄弟，你怎么能这么见外？这样的事，你心里有气，就该当面说出来，咱们可没有让人欺负了，就干咽下去的理儿，你看看你现在算什么？打王爷跟我的脸呢？"

　　"没……我真……"李文山急了，刚要解释，古六从后面硬挤上来，道："你们说什么呢？出什么事了？李五被人欺负了？谁欺负你了？你不是今天才到书院吗？你还没进书院呢？谁欺负你了？"

　　"你！"秦王没好气地在古六肩膀上捅了一折扇，"钟响了，赶紧走，晚了夫子又要长篇大论地教训。"

　　除了陆仪，一行人急忙往书院里跑。

　　上了一天的课，哺时前后，金拙言打发人找古山长替李文山告了假，也不管李文山怎么叫着课业拖得太多，无论如何都要用功了，揪出来上了马，直奔明涛山庄。

　　到了明涛山庄后园湖边的暖阁里，金拙言将李文山按到椅子里，劈头就问："早上那是郭胜？"

　　李文山死活不肯来，要努力读书，就是因为怕金拙言和秦王追着问郭胜说的那件事，现在躲是躲不过了，硬着头皮，一脸苦哈哈地点了下头。

　　"你这个郭胜，怎么净惹事？"古六挤过来说了句，路上他问过陆仪，已经知道了是什么事。

　　"小古你别添乱。"秦王用折扇捅着古六，"那边坐着喝茶去。"

　　"我问你，这么大的事，为什么不先跟王爷打个招呼？"金拙言冷着张脸，折扇点在李文山鼻尖上。

　　"我……"李文山被折扇点得上身用力往后仰，他什么都不知道，他怎么招呼啊？他现在也不知道怎么说！

　　"李五，你老实说，郭胜逼死宪司府那个姚潜的事，你是事先就知道，还是事后知道的？"秦王瞄着李文山那一脸说不出话的干着急样，慢条斯理地问道。

　　"我……"金拙言的折扇往后撤了撤，李文山头直起来，看着秦王，干张着嘴，还是说不出来话。

他说事先知道吧，世子那一问，他就得答，他想不出怎么答，说事后知道吧……那这事岂不是全得由郭胜担责了？王爷和世子他们对他挺客气，对郭胜可就不一定了，不能说事后知道啊……

"说事先知道，想不好为什么没跟王爷打招呼，说事后知道，你又怕王爷怪罪那个郭胜，是因为这个为难吧？"金拙言弯着腰，看着干张着嘴就是说不出话的李文山，折扇一下一下捅着李文山的肩膀问道。

李文山唉了一声，猛跺了几下脚，还是没说出话来。

"好吧，那我把话说到前头。第一，林明生陷害你爹这事，我可没打算抬手放过，我是还没腾出手，你就先急眼了，好在你那个郭胜，还没把事情办得太糟。我本来也没打算让那个姚潜活着，五条人命，至少赵郑氏是全然无辜的，得有个交代。"

秦王挪了挪，坐正了，看着李文山，一脸严肃。

"第二，姚潜的死，是对那五条人命的交代，林明生这个宪司，也不能再当下去了。一是他德不配位，二来他敢伸手到你阿爹头上，我不能忍，这是对你的交代。第三，不管你事先知不知道，我都不会把郭胜怎么样，虽然我很生气。好了，你现在说吧，到底是事先知道的，还是事后知道的？"

"是……就……今天早上才知道的。"李文山只能实话实说了。

"你竟然……你果然！"金拙言猛一折扇拍在李文山头上，拍得李文山哎哟一声。

"啊？你今天早上才知道？郭胜告诉你的？他告诉你你才知道？你们俩，到底谁是主谁是仆啊？"古六跳起来了，兴奋地大叫，这一小圈人里面，总算有个比他笨的了。

"看看！"秦王看着陆仪，"我就说吧。"

陆仪看着李文山问道："郭胜去江宁府，也是事后告诉你的吧？"

李文山张了张嘴，没能说出话，肩膀往下耷拉，垂了垂头。

"小古有句话说对了，你跟那个郭胜，到底谁是主谁是仆！"金拙言一脸的不敢置信。

"郭先生又不是跟我的，他是我阿爹的幕僚师爷，本来……"李文山有点儿急了，话没说完，古六打断他道："李五，你可真能瞎扯，就你爹，蠢……蠢成那样……"

"你爹才蠢成那样！我阿爹他……他就是书生气了点，他二十岁就中了举人，他怎么蠢了？"李文山不干了，一句话怼了回去。

"唉！你这个人怎么这样？你爹蠢，这话可是你自己说的，还说了不止一回。上回，你跟王爷一把鼻涕一把眼泪，说你爹蠢成那样这样怎么样的，这明明是你自己说的，怎么，你能说，我就不能说了？"古六简直要跳起来。

"那是我爹，我说说……我那是谦虚！你说算什么？哪有这么说人家爹的？还说自己知礼，有你这么知礼的？"李文山跟古六可不客气，他又不怕古六。

"唉，你……你这人不可理喻……"

金拙言已经挨着秦王坐下，两人一齐摇着折扇，看着跳脚吵在一起的古六和李文山。秦王先叹了口气，金拙言跟着叹了口气，秦王又叹了口气，金拙言再叹一口，两人交替地叹着气。

第十七章 有心结好

秦先生虽然不知道淫祀案的首尾,可溪口镇女尸案,他知道得一清二楚。现在林宪司身边最得用的幕僚姚潜死了,他将知道的那几件事连在一起,稍稍一深想,只觉得后背冷汗淋漓。

在屋里呆坐到将近中午,想了又想,出了屋,让人备马,他得去一趟江宁府。

江宁府,李漕司心事重重地吃了晚饭,靠在榻上,心不在焉地听严夫人说着给小三房准备了哪些节礼,以及节后准备请哪些人家过来等等琐事。

严夫人一边说,一边瞄着明显心事很重的李漕司,正犹豫着要不要开口问一问,外面小丫头禀报,秦先生从杭州过来,请见老爷。

李漕司听到"秦先生"三个字,一下子就蹿了起来,急急地吩咐道:"快请!快请!"

严夫人手里拿着块绸料子,看着鞋没穿好就往外跑的丈夫,呆了好半天才回过神。

一定是出什么大事了!

李漕司疾步赶到花厅,秦先生已经让人端了盆热水过来,正弯着腰洗脸。李漕司看着秦先生后背那一片透出衣服的汗渍,一颗心不由得又往下沉了沉。

秦先生撩着热水洗了一通,长舒了口气,李漕司看着他汗透的后背和濡湿的前襟,连声吩咐:"让人准备热水来,把我的衣服拿一套,侍候先生沐浴……"

"拿一套衣服就行了。"秦先生打断李漕司的吩咐,"漕司,到书房说话吧。"

李漕司脸色一紧，忙站起来，一边示意秦先生往外走，一边吩咐小厮："把衣服送到小书房。"

李漕司和秦先生进了小书房上房，衣服也送到了，秦先生换了衣服出来，小厮已经摆好了几样点心和汤水，垂手退了出去。

秦先生坐下，先倒了碗汤喝了，又连吃了几只汤包，再喝了一碗汤，舒了口气："漕司见谅，路上赶得急，午饭也没吃。"见李漕司又要扬声吩咐，忙抬手止住他："先不急，这些点心就很好，这笼汤包就够了，咱们先说话。"

李漕司见秦先生这么说，也不多让。

秦先生又吃了几只汤包，再喝了半碗汤，才开口道："林明生林宪司身边的那位姚潜姚先生，昨天半夜里，突然病死了。"

李漕司瞪大了双眼，突然病死！

"本来，我没打算跑这一趟，有些事，是想等着年里年外，见了漕司再说，如今的杭州城，不算很太平。没想到，姚潜突然死了，早上听到这个信儿，我……唉，姚先生……在京城时我就认识他，实在没想到，想来想去，我得赶紧过来一趟，这事，只怕小不了。"秦先生神情黯然。

李漕司看着他，轻轻叹了口气，等着他往下说。

秦先生伤感了一会儿，接着道："我从头说吧，四天前，明面上说要跨县缉凶，横山县往杭州府衙上呈了一桩人命案。横山县溪口镇赵宏贵的媳妇赵郑氏，横尸溪口镇外。赵宏贵继母赵孟氏说是赵宏贵的长姐胡赵氏和丈夫胡大杀了赵郑氏。胡大和弟弟胡明德，说是胡赵氏和赵郑氏争吵，失手杀了赵郑氏。杭州府衙审得极快，判了胡赵氏斩立决，胡大和胡明德发配银矿十年苦役，赵孟氏发卖为奴。"

"这案子有什么隐情？"李漕司脱口问道，胡大和胡明德十年银矿苦役，明显过重。

"还不止这些，此案诸人，不等秋后，和宪司衙门、帅司衙门会同审理的一桩有伤风化致死人命案一起，审清当天已经行过刑了。"

秦先生看着李漕司接着道，李漕司眼睛都瞪大了。

"横山县县尉吴有光，漕司是知道他背景的，说是查实贪赃不法，昨天行文到横山县，已经撤了差了。听说，吴有光收拾东西，准备举家迁往京城。"

秦先生看着紧拧起眉头、两眼有些发直的李漕司，接着道："这两桩案子审结隔天，吴有光撤差前一天，三老爷病了，我问了大夫，说是惊吓过度，心神失守。"

"这两桩案子，一而二，二而一？"李漕司的反应快而准。

秦先生看着李漕司，接着道："昨天一早，五爷将梧桐交给了我，说梧桐不能再留了，让我留他条命，把他发卖得越远越好。我就审了梧桐几句，梧桐说，有个叫连贵的找到他，给了他五十两银子，让他从县衙偷一张状子出来，状子后头落的是赵宏贵的名字，他偷出来了，就在溪口镇发现女尸的前一天。隔天，他把状子交给了连贵。"

"这是个要构陷老三的局？"李漕司毕竟在官场上摸爬滚打了几十年，听到这里，已经全明白了。

"嗯，"秦先生嗯了一声，稍稍欠身，压低声音道，"溪口镇女尸案，是朱参议和闪参议会同审理，闪参议跟我漏了几句，说胡家兄弟之所以勒死了赵郑氏，是因为赵郑氏不肯让丈夫赵宏贵到横山县衙去递一张诉告淫祀的状子。"

"还有几个细节，漕司参详参详。"秦先生往后靠到椅背上，"那桩有伤风化致死案，抄了四个地方拿人，山阴县宁安寺，横山县溪口镇，盐官县桥东镇和三阳镇。溪口镇被抄检的地方，就是抛尸的地方。"

"这桩有伤风化案，是怎么判的？已经行了刑了？"

"嗯，当天就行了刑，五个主犯，十几个从犯，全部斩立决。"

李漕司听得倒抽了口凉气，这两桩案子，都判得太重了！

"还有件怪事。"秦先生眼睛微眯，上身倾向李漕司，"行刑的地点，在关副使军中。行刑的人中，去了个叫黄稳的，杭州府行刑世家出身，他不做挥刀杀头这样的活，他擅长的，都是活剐和剥皮这样的活。"

李漕司打了个寒噤，直直地看着秦先生。

秦先生靠回椅背，眼里同样带着恐惧，看着李漕司，半晌，苦笑道："这案子，夜里拿了人，上午审结，下午就行了刑。人是关副使拿的，大约审也是在关副使军中审的。宪司衙门和帅司衙门，知道的人极少，帅司衙门是姚参议主理，闪参议说，他和朱参议都是一无所知。"

"是谁？要把老三构陷进这样一桩案子里？"半晌，李漕司声音微哑地低低问了句。

"还能有谁，姚潜死了。"秦先生答声更低。

"我也想到了，除了林明生，也没有别人了，姚潜的死，你怎么想？"李漕司伸手倒了半碗汤，仰头喝了。

"不像是明涛山庄。"沉默了片刻，秦先生看着李漕司，"这两桩案子，五哥儿和郭胜，应该都是知道内情的。姚潜的死，我总觉得，更像是五哥儿……出的手。"

李漕司呆了片刻，突然打了个寒噤，一脸惧意："老秦，五哥儿他……才十五……"

"漕司别忘了，五哥儿现在跟谁在一起。这正是我走这一趟，要跟漕司当面说说话的原因，这才是最要紧的事。"秦先生站起来，找到暖窠，倒了两杯茶，递了一杯给李漕司。

"漕司，你想想，王爷身边有金世子，金世子背后，站的是金家和金相。"秦先生坐下，抿了口茶，"有古家六少爷，金山银海。还有位陆将军，刀口锋利。要人有人，要钱有钱。"秦先生这几句话，听起来还算寻常，可那份沉缓的语调中，充满了意味深长。

"明涛山庄，到底是什么意思？"李漕司呆了好半天，突然烦恼无比。

"什么意思，你我怎么想得出？不过，我在杭州城待得越久，越觉得明涛山庄令人敬畏。漕司，五哥儿有句话，在下觉得对极了。时机，要的是一个准字，而不是早。"

秦先生直视着李漕司："漕司，皇上今年才三十几岁，正当盛年，宫里年年进新人，未来还长得很，变数实在太大了。横山县这事，要把三老爷构陷进去，这明摆着是冲着漕司来的，您何苦现在就竖起来，去做别人的靶子？这防人，防上十年二十年三十年，怎么防得住？一个不小心，等不到最后，就先做了肉馅儿了。"

李漕司脸色发青，好一会儿，才低声道："这些天，我一直在想这件事，我知道了，先生放心。"

横山县衙，李文山走后隔天，李县令的病就好了。吴县尉撤了差这件事，李县令对着文书看了半天，怔了半天，怅然了半天，心情一片沉重，并没有欢喜之意。

再看签押房，看县衙，看公堂，东西还是一样的东西，却像蒙了一层灰，失去了原来的光泽。

李县令的消沉，却没怎么影响徐太太的心情。

这个春节，是徐太太嫁给李老爷以来，过得最顺心最高兴的一个春节，隐约中，她甚至觉得，这是她头一回，真正地在自己家里张罗自己家的春节。

心情好，银子上又宽裕，头一回，徐太太给家里所有下人都做了新衣服，给四个孩子一人做了两身新衣服，她和李县令，掂量来掂量去，到底没舍得，只给李县令添了套新官服，给自己添了条新裙子。

进了腊月，横山小县也忙起来，杭州城今年要大办灯展，放河灯，放烟火，杭州下辖的几个县，当然也要跟着热闹。

一是要送几支舞龙舞狮子划旱船的队伍到杭州城给太后娘娘贺新，二是小县城也要有花灯，也要好好热闹上大半个月……

琐事一件件堆上来，吴县尉撤了差，一时半会儿的，这县尉的职责，李县令就得自己担下来，没两天，李县令就忙得脚不点地，顾不上那点子颓唐和伤感了。

腊月二十三祭了灶，李文山放假回到家里，李文岚和李夏的课也停了。

徐太太带着李冬，忙着将家里张罗得花团锦簇，一片热闹喜气。年三十晚上，虽然家里只有六口人，还是张罗了一大桌子十几二十道菜，加上下人一桌，这个年过得从未有过的热闹喜庆。

初二这天半夜，江宁府派来接徐太太和李文山等人的车子，就到了横山县衙。

徐太太带着李文山兄妹四人，和早就准备好的礼物，更带着满腹忐忑，上了车。天还没亮，就启程往江宁府去。

她和那位大嫂，已经十四五年没见过面了，从前，她以为以后再也没有见面的机会了，现在……

徐太太想起钟婆子，呆了片刻，自从知道钟婆子葬身江中，她对钟婆子那满腔的愤恨就一点点地少了下去。像洪嬷嬷说的，这也是她和老爷的命，她和老爷都是没福的人，她和老爷的福气，都在几个孩子身上……

徐太太低头看着已经趴在自己怀里睡着了的小儿子，怜惜地抚着他，轻轻将他放下睡好，挪了挪，歪在儿子旁边，也睡着了。

年三十守了一夜的岁，初一忙了一整天，今天又是半夜起，她也累坏了。

车子走得不算快，直到人定时分，赵大在车外禀报，前面，像是四爷李文松带着人过来接了。徐太太急忙掀起帘子："到江宁城了？怎么这么黑？"

"还有十来里呢。"赵大笑道。

徐太太一个怔神，随即感动得鼻子都有些酸了，竟然迎出了十来里……

"山哥儿呢？快……"

"在这儿呢，是四哥，我看到了，我去迎迎。"李文山已经从车上跳下来，从小厮手里接过缰绳，跳上马，纵马迎上去。

片刻，迎面而来的一队灯笼会合进车队，李文山带着李文松过来，李文松在马上欠身行了礼，笑道："从天一落黑，阿娘就开始念叨，担心得不行，让我带了些汤水点心，过来迎迎，三婶这一路上可还好？咦，六哥儿，我带了你最喜欢吃的莲蓉酥。"李文松说到一半，看着探头出来的李文岚，忙笑着和他打招呼。

李文岚喜笑颜开地看着李文松，亲热地叫着四哥，连连点着头："多谢四哥，阿夏也最爱吃，还有桂花糕。"

"知道，都带了。"李文松忍不住笑，"先挑着阿夏最喜欢吃的带上，忘了谁也不敢忘了阿夏。"

"辛苦你了。"徐太太也笑起来，"你们都惯着阿夏，她现在可是越来越淘了。"

李文松已经来来去去横山县好几趟，他性子本来就极其随和亲近，和小三房一家，都已经很熟悉了。

李文松和李文山骑着马，跟在徐太太车旁，说着闲话，这十来里路很快就到了。江宁府的繁华，比太后驻跸前的杭州城不差什么，太原府没法比，横山小县更没法比。

后一辆车上，头一次到江宁府，更是头一次看到像江宁府这样繁华大城过年夜景的李冬，掀起帘子，看得目不暇接，眼花缭乱。

李夏紧挨姐姐坐着，从她胳膊下面往外看着。她也是头一回见到夜晚的江宁府，她记得钦天监说过一回，江宁府几朝古都，王者气象虽已败落，却更有一份古远之意，若论景色，他以为最佳。

这会儿，灯火通明的江宁府，在苍茫的夜色里，仿佛银河流淌，她看不到败落，只看到了繁华和生机。

"真好看。"李冬满足地叹息了一声，低低呢喃了一句。

李夏挪了挪，直起上身，将下巴抵在姐姐胳膊弯上，也跟着叹了一句："真是太好看了。"

车子一直进到二门里，几个婆子搬了脚踏过来，李文松一步上前，先将李文岚抱下来，李文山往后面车上抱下了李夏。

严夫人已经疾步迎出来："刚要打发人再去迎迎……岚哥儿这一年可长了不少！"严夫人一句话没说完，一眼看到冲她跑过来见礼的李文岚，忙一把拉住他，夸了一句，再接着跟徐太太说话："有十几年没见了，弟妹还跟原来一样，这十几年怎么一点也没见老？"

"大嫂夸奖了，已经老得不成样子了，大嫂还跟从前一样。"徐太太有些生涩地答着话。这一句，倒不是奉承，严夫人和她初见时一样神采飞扬，一样贵气逼人。

"瞧瞧，孩子都这么大了，咱们还没觉得咱们老。"严夫人一边亲热地和徐太太说着话，一边一只手拉着李文岚，另一只手伸向李夏，"九姐儿过来我瞧瞧，长高了没有？这是冬姐儿吧，这眉眼可真像三弟，他们兄弟姐妹，都是这样的眉眼……"

严夫人连说带笑，人人顾及到，丫头婆子们围上来，簇拥着众人进了间暖阁。

"这会儿已经晚了，我想着，今天晚上简单吃一点，垫一垫就行，孩子们小，累了一天了，得赶紧让他们歇下。这接风，咱们明天再接。住处早几天就安排下了，就在这暖阁旁边的荟芳院，五哥儿住前院，正院两间上房，还有西厢房，一共收拾出来五间，吃了饭咱们过去看看……没让他们做太油腻的，累了一天，清粥小菜倒更爽口些……"严夫人一边安置众人坐下，一边连说带笑。

李文松已经接过李文岚，先抱着他坐下，再让着李文山，李冬拉着李夏，抱着李夏坐到她旁边。严夫人让着徐太太坐下，自己坐到了徐太太身边，挨着李冬。

丫头婆子流水般送了四五样粥品、细面、馒头、碧粳米饭、各样小菜、两三样汤上来，摆了满满一桌子。

"大嫂太客气了。"徐太太被严夫人周到热情得鼻子都有点酸了，大嫂待他们真是太好太周到了。

李夏已经饿坏了，拉了拉局促不安的李冬，指着桌子上的饭菜道："姐姐，我要吃米饭，用那个汤泡，还要吃那个。"

严夫人笑起来："阿夏这口味怎么跟大伯娘一样？大伯娘也最爱这酸笋老鸭汤泡饭，再配上那酱瓜丁。"

严夫人说笑间，海棠已经拿了只略大的碗，用汤泡了饭，又将酱瓜丁拨了一小碟子，放到李夏面前。

李夏仰头看着海棠，甜甜地谢道："谢谢海棠姐姐。"

海棠忍不住笑："九娘子还记得我呢，九娘子真聪明。"

这大半年，李文岚早就跟着妹妹有样学样了，李夏点着自己喜欢吃的吃上了，李文岚也忙点着要吃细面，一边点一边叫道："海棠姐姐我也记得你，还有金橘姐姐。金橘姐姐谢谢你，我还想吃那个。"

"大嫂多担待，这两个小的，一点规矩也没有。"徐太太看着毫不客气的小儿小女，有些尴尬地和严夫人道。

"到了自己家里，不就是这样？不瞒你说，我最喜欢这两个小的，特别是阿夏。"严夫人来回看着香甜地吃着饭的李夏和李文岚，喜欢极了。

李冬从进了门就提着颗心，见严夫人像是真的很喜欢阿夏和岚哥儿，稍稍松了口气，有几分拘谨地吃着面前的一碗碧粳米饭和离她最近的两碟子菜。

李文松和李文山从头一回见面到现在，见一回面就觉得亲近一层，这会儿两个人几乎头抵头，李文松嘀嘀咕咕说着话，李文山大口大口吃着碗鸡丝面，一边吃一边点头。

徐太太虽说一整天都没怎么吃好,但这会儿感激感慨于大嫂的热情周到,偶尔想一念头从前十几年的抵死不理,再留心着几个孩子,又要留心着严夫人的话,别失了礼,自己饿不饿这事,完全顾不上了,胡乱吃了几口,喝了半碗汤。

一家五口,李夏和李文岚吃得心满意足,李文山光顾听李文松说话,虽然没怎么吃出味儿来,却吃了个饱,只有李冬,连满桌子有哪些吃的,都没敢看全。

吃了饭,海棠和金橘赶紧带着众小丫头侍候众人漱了口,一起出了暖阁,进了旁边的荟芳院。荟芳院内,先从前院李文山的住处起,到正院两间上房两间厢房,间间打扫收拾得干净舒适,一进屋暖香扑面,不见半分炭气。

徐太太只带了苏叶和洪嬷嬷两个下人,琼花年前已经嫁人了,整个横山县后宅里,能带出来的,也就是洪嬷嬷和苏叶。这住处就只能是徐太太带着李文岚住上房,洪嬷嬷在屋里侍候,李冬带着李夏住厢房,苏叶跟着侍候。

严夫人只凭徐太太安排,一句多话没有,看着安排好了,吩咐海棠带着蔓青小红等几个丫头,留在荟芳院统总侍候,自己和徐太太客气了两句,就带着李文松回去歇下了。

第二天,天刚蒙蒙亮,李夏就准时醒了,却闭着眼,一动没动。姐姐昨天和她一辆车,一路上净照顾她了,只怕累坏了,等姐姐醒了,她再醒。

李冬也已经醒了,见李夏一动不动,屏着气一点一点往外挪出来,正要起来,李夏翻个身,睁眼看着她,露出灿烂笑容。李冬忍不住笑起来,伸手点了下李夏的鼻头:"把你吵醒了?"

"没有,我醒了,怕吵醒姐姐,没敢动。"李夏坐起来。

苏叶听到动静,挂起帘子,笑道:"天还没亮透呢,九娘子该多睡一会儿。"

外间值夜的小丫头们听到动静,忙着开了门,提了热水送进净房,又忙着去拿燕窝粥、莲子汤。

李冬先照顾李夏洗漱,蔓青进来,接手帮李夏梳头。李冬洗漱好出来,李夏已经梳好了两个漂亮的丫髻,丫髻上各套了一串赤金百花百果串。

见李冬看着那两串赤金百花百果串,眉头微皱,蔓青忙笑道:"回六娘子,这是夫人备下的,昨天晚上就拿过来了,都在那个匣子里,我挑了一串给九娘子先用上了。"

"姐姐,还有新衣服。"李夏指着旁边厚厚两摞新衣服,一摞是她的,一摞是李冬的。

李冬有几分犹豫，这么多衣服首饰，太贵重了，怎么能乱收别人的东西呢，又是这么多，好像不大好……

"十一月里，夫人给四娘子、七娘子做衣服，看到块料子，就觉得九娘子穿着肯定好看，就赶着让人去做。"蔓青瞄着李冬的神情，连说带笑地解释，"这两件，是七娘子给九娘子挑的；那两件，是四娘子给九娘子挑的。昨天七娘子临歇下的时候，还嘱咐海棠姐姐呢，说今天一定要给九娘子穿她挑的这两件。"

"我喜欢这件。"李夏指着七娘子挑出来的那一套海棠红衣裙。她记得很清楚，这海棠红是七姑娘李文楠最喜欢的颜色。李文楠把自己最喜欢的颜色，挑给了她。

李冬虽说还是觉得收下这么多贵重的衣服首饰十分不妥当，就是收下，也不该立刻就上身，可一来她性子柔顺，二来这里毕竟是大伯家，她并不确定她那些不该收的感觉是不是对。因为之前那些教导，好多都是来自钟婆子，现在钟婆子说过的话，好像都是错的了……她一时有些无所适从。

李夏换上了那件海棠红裙子，配同色的小袄，显得格外粉妆玉砌。

李冬心里犹豫不定，就没穿严夫人备下的新衣服，让苏叶把从家里带来的两身新衣服中还没上过身的那套拿出来穿上了。

两人出到上房，徐太太已经收拾好了，李文岚多睡了一会儿，刚从净房出来，正打着哈欠，端坐着由着海棠梳头。

徐太太吩咐苏叶去看看前院李文山起来了没有。话音刚落，蔓青笑道："回三太太，五爷半个时辰前就起来了，和四爷一起说是跑马去了。夫人刚打发人过来传了话，说请三太太放心，夫人已经挑了妥当的长随跟着了。"

徐太太看着李冬，又气又笑："你看看你哥，这马昨天一天还没骑够，这一大早又去跑马。"

"我听五哥说过一回，骑马赶路不能算骑马，跑马才是骑马呢。"李冬替五哥解释。

徐太太一边笑一边看着李文岚收拾好，牵着他，带着李冬、李夏出来，严夫人遣来请徐太太等人到花厅用早饭的婆子，已经在门口等着了。

徐太太牵着李文岚，李冬牵着李夏，一起往花厅过去。

远远看到徐太太等人过来，四娘子李文芳和七娘子李文楠忙出了花厅一路迎过来。

七娘子提着裙子跑在前面，看着李夏那一身海棠红，顿时高兴得眉开眼笑："我就知道九妹妹穿这海棠红肯定好看，我就知道九妹妹肯定喜欢这海棠红！给三婶请安，六姐姐好！九妹妹，来，我牵着你。"

七娘子同徐太太和李冬打了招呼，伸手就去拉李夏。

李冬松手，七娘子拉着李夏，歪头看着她笑，李夏也仰头看着她笑。

这一趟江宁府之行，对李夏来说，最重要的一件事，就是要跟七娘子好好学学，怎么做一个六七岁的小娘子。

四娘子李文芳规规矩矩给徐太太和李冬见了礼，看着牵着手，一边走，一边对着看一眼、对着笑一笑的李文楠和李夏，嫌弃地瞥了几眼："看你们两个，傻子一样。"

李文楠根本不理她，只管拉着李夏往前跑："阿夏，咱们快走。阿娘说，吃了饭带咱们去栖霞寺玩儿，中午在栖霞寺吃素斋，那咱们早饭得多吃肉！"

"好！"李夏愉快地答应一声，跟着李文楠往花厅里跑。

"还有我！"李文岚甩开徐太太，跟在李文楠和李夏身后往前跑，"我也多吃肉，光吃肉！"

严夫人已经迎出来，侧身让过李文楠和李夏，迎着徐太太笑道："你看看，我这个小的，比阿夏大了整整三岁，也是淘得不行，我瞧着还不如阿夏懂事呢。"

徐太太看着李文楠和李夏又说又笑又跑又跳的，也跟着心情轻松了不少，听严夫人这么说，笑起来："都还小呢，等大了就好了。"徐太太说着，满意无比地看了眼规规矩矩跟在她身边的李冬。

"也只好这么想。"严夫人也打量着李冬，说笑间和徐太太一起进了花厅。

很快吃了早饭，上了茶，严夫人笑道："一会儿咱们去栖霞寺随喜，中午就在栖霞寺吃顿素斋，下午要是回来得早了，咱们就到夫子庙转一圈，你看怎么样？"

徐太太忙点头："都听大嫂安排。"

"那今天就这样，明天咱们到唐家去给三老太太请个安。"严夫人见徐太太神情茫然，明显没听出这个安排的含义，不动声色地解释道，"你也知道，唐家出过两三个帝师，是江南数得着的书香大家，是能和古家相提并论的。从前，三老太爷活着的时候，大老爷曾在三老太爷门下受过教，三老爷点举人的座师，就是三老太太的儿子，如今的刑部唐尚书。

"三老太太今年七十有八了，常年清修，不大见外人。唐尚书自己走不开，每年都打发儿子媳妇过来陪老太太过年。今年是唐家大媳妇古大奶奶带着孩子过来的，前儿听说你们要来，古大奶奶本来说要过来看望，咱们哪好让她上门，还是咱们过去一趟，要是能见着三老太太，请个安，那就更好了。"

徐太太这下完全明白了，这个唐家就是曾经号称过金陵第一家的帝师唐家，老爷还常常提起那位对他欣赏有加的座师唐尚书，忙欠身答应："多谢大嫂，大嫂费心了。"

徐太太再不聪明，也知道严夫人带着她和孩子们过去请这一趟安，都是为了他们好。

严夫人笑起来，亲热地拍了拍徐太太的手："都是一家人，你还跟我客气什么？初五秦淮河上放灯，还有杂耍什么的，热闹得很。咱们中午就过去，我已经让人包了间雅间了，咱们先看小演武，看好小演武，正好接着看灯。"

徐太太连连点头，她带着孩子过来住三天，这三天的安排，明显每天都是用了心的特意安排，大嫂对她一家如何重视体贴，她心里的激动无以言说。

从前，都是被钟婆子祸害的！

严夫人又打发人去看看李文松和李文山回来没有，听说两人一回来，就被李漕司带着出门参加一个什么文会去了，也就不再理会两人，让人备车。一行人上了车，在众仆从婆子的拱护下，从漕司衙门出来，往栖霞寺缓缓过去。

李夏全神贯注在李文楠身上，有样学样，李文楠拉着她，嘀嘀咕咕说个不停，李夏没留意严夫人和徐太太说了什么话。

李夏、李文岚和李文楠三个，在栖霞寺疯玩了半天，下午去夫子庙，严夫人和徐太太坐在茶楼上，一边看着在楼下闲逛乱买的李文楠三人，一边说着话。李冬拘谨地端坐在旁边，也和徐太太一样，视线不离李文岚和李夏地看着。

楼下街上的三个人，李文楠见什么买什么，李文岚看到李文楠买一样就瞪大一次眼睛，轻轻抽一口凉气，好贵！李夏却一件件记着李文楠都看了什么，买了什么，这些东西，她以后看到，也要这样看，这样……买就算了，李文楠买下的，她就多看几眼吧。

逛够玩好，回到漕司衙门吃了晚饭，李夏回到荟芳院屋里，一头扎到床上，累得一动不想动，原来当个小孩子这么累啊！

第二天，蔓青给李夏挑了条大红石榴裙，一件石青小袄，还是套了那两串赤金百花百果串，又拿了件大红羽缎小斗篷出来，一边给李夏换上，一边笑道："七娘子刚刚让人传了话，说她今天也穿这一身，让九娘子务必要和她穿得一样。"

李冬笑起来，她很喜欢这位开朗明媚的七堂妹，这个七堂妹，是真喜欢阿夏。

巳初前后，严夫人和徐太太带着几个孩子，收拾好出来，外面，李文松和李文山已经等在二门里。一行人上车的上车，上马的上马，往唐府过去。

唐家离漕司衙门不算太远，大半个时辰后，车子就停进了唐家二门里。

二门里，唐承益唐尚书的大儿媳妇古氏，已经带着大女儿三娘子唐家珊，长子七少爷唐家贤，和幼女十一娘子唐家玉，迎出来了。

严夫人下了车，古大奶奶忙上前两步迎上去，笑着见礼："有一阵子没见面了，您这气色，看着可比在京城好。"

唐尚书家和李家，勉强算得上常来常往的人家，因为娘家的关系，严夫人和古大奶奶见面就多了些，两人一向很合得来，一年多没见，互相打量着，都是十分喜悦。

"大奶奶这气色更好。这就是我家老三媳妇，她去太原府的时候，你还没到京城。"严夫人说着话，眼睛瞄着徐太太下了车，忙拉过她向古大奶奶介绍。

"三太太和你倒有几分像，一看就是一家人。"古大奶奶也是个极会说话的，忙上前拉过徐太太，仔细看了几眼，看向严夫人笑道。

"你这是夸我呢！"严夫人笑起来，"我就知道你偏疼我，承你夸奖。"

徐太太一时不知道说什么才好，古大奶奶一只手拉着她，另一只手推了把严夫人："外头风大，今天又冷，咱们赶紧进去说话。"

李夏和李文楠手牵手站着，仔细地打量着四周。

相比于古家，她对唐家更多一份敬重，这敬重，多半源于唐承益唐尚书。

金拙言一向目中无人，就是她做了太后，他照样多半拿眼角斜她，只在唐承益面前，金拙言从不落座，一向是恭恭敬敬垂手侍立。

她问过一回，金拙言说她的私德能有唐尚书一半，他也这么敬着她。

这间唐家祖宅，很像唐承益，就是"返璞归真"四个字。

两人前面，三娘子唐家珊让过李冬和李文芳，回头示意牵着手、一模一样打扮的李文楠和李夏："楠姐儿走前面去，你跟在后面，指定又得淘气。"

"我才没有淘气呢，我长大了。"李文楠看起来和唐家珊极熟悉，冲唐家珊皱了皱鼻，哼了一声。

李夏看看李文楠，再看看唐家珊，她只知道唐家珊这位大姑姐待李文楠这个弟媳妇极好，原来她们自小儿就这么好了。

"这是阿夏吧？真是好看，比我们玉姐儿还好看。"唐家珊多看了李夏几眼，满眼满口的赞叹，一边说，一边推了推妹妹唐家玉。

唐家玉看着李夏，一脸的欣喜赞叹："七姐儿，你妹妹比你好看，比你好看多了。"

李夏只扫了唐家玉一眼，就假装羞涩地垂下了眼帘。

从前，她头一次见李夏时，也是这样的神情，这样的话："你是李贵人？真好看，你比七姐儿好看多了……"

彼时，李夏敛眉垂眼，恭敬无比地往地上跪下，给这位刚进宫没几天，就晋封为贵仪的唐贵仪磕头请安。

"我妹妹当然比我好看啦，还用你说！"李文楠明显有点儿不高兴，冲唐家玉用力哼了一声，拉着李夏，"咱们走前面，岚哥儿，你也来！"李文楠从李冬手里拉过李文岚，拉着两人往前跑。

"等等我！"唐家玉急忙提着裙子追上去，唐家珊忙示意弟弟唐家贤："你也过去，陪着李家弟弟。"

唐家贤斜睨着前面跑成一团的四个小孩子，颇有几分不情愿，道："让我陪小孩子……"

"你难道不是小孩子？快去。"唐家珊在弟弟肩膀上拍了下，不客气地堵回了弟弟的抱怨。

李冬看得一直笑，她喜欢大伯家，更喜欢这个唐家。来之前，她以为唐家这样的人家，还不知道怎么样高高在上，可这间宅子，一进来就让人觉得舒服自在。他们姐弟，也跟他们兄妹差不多呢。

几个小孩子和半大孩子，跟在古大奶奶、严夫人和徐太太后面，一起进了唐家女眷待客的内堂。

"老太太？"进了内堂，严夫人看着古大奶奶，低声问了句。

古大奶奶推着她往里走："这几天斋戒呢，不见外人。"

"大过年的，怎么斋……上了？"严夫人惊讶道。

古大奶奶一脸苦笑："那点子陈年旧事，你又不是不知道，隔几年就得闹一回，不说这个了，坐吧。"

徐太太听得一头雾水，却不敢多问，这听都是多听的，哪还能问？

三个人落了座，小丫头放了几个锦垫在地上，唐家珊、李文芳和李冬三个大的，忙招呼一群小的，上前见礼。

徐太太是初见唐家姐弟三个，忙送了见面礼，古大奶奶也给了李冬等三人见面礼。大礼见过，严夫人招手叫唐家珊："珊姐儿过来我瞧瞧，又长个了吧？刚一进门我就想说，怎么瞧着比你阿娘还高了呢。"

"可不是长个长得厉害，针线房十月里量了尺寸，到腊月里就说不合适了。冬姐儿今年也是十四？也在蹿个儿呢。"古大奶奶先笑着接了句。

徐太太刚想接一句冬姐儿去年的衣服，到今年一件能上身的也没有了，可突然想起昨天晚上，听那个叫海棠的丫头说过一句：这件衣服穿过一回了，哪还能再穿出去，到嘴的话又咽下了。

"可不是，她俩同岁，我记得珊姐儿是三月的生辰？冬姐儿是九月生的，小了几个月……"徐太太没说话，严夫人忙接过话笑道。

一句话没说完，旁边榻上，唐家玉和李文楠隔着榻几，一人拽了碟子一边争起来了。

"我拿给妹妹！"

"我先拿的！"

"我去看看。"唐家珊急忙交代了句，赶紧过去。

李冬和李文芳也忙跟过去，徐太太要站起来，被古大奶奶一把按住："咱们不管，让她们闹去。楠姐儿跟阿玉就是这样，一会儿好得像一个人，一会儿又得吵起来。"

"要不怎么叫小孩子脾气？"严夫人也是浑不在意，一边笑着接了句，一边端起了茶。

徐太太瞄着坐在两人中间的李夏，也笑着点头，跟着严夫人，端起茶抿着。

唐家珊和李冬、李文芳几步过去，唐家珊先责备妹妹："阿玉快放手，你是姐姐，看看这像什么样子？"

"楠姐儿快松手，一点规矩都没有！"李文芳也忙责备李文楠。

不过看起来，唐家玉跟李文楠一样，都是家里最小也最受宠的那个，根本不理会两个姐姐的训斥，依旧瞪着对方，寸步不让。

"是我先拿的！"

"她是我妹妹！"

李夏坐在中间，看看瞪着唐家玉错牙的唐家珊，和瞪着李文楠不敢错牙的李文芳，再看一眼唐家玉，又看一眼李文楠，伸手把碟子里的几块梅花糕全抓在手里："都是我的！"

唐家珊噗一声笑喷了，指着李夏："瞧瞧，这个才最厉害。"

"阿夏！"这下换李冬急了。

李文芳也笑得止不住，点了下李文楠："你看，还是阿夏厉害，你看你，抢碟子有什么用？"

"我就是要拿给阿夏吃的!"李文楠拍开李文芳的手,分辩道。唐家玉也急忙叫道:"我也是要拿给阿夏妹妹吃!阿夏妹妹你吃吧,都是给你的。"

"都抓成那样了,还怎么吃?阿夏快放下,这点心不能要了,拿水来净手,再换一碟子上来。"唐家珊一边笑个不停,一边一迭连声地吩咐。

李冬心里松下来,点着李夏的额头,又气又笑。

旁边一张矮几两边的扶手椅上,唐家贤和李文岚一边一个端正坐着,两人一齐斜看着抢点心抢成一团的三个小的,唐家贤先撇了撇嘴:"为了块点心,抢成这样,唉!"

"就是啊,唉!"李文岚也跟着叹气,抢东西吃这事,一点儿也不高雅。

"你读到哪本书了?"唐家贤又看了片刻,决定不理会那三个小屁孩了,端坐正衣,和李文岚说话。

"已经开始读《春秋》了。"李文岚带着几分矜持,他对自己读书的天分,十分自得。

"你也读《春秋》了?你不是才八岁吗?"唐家贤惊讶道。

李文岚更加矜持地点了下头。

"我也是八岁开始读的《春秋》。"唐家贤挪了挪,看李文岚的目光,明显亲近许多,"现在读《左传》,还有《易经》,《易经》挺难的,《古文观止》你开始读了没有?"

"嗯,先生让我背过几篇。先生说,让我经史并举,说《易经》什么的,不要早,《易经》很难吗?"李文岚看唐家贤,眼眸闪闪,也一副知音模样。

"翁翁也这么说,我不喜欢术数,翁翁才让我学一学《易经》,说术数之学,学一学只有好处,我们家,我翁翁说的都是对的。"唐家贤看起来对术数和《易经》颇有怨言,委婉地抱怨了他翁翁一句。

李文岚咯咯笑起来:"我也不喜欢术数,我阿爹说我们家又不做生意,术数不学也罢,不过我挺想学《易经》的。先生说,诸书中,他最喜欢《易经》,我的先生可有意思了,他去过好多好多地方,知道好多好多有意思的事。"

"我的先生也很有意思……"唐家贤和李文岚两个,越说越投机,越说越兴奋。

两人旁边,李夏已经净了手,小丫头重新摆了几碟点心上来,可唐家玉和李文楠、李夏三个,谁也不吃点心了,正围在一起抓沙包玩。

唐家珊和李冬、李文芳三人挨在一起,一边瞄着三个小的,一边说着闲话,诸如京城过年有什么热闹,太原府过年是怎么样过的,杭州府今年的灯会比京城还热闹，以及你家妹妹多活泼多可爱，我家妹妹多淘气多烦人……

中午摆了宴，吃了饭，又说了一会儿话，严夫人就带着徐太太等人和古大奶奶告辞。

唐家珊和李冬说得投契，拉着她颇为不舍。唐家贤挑了大半箱子书送给了李文岚，又约了以后要常常写信。唐家玉最干脆，一只手拉着李文楠，一只手拉着李夏，先掉眼泪，接着大声抽泣起来。

这一趟拜会，严夫人满意极了，老三夫妻两个，虽说实在不怎么样，可这几个孩子，真是没的挑。

晚上，严夫人安顿好，总算歇下来，李漕司带着李文松和李文山，应酬了一天，也回来了，洗漱了松泛下来，两人对坐，说着闲话。

"这趟唐家，可还顺当？"李漕司关切问道。

"不能再顺当了。"严夫人笑起来，又有几分感慨，"老三真是，这份福气难得，他那样牛心左性的脾气，徐氏又那样，柔顺得太过，原以为……"严夫人顿了顿，那句"原以为小三房不过一两代就败落泯灭了"，没说出口，"没想到小三房这几个孩子，竟然个个都好，福运也好。说起来，也就是六姐儿略差了些，心性上不够阔大，有那么一点点小家子气。

"其他三个，山哥儿不说了，阿夏是真好。这一趟去唐家，这三个孩子，竟跟唐家那三个，都是好得不行。贤哥儿挑了大半箱子书送给岚哥儿，古大奶奶稀奇得不行，说她家贤哥儿最爱书，送谁东西，要是送书，那是很不得了的。走的时候，那孩子拉着岚哥儿的手，送上了车，还舍不得丢手。"

"那就好。"李漕司松了口气，"这些天，我越想越觉得，小三房这几个孩子，个个都好，这是咱们的福气，老二一家……你最知道，不惹事就是咱们的大福了。这样好，最好，一想想以后这个家里，就不用咱们一根独木艰难支撑了，多少好……"李漕司嘴里说着，神情却十分复杂。

"今天没出什么事吧？"严夫人瞄着李漕司的神情，小心地问了句。

"能出什么事？没事，山哥儿好得很，这么大点孩子，嘴巴守得滴水不漏，真是难得。"李漕司脸上说不清是夸奖还是恼火。

"那案子？"严夫人反应很快。李漕司不情不愿还是点了点头："这孩子，真是。"

"他要是真说了，你这会儿就睡不着觉了。"严夫人斜看了李漕司一眼，嗔怪了句。

"也是。"李漕司抬手摸着脑门,"我到底不是他爹。"

"就是他爹,我看他也不见得肯说。"严夫人笑了,又接了句,"我看吧,只怕更不敢说了。"

李漕司也笑起来,随即又露出几分无奈:"说起来,他到底还是不放心我,唉。"

"别急,日久见人心。毕竟十几年没有来往,再怎么亲……这亲不亲,都是处出来的,这样也好,老爷也常说,常怀三分戒心,才是平安之道。"严夫人柔声劝道。

李漕司慢慢点了点头:"你说得对,我也是心急了些。我想着,出了正月,让松哥儿回去一趟,好好跟阿娘说说,咱们家,还是谨守门户。唉,别的都不说,有一句话,秦先生说得极是,皇上,才只有三十四岁。"

"嗯。"严夫人低低应了一声。

第十八章 下察民情

第二天上午,严夫人让人在园子里摆着茶点,和徐太太看花赏景说家常,歇了半天,午饭后,就带着几个孩子,往秦淮河边上的清远阁去。

清远阁紧邻秦淮河,是看小演武和河灯河景的好地方之一,早一两个月前,严夫人就打发人过去订好了雅间。

李冬姐弟三个,已经听李文楠和李文芳说了一上午关于初五秦淮河演武如何精彩、放河灯如何像银河从天上落下来等等等等。当然,李文楠和李文芳这是头一年在江宁府过春节,这些也是她们听来的,就是因为是听来的,才说得格外天花乱坠。

这会儿进了清远阁的雅间,一群孩子全部兴致都在搭在河上的高台、架子和河船上,李文楠更加叽喳个不停,指着楼下,听说这样,听说那样。

李夏两只手抓着栏杆,仔细看着面前的十里秦淮河。她曾经让人画过十里秦淮河给她看,画画得很好,只是和眼前的秦淮河相比,少了这份生机勃勃。

古玉衍说得很对,西湖是空灵的阳春白雪,秦淮河,则美在热烈热闹、生机勃勃,一个像墨色山水,一个像桃花坞艳丽的年画。

相比之下,她更喜欢眼前艳丽的秦淮河,这十里秦淮河,当年是南方清剿匪患的军费的主要来源之一,那几年,她把这秦淮河搜刮得太狠了……

"阿夏,阿夏!"李文楠拍了下李夏,"看傻了?快进来,还得一会儿呢,外面冷,咱们进去吃点心。有鸭头,你见过鸭头没有?不是丫头哦,是能吃的鸭头,鸭子的头,我可喜欢吃了,快来!"

李文楠拉着李夏，蹦跳进屋，拉着她坐到桌子边上，指着那碟子鸭头吩咐："把这个拿过来，我和阿夏都喜欢！"

"我不喜欢。"李夏赶紧表明态度，她不吃一切头脚下水。

"阿夏不要怕，可好吃了！"李文楠按着李夏，"你一定要尝尝，我告诉你，头一回，我也害怕，可尝一回，哎呀，可好吃了！你尝尝。"

"不尝，好恶心。"李夏推开李文楠往后缩，她是尝遍天下奇珍的人，不吃就是不吃，尝什么尝！

"阿夏你尝尝这鸭脑，只要吃一口……"李文楠从劈成两半的鸭头中，用银叉子叉出那点白白的脑子，往李夏嘴里送。

李夏吓得上身用力往后倾，歪着头闭着眼睛喊"救命"。

李文岚急忙跑过去保护妹妹，挤在李夏和李文楠中间，想把李夏抱出来吧，根本抱不到，他也抱不动，想拍开李文楠吧，又下不去手，这个也是妹妹，虽然没那么可爱，一急之下，跳起来一口咬掉那块鸭脑，一边用力咬一边叫道："阿夏别怕，六哥哥……替你吃。"

严夫人笑得眼泪都出来了，一边笑，一边一只手拉住徐太太，一只手指着就要站起来过去的李冬和李文芳摆手，手摆了半天，才说出话来："不用管，让他们闹。楠姐儿，你是姐姐，妹妹说了不要，你不能这样，看把妹妹吓的。"

"他把我的鸭脑吃了！"李文楠看看空空如也的叉子，再看看吃得十分有滋味的李文岚，委屈万状。

"我让你不许再逼妹妹吃你爱吃的，你要让妹妹吃鸭头，那你先吃一碗肥肉！"严夫人点着李文楠，再次教训。

李文楠听到"肥肉"两个字，叫了一声："肥肉怎么能跟鸭头比……好吧我错了，阿夏妹妹对不起，可是鸭头这么好吃……阿夏妹妹对不起，我错了。"

"楠姐儿真是懂事。"徐太太连声称赞。

"别说冬姐儿，阿楠要是能有阿夏一半懂事，我就阿弥陀佛了。"严夫人又是唉声又是叹气又是笑，"这都怪我，就生了这一个女儿，又是快四十才有的她，惯得太厉害，你看看。"

"楠姐儿才多大呢，这么懂事，很难得了。"徐太太听着严夫人明显极其亲密的话，心里暖意不断，看严夫人只觉得亲近得不能再亲近了，再看楠姐儿，看着跟阿夏没什么分别，哪有不好？全是好。

"夫人。"孙忠媳妇掀帘子进来，走到严夫人身边，俯身低低禀报，"柏帅司夫人带着他们府上姑娘哥儿,就在咱们隔壁,刚刚到。"

"噢。"严夫人眉头微蹙,听说柏帅司府上年年都是订在烟云楼的,她特意绕过烟云楼,订在这清远阁,怎么反倒撞上了?

徐太太紧挨着严夫人,孙忠媳妇的禀报,听得清清楚楚,看着严夫人皱起的眉,就知道是撞上了不想遇到的人家,这人家,竟然是帅司府的?徐太太的心提了起来。

"没什么事。"见徐太太一脸惊疑地看着她,严夫人忙带着笑低声解释,"刚到江宁府那一阵子,楠姐儿她爹跟柏帅司因为公务,吵了几回。汪夫人是个夫唱妇随的,楠姐儿她爹跟柏帅司见面横眉,她也就跟咱们不大来往了。这会儿……你安心坐着,我还是得过去一趟,带上楠姐儿和阿夏吧,总得应个景儿。"

几句话之间,严夫人已经拿定了主意,柏家失不失礼,她管不着,可她这里,大礼上不能错了。

徐太太忙点头。

严夫人站起来,招手叫过李文楠和李夏,交代了几句,带着两人,出了雅间,往隔壁过去。

李夏注意力都在李文楠身上,没留意刚才的禀报,不过她也不在意这个,反正,身边有李文楠,她就可以安心地做好一个什么也不懂的小人儿。

孙忠媳妇先一步到隔壁招呼了,严夫人到了隔壁雅间门口时,帘子已经高高掀起,江南东路帅司柏景宁的夫人汪氏,已经起身迎出来。

李夏头一眼,就看到了柏景宁的长女柏悦,眼睛一下子瞪大了,是了,柏景宁这个时候,正在江南东路任上。

柏悦是个极其敏锐的,立刻迎上李夏惊讶的目光,将李夏上下打量了一回,扫了眼紧紧牵着李夏手的李文楠,又打量了一遍李夏。

李夏迎着她的目光,微微屈了屈膝,目光从她身上,移到了站在她旁边的十一二岁的锦衣少年身上,少年和柏悦长得很像,这必定就是那个柏乔了。

李夏仔仔细细地打量着柏乔。

柏景宁这一任之后,调任福建,总督南线诸军,赴任途中,一家人乘坐的海船被海盗血洗。十年后,官兵里应外合,灭了南边海上最大的一股海盗,这里应之人,说他叫柏乔。

那时候她已经得了皇上宠爱,怀了身孕之后,也常常在皇上身边侍候,陪皇上说话,那时候,皇上最喜欢和她说话。

她清楚地记得皇上当时的烦躁,说就算是柏家人,在海盗窝里长大,哪还知道什么叫忠义？说是柏乔亲手杀了几乎所有的海盗，上百的人，刀都砍得卷刃了，可见性子凶残……

她那时候，只敢顺着皇上的意思说话，那个时候，她得牢牢地抓住皇上的宠爱……

好像没几天，柏悦服了毒，柏乔失踪了。

她掌政之后，派了好多人寻找柏乔，找了将近十年，却一无所获。金拙言说他应该已经死了，可她不相信，她总觉得，他还活着……

他果然活着。

这是她头一次看到柏乔。他今年应该是十二岁，才十二岁的人，这份气势已经很足了，长得真好看，果然，柏家人个个都漂亮，像他们李家人一样……

柏乔被李夏看头两眼时，就嫌弃地斜了她一眼，看她还直着眼睛看，再狠瞪一眼。

李夏浑然不觉，李文楠被柏乔瞪得有几分寒缩，忙拉了拉李夏，又拉了拉，李夏只顾不错眼地看着柏乔，这是她从前最想找到、最想看到、最想当面说几句话的人之一……

柏乔再瞪一眼，李夏还是傻着眼看，柏乔被她看得简直要急眼了，偏偏又没什么好办法，躲吧，作为柏家人的那份傲气……哪能躲？瞪回去……瞪不回去啊！

柏悦看了眼明显恼怒了的弟弟，再看看直着眼看她弟弟看得眼珠不会动的李夏，无语地翻了个白眼，上前两步，一把拉过李夏："楠姐儿吃不吃点心？"

李夏被柏悦一把拉走，和李夏手牵手的李文楠被拉得趔趄了一步，急忙跟上，长长松了口气。她被柏乔一眼接一眼的怒目吓得心都缩成一团了，柏家人个个都这么凶，她一点儿也不喜欢！

李夏被柏悦拉了两步，还挣扎着回头看了眼气得紧紧抿着嘴唇的柏乔。

柏景宁这一任，还有三年，那场血案，就在四年后……

严夫人和汪夫人寒暄了一会儿，喝了半杯茶，就告辞出来，带着李文楠和李夏回自己的雅间了。

秦淮河的小演武已经开始了，李夏和李文楠紧挨着，趴在栏杆上往外看。

李文楠看得兴奋不已、惊叫不已，李夏下巴抵在手背上，远远看着河中楼船上居中而坐的柏景宁，怔怔地出神，柏景宁死了之后，柏家很快就没落了，开国长公主这一支，从此湮没……

她看过柏景宁几乎所有的文章、折子，了解他打过的每一仗，他要是不死，南边也许不会动荡那么些年，金拙言也这么说……

小演武结束，天就黑了，吃了饭，看了一会儿河灯，严夫人和徐太太就催着众人回去了。

明天一大早，徐太太就要带着李文山兄妹几个，启程返回横山县了。

第二天，徐太太他们走得太早，李文楠和李文芳都没能起来，严夫人带着李文松，将一行十来辆车送出二门外，嘱咐李文松送出城，看着车子都出了大门，才疲倦地打了个哈欠，回去了。

徐太太一行从天黑到天黑透，回到横山县衙。

李县令一直等在城门外，县衙后宅，几乎是黑灯瞎火。

洪嬷嬷和苏叶都跟着去了江宁府，家里只有个唐婆子，这会儿也只有厨房里灯火通明，热水热汤都备得很全。

李夏和李文岚半路上就睡着了，徐太太打发苏叶先把上房收拾出来，生上炭盆，好让两个小的赶紧洗漱睡觉。

洪嬷嬷受了点儿风寒，又上了年纪，徐太太不敢让她很劳累，怕她累病了，也忙催着她回去歇下。

外面，李县令和李文山指挥着长随脚夫们，卸下车上的箱笼，抬进二门。里面，李冬和徐太太一起，强撑着疲惫，点灯点蜡烛，指挥着将东西卸进间空屋子里。

横山县衙小，十几辆车根本停不进来，只能赶着卸下来。

一家四口一直忙到后半夜，徐太太累得捶着腰，看着累得一脸灰暗的女儿，心疼无比："出了十五，就赶紧买几个人回来使，看把你累的。"

李冬上前扶着徐太太："阿娘也累坏了，我扶您进去。还有五哥和阿爹……"

"别管他们，你先去歇着，先歇下，明天再洗漱。"徐太太扶着李冬，进了屋，累得倒头就睡下了。李冬也歪在阿娘身边歇下了。

这几天李县令要日夜巡查，一直歇在前面签押房，后院几天没住人了，苏叶也是累极了，忙得团团转，也就先收拾出了两间上房，粗粗打扫，烧上炭盆，熏热了被褥，李冬和李夏，以及李文山屋里，都还是冷屋冷榻。

李文山和李县令到签押房先住一夜，其余人，就先在两间上房凑合一夜了。

到江宁府大伯家，虽然也是半夜到，却色色齐全周到，一点儿也没觉得累，这会儿，徐太太和李冬都无比深切地感受到了这富足与穷困的差距。

徐太太侧身躺着，心疼地抚着女儿，想想钟婆子，又愤愤了好一会儿，才困倦不堪地睡着了。

第二天一大早，厨房还忙着烧热水，李冬还在沐浴，洪嬷嬷就急急进来禀报，杭州城来了人，找五爷。

李文山一向起得早，忙出到侧门。

是陆仪的小厮承影，看到李文山，忙拱手笑道："李五爷，王爷和世子，还有六少爷要往邻近几个县走一走，看看热闹，将军让小的来接五爷，往临安会合，要去五六天。将军吩咐了，五爷收拾几件衣服就行，其余的，六少爷说他已经把五爷要用的东西都收拾带出来了，五爷再带就得多出来。"

李文山听得直想挠头，真是忙上加乱，道："你稍等一会儿，我跟阿娘，昨天半夜刚从江宁府赶回来，衣服得找一找，你等一会儿。"

"五爷别急，将军打发我出来得早，一会儿咱们再快一点，也就都赶回来了。"承影忙笑道。

李文山不敢多耽误，赶紧进去和徐太太说了。

徐太太一听就急了，顾不得李冬还披着一头湿答答的头发，赶紧吩咐："冬姐儿，赶紧，把你哥的衣服找出来，要五六天。山哥儿，你平时念的书带不带？还有笔砚，还有……梧桐已经打发了，你身边连个侍候的人都没有……"

"阿娘别急，把衣服收拾出来就行。人，我去找秦先生，跟他借个人就是了。阿娘别担心，没事，从前梧桐跟着我，他也没侍候过我，都是我自己照顾自己。冬姐儿，光收拾几件衣服就行了，承影说了，别的东西，古六已经替我带好了，他家东西全。"

李文山连声安慰了徐太太，又喊了李冬一声，伸长脖子往里屋看了看："阿夏醒了没有？我得跟阿夏说一声，不然她醒了看不到我，肯定得哭。"

李文山一边说着，一边掀帘进到东厢，东厢榻上，李夏已经坐了起来，一边穿着衣服，一边伸长脖子看睡在另一头的李文岚。

"岚哥儿？"李文山顺着李夏的目光，先走到李文岚旁边，轻轻叫了声，李文岚呼吸绵长，睡得正沉。

李夏示意李文山坐到自己旁边，凑到他耳边，声音压到最低，交代了一句："去找秦先生，让他安排人，快去。"

李文山连连点头，急忙出了屋，从衙门口出去，直奔过去找秦先生。

秦先生正吃着早饭，听李文山说了要和秦王一起到附近各县看热闹玩耍的事，急忙吩咐小厮："快去，把吉大、吉二叫来，告诉他们，要出远门，东西带齐"

吩咐完了，才看向李文山，一脸喜色道："王爷这是要体察民情，你跟在王爷身边，要多留心农事、经济、民风，以及各县风评风气，不管什么，都要多听多看，事事留心，不用多话。这机会难得。你带上吉大、吉二，他俩功夫好，人也精明，是能办事的人。还有，吉大、吉二的身契，前天你大伯交给了我，先收在我这里，等回来再给你。这两个，往后就是你的人了，好好用起来。"

李文山连连点头。

"赶紧回去吧，吉大、吉二到了，我交代几句，就让他们直接去后衙门口找你。"秦先生推着李文山出了门，看着他一溜烟跑远了，慢慢将手背到身后，深吸了口清晨冷冽的空气，只觉得心旷神怡，神清气爽。

王爷体察民情叫上五爷，这是要把五爷纳进他的班底了。秦先生往后挺了挺胸，晃了几下肩膀，再次深吸了口气，只觉得浑身松快。他一直担心王爷把五爷视作清客弄臣……

现在，不用再担心了，嗯，可以替五爷再多谋划一步了……

李夏看着五哥出了门，坐着想了一会儿。

这一趟，也就是察看民情、习学政务而已，秦王出门，太后必定安排得妥当得不能再妥当了，五哥不过随行，只怕连辛苦都不会辛苦。

李夏想了一遍，又想了一遍，确定诸事妥当，往后倒在床上，接着睡觉，这几天，她累坏了。

李文山再怎么快，也收拾了大半个时辰，出来将包了几件衣服的包袱给了吉大，上马跟着承影，直奔北门。

出了北门，没走多远，迎面一匹马疾驰而来，到众人面前不远，勒停马原地转个圈，马上的小厮冲承影欠身禀报："爷，将军他们两刻钟前已经过了临安城，得往前迎一迎了。"

承影点头，回头示意李文山，勒马直奔旁边的小道。

一行五人纵马跑了一刻多钟，迎面又有小厮迎上来指路，再疾驰了两刻多钟，李文山远远看到一片烟尘，旁边，陆仪勒马伫立，看到李文山，冲他招了招手。

李文山看着冲他招手的陆仪，忍不住露出一脸笑，纵马直奔过去，陆仪勒马让过，疾驰的护卫们也默契地让出条通道，李文山从后面跟进了队伍里，跟上诸人，往前奔去。吉大、吉二则跟着承影的小厮，缀在了队伍最外。

一口气跑了小半个时辰，前面远远看到一片村镇，路两边也渐渐有了行人，众人勒住马,放缓了马速,小跑到一间茶寮前,十来个护卫内侍已经侍立在茶寮外面了。

陆仪下了马,大步进去,很快就看了一圈出来。

金拙言紧跟在陆仪之后,也下了马,带着几个小厮,大步往茶寮外兜了一圈。陆仪出来示意秦王,秦王跳下马时,金拙言一圈转完回来,和秦王一起进了茶寮。

古六一边下马,一边和李文山说话:"你怎么这么晚才到?昨天,你们不是人定前后就到横山县了吗?"

"到是到了,得再收拾好东西,好几车的东西,都得搬进去,我又等水洗了澡,睡下的时候都四更了。不过我晚可不是因为睡过头,是箱子昨天抬进来,都堆在一起了,没来得及收拾出来,早上现找,阿娘急坏了。"李文山一边和古六说着话,一边进了茶寮。

金拙言站在茶寮门口,用马鞭捅住李文山,朝着外面的吉大和吉二努了努嘴:"是你带来的?哪儿来的?"

"大伯给我挑的人,他们俩都会点功夫,人也不错。"李文山忙答道。

"人不错?是你用过了,自己看着不错,还是听别人说的?"金拙言斜睨着李文山。

"秦先生说人不错。"李文山实话直说。

金拙言顿时一脸嫌弃,一副实在懒得理他的样子,哼了一声,转身进了茶寮。

古六笑出了声,用马鞭一下一下,一脸愉快地敲着李文山:"秦先生说人不错……你就觉得不错了?李五啊,不是我说你,你也太实诚了,前头已经有个梧桐了,瞧你这实诚样儿,我看,人家把你卖了,你指定还得帮着数钱,还生怕数错了。"

李文山没理古六,进了茶寮,在最下首坐了,端起茶一口喝了,正要再倒,秦王伸折扇按住了他的手:"你早饭还没吃吧?空着肚子,茶别多喝。"

"备得有银丝面,你吃一碗。"陆仪接话笑道。

金拙言端着杯茶,嫌弃无比地斜看着李文山。

古六一边笑一边唉唉地叹气:"李五,我说送你几个丫头吧,你非不要。看看,陆将军还让承影早小半个时辰过去叫你,就这样你还晚了不说,连早饭都没吃上,你家里……"

"你家那丫头,有能用的?个个中看不中用。"金拙言打断了古六的话,看着已经开始吃面的李文山,"你吃你的,我说你听着。我跟小陆说了,出了正月,让你到关铨军中练上半个月,不过收拾几件衣服,还非得有人侍候?你这样,以后要是出兵放马……"

"我不出兵放马。"李文山咽了一大口面,抬头堵了金拙言一句。

"你说不出就不出啊?这可由不得你。"秦王转着折扇,瞄着李文山,慢吞吞说了句,又嘿笑了两声,"还有小古,一起去吧,凤哥儿跟关铨说一声,不许放水,好好操练。"

古六一口茶呛进喉咙里,一边咳一边着急道:"关我什么事?我可不去!"

陆仪看着几个人,只笑不说话。

李文山吃完了一碗面,又到后面洗漱了出来,秦王等人站起来,安步当车往外走。

陆仪走到李文山身边,低声交代道:"从现在起,就以排行称呼吧,爷行二,世子居长,我行九。"

李文山急忙点头,低低谢了句。打量了一圈,这才留意到,从秦王到陆仪,衣着穿戴都十分平常。这体察民情,要是摆出王爷的派势,大约就什么也查不到了。

古六回头招呼李文山,李文山急忙跟上,几个人一边走一边看,没走多远,离镇子还有半里路,人就多得挨挨挤挤。

"像是逢会。"李文山最有经验,踮着脚尖左右看了看道。

"嗯,一年一回的土地庙会。"秦王头也不回地答了句,又往里挤了十来步,看着前面挤得人贴着人,站住犹豫起来。

"咱们绕过去吧,镇子里人更多,先绕到前面土地庙看看,等中午人少点,再往里逛。"陆仪建议道。

金拙言先点头赞成,拉着秦王往旁边绕过去。人太多,挤来挤去难受不说,王爷的安全是个大问题。

秦王从善如流,从镇子外面,一路绕过去,好在镇子不大,稍稍绕一点路,远一点的地方,就十分安静,几乎没多少人了,一行人很快就绕到了镇子前面。

镇子前面,一面是鲜亮无比的土地庙,对着土地庙的,是一座同样鲜亮的戏台,这会儿,戏台上正咿咿呀呀唱得热闹。土地庙和戏台之间,站满了听戏的人。

众人站在土地庙和戏台之间,李文山伸长脖子看着土地庙,十分稀奇道:"头一回见到这么阔气的土地庙,太原府的土地庙多数只有半人高,在路边,不留意都看不到。"

"这一带,也只有这一个地方土地庙阔气成这样,这座土地庙据说十分灵验,方圆七八个县的人都知道,香火很旺。"陆仪解释了句。

李文山心里微微一动,头一个地方就是来看这土地庙会,是因为年前淫祀案?嗯,肯定是这样,换了自己,也会先看这神啊鬼的,那淫祀案,实在是太黑恶了。

"你听出来这唱的是什么戏没有?"秦王看着戏台,认真听了好一会儿,皱着眉头问金拙言。

金拙言眉头皱得比秦王还紧,他也没听出来,老实说,他就没怎么听懂那台上的戏子们咿咿呀呀到底唱的是什么。

秦王回头看向陆仪,陆仪摊手摇头,这个他真不知道了。

古六紧拧着眉,侧着耳朵听得也是一头雾水,李文山更别提了,台上唱了这半天,他一个字也没听懂。

看着一脸茫然的四个人,陆仪忍不住笑起来,抬手掩饰了下,咳了一声,指着旁边的茶棚道:"到那边要碗茶,坐着看一会儿,那有几个老者,正好问问。"

秦王嗯了一声,抬脚往茶棚过去。

几个人在茶棚坐下,陆仪拿出一把大钱,一人要了一碗茶,又要了几碟子点心,将其中两碟子点心,往大桌子另一边几位老者那边推了推,笑道:"老丈请用。"

"哎哟,客气客气。"四五个或喝着茶,或抽着旱烟的老者急忙跟陆仪连连点头,道着客气道着谢。

"这几个小后生,一看就是贵人,看看生得多好。"

"就是,一看就是读过书的书生子,个个都像文曲星,往后都是大贵人。"

……

陆仪又给几位老者一人要了一碗擂茶,几个老者眉开眼笑,说话更客气了。

"老丈,小可想请教,这台上,唱的是什么戏?"等几位老者客气过奉承过,金拙言笑着请教道。

"几位书生子是外地人吧?"一个胡子花白、气色极好的老者笑着先问了句。

金拙言一脸谦和笑容,点头称是。

"那你是听不懂,你们书生子那叫……对了,秀才不出门,就知天下事,可俺们这戏,你们那书上肯定没有,俺们这戏,年年都得唱,就俺们这里有。这戏里,说的是俺们镇上出了一位县马。县马,你们这些书生子都知道吧?那可是大贵人……"

老者眉飞色舞,从秦王到李文山,刚听到这儿就卡了壳了。

"老丈,您说的这县马?是个什么贵人?姓县?"金拙言忍不住插嘴问了句。

"咦，你们这些书生子，连县马都不知道？"老者惊奇地咦了一声。

旁边四五个老者一起笑起来，七嘴八舌。"书生子光念书，这县马，大约书本上没有？"

"我说书生子啊，可不能死读书。"

"就是就是，念了书，还得……还得怎么着来？"

秦王从金拙言看到古六，再看到李文山，又看向陆仪，跟台上那戏一样，五个人，统统一脸茫然。

"俺们这位大贵人，姓张，张县马是个有大福的，尚了位县主，这就当了县马。书生子，你知道什么是'尚'吧？就是娶，咱这些人，娶媳妇叫娶，那要是娶了县主，就不能叫娶，得叫'尚'。那意思是，往上攀的，往上，懂不？"老者看起来十分有学问。

从秦王到李文山，都听得一脸呆滞，金拙言都有几分心虚气短了："老丈，怎么尚了县主，就当了县马？这县马？"

"看看，这书生子生得这样好看，一副聪明相……那尚了公主的，叫驸马，尚了县主的，那不是就叫县马！"老者颇有几分可惜地看着金拙言，白长了一脸聪明相。

金拙言一张脸上说不出什么表情，瞪着老者，张着嘴，却一个字说不出来。

秦王眼睛眨得都能听到声音了。陆仪圆瞪着双眼，介于极度无语和将要爆笑之间。古六一脸的不敢置信，瞪着李文山，李文山也正瞪着他。

"咳！"秦王猛咳了一声，上身探向老者，认真严肃地问道，"那郡主呢？那尚了郡主的，叫什么？"

"郡马啊！"老者一脸这还要问的表情。

秦王猛吸了口气，再猛咳一声，上身再探前一点，神情更加严肃认真："老丈，您说得有点儿不对。尚了公主的，叫驸马；尚了郡主的，就只能叫郡骡；那尚了县主的，只能是县驴。"

古六猛一声爆笑出来，同时连人带椅子摔在地上。李文山捧着肚子，哈哈哈哈笑得身子一歪，压在了古六身上。金拙言指着秦王，笑得声音都变了调。陆仪想拉起古六和李文山，却笑得站不起来。

只有秦王，继续严肃着一张脸，接着和被他说得、被诸人笑得一脸茫然的老者分说："不管是公主、郡主，还是县主，都是马，岂不是尊卑不分了？那可不对，尊卑是一定得分清楚的，您说是吧？所以，不能都叫马，得分成马、骡，还有驴子。"

几个小厮过来，拉起李文山和古六。陆仪站起来，团团拱手，向周围一圈斜睨着他们、已经明显不高兴的老者们赔礼："实在是……对不住，我请大家喝茶，算是赔罪。"

陆仪说着，拿了块半两的碎银子递给茶棚掌柜："今天的茶，我请了，请大家随意。"

金拙言一边抹着笑出来的眼泪，一边和秦王等人出来，走出上百步，离得远了，几个人站住，古六揉着肚子，一声接一声哎哟，他笑得肚子都抽筋了。

秦王用折扇在古六肚子上拍了几下："如此愚民，有什么好笑的？县马，亏他们想得出。这还是江南最富庶之地，文风浓厚，以才子辈出著称，那苦寒之地，得愚昧成什么样儿？怪不得这淫祀说祸乱就能祸乱起来。"

"我得去跟他们说一声，别真的郡骡县驴地叫起来，万一……是大罪。"李文山抹了两把笑出来的眼泪，拉了拉陆仪低声交代一句，抬脚就要过去。

秦王转头看向李文山，金拙言也看过去，上下打量着他，轻轻哼了一声。

秦王又看了眼陆仪，伸折扇拍了拍李文山的肩膀："光有好心不行，你去跟他们说，他们能信你？"秦王回头看了眼茶寮里指指点点着他们，不知道在说什么的乡民。

"只怕那戏文里就是这么唱的，戏文里唱的，可比你说的管用多了。"金拙言看了眼戏台，眼睛微眯，不知道在想什么。

"以后你做了官，光有好心可不行。你把这事知会给罗仲生，这两浙路，胡称乱叫的，只怕不止这一处，只要把事情告诉他，他比咱们有办法。"秦王看着陆仪吩咐道。

陆仪颔首应了。

秦王走在前面，又逛了一会儿，从镇子外绕到驿路上，上了马，往富阳县过去。

在富阳城里吃了午饭，一行人就开始满城逛，各大行市都要出了十五才开业，可各个茶坊、酒肆、书坊、街头巷尾，却处处热闹不堪。

大家跟着秦王的脚步，哪儿都逛，甚至瓦肆勾栏里，也进去溜达了一趟，把李文山紧张得汗不敢出。幸好，一群人只在勾栏里喝了一杯茶，看着姑娘们在他们面前走了一圈，陆仪扔了几两银子，就一起出来了。

秦王倒是对从他一进门，就嘴巴不停，奉承的话、诱惑的话、介绍的话说了个天花乱坠的老鸨，兴趣更多些，十分感慨她怎么那么多话，以及她眼力真是好，还有就是，这老鸨也不老嘛。

临近傍晚，众人却上马，出了富阳城，走了四五里，歇在了富阳城外的富春驿。

也不知道是这会儿没出十五，驿站里压根儿就没人，还是就是有人，也被打前站的赶走了，总之，整个驿站，就住了他们这一拨人。

到了驿站外，陆仪往外，金拙言往里，查看安排驻防。秦王带着古六和李文山两个人，先围着驿站粗看了一圈，见驿站后面挖了片塘，引了不远处一条河的活水进来。鱼塘里的水十分清澈，撒一把鱼食下去，大鱼小鱼一齐冒头，看样子塘里的鱼家族十分兴旺。

秦王吩咐捞了几条鱼上来。和古六感慨这江南果然富庶，一个小驿站，经营得好了，都能有不少收益。和李文山则感慨这驿站的驿丞善经营，打理这驿站十分用心。

看起来秦王一行还带了厨子，晚饭的鱼做得十分美味，李文山吃了大半条，也没吃出来古六说的略有土腥气腥在哪里。鱼，不都是腥的吗？

第二天一大早，东方刚刚一片鱼肚白，众人就起来，收拾洗漱，小半个时辰后，就启程了。

冬日的晨曦中，薄雾笼着地面，被马蹄踏得散开消融。

秦王看起来心情相当不错，纵马跑了一阵子，看到前面有村庄，放缓马速，靠近村庄，看着村子外河对岸已经蹲了一排，说笑着捶打着衣服，以及洗着不知道什么的妇人，围着村子转了大半圈，颇有几分遗憾地嘀咕了几句：怎么不见男人呢？

过了村庄，一路往前，经过一座热闹的小镇。镇中间，一条河穿镇而过，河上小船一只接一只，卖各种东西的，以及酒船花船。

李文山兴奋不已，指着说这是条小秦淮河，被金拙言和古六一起嘘到脸上，问他知道秦淮河为什么叫秦淮河？李文山瞪着眼茫然，为什么叫秦淮河？

在镇上逛了半天，又隔着河看了一会儿戏，古六对搭进河里的戏台兴趣极浓，这样借着水音儿，听起来声音格外透亮。

出了小镇，一路往前。中午，就是在一块空旷地上，搭了帐篷，埋灶做饭，照陆仪的话说，算是吃了顿行军饭。

第二日以及直到十二日，这日程几乎都是这样，这行程大概也只有一条路线。至于每天到哪儿看哪儿，都不定，大家就是跟着秦王，走到哪儿算哪儿，赶上吃饭睡觉，有城有镇，就进城进镇，没有，就搭帐篷吃行军饭。

李文山这是头一回认认真真地这么看这以富庶闻名的江南，看着和太原大相径庭的两浙路地理民情，一路上几乎不停地惊讶感叹，这一趟，真是太长见识了。

到了十二日，一行人在两浙路腹地转了一小圈，进了离杭州城不远的盐官县。

午饭后，秦王吩咐李文山："从这里到横山县城，最多大半个时辰，你直接回去吧，别再跟着我们到杭州城，再从杭州城绕圈子回去了。"

李文山忙点头应了。虽然意犹未尽，不过一提到家，他真有点儿想家了，今年这个年，好像就没怎么在家待着。

秦王看着脸上又有遗憾又有兴奋的李文山，笑起来："皇上年前送了几十船烟火过来，还有花灯什么的，有不少说是今年新出的新鲜花样。元夕节那天要放烟火，你带上你弟弟妹妹过来看看热闹吧，也算难得。"

"早就听说了，也打算好了，今年杭州城这烟火，是无论如何要看的，十五那天，一大早我们就赶过去，得趁早，也许能占个好位置。"李文山笑容绽放，不停地点头。

"十四早上，我让承影去接你们，十五的烟火，是十四夜里放。"陆仪听着李文山的话，一边笑一边只好接了句。

李文山刚才没反应过来，陆仪这么一句，他立刻明白了："我说错了，是十四早上……多谢王爷！不用抢地方了……"

王爷说让他带弟弟妹妹去看烟火，这是邀请他带着弟弟妹妹过去和他们一起看烟火，李文山这一明白，立刻笑得只见牙不见眼。

杭州城这场烟火，几百里外的人都赶过来看，到时候，得有多少人看烟火，想也能想得出。

他在太原府也看过一回两回烟火，那人比这一回肯定少得多了，可那时候，还挤得根本没办法，他有一回去晚了，只好站在屋檐下，看天上的烟火，只能看一半。

今年，他原本的打算，是天不亮就走，不进城，在城外找个头上没遮拦能停车的地方，听说宫里的烟火起得极早，肯定离很远都能看到，仰头看看天上，就满足了。

现在，能跟王爷他们一起看这场烟火，跟他原来的打算比，那就是一个天，一个地！

金拙言牙疼无比地看着李文山，吸了几口气，拧过头，指着李文山和古六咬牙道："你看看他这样子，我是没眼看他了！"

古六咯咯地笑，一边笑一边指着李文山："多好！我就喜欢李五这坦诚脾气。"

"是……阿夏……阿夏肯定得高兴坏了。"李文山嘴巴根本合不拢，挠着头，这会儿很有些不好意思了。

"别往阿夏身上歪,我瞧着,阿夏比你出息多了。"秦王不客气地接了句。

古六哈哈笑起来:"真是啊,阿夏是比他出息多了。"

"那是!"李文山不能再赞同了,"阿夏,我妹妹,那是……天底下最出息的妹妹。最好的妹妹,就是我妹妹阿夏!"李文山想夸,话到嘴边,发现哪一句也不能夸出口,阿夏的好,实在不好夸,"跟你们说你们也不懂,总而言之就一句话:就是好,我妹妹,天底下最好!"

秦王瞪着李文山,古六笑得更厉害了,一边笑一边用脚背踢着李文山的小腿:"李五,你也……谦虚就算了,看你这样子,什么叫谦虚你根本不知道,那你能不能委婉点儿夸,天底下最好?这话你也敢说?你这脸,竟然纹丝儿不红?"

金拙言一脸无语,连牙疼都不想疼了。陆仪一边笑一边解围道:"阿夏确实好,懂事得很。"

"我跟你们说,我妹妹阿夏,真是天底下最好!这是实话,不用谦虚。"李文山的神情认真,他妹妹,绝对是天底下最不一般的那个,他没法说而已。

秦王噗一声笑起来,点着李文山:"都别理他了,一说到他妹妹,他就得魔怔,他这病,不是一天两天了,病入膏肓。行了,天儿不早了,你赶紧走吧,我们也要启程。对了,你家还是没车对吧?"

没等李文山说出话,秦王抬手止住他,接着道:"谁家没事养辆大车是吧?我问错了,我是跟你说,回去别赁车了,让凤哥儿安排吧,你那一个大钱都金贵。李五,你这心性是好,不过,你家这样,以后你妹妹得嫁人,嫁妆怎么办?前天那媒人怎么说的来着?"

秦王看向古六,古六急忙接上:"没嫁妆那可嫁不出去!"

秦王手里的马鞭拍着李文山:"听到了吧?你妹妹的嫁妆,你现在就得想想了。对了,做生意赚钱这事,你多跟小古讨教讨教,他家才是真正会做生意。"

"哦?好!"李文山没怎么太明白,先答应了再说,反正回去有人能问,家里有秦先生,还有阿夏呢。

李文山赶回家里,进了家才觉得累坏了,沐浴出来,交代完烟火的事,倒头就睡。

这一觉一直睡到第二天午后,十三日下午,李文山起来时,看烟火诸事,已经一切准备停当了。从李文山到李夏,四个准备去看烟火的人,个个兴奋,其中李冬最激动,越临近越激动,简直坐立不安。

李夏托腮看着她,心里酸酸的,十分难受。前世今生,姐姐都是最辛苦的那个。

这个家里，阿娘撑一半，姐姐撑一半，好吃的好玩的好衣服，先留给她和六哥五哥，还有阿爹阿娘，最后一个才是她自己，出去玩的时候，也是最少。唉，这些她却帮不上姐姐。

李文山睡了一夜一天，神清气爽，拎了李夏出来，一边围着后园转圈，一边说着这几天出去的所见所闻，以及秦王如何，世子如何，陆将军又如何，说得兴奋无比，李夏只凝神听他说。

"……对了，"说到最后，李文山一拍脑袋，想起来了，"昨天我回来的时候，王爷说，我安贫乐道没什么，可以后你和冬姐儿没有嫁妆，只怕不好嫁，说让我找古六请教请教做生意赚钱这事，这话是不是要帮咱们？"

李夏脚步微顿，仰头看了眼五哥，接着往前走了几步，才点了下头："他这不是要说嫁妆不嫁妆的事，变个说法提醒你就是了。要是没有你这事，咱们家其实也还好，可现在，你跟在秦王身边，身边的人就不能少了。像现在，吉大、吉二，秦先生，还有郭胜，这些人其实都是大伯替咱们养着，要是这么算，咱们家这样，确实不能久撑。"

"大伯……"李文山看着李夏，话没说完。

"再怎么，大伯的也不是咱们的。大伯是大伯，你是你。就是亲兄弟，也是有分际。这些，咱们不计较，大伯不计较，秦王他们，却是要计较的。"李夏低声道。

李文山紧拧着眉头，片刻，点了点头。确实是这样，大伯家的银子，用一点就是一点人情，用得多了，这份还不清的人情，以后真要让他做什么事……唉。

"不是大事，这件事，秦王不说，我也在想了。你找秦先生商量，阿娘手里还有一万多银子，你跟阿娘说一说，留一些添几个丫头，多买几个小丫头，一来便宜，二来买回来自小调教，比买大的好。姐姐今年十四了，过几年出嫁，正好陪嫁过去，到了夫家，这样的左膀右臂少不了。"

李夏一边说，李文山一边点头。

"余下的银子，你拿出一万交给秦先生，让他打点做生意这件事。生意上的事，你不好出面，再说，你也没这个空儿。"

李文山不停地点头，他也是这么想的。

"古家那里。"李夏沉默了好一会儿，"不能就是一句请教，照古家人做事的风格，你一请教，也许他们就要连人带铺子送给你，而且还会送得你不能不要，咱们不能要。"

李文山瞪大了双眼，片刻，猛喷了口气："古家……大气得很。"

"是，他们家从古状元起，就手笔大得惊人。既然秦王说了，这请教，是一定要请教的，这样，你一会儿就去找一趟秦先生，和他说说你想找门生意做做的事，请他帮忙看看，从哪里入手最好。你记着，别跟他提王爷那几句话，特别是请教古六生意的事，一个字也别提。"

李夏郑重交代，李文山郑重点头。

"等秦先生想好从哪里入手，你再去找古六，请他介绍个掌柜给你。五哥，你记着，以后跟古家打交道，话说清楚，指明说清要什么，就这一件，这样，这份人情就有限。"

"唉，咱们现在，居然也怕欠人家人情了。从前，想欠人家人情，哪有人家理咱们？"李文山突然感慨了一句。

李夏仰头看着他，怔了半晌，垂下了头。

五哥这话提醒了她，她有点过于计较了，也过于以利视人了，他们现在，也许未来，都不再会有值得古家市人情的地方。

就像当年在杭州城外，祥记银楼的贺掌柜帮他们，彼时他们已经深陷在谷底，贺庆那样帮他们，不过是因为一份不忍，哪有什么市恩之想呢？

李夏张了张嘴，到嘴的话却又咽了下去。算了，还是别说了，就算古家不是市恩，只是想帮一把，她也不想五哥和他们家，只是因为不够富，就收下人家这样的大礼。

图书在版编目（CIP）数据

盛华.壹/闲听落花著.—杭州：浙江文艺出版社，2020.2
ISBN 978-7-5339-5895-4

Ⅰ.①盛… Ⅱ.①闲… Ⅲ.①长篇小说-中国-当代
Ⅳ.①I247.5

中国版本图书馆 CIP 数据核字（2019）第 222939 号

策划统筹　柳明晔
责任编辑　关俊红　张　可
封面绘图　ENO
装帧设计　Alaim 阿赖
Q 版人物设计　冰渣子
责任印制　张丽敏

盛华·壹
闲听落花　著

出版　浙江文艺出版社
网址　www.zjwycbs.cn
经销　浙江省新华书店集团有限公司
制版　浙江新华图文制作有限公司
印刷　杭州杭新印务有限公司
开本　710 毫米×1000 毫米　1/16
字数　364 千字
印张　19.75
插页　1
版次　2020 年 2 月第 1 版　2020 年 2 月第 1 次印刷
书号　ISBN 978-7-5339-5895-4
定价　45.00 元

版权所有　违者必究
（如有印、装质量问题，请寄承印单位调换）